LES ROIS-DRAGONS 1

Le Palais Adamantin

STEPHEN DEAS

LES ROIS-DRAGONS 1

Le Palais Adamantin

Traduit de l'anglais
par Florence Dolisi

Titre original :
THE ADAMANTINE PALACE
L'édition originale est parue en 2009 au Royaume-Uni
chez Gollancz

Les Puissances des royaumes

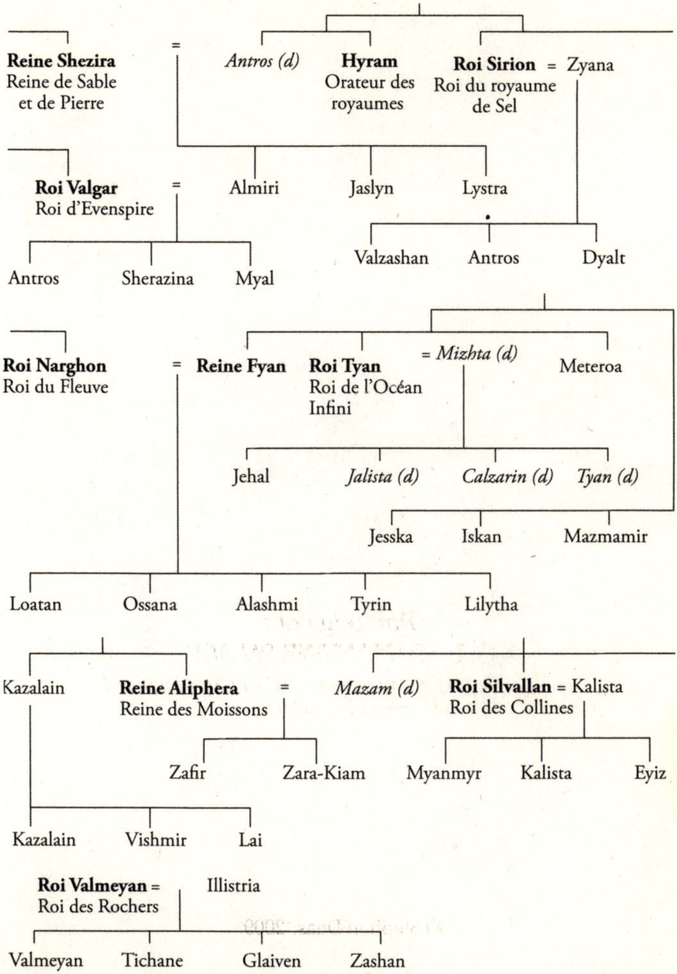

PROLOGUE : JEHAL

Recroquevillé dans un sac de selle, le prince Jehal comprit que le dragon allait prendre son envol. L'esprit du jeune homme voyait à la place de ses yeux, avec exactitude et précision. Il ressentit chaque enjambée de la bête qui accélérait, puis sut qu'elle allait s'élancer dans les airs en déployant ses ailes une fraction de seconde avant qu'elle le fasse. Le dragon prit de l'altitude, et Jehal eut l'impression de tripler de poids.

Le sac dégageait une légère odeur de viande pourrie. Jehal se tortilla et s'étira du mieux qu'il pouvait, mais il ne fallait pas espérer trouver une position confortable dans cet espace minuscule. Cette odeur le mettait mal à l'aise, et il devait respirer lentement pour réprimer la vague de panique qui le menaçait. Il n'aimait pas les lieux exigus. À quoi pouvait bien servir ce sac, d'habitude ? À transporter le casse-croûte du dragon ?

Je suis peut-être le casse-croûte du jour…

Cette pensée absurde l'apaisa. Quoique aussi perspicace que n'importe qui, la reine Aliphera s'était entichée de lui. Jehal avait appris à reconnaître ce genre de sentiments, même chez une reine-dragon.

La bête interrompit son ascension et se mit à planer. Officiellement, Jehal était souffrant. Il avait consacré beaucoup d'efforts à cette soi-disant maladie, tout cela pour leur permettre, à Aliphera et à lui, de se retrouver seuls quelques instants loin des regards indiscrets. Et une fois malade, tout ce qu'il avait eu à faire, c'était rester caché jusqu'à ce que la reine invente une excuse pour voler sans ses chevaliers-dragons. Des mois et des mois d'efforts, des jours et des jours d'attente, des conditions météorologiques parfaites, tout cela pour une heure d'intimité totale.

Il serra les poings. Il avait une crampe au pied. Il remua les orteils, en vain. Il chercha à changer de position, à mettre ses pieds sous lui. Ce qui ne donna rien non plus mais, quand il renonça, la crampe avait disparu. Finalement, il s'assoupit.

Il se réveilla sous un ciel gris écrasant. Tous les muscles de ses jambes se rappelaient à lui. Il fallait absolument qu'il s'étire. Il bâilla, se redressa, et afficha un large sourire en découvrant la vue qui s'offrait à lui. Ils volaient très haut, juste sous les nuages. Aliphera aimait ce genre de manœuvre.

Après s'être assuré qu'il n'y avait aucun autre dragon à l'horizon, Jehal reporta son attention sur la reine. Toujours à moitié sanglée dans sa selle, elle s'était tournée vers lui et le dévisageait en souriant à pleines dents. Elle avait des yeux immenses. Cela faisait des mois qu'ils badinaient discrètement, en se lançant des petites piques que personne d'autre ne remarquait.

Jehal lui rendit son sourire. L'attente, c'était cela, la clé. La reine l'avait enfin pour elle toute seule.

— Je vous trouve l'air un peu échevelé, mon prince.

Jehal s'extirpa prudemment de son sac de selle et rampa sur la courte distance le séparant d'elle. Le sol, lui, se situait environ neuf cents pieds plus bas. Il aurait été stupide de plonger vers sa mort après tous ces efforts.

— Je vous veux ici et maintenant, lui dit-il.

Elle éclata de rire, mais il lut une soudaine excitation sur son visage.

— Que vous êtes bête ! Nous pourrions tomber !

— Je m'en moque.

Il plaqua ses lèvres sur celles de la reine sans lui laisser le temps de répondre, posa les doigts sur sa nuque veloutée, les glissa quelques centimètres plus bas, suspendit son geste.

— Desserrez ce harnais, lui susurra-t-il. Je veux voler contre vous. Laissez-moi vous enlacer pendant que vous nous faites atterrir.

— D'accord…

Maladroitement, ils défirent ensemble les fermetures, les sangles et autres boucles qui la retenaient solidement en selle, en laissant de temps en temps leurs doigts s'égarer.

Les derniers obstacles disparurent enfin, et Jehal souleva juste assez la reine pour pouvoir se glisser en selle derrière elle. Ensuite, il laissa ses mains courir lentement de haut en bas sur le corps de la femme frissonnante.

— Si vous saviez combien j'attendais cet instant..., lui souffla-t-elle.

Jehal lui donna soudain un violent coup de tête au creux du dos. La reine hoqueta, vacilla... Le prince se redressa et, tout en la poussant, la roua de coups pour l'empêcher de se retourner vers lui. Elle battit vigoureusement des bras puis disparut, aspirée par le vide. Le temps de se sangler dans le harnais, Jehal se tassa en selle, jambes serrées autour du dragon. Il avait du mal à croire à la facilité de ce qu'il venait d'accomplir.

Parce que c'était ce qu'il avait appris à faire, comme tous les dragons de chasse, le dragon piqua vers Aliphera, ailes repliées, sans parvenir à la rattraper. Il allait devoir se poser quelque part dans les parages et attendre sur place en rugissant pour faire venir les secours. Sauf qu'il était impossible de survivre à une chute pareille.

Collé au dragon, Jehal observa la chute par-dessus l'épaule de la créature. Les hurlements d'Aliphera montèrent jusqu'à lui, puis le sol la reçut et l'avala tout entière.

— Exactement ce que m'a dit votre fille, cracha-t-il.

L'OR DU DRAGONNEAU

Quand un écuyer-dragon souhaite adjoindre un nouveau dragon à son aire, il adresse une lettre à l'un des rois-dragons ou à l'une des reines-dragons en le (ou la) suppliant de lui accorder cette faveur. Si l'écuyer est avisé, il joint un cadeau à cette lettre. Plus le cadeau est généreux, plus la réponse risque d'être favorable, dit-on. Ce présent n'est que le premier d'une longue série, et on l'offre même avant – parfois longtemps avant – la naissance d'un dragon convenable. On appelle ce cadeau l'Or du Dragonneau.

Naturellement, comme les dragons sont rares, comme les seigneurs sont inconstants, rien n'est jamais acquis.

1. SOLLOS

Les écuyers étaient trois. Sollos les avait vus se poser de l'autre côté de la forêt, dans les champs, sur le dos d'un unique dragon de guerre, et l'un d'eux était resté en arrière pour calmer la bête. Les deux autres étaient partis droit vers les arbres, d'un pas vif et déterminé. Ils passèrent près de lui, et il leur emboîta furtivement le pas. Couverts de pied en cap de leur armure en écailles de dragon, ils faisaient un bruit monstrueux. Pourquoi ne laissaient-ils pas ce dragon les accompagner ? Il aurait été moins bruyant, se surprit à penser Sollos.

Toujours sur leurs talons, il respirait tout doucement. Il fallait espérer que les hommes qui avaient rendez-vous avec ces écuyers n'allaient pas prendre leurs jambes à leur cou en entendant ce boucan.

À une centaine de mètres dans la forêt, il y avait une petite butte avec une pierre levée à son sommet, un ancien lieu de culte dédié aux dieux de jadis et presque avalé par les bois. Les écuyers l'escaladèrent et s'arrêtèrent au sommet.

— On y est ! s'exclama l'un d'eux à voix basse.

L'idée même de discrétion semblait être un grand mystère à ses yeux, se dit Sollos.

L'autre était encore pire. Il s'adossa à la pierre et se mit à tripoter un briquet à silex. Sollos eut du mal à en croire ses yeux, ou plus exactement ses narines. Ce crétin fumait de l'herbe à pipe.

— C'est presque insultant, n'est-ce pas ? souffla quelqu'un à son oreille.

Le mercenaire se pétrifia une fraction de seconde. Kemir !

— Ils sont aussi subtils qu'un coup de masse en pleine figure, ajouta ce dernier.

— Je déteste quand tu fais ça, cousin, siffla-t-il entre ses dents.

Il osait à peine émettre un son. Kemir était si proche que ses lèvres lui frôlaient l'oreille. Cette façon qu'il avait de s'approcher sans se faire entendre était vraiment inconfortable et dérangeante. Comment s'y prenait-il, bon sang ?

— Ne t'inquiète pas. Nous sommes sous le vent, et les types qui les attendent se trouvent de l'autre côté de la butte. Ils y sont depuis un moment, d'ailleurs, et ils commencent à s'impatienter.

— Ils se demandent sans doute pourquoi les écuyers n'ont pas voulu atterrir dans la forêt à dos de dragon, en écrasant tout sur leur passage.

— Je commence à me poser la même question.

— Les hommes derrière la butte, ils sont toujours trois ou plus nombreux maintenant ?

— Toujours trois.

Sollos prit une profonde inspiration et laissa lentement échapper l'air de ses poumons. Il ne savait toujours pas quoi penser de tout ceci. On lui avait chuchoté à l'oreille des ordres assez clairs. Deux chevaliers-dragons de la reine Shezira viendraient acheter quelque chose dans cette forêt, quelque chose dont ils avaient l'intention de se servir pour nuire à la reine. Kemir et lui devaient empêcher cette transaction. Deux simples mercenaires. L'or qu'ils avaient en poche leur venait de la maréchale de la reine en personne. Si cette opération tournait mal pour eux, aucune importance : ils n'étaient que des gens de rien, et ne connaissaient personne d'important. C'était, en gros, tout ce que savait Sollos.

— Tu as vu ce qu'ils ont apporté ?

Kemir garda le silence.

— Ils ont forcément apporté quelque chose !

— Qui sait ? Ils vont peut-être faire le travail à notre place en étripant cette paire de traîtres pour leur piquer leur or. S'ils ont pris quelque chose, c'est tout petit, parce que je n'ai rien vu du tout.

La personne qui leur avait chuchoté ses ordres à l'oreille ne leur avait livré aucun indice sur la nature de cet objet, mais leur avait expliqué que le simple fait d'acheter ce quelque chose pouvait coûter la vie à ces chevaliers-dragons. Sollos devait attendre que les écuyers rencontrent les vendeurs, puis les tuer tous discrètement, calmement. Les écuyers auraient de l'or sur eux, et il pouvait se servir, avait-on ajouté. Pour le reste, il devait laisser les corps sur place, intacts. On les découvrirait au matin, et à ce moment-là, lui, Sollos, serait de retour dans ses quartiers. Il se réveillerait aussi atterré que n'importe qui en apprenant que deux des écuyers de la reine avaient été retrouvés assassinés.

C'était bien beau, tout cela, mais il y avait trois chevaliers-dragons, pas deux.

— Il y en a un autre, murmura-t-il à son cousin. Un troisième écuyer. Il est resté près du dragon.

Un long silence s'installa. Sollos avait l'impression d'entendre Kemir réfléchir.

— Nous devrions le laisser partir, celui-là, tu es d'accord ? suggéra-t-il à son cousin.

Sollos hocha la tête. Deux écuyers, il ne devait y avoir que deux écuyers. De près et avec l'avantage de la surprise, Kemir et lui étaient quasiment certains de pouvoir en abattre un chacun. Par contre, un troisième averti par le bruit avec un dragon pour assurer ses arrières, c'était une autre histoire.

— Que comptes-tu faire des autres ? Des vendeurs ?

— Ils seront terrorisés. Comme ce ne sont pas des guerriers, ils vont s'enfuir, pas combattre. Il faudra leur faire la peau très vite.

Sollos frissonna. Les lèvres de Kemir lui frôlaient toujours l'oreille, et il s'éloigna d'un demi-pas.

— Nous agirons quand la bourse changera de mains. Je m'occupe de l'écuyer qui leur remettra l'argent. Toi, charge-toi de l'autre. Ensuite, nous passons aux vendeurs. Les deux plus proches d'abord.

Sollos perçut du coin de l'œil un mouvement au sommet de la butte. Il chassa Kemir d'un geste et se mit à grimper la pente à pas de loup, tout en assurant sa prise sur son arc en os de dragon. À en juger par son apparence, c'était une arme ancienne, plus haute que lui, taillée dans l'aile d'un dragon de guerre monstrueux. Trop longue et trop lourde à son goût pour être manipulée dans une forêt, mais avec elle il était sûr de transpercer tout l'acier et toutes les écailles de dragon qu'un homme pouvait porter sans s'écrouler sous le poids.

— Vous avez ce que nous voulons ?

— Et vous, vous avez notre argent ?

— Prouvez-moi que vous avez ce que nous sommes venus chercher.

Trois hommes avaient rejoint les chevaliers-dragons en haut de la butte. Comme si tout le raffut qu'ils avaient fait jusqu'alors ne suffisait pas, voilà qu'ils se querellaient, à présent. Sollos se vit soudain marcher jusqu'à eux et en poignarder un avant même qu'ils ne remarquent sa présence.

— Montrez-nous notre or, mon ami. Ensuite seulement vous verrez ce que vous voulez obtenir en échange.

— Non. Vous d'abord !

— Bah, montre-leur l'argent. Voilà...

L'un d'eux alluma un flambeau, et Sollos encocha lentement une flèche. L'un des écuyers tenait ce qui ressemblait à une bourse. D'un moment à l'autre... Et grâce à eux, les choses seraient si simples...

La bourse changea de mains. Au moment où Sollos décochait sa flèche, il vit l'autre écuyer tituber. Sans même prendre la peine de constater les dégâts de son propre trait, le mercenaire se préparait déjà à en lâcher une deuxième...

... Les deux écuyers étaient à terre. L'homme qui tenait la bourse semblait complètement pétrifié. Sollos l'avait vu détourner lentement le regard de l'argent qu'il avait entre les mains au moment où les deux chevaliers-dragons s'écroulaient...

Par terre, la torche flambait toujours, éclairant les visages des trois étrangers debout au sommet de la butte. Sollos expédia une nouvelle flèche, mais cette fois-ci, visa un peu plus bas. La flèche frappa l'homme à la bourse dans la mâchoire, lui arrachant la moitié du visage. Pas mal ! Quant aux deux autres, ils semblaient toujours tétanisés. Sollos laissa tomber son arc et les chargea, en tirant de sa ceinture une paire de longs couteaux.

Le plus éloigné des deux fut soudain projeté en arrière par une flèche de Kemir plantée dans sa poitrine, et le dernier se retourna enfin pour prendre ses jambes à son cou. Un bond, une fente en avant, et Sollos planta ses deux couteaux dans le dos de l'homme, l'un en haut et l'autre en bas. Comme cela n'avait pas suffi, il lui trancha la gorge pour faire bonne mesure. Il se releva et s'examina. Sa chemise était humide et luisante.

— Merde ! Je suis couvert de sang !

— Évite de t'approcher du dragon, alors, lui dit Kemir, qui tenait mollement son arc, debout près du flambeau.

— Tu es sûr qu'il n'y avait qu'eux ? lui demanda Sollos en se précipitant vers son arme. Il l'avait laissée tomber dans sa course, et, sans elle, il se sentait nu.

Kemir haussa les épaules.

— Aussi certain que je peux l'être. On n'est jamais sûr de rien.

— Nous ferions mieux de partir. Il y a toujours un écuyer et un dragon qui attendent le retour de leurs copains. La bourse est là. Prends-la et tirons-nous !

Il vit Kemir se baisser et ramasser quelque chose. Quelque chose qui tintait, un bruit très agréable. Sollos sentit un grand sourire lui venir aux lèvres.

Kemir fronça les sourcils.

— C'est beaucoup, Sollos. Tu es sûr que nous pouvons tout garder ?

— Oui, c'est le marché !

En temps normal, cette affirmation de son cousin aurait suffi à Kemir, mais il restait là, à froncer les sourcils, l'air dubitatif.

Le temps que Sollos le rejoigne, Kemir avait ramassé autre chose.

— Jette un coup d'œil à ce truc.

— Repose ça ! On s'en moque de ce que c'est, ce n'est pas à nous !

— Oui, bon, je vais le reposer, mais d'abord, jettes-y un coup d'œil.

— Laisse ça, insista Sollos en secouant la tête.

Il fallait faire ce qu'on vous demandait, ni plus ni moins. Une règle de vie facile à suivre, non ? Pas pour Kemir, apparemment. C'était le genre de comportement qui lui attirait invariablement des ennuis.

— Repose ça tout de suite ! s'exclama sèchement Sollos en arrivant près de son cousin, qui bien entendu lui fourra l'objet entre les mains.

— Qu'est-ce que c'est, à ton avis ? lui demanda Kemir.

— Je n'en sais rien et je m'en moque !

Il tenait une bouteille sphérique en verre, une bouteille bouchée et scellée à la cire qui se nichait agréablement dans le creux de la main. À la façon dont son poids se déplaçait, elle semblait contenir une sorte de liquide. Difficile de voir de quoi il s'agissait, dans cette pénombre.

Sollos fronça les sourcils. Un liquide ? Vraiment très lourd, alors. Puis il se souvint qu'il ne voulait rien savoir. Il remit la bouteille là où Kemir l'avait trouvée et prit son cousin par le bras pour l'éloigner de force.

Beaucoup plus tard, bien après le départ de Sollos et Kemir, l'ombre d'une femme se faufila entre les arbres et contourna prudemment les cadavres. La femme ramassa la bouteille, puis disparut à pas de loup.

2. KAILIN

Le dragon décrivit un cercle au-dessus de l'aire puis entama sa descente. Kailin interrompit sa tâche pour observer la manœuvre. Les yeux plissés, il tentait de distinguer sa couleur, ou n'importe quel autre détail lui permettant de l'identifier. Sur cette aire ordinaire, tous les Écailleux devaient agir de même, tous se posant la même question : *Est-ce l'un des miens ? L'un de ceux que j'ai élevés ?*

D'après sa conformation, il s'agissait d'un dragon de guerre. Les dragons de chasse, avec leurs queues et leurs cous interminables et leurs ailes gigantesques, étaient beaucoup plus gracieux en vol que ces dragons de guerre trapus. D'un bout d'aile à l'autre et du museau à la queue, les dragons de guerre avaient moins d'envergure, mais ils pesaient deux fois plus et mangeaient comme quatre. Ils avaient une robe nettement plus terne, également. Les dragons de chasse étaient brillamment colorés. On enregistrait plus soigneusement leurs pedigrees, leur reproduction était plus strictement dirigée, et leur alimentation méticuleusement contrôlée par les alchimistes.

Quand une monture avait atteint l'âge adéquat, les dresseurs lui apprenaient à supporter la selle et les rênes et à comprendre les ordres de leurs dragonniers. Kailin et ses semblables s'occupaient de tout le reste. S'ils survivaient, c'étaient eux qui nourrissaient les dragons, les abreuvaient, les entretenaient, les soignaient. On les appelait les Écailleux parce que leur peau abîmée, dure et écailleuse, les distinguaient du reste des mortels. Ils finissaient tous terrassés par la maladie du dragonneau, qui les pétrifiait vivants. Les Écailleux ne vivaient jamais très vieux.

C'était bien un dragon de guerre, mais pas l'un des siens. Kailin le vit soudain plonger à pic, et la terre trembla quand le dragon se posa. Il replia ses ailes, éternua, souffla vers le ciel un mince jet de feu. Kailin le reconnaissait, à présent. Mistral. La deuxième monture préférée de la reine Shezira.

Mistral s'ébroua puis fit quelques pas et baissa la tête presque jusqu'au sol. Un dragon affamé, se dit Kailin. Déjà, les Écailleux les plus proches se précipitaient, prêts à entraîner la bête dans l'un des enclos où on le nourrissait. L'autre tâche de ses confrères consisterait à s'assurer que Mistral reste bien l'écart des reproductrices. Un seul faux pas pouvait ruiner des siècles de croisements méticuleux, personne au monde n'étant assez fou pour s'interposer entre deux dragons en plein accouplement.

Une unique dragonnière se laissa glisser des épaules de Mistral. Elle échangea quelques mots avec les Écailleux puis se dirigea droit vers Kailin, qui tomba à genoux, tête baissée. La reine Shezira se rendait régulièrement dans cette aire, et dernièrement, les circonstances avaient mis Kailin sur son chemin.

— Debout, l'Écailleux ! lui dit-elle en s'arrêtant devant lui.

Kailin se releva en tremblant. Il n'osait toujours pas redresser la tête.

— Comment va mon Sabre ?

Le dragon de chasse de la reine. Quelques semaines auparavant, elle l'avait ramené à l'aire avec une côte fêlée. D'après la rumeur, elle était allée chasser dans une région lointaine, et Sabre était au sol quand une bête l'avait chargé, une bête qui ressemblait à un éléphant cuirassé, sauf qu'elle avait des cornes. On racontait aussi que le dragon de chasse avait décapité la créature d'un unique coup de dents.

— J'ai cru comprendre qu'il allait bien, dit Kailin qui s'efforçait de masquer le tremblement de sa voix. Votre Altesse sait bien entendu que je ne suis pas l'Écailleux qui le soigne.

— Oui, bon. À ton avis, quand sera-t-il de nouveau prêt à chasser ?

— Si c'était moi qui m'en occupais, votre Altesse, je supplierais en son nom qu'on lui accorde encore trois semaines de repos.

À la façon dont la reine tapait du pied, il comprit que cette réponse ne la satisfaisait pas. Il l'entendit pousser un soupir.

— Très bien, je vais continuer à monter Mistral. Et comment va ma Blanche parfaite ?

Neige, pensa Kailin. *Elle s'appelle Neige*.

— Qu'as-tu dit, l'Écailleux ?

— Je…, balbutia Kailin. Pardonnez-moi, votre Altesse, j'ai parlé avant vous.

Avait-il vraiment dit quelque chose, d'ailleurs ? Rien n'était moins sûr…

— Alors ?

Il tremblait. La reine avait mauvais caractère, et tout le monde savait ce qui arrivait quand on la mettait en colère.

— Nous l'appelons Neige, votre Altesse.

Kailin plissa les yeux et attendit le coup.

— D'accord, l'Écailleux. Va pour Neige. Comment se porte Neige ?

— Elle est toujours… Toujours parfaite, votre Altesse.

Il sentait le regard de la reine posé sur lui, mais ne pouvait se résoudre à lever les yeux.

— Veille à ce qu'elle le reste. Et apprends à tenir ta langue, l'Écailleux. Avant la prochaine pleine lune, vous appartiendrez au prince Jehal, toi et ton dragon, et il lui donnera le nom que bon lui semblera. Il n'est pas réputé pour son indulgence.

La reine éclata de rire et ajouta :

— Si tu n'as pas de chance, il se pourrait bien qu'il te considère comme un espion.

Elle le laissa là, frissonnant.

3. LE MAÎTRE DE L'AIRE

Shezira oublia l'Écailleux dès qu'elle lui tourna le dos. Dans deux jours, ils prendraient leur envol et traverseraient les royaumes presque d'un bout à l'autre. Deux semaines plus tard, ils arriveraient au palais du roi Tyan, où vivait le prince Jehal. Elle lui offrirait sa Blanche parfaite et sa fille cadette et, en échange, il lui accorderait la suzeraineté sur tous les royaumes. Ou, plus exactement, lui donnerait l'assurance qu'il ne s'opposerait pas à ce qu'elle brigue cette charge.

Elle sourit. Il y avait déjà eu des Oratrices, mais ce cas de figure ne s'était pas produit depuis longtemps. Trop longtemps.

Cette aire était construite sur un escarpement. En grande partie creusée de tunnels souterrains, on n'en voyait pas grand-chose de l'extérieur. De la roche roussie, une terre désolée, et de temps à autre, un tas de fientes de dragon qui se consumaient lentement. Plus loin, des champs grouillant de bétail s'étiraient à perte de vue, semés de petits corps de fermes. Bien entendu, il y avait toujours quelques dragons sur les rochers. Des dragons qu'on pansait, qu'on dressait, qu'on sellait ou qu'on nourrissait, et d'autres qui prenaient le soleil, tout simplement.

Le seul édifice construit sur l'aire était une tour massive, le Guet. La reine se dirigea vers son portail à deux battants, qui s'ouvrirent à la volée. Des soldats en jaillirent et se mirent en rang pour la saluer. Isentine, le maître de l'aire, se trouvait parmi eux. Couvert d'or et d'écailles de dragon, il s'était mis sur son trente et un. Shezira s'arrêta devant lui et il tomba à genoux pour lui embrasser les pieds. Il se faisait vieux. Il se releva avec difficulté, en se crispant, et cette constatation la contraria. Tôt ou tard, il allait falloir qu'elle le remplace, un vrai casse-tête en perspective. Trouver l'égal de cet homme compétent et dévoué ne serait pas chose facile. Mais s'il ne pouvait plus faire correctement la révérence…

— Allons, allons, debout ! siffla-t-elle entre ses dents.

Tous les soldats les observaient.

— Altesse…

Shezira se mordit la lèvre en voyant son visage. Il avait l'air complètement épuisé, presque vaincu.

— Maître de l'aire Isentine…

Elle se força à sourire et posa ses mains sur les épaules de l'homme.

— Votre vue devient plus perçante avec les années. Vous avez dû me voir arriver d'assez loin.

Le maître de l'aire se courba de nouveau, une petite flexion de la taille qui parut ne pas lui poser de problème.

— Je ne vis que pour vous servir, Altesse.

— Et vous le faites très bien.

Elle reprit sa marche.

— J'ai entendu dire que nous avions un nouveau dragonneau. Dois-je le voir, à votre avis ?

— J'ai bien peur que non, Altesse. Celui-ci aussi refuse de se nourrir. Encore un qui se laisse dépérir.

Adoptant l'allure de la reine, Isentine s'était placé à l'endroit requis par le protocole, juste derrière son épaule droite.

— Quoi ? Encore un ? s'exclama-t-elle avec une pointe d'irritation dans la voix, ce qui l'énerva encore plus.

Une reine ne devait jamais perdre son sang-froid.

— Je suis navré, Altesse.

— Sur quatre éclosions, c'est le troisième ! D'habitude, le cas se présente plutôt rarement, non ?

Le maître de l'aire arrivait sans trop de problème à se maintenir à son niveau, remarqua-t-elle, soulagée. Il y avait peut-être encore un peu de vie en lui, après tout. Pour l'instant.

— Effectivement, c'est inhabituel, Altesse. Les alchimistes m'ont assuré qu'il faut s'attendre à ce genre de phénomènes de temps à autre. Cela ne va pas durer, disent-ils.

— Et vous les croyez ?

Shezira secoua la tête.

— N'en ajoutez pas. Un par mois, Isentine, c'est tout ce que je vous demande. Un dragonneau apte tous les mois. Mais je ne suis pas venue pour cela, aujourd'hui.

Ils laissèrent les soldats derrière eux et franchirent le seuil du Guet en silence.

— Votre Altesse désire-t-elle quelque chose ? s'enquit Isentine. Nous avons effectué pour vous tous les préparatifs habituels. Bains parfumés aux huiles, festin de mets délicats provenant de tous les royaumes, hommes et femmes qui ne désirent rien d'autre que vous servir selon votre bon plaisir.

Depuis le temps, il aurait dû mieux la connaître, mais il était vieux, et certaines habitudes sont tout bonnement impossibles à briser.

— Si c'est vraiment cela qu'ils désirent, qu'ils consacrent donc leur temps à apprendre les bonnes manières à mes filles ! Il faut qu'elles comprennent que ce qu'on exige d'elles avant tout, c'est l'obéissance.

Isentine mit longtemps à digérer ces paroles, ce qui fit sourire Shezira. Elle n'était pas censée dire ce genre de choses en public, et le pauvre homme n'avait à sa disposition aucune réaction formelle appropriée. Ils traversèrent le grand hall, lugubre caverne de pierre ocre. La majeure partie des niveaux inférieurs du Guet étaient creusés dans cette même roche.

— Vous devriez faire quelque chose pour ce hall. Y percer des fenêtres, pourquoi pas ?

Les échos de leurs pas le faisaient paraître encore plus vide, plus sinistre.

— Je devrais vous envoyer mes filles quelque temps, après tout…

Ils arrivèrent au fond du hall, où un lacis d'escaliers serpentait vers les niveaux supérieurs.

— Le cabinet de travail, Altesse ? suggéra Isentine.

— Oui.

Contrairement à ce qu'avait d'abord cru la reine, ce hall n'était pas complètement désert. Dans des petites niches où on les voyait à peine, elle aperçut ici et là quelques soldats montant la garde, immobiles comme des statues.

Quand ils atteignirent la dernière marche de l'escalier menant au cabinet de travail d'Isentine, ce dernier était à bout de souffle. Quoi ? Au bout de cent vingt marches seulement ? Elle hocha la tête et l'observa qui ouvrait la porte et en retenait le battant pour la laisser passer la première. Cela ne pourrait pas durer.

Elle soupira, pénétra dans la pièce et s'assit.

— Vous vous faites assurément très vieux, maître Isentine.

Ces paroles le blessèrent, et tant mieux. Il savait ce qui l'attendait. Cela leur faciliterait les choses à tous deux.

— J'ai soixante ans et des poussières, lui dit-il d'un air peiné.

— Et des poussières, effectivement. Aussi loin que remontent mes souvenirs, je vous ai toujours connu maître de ces lieux. Et la première fois que je suis venue ici, c'était il y a presque vingt-cinq ans.

Elle sourit à ce souvenir, celui de sa première visite au Guet.

— Je n'avais que quinze ans, et j'étais fiancée au roi Antros. Vous êtes la première personne que j'aie vue en me posant. Et je vous ai trouvé si beau…

La pomme d'Adam du maître de l'aire se mit à monter et descendre comme s'il voulait dire quelque chose, mais les mots restèrent coincés dans sa gorge.

— Je n'ai pas oublié, ajouta Shezira. Je n'ai pas oublié que, plus que quiconque, c'est vous qui m'avez soutenue quand Antros est mort si brutalement. Si vous vous étiez retourné contre moi, je ne serais pas reine à l'heure qu'il est. Vous vous êtes acquis ma gratitude à l'époque et dans les années qui ont suivi, et vous l'avez encore.

— Dans ce cas…

Ils savaient tous les deux ce qu'il s'apprêtait à dire. Ils savaient tous les deux qu'elle ne pourrait y consentir.

— Je vous laisserai choisir votre successeur, celui qui deviendra le nouveau maître du Guet et de mes autres aires après vous. Je respecterai votre jugement, Isentine. Mais vous ne pouvez pas assumer plus longtemps cette charge. Le règne de l'Orateur Hyram arrive presque à son terme, et j'ai l'intention de lui succéder. Je vous cache ici pour l'instant, mais quand je dirigerai le Palais Adamantin, je ne peux avoir à mon côté un vieillard à peine capable de marcher. Je suis désolée.

Elle faillit lui prendre la main, parce qu'il était de bien des façons son plus vieil ami. Mais elle, elle était reine, et sa main ne bougea pas. Seules ses articulations exsangues la trahirent.

Isentine déglutit, prit une profonde inspiration et s'inclina lentement.

— Je comprends, Altesse. Je désignerai un homme digne de vous servir comme je ne peux plus le faire, et j'accomplirai la Chute du Dragon.

Ils restèrent assis ensemble en silence, puis Shezira ne put plus le supporter. Elle se leva et alla à la fenêtre.

Le cabinet donnait directement au-dessus des falaises, et le précipice semblait presque sans fond.

— Ou alors...

Isentine s'était figé. Il retenait sa respiration...

— Mes filles aiment beaucoup leurs dragons, et elles vous aiment beaucoup vous aussi. Almiri, qui héritera de mon royaume, a déjà des enfants. Lystra, promise au prince Jehal, est encore assez jeune pour se montrer docile, mais Jaslyn... J'ai cru comprendre qu'elle passe énormément de temps ici.

Isentine la regarda, un sourire aux lèvres, puis secoua la tête.

— Vous pouvez choisir qui il vous plaira, ma reine, mais pas Jaslyn. Elle est encore trop jeune pour devenir maîtresse d'une aire. Elle connaît très bien ses dragons, mieux que la plupart des écuyers, je dois dire, mais n'a aucune expérience...

Il commençait enfin à comprendre.

— Cette petite aurait bien besoin d'un mentor, reprit Shezira d'un ton sévère. Si vous acceptez, vous serez obligé de passer encore des années ici, au milieu de ces bêtes, et je ne pourrai vous permettre la Chute du Dragon que lorsque vous estimerez Jaslyn digne de vous succéder.

— J'accepte, Altesse. Je vous remercie.

Shezira détourna le regard. Isentine sanglotait presque de gratitude, et c'était une vision insupportable.

— Vous ne viendrez pas avec nous au royaume du roi Tyan, reprit-elle. Vous êtes trop vieux. Restez ici et réfléchissez à ce qui vous attend. Vous n'aurez pas la partie facile avec Jaslyn. C'est une fille entêtée et orgueilleuse. Vous, vous savez que cette gamine est physiquement quelconque, et encore, je suis gentille ; eh bien figurez-vous que chaque fois que je lui propose un soupirant elle prend un air dégoûté. Vous allez regretter très vite de ne pas avoir opté pour la Chute du Dragon...

— Vous serez fière de votre fille quand je vous la rendrai, chuchota le maître de l'aire.

Je le suis déjà, pensa Shezira, mais cela non plus elle ne pouvait pas le reconnaître ouvertement. Elle se mit à faire les cent pas en évitant délibérément le regard d'Isentine.

— Bien. Et maintenant, passons au prince Jehal. Plus que deux jours, maître de l'aire.

— Tout est prêt, Altesse.

— Oh mais je n'en doute pas ! Cependant… Faites venir l'alchimiste ! Haros ? Huros ? Bah, peu importe… Qu'il m'accable d'ennuis avec la description détaillée de ses préparatifs. Et si je m'endors, faites en sorte qu'il sache que ma maréchale souhaite le voir également. Elle a acquis une certaine bouteille et il semble qu'elle ait besoin de lui pour comprendre ce que contient cette fiole.

— Tout de suite, Altesse.

Shezira regarda Isentine quitter la pièce d'un pas élastique, chose qu'elle n'avait pas vue chez lui depuis longtemps. Elle avait donc bien agi, finalement ? Un petit rayon de soleil dans une tempête bien plus menaçante.

Plus que deux jours avant mon départ. Je vais acheter le prince Jehal en lui offrant la chair de l'une de mes propres filles. Je sais pourtant, moi plus que quiconque, que c'est à cela que nous servons, nous les femmes…

4. L'ORATEUR DES ROYAUMES

— Comment peut-on ne pas convoiter toutes ces choses ? Vraiment, je ne comprends pas, murmura Jehal.

Moite de sueur, la peau de Zafir frottait contre la sienne. La jeune femme se tourna vers lui.

— De quoi parlez-vous, mon tendre ami ?

Jehal passa ses mains derrière sa tête. Entortillés dans des draps de soie, les deux amants étaient allongés sur un lit de bois sculpté millénaire. Aux quatre murs, les fenêtres ouvraient sur le ciel et le Palais Adamantin dominant la Cité des Dragons.

— Je vous parle de cela ! De toutes ces choses ! répéta-t-il.

Zafir se pressa contre lui en lui caressant la poitrine.

— Toutes ces choses…, murmura-t-elle.

Elle semblait heureuse, constata Jehal, et c'était bien normal. Après tout, grâce à lui, la jeune femme avait passé la majeure partie de la nuit à haleter.

Le prince s'assit en poussant un soupir.

— Oui, toutes ces choses. La perfection, vous ne trouvez pas ? Jamais je n'oublierai le jour où mon père m'a amené ici pour la première fois. J'étais devant lui, dans ses bras, et nous planions haut dans les airs, dans un ciel bleu vif, sous un soleil torride. Tout en bas, la terre semblait distante, tellement distante… Sombre, verte et luxuriante. Soudain, dans le lointain, j'ai aperçu les montagnes, avec à leur pied un scintillement intrigant. J'ai pointé le doigt dans cette direction et j'ai demandé de quoi il s'agissait à mon père. C'est un joyau, mon fils. Tu n'en verras jamais de plus grand, m'a-t-il répondu. Et il avait raison. Se détachant sur les montagnes de l'Éperon Pourpre, cerné de lacs miroitants, le Palais Adamantin scintillait au soleil. Cette vision reste gravée dans mon esprit, comme frappée par le souffle d'un dragon.

Jehal sourit à la jeune femme et reprit.

— Redoutable. Le dragon de mon père s'appelait Redoutable. Il était déjà vieux à l'époque, et il est mort depuis longtemps. Il m'arrive de regretter que mon père ne se soit pas éteint en même temps que lui. Quand mon détraqué de petit frère a assassiné notre mère et le reste de notre fratrie, mon père ne s'en est jamais remis. Se traîner ainsi la bave aux lèvres, complètement dérangé, ce n'est pas une fin qui convient à un roi… Les rois devraient être éternels ou disparaître dans une flambée de gloire.

Zafir passa les bras au cou de son amant.

— Mais vous m'avez, moi !

— Oui, je vous ai. C'est plus que ce dont peut rêver un homme. La plus belle des princesses de tous les royaumes.

— Je suis reine, chuchota-t-elle en lui mordillant l'oreille. Ma mère est morte. Un méchant l'a fait tomber d'un dragon en vol, vous vous rappelez ?

Jehal attira les lèvres de la femme vers les siennes.

— Méfiez-vous, ma douce. De tels propos sont dangereux. Votre mère a eu un accident, j'en suis à peu près sûr. Et vous êtes toujours une princesse, pas une reine. Vous resterez une princesse tant que l'Orateur Hyram n'en aura pas décidé autrement.

— Ce sera encore long ?

— À mon avis, il vous convoquera d'ici une heure ou deux.

— Pourquoi met-il autant de temps ? grommela Zafir.

— Vous avez vu comme il tremble ? C'est un vieillard au crépuscule de sa vie.

— Il est d'un ennui ! Il faut toujours qu'il fasse traîner les choses en longueur !

Jehal allongea doucement sa compagne, plongea le regard dans ces grands yeux si sombres, posa une main sur la courbe de son ventre. Les caresses d'une faible brise le firent frissonner.

— C'est plutôt malin de sa part, mais je peux le prendre à revers, lui dit-il avec un grand sourire.

Zafir gloussa.

— Je vais bientôt être reine, mais vous, vous resterez prince. Vous devrez donc faire tout ce que je vous demande, n'est-ce pas ?

— Oui. Tout ce que vous voudrez.

— Alors je sais déjà quel sera mon premier ordre de reine.

— Et quel sera-t-il, mon amour ?

— Dès que je serai reine, je vous ordonnerai de revenir immédiatement ici.

Elle prit le visage de Jehal entre ses mains et l'attira lentement vers elle.

— Encore, voilà ce que j'exigerai de vous. Encore…, soupira-t-elle.

Plus tard, Jehal regarda Zafir s'habiller et quitter la pièce. Dès qu'elle eut disparu, il alla nu à la fenêtre et attendit, en prenant le risque d'être vu. La tour de l'Air était la plus haute et la plus grandiose du Palais, et l'Orateur Hyram l'avait réservée à Zafir dès qu'il avait su qu'elle venait. Les étages inférieurs grouillaient de serviteurs, certains aux ordres de Zafir, mais la plupart au service de l'Orateur. Si Hyram apprenait qui Zafir avait mis dans son lit, il n'allait pas du tout apprécier. En se tenant ainsi à la fenêtre, Jehal bravait le destin.

Quand il eut estimé que Zafir était partie depuis assez longtemps, il enfila une tunique toute simple et un pantalon défraîchi, puis quitta la pièce en portant le pot de chambre. Au milieu de tous ces inconnus affairés, personne ne lui accorda un regard.

Nettement plus modeste que la tour de l'Air, le logement de Jehal était quasiment le plus pauvre du Palais. Hyram rêvait sans doute de voir croupir le prince dans une hutte de boue et de paille prenant l'eau hors des murs de la ville, mais l'insulte aurait été trop évidente. Jehal avait pourtant ressenti l'affront que lui faisait subir l'Orateur, et il y répondit en arrivant en retard au couronnement de Zafir. Il fit bruyamment irruption dans la Cathédrale de Verre au beau milieu du fastidieux discours d'Hyram sur la dignité, l'utilité et la mission des rois. Des rois, pas des reines. Mentalement, Jehal pris note de mentionner ce point à Zafir dès qu'il l'aurait déshabillée à nouveau.

Hyram parlait d'un ton monotone et Jehal examina ses ongles. La Cathédrale semblait immense et vide. Tout au fond, une horde de prêtres-dragons tournait en rond en gazouillant dans l'ombre. Quelques seigneurs et dames de la maison d'Hyram l'écoutaient poliment, mais la seule autre personne vaguement importante présente en ces lieux était le confectionneur de potions, qui consignait consciencieusement l'événement : Bellepheros, alchimiste en chef de l'Ordre des Écailleux. Jehal le regarda des pieds à la tête et bâilla. Ils auraient pu faire tout ça en dix minutes dans le cabinet d'Hyram avec une bouteille de bon vin à portée de main. Oh, mais ce n'aurait pas été la même chose. Le fait de frôler la mort d'ennui ou de froid donnait sans doute la gravité requise à l'événement. Il aurait dû amener un manteau, se dit-il. Un manteau épais et chaud. Et un oreiller. Pour rester éveillé, Jehal allait devoir se contenter des tremblements et du bégaiement d'Hyram pendant tout son discours, un vrai délice, certes.

L'Orateur arriva enfin au terme de son allocution. Jehal s'éclipsa et observa ce qui l'entourait en attendant Zafir. Il réfléchissait déjà à la façon dont il pourrait s'acquitter pleinement de ce premier ordre royal. Mais c'est Hyram qui sortit le premier. Il se dirigea d'un pas décidé vers Jehal.

— V… vous ayez finalement p… pu assister au c… couronnement, bégaya le roi, qui tremblait des pieds à la tête.

Jehal lui concéda une révérence des plus décontractées.

— La reine Zafir ne pouvait être couronnée sans la présence d'une autre personne de sang royal, sans quoi je ne serais pas venu. Vous avez froid, votre Altesse ? Le fond de l'air est frais aujourd'hui, assurément. Si vous voulez, je peux aller vous chercher un manteau.

— N… n… ne faites pas l'étonné avec moi, prince Jehal, cracha Hyram.

— Mais oui, bien sûr ! s'exclama Jehal en se touchant le front, un sourire aux lèvres. J'avais oublié ! Votre maladie. On dirait qu'elle empire, non ? Quelle terrible perte ce serait pour les royaumes ! Toute cette sagesse ! Vraiment, aucun chevalier-dragon n'est digne de vous remplacer !

— Et c… comment va votre père, Jehal ?

Avec son tremblement incessant, Hyram avait l'air d'un vieil homme brisé, mais ses yeux lançaient toujours des flammes. Jehal se mordit la lèvre. *Méfiance, méfiance. Il n'est pas gâteux. Pas encore.*

Il s'efforça de prendre un air attristé.

— À mon avis, son esprit est toujours aussi pénétrant. Mais comment s'en assurer ? La plupart du temps, il est paralysé, et quand il se remet à trembler et qu'il peut enfin ouvrir la bouche, personne ne comprend ce qu'il veut dire. Que nous puissions encore le nourrir relève du miracle. La maladie…

— La maladie ? ricana Hyram. Il est p… pourtant couramment ad… admis que v… vous l'empoisonnez. Vous l'ign… l'ignoriez ?

Jehal serra les dents.

— Alors je dois également être en train de vous empoisonner, votre Sainteté, car vos symptômes sont les mêmes que les siens au début de sa maladie. Difficile de se rappeler le temps où il pouvait encore parler, se nourrir lui-même, baiser les femmes et faire tout ce que le père d'un prince-dragon devrait pouvoir faire, n'est-ce pas ? Eh bien, j'ose affirmer que vos symptômes sont *exactement* les mêmes.

Il se détourna et s'éloigna.

— Heureusement que votre règne se termine bientôt ! ajouta-t-il. Vous imaginez, un Orateur incapable de parler ? Pitoyable ! Et à propos, comment se porte votre mémoire ? Vous commencez à oublier des choses ?

— Jehal…

Le prince s'arrêta, mais ne se retourna pas.

— Votre Sainteté ?

— La reine Aliphera. On raconte qu… qu'elle est tombée de son dr… dragon.

— C'est également ce que j'ai entendu dire.

Il se retourna pour déchiffrer l'expression de l'Orateur.

— Je connaissais Aliphera. Elle aimait la ch… la chasse. Elle montait ses dragons aussi bien qu'un homme. Cette sup… supposition… est absurde.

Jehal haussa les épaules.

— Oui, n'est-ce pas ? Hélas, il semblerait qu'elle ait décidé de s'éloigner de son escorte. Personne n'a vu ce qui s'est passé, ou bien personne ne voudra l'admettre.

Il éclata de rire.

— Demandez donc aux dragons !

— Je vous le demande à vous.

— Mais vous me demandez *quoi*, votre Sainteté ?

— Zafir est-elle responsable de cette chute ?

— Si c'est votre question, c'est à elle qu'il faut la poser, pas à moi.

— Je l'ai fait. Ce sont les premiers mots que j'ai prononcés après lui avoir placé la couronne sur la tête : *Avez-vous tué votre mère pour obtenir ceci ?*

Jehal sourit d'un air affecté.

— Elle l'a très bien pris, j'imagine ? Si vous avez soudain décidé de faire cas de mon opinion, je vous avouerai que cette pensée m'a également traversé l'esprit. Cependant, je doute que Zafir ait assassiné la reine Aliphera. Elle a pu en caresser l'idée, mais elle n'aurait pas eu les nerfs de passer à l'acte.

— Mais v… vous, vous les avez.

— Moi ? grommela Jehal. Dans la mesure où il apparaît que je ne suis pas parvenu à empoisonner mon père une bonne fois pour toutes malgré dix ans d'efforts, je ne suis peut-être pas un assassin aussi compétent que vous semblez le croire, votre Sainteté.

— Je vais envoyer des enqu… des enquêteurs dans votre aire et dans celle de Zafir également. B… Bellepheros connaît déjà mes ordres. Si vous faites la m… moindre tentative pour les gêner dans leurs r… recherches, je saurai que vous êtes coupable.

— Votre foi en moi est touchante, votre Sainteté. Mais certainement, envoyez qui bon vous semble. Bien entendu, Bellepheros aura à sa disposition tout ce dont il a besoin. Qu'il soit aussi méticuleux et consciencieux que possible ! Quand il reviendra chez vous bredouille, je suis prêt à parier que vos soupçons à mon égard resteront aussi forts qu'auparavant. En avez-vous terminé avec moi, vieil homme ?

— Je l'espère de tout cœur.

Jehal se pencha vers l'Orateur Hyram et soutint son regard.

— Vous avez peut-être tort, vous y avez déjà pensé ? Et si je n'avais pas passé ces dernières années à assassiner lentement mon propre père ? Et si au contraire je cherchais un remède à sa maladie ? Et si je vous disais que je l'ai découvert ?

Pendant un instant, Hyram sembla hésiter. Pendant un instant seulement, mais Jehal sentit presque sur sa langue le goût de la victoire.

— Alors j... j'ai hâte de le revoir en s... selle.

— Moi aussi, votre Sainteté, moi aussi.

Jehal s'éloigna d'un air glacial et, après s'être assuré que personne ne pouvait le voir, leva les yeux vers la tour de l'Air.

— Alors ? Les choses se sont-elles passées à votre convenance ? chuchota-t-il comme si le vent pouvait porter ces mots jusqu'à Zafir.

Il se mit à glousser puis éclata de rire. Il riait aux larmes, maintenant. Était-ce le rire ou les larmes qui ne voulaient plus s'arrêter ?

5. SHEZIRA

La meute de dentus s'éparpillait déjà. Shezira en choisit un et cria ses ordres à Mistral. Docilement, le dragon virevolta puis plongea en refermant ses ailes. Il piqua vers le sol à la verticale, comme un faucon. Le dentu allait lui échapper, pourtant. Il serait sous le couvert des arbres avant que le dragon ne rase le sol. Shezira grommela tout bas. Voilà ce que c'était de monter un dragon de guerre pour chasser. Des bêtes si massives, aux épaules si larges et à l'envergure si grande que, la moitié du temps, elle ne voyait même pas ce qu'elle faisait. À moins de plonger en piqué, auquel cas le vent l'aveuglait presque complètement. Elle plissa les yeux en scrutant les arbres éparpillés sous elle.

— Feu ! hurla-t-elle.

Mistral étendit ses ailes et Shezira se retrouva plaquée sur ses écailles. Le dragon devait faire du sur-place pour lâcher son jet de flammes. La reine se dépêcha de refermer la visière de son casque. Secoué de tremblements, Mistral poussa un rugissement, puis un mur de chaleur balaya sa dragonnière. Le dragon s'ébroua, fit une embardée en atterrissant lourdement, trébucha dans sa course... Shezira sentit les branches et les feuilles tenter de lui voler son armure et entendit craquer un tronc. L'air brûlant était imprégné de l'odeur du bois carbonisé. Quand la reine releva sa visière, Mistral était au sol. Une bande fumante d'une centaine de mètres de long se consumait dans la forêt. Tout autour de la reine, les arbres avaient noirci, et quelques-uns s'étaient rompus sous le choc. Impossible de savoir si le dentu qu'elle convoitait avait été atteint par le souffle. Elle fit reculer son dragon pour le dégager des débris.

— Vous l'avez raté, mère ! lui cria la princesse Almiri.

À une cinquantaine de mètres de là, son dragon à elle tenait un dentu décapité dans ses serres antérieures.

Une chose énorme passa juste au-dessus de Shezira, si près que le déplacement de l'air sur son passage faillit l'arracher de sa selle. Elle baissa instinctivement la tête. Un dragon de chasse habituellement gris mais à cet instant noir de suie s'arqua au-dessus de la forêt, sa queue cinglant la cime des arbres. Il plongea plusieurs fois la tête vers le bas en crachant un mince jet de feu, puis reprit de l'altitude, vira sur l'aile et revint se poser près de Shezira, en s'insérant de force entre elle et la princesse Almiri. Sa dragonnière ôta son heaume en brandissant le poing, furieuse.

— C'était ma proie, mère ! beugla la princesse Jaslyn en jetant son casque, dégoûtée. Que pensiez-vous faire ? Vous m'avez coupé la route, vous et votre gros balourd ! Silence a failli vous rentrer dedans ! Vous auriez dû emprunter l'un des chasseurs d'Almiri !

— C'est le dragon qui vole le plus haut qui a la préséance ! répliqua sèchement Shezira.

Elle devait hurler pour se faire entendre. Mistral se grattait sur un arbre qu'il faisait rouler par terre. Une odeur bizarre flotta jusqu'aux narines de la reine.

— C'est le premier qui repère une proie qui a la préséance ! hurla Jaslyn à son tour.

Silence, son dragon, replia ses ailes et fit quelques pas prudents de côté. Il faillit toucher Mistral, qui abandonna son arbre. Il s'ébroua et siffla, et Silence lui répondit en sifflant lui aussi. Les dragons de guerre n'aimaient pas la proximité de leurs congénères. Shezira se sentit soudain toute petite. Les dragons n'attaquaient jamais les dragonniers, sauf si on leur en donnait l'ordre. Par contre, les tuer en les écrasant par inadvertance, c'était une autre affaire.

— C'était moi qui le chassais ! s'exclama Shezira en tentant de calmer Mistral.

Mais Jaslyn avait raison. Mistral n'était pas conformée pour ce genre de pratique, et la reine aurait dû emprunter un chasseur convenable.

— Seulement ensuite, tu m'as pratiquement désarçonnée ! J'ai failli tomber en plein vol !

À présent, Silence montrait les dents à Mistral. La différence de taille ne semblait aucunement le perturber. *Au moins, sur un dragon de guerre, je peux me chamailler avec ma fille en la regardant de haut.*

— Et vous l'avez eu, ce dentu ? lui cria Almiri. Elle aussi avait entraîné son propre dragon de côté, en s'approchant assez pour détourner l'attention de Silence. En tant qu'aînée des filles de Shezira et que femme mariée avec une famille à elle, Almiri avait endossé le rôle de médiatrice. Ce qui faisait sourire Shezira, parce qu'elle se rappelait l'époque où Almiri se montrait tout aussi désagréable que Jaslyn.

— Évidemment que je l'ai eu !

Tout autour d'elles, la terre tremblait chaque fois que d'autres dragons se posaient. Shezira dénombra rapidement leurs proies ; ils avaient abattu environ un tiers de la meute des dentus, ce qui ne suffirait pas à contenter le roi Valgar, assurément. Ces dentus étaient une vraie menace. Debout sur leurs jambes arrière, moitié plus grands qu'un homme et deux fois plus rapides, ils vous décapitaient joyeusement d'un seul coup de dents si l'occasion se présentait. Ces créatures rusées mangeaient n'importe quoi, tout ce qui leur tombait sous les griffes, en fait. Elles chassaient en groupe et ne répugnaient pas à massacrer de temps à autre des villages entiers. Les dragons représentaient de loin la meilleure façon de les garder sous contrôle, et le roi Valgar s'était abstenu d'éliminer cette horde juste pour leur offrir cette chasse.

Mistral fit quelques pas vers Silence, le heurta et grogna. Silence répliqua par un sifflement menaçant. Les deux dragons avaient adopté l'humeur de leurs dragonnières. Mistral avait faim, manifestement, et les autres dragons venaient d'entamer leur première proie. L'odeur du sang devint prégnante, ainsi que le bruit des os qui craquaient, de la chair déchiquetée, de la lourde respiration des dragons.

— Voulez-vous échanger avec moi, mère ? lui demanda Almiri, qui criait toujours pour se faire entendre. Ma monture convient nettement mieux à la chasse !

La proposition était tentante, mais Shezira secoua la tête.

— Le crépuscule va tomber avant que vous n'en ayez terminé ici, et je dois retourner sur l'aire de Valgar. Pour garder Lystra à l'œil et lui éviter de faire des bêtises.

— Vous auriez dû la laisser venir !

— Une semaine avant de la marier à Jehal ? Vous savez comment elle est, particulièrement quand Jaslyn est dans les parages ! Je veux la présenter comme elle peut être, belle et parfaite, pas comme elle est d'habitude, couverte de contusions et les fesses endolories à force d'avoir monté ! Ce fut très agréable de voler un moment en votre compagnie, mais je dois partir.

— Quel dommage ! J'aurais tant aimé que nous volions une dernière fois toutes les quatre ensemble, lui lança son aînée souriante.

Almiri n'avait sûrement pas eu l'intention de blesser sa mère mais ces quelques mots lui firent mal. Quand avait-elle offert la main de son aînée au roi Valgar ? Elle avait l'impression que c'était hier ! Une décision difficile, mais au moins, leurs royaumes étaient voisins et leurs clans liés par le sang depuis des siècles. En outre, en tant qu'aînée, Almiri hériterait un jour du royaume de Sable et de Pierre, et la laisser partir avait semblé une décision juste et logique. Et à l'époque, Shezira avait toujours Jaslyn et la petite Lystra.

Insensiblement, au fil des ans, elle avait perdu Jaslyn, qui ne se consacrait plus qu'à ses dragons. À présent, elle était sur le point de perdre sa cadette en la donnant à un prince qu'elle connaissait à peine. Lystra vivrait dans un palais situé à plus de cinq cents lieues de là. Un accord nécessaire et certainement pas sans bénéfice mais, dès la fin des noces, Lystra deviendrait une étrangère pour sa mère. Shezira allait devoir s'habituer à cette idée.

Almiri avait dû en partie percevoir le cours de ses pensées, car elle ajouta :

— Quand vous siégerez au Palais Adamantin, vous pourrez nous convoquer toutes aussi souvent que vous le souhaiterez. Et organiser autant de chasses et de tournois qu'il vous plaira. Si vous le lui demandez, le prince Jehal sera obligé d'emmener Lystra avec lui.

Ce qui était tout à fait vrai, mais elle ne pouvait se défaire du sentiment que les choses ne seraient plus jamais les mêmes. Elle poussa un soupir.

— Bientôt, princesse. Bientôt. Mais en attendant, pourriez-vous priver votre dragon d'une moitié de sa carcasse ? Mistral s'agite.

Un demi-dentu n'était qu'un amuse-gueule pour un monstre comme Mistral, mais la viande sembla apaiser son humeur. Tiraillée par les regrets, Shezira laissa les autres chasseurs à leurs plaisirs. Elle fit faire demi-tour à son dragon encombrant et massif, puis le lança à pleine vitesse. Du coup, les autres dragons se redressèrent pour assister à ce spectacle, car le bruit d'un dragon de guerre en pleine course pouvait ébranler la terre et faire tomber les maisons, et une bête comme Mistral devait courir un bon moment avant de parvenir à décoller. Quand il étendit finalement ses ailes et s'éleva dans le ciel, toute gaucherie disparut. Shezira tourna une fois au-dessus d'eux, puis demanda au dragon de s'incliner sur l'aile pour leur souhaiter bonne chance. La reine abandonna derrière elle les montagnes et leurs forêts pour survoler les plaines. Elle laissa Mistral adopter l'allure qui lui convenait et se livra au plaisir du vent dans ses cheveux, de cette sensation de solitude absolue. Elle n'avait pas souvent le ciel pour elle toute seule, alors que c'était ce qu'elle chérissait le plus. Elle ne se sentait vraiment libre qu'à ces occasions, libre de prétendre qu'elle n'avait aucun titre, aucun fardeau, pas de famille, pas de filles à marier, pas de neveu comploteur à surveiller, pas de sujets à diriger, pas d'obligations, pas de responsabilités…

Se surprendre à penser ainsi la fit rire. *Et me voici, très probablement la prochaine Oratrice des royaumes. Pourrais-je vraiment tourner le dos à tout cela, si on me disait que c'était possible ? Partirais-je vraiment avec Mistral au-dessus du désert de Pierre vers les vallées secrètes où personne ne me reconnaîtrait et où personne ne me retrouverait ?*

La réponse, elle la connaissait ; elle ne pouvait même pas envisager ce choix une seconde. Elle se sentit idiote, ce qui la fit rire encore plus, et quand elle atteignit l'aire de Valgar, elle avait l'impression d'avoir rajeuni de dix ans.

Elle avait espéré que cette bonne humeur durerait après qu'elle se serait posée, mais ce ne fut pas le cas. Sa gaieté s'évanouit au moment même où elle aperçut sa maréchale, dame Nastria, qui traversait avec détermination le terrain roussi pour rejoindre sa maîtresse. Nastria n'avait enfilé que la moitié de son armure, comme si elle était pressée de partir, et elle agitait une missive.

— Votre Altesse ! La reine Aliphera est morte ! cria-t-elle à la reine.

6. HUROS

Huros savait exactement ce qu'il se passait, parce que rien ne pouvait se faire sans lui. Il s'était assis avec le maître de l'aire Isentine et avait expliqué à la reine Shezira tout ce qu'il savait sur l'itinéraire prévu pour escorter la princesse Lystra jusqu'au lieu de ses noces : le nombre exact des dragons qui les accompagneraient, les endroits précis où ils s'arrêteraient, et la durée exacte de leurs pauses.

Ils quittèrent l'aire du roi Valgar à la première lueur du jour. Ce n'était pas une surprise pour Huros ; son plan le prévoyait. Aujourd'hui serait la plus longue étape du voyage. Ils feraient d'une traite le trajet jusqu'au Palais Adamantin où ils resteraient une journée, ni plus ni moins, pour permettre aux dragons de reprendre des forces. Il lui tardait d'arriver. Il passerait cette journée avec les alchimistes les plus hauts placés des royaumes, peut-être même avec maître Bellepheros en personne. C'était pour lui l'occasion de progresser, et cette perspective avait occupé ses pensées jusqu'à fort tard dans la nuit, si bien qu'il n'était pas complètement réveillé quand quelqu'un frappa à sa porte. Il sortit en trébuchant. Le soleil grimpait au-dessus de l'horizon. Il vérifia que ses potions étaient très soigneusement empaquetées ; puis s'enveloppa dans son épais manteau de vol délicieusement chaud, s'arrima sur le dos de l'un des dragons et se mit à compter ceux qui se préparaient autour de lui. Quand il en arriva à vingt, ses paupières étaient devenues si lourdes qu'il estima nécessaire de les reposer un peu. Ce comptage ne rimait pas à grand-chose, de toute façon. Il savait exactement quels dragons leur serviraient d'escorte, et il savait exactement où ils allaient.

Des hommes grimpèrent près de lui. Il sentit le dragon se mettre à courir puis s'élancer dans les airs. Il jeta un regard ensommeillé à ce qui l'entourait et ses yeux se refermèrent.

Deux heures plus tard, son ventre lui rappela qu'il n'avait pas pris le moindre petit déjeuner, et il se réveilla. À sa grande surprise, il ne se trouvait pas du tout à l'endroit attendu. Les montagnes de l'Épine du Monde étaient trop proches. Plus concrètement, il aurait dû apercevoir une trentaine de dragons dans le ciel autour de lui. Au lieu de quoi, il ne vit que la Blanche et deux autres dragons de guerre, point final.

— Euh… Excusez-moi !

Deux hommes voyageaient avec lui : l'écuyer, assis sur les épaules du dragon, et un autre ressemblant à un Écailleux. Huros fronça les sourcils, en essayant de se rappeler son nom. Kailin. L'Écailleux chargé de la Blanche…

— Eh, l'Écailleux !

L'homme se retourna et lança à Huros un regard sans expression. Avec tout ce vent, l'écuyer était trop loin pour les entendre.

— Écailleux ! Excuse-moi ! Tu m'entends ?

L'Écailleux hocha la tête.

— Bien. Où sommes-nous ?

L'autre haussa les épaules.

— Tu n'en sais rien ? Où sont les autres, alors ?

L'Écailleux secoua la tête et haussa de nouveau les épaules.

— Bien. Bon. Qui est au courant, alors ?

L'Écailleux désigna le chevalier-dragon d'un mouvement de tête. Huros écarquilla les yeux et décida de ne pas insister. D'un point de vue strictement hiérarchique, tous les Écailleux lui étaient subordonnés, à lui et aux autres alchimistes, car tous dépendaient de l'Ordre. Dans les faits, la plupart d'entre eux vivaient dans un petit monde étriqué qui n'appartenait qu'à eux et se limitait, semblait-il, à eux-mêmes, leurs dragons et pas grand-chose de plus.

Quelques gargouillis retentirent dans son estomac, et l'alchimiste fit une nouvelle tentative.

— Écailleux ! Hum, as-tu quelque chose à manger pour moi ?

L'homme hocha la tête et lui tendit un quignon de pain. Huros se mit à le ronger en fulminant tout son content. En aucune circonstance, un escadron de dragons ne devrait se scinder sans avoir consulté au préalable l'alchimiste le plus âgé de la troupe. Dans la mesure où Huros était le seul alchimiste que la reine Shezira avait estimé nécessaire d'emmener avec elle, c'était lui qu'ils auraient dû consulter. *Il va y avoir une petite explication*, se dit-il, sinistre. Oui, une explication, parfaitement. Une explication franche et vigoureuse.

Ils volèrent pendant des heures, et avec chaque heure qui passait, Huros serrait de plus en plus les poings. Certes, la reine Shezira pouvait avoir modifié ses plans après avoir appris la mort tragique de la reine Aliphera, mais pourquoi aurait-elle agi de la sorte ? En outre, cela ne changeait rien à l'affaire. On aurait dû le consulter d'abord. *Mes aïeux !* Il ne savait même pas où il était ; les sommets de l'Épine du Monde se trouvaient à sa droite et des montagnes encore plus nombreuses se pressaient devant lui. Ce qui signifiait qu'il volait toujours vers le sud, qu'il s'éloignait du Guet. Son front se rida. Peut-être se trompait-il complètement ? Les montagnes auraient-elles dû se situer à sa gauche ?

La pression sur sa vessie augmenta. Il serra les jambes et se mordit la lèvre, mais arriva le moment où il dut céder. Les chevaliers-dragons le faisaient tout le temps, après tout ! Même l'Écailleux s'était levé pour se soulager dans une bouteille avant de se resangler. Huros commença à défaire les courroies qui le retenaient au dragon, mais quand il se leva le vent le malmena et faillit le renverser, et il eut si peur qu'il ne parvint pas à uriner. Petit à petit, la pression se transforma en douleur. Quand ils atterrirent, elle était devenue si atroce qu'Huros ne fut pas en état d'exiger une explication. Il partit en trébuchant vers l'arbre le plus proche, sans prendre le temps de découvrir où il était.

Il n'avait pas terminé que son dragon et son écuyer redécollaient déjà. La bête commença par accélérer en battant des ailes jusqu'à atteindre une vitesse suffisante pour s'élever dans les airs. Pendant un battement de cœur terrifiant, Huros crut qu'on l'avait abandonné, puis il aperçut l'Écailleux en compagnie de deux soldats d'allure étrange. D'ailleurs, les trois autres dragons étaient toujours là, dans le ciel. Ils tournaient en rond au-dessus de sa tête. L'Écailleux était assis au bord d'une vaste étendue rocailleuse, près d'un tas de coffres et de sacs, sans doute les chargements des dragons. Ici et là, des rubans étincelants d'eau écumante sinuaient et s'entrelaçaient entre les rochers et sur les grèves de sable argenté. Des bandes d'herbe sauvage, à peut-être un jet de pierre, bordaient le lit du fleuve, comme pour tenir les arbres à distance.

Les deux soldats s'approchèrent lentement d'Huros en portant entre eux un étrange engin. À en juger par la façon dont ils se déplaçaient, cette chose semblait effroyablement lourde. Huros profitait de ces instants de répit pour se demander où était passé le précieux dragon blanc de la reine, quand la bête en question surgit juste au-dessus de sa tête, si près que l'arbre contre lequel il urinait vacilla et que l'alchimiste fut presque décollé du sol, dans le sillage du dragon. Il dut s'accrocher à une branche. Le temps qu'il reprenne ses esprits, le dragon se roulait sur le dos dans le lit du fleuve, près de l'Écailleux, en battant des ailes et en éclaboussant tout au passage. Non loin, son écuyer trempé et furieux injuriait l'Écailleux en agitant les bras.

Les deux soldats crièrent aussi quelque chose en brandissant le poing, puis reprirent leur marche. Huros attendit qu'ils soient tout près pour sortir de l'ombre des arbres.

— Vous n'êtes pas des chevaliers-dragons.

Ces hommes portaient des arcs dans leur dos, et leurs flèches blanches avaient été façonnées dans de l'os de dragon. Des objets précieux. Où les avaient-ils obtenues ?

Les deux soldats l'examinèrent des pieds à la tête puis échangèrent un regard et un sourire en adoptant un petit air supérieur.

— Vous l'avez remarqué ? Vous êtes très fort ! dit le plus grand des deux. Est-ce le fait que nous ne portions pas plusieurs tonnes d'écailles de dragons qui nous a trahis ? Ou parce que nous ne sommes pas en train de nous curer le nez sous un arbre ?

— Nous sommes des mercenaires, déclara l'autre.

Le grand hocha la tête.

— Tout à fait. En ce moment, nous vendons nos épées à votre maréchale.

Le plus petit des deux décocha à Huros une grimace déplaisante.

— Le prix n'est pas donné, ni pour l'une ni pour l'autre. Nos épées sont longues, tranchantes et très dures.

La grimace se mua en petit sourire affecté.

— Dame Nastria ? dit Huros, qui se renfrogna à cette désagréable évocation.

Elle lui avait remis une bouteille contenant un liquide bizarre, et il n'avait même pas pris la peine de regarder de quoi il s'agissait. Or, il était supposé le lui apprendre.

— Si tel est bien son nom.

Le grand rota bruyamment et dit :

— C'est bien elle. Je m'appelle Sollos, et voici mon cousin Kemir. Et vous, comme vous n'êtes pas l'Écailleux, vous êtes forcément l'alchimiste.

— Huros, précisa l'intéressé.

— Eh bien, Huros l'alchimiste, rendez-vous donc utile. Il y a une demi-tonne de bagages là-bas dans la rivière. Nous souhaiterions vivement les transporter sous les arbres avant l'arrivée de la brigade lourde.

Le mercenaire fit un geste grossier vers l'écuyer qui déversait toujours ses hurlements sur l'Écailleux en agitant les bras.

— Je suppose que ce type-là ne nous sera pas d'une grande aide.

— C'était très bien, pourtant, sourit le plus petit des deux, le dénommé Kemir. Pendant quelques instants, la dragonne blanche a oublié qu'elle avait un écuyer sur le dos, et il a sauté de justesse. S'il avait été un peu plus lent quand elle a roulé...

Il se passa un doigt sur la gorge, et ajouta :

— Dommage, vraiment ! Je me serais fait pipi dessus. Bref nous ne voulons pas que la dragonne écrase tous nos bagages, n'est-ce pas ?

Huros se secoua. *Une explication*, se rappela-t-il. Il aurait une bonne explication avec quelqu'un. Ces deux-là se montraient vraiment très grossiers avec lui. Avec *maître* Huros, merci beaucoup... Ils l'impressionnaient, cependant. Et ils étaient armés. Il se mordit la langue.

— Hum. Bien sûr. Quoique... Où sont allés tous les autres dragons, exactement, si vous me permettez cette question ?

— Leurs écuyers les ont emmenés à la chasse, déclara le grand, Sollos.

Il lança à Huros un regard compatissant et secoua la tête.

— Pour les nourrir, ajouta Kemir.

D'accord. Quand les chevaliers reviendraient, Huros exigerait également une *explication* quant à la présence de ces deux mercenaires. *Et d'abord, qu'est-ce qu'ils peuvent bien faire ici ?*

— Ils ne peuvent se permettre d'avoir des dragons affamés. On ne sait jamais, ces bêtes pourraient vouloir se mettre un ou deux alchimistes sous la dent histoire de se caler l'estomac.

Les mercenaires secouèrent la tête, un grand sourire aux lèvres. Tous les jours, Huros passait une partie de son temps en compagnie de ces monstres voraces qui pouvaient l'engloutir en un clin d'œil. On ne les contrôlait qu'en les dressant et grâce aux potions subtiles qu'il versait au compte-gouttes dans leurs abreuvoirs. Et pourtant, ces deux hommes le rendaient plus nerveux que n'importe quel dragon.

— Hum. Évidemment. Je parle des autres dragons. Où est la reine ?

Les mercenaires échangèrent un regard et haussèrent les épaules.

— *Gardez l'Écailleux à l'œil*, qu'ils nous ont dit, reprit Sollos. Ainsi que les écuyers, d'ailleurs. Au cas où l'un d'eux aurait la mauvaise idée de voler les dragons de la reine.

La lèvre inférieure saillante, il fit un grand sourire à l'alchimiste.

— Où sont allés les autres... Je l'ignore et je m'en moque. Quelqu'un d'intelligent pourrait supposer qu'ils sont en route pour le Palais Adamantin, exactement comme ils sont supposés le faire. Mais vous êtes alchimiste, donc vous êtes intelligent, j'imagine, et vous y avez déjà pensé, bien entendu.

— Eh bien... Mais pourquoi... Pourquoi ne sommes-nous pas partis avec eux ?

Le grand ricana tout bas.

— Je l'ignore. Des nouvelles inquiétantes, qui sait ? Votre reine ne fait peut-être confiance à votre Orateur que dans la mesure où elle peut le renverser. J'ai entendu dire qu'il devient très grandiloquent avec le temps. Ou alors, nous ne savons rien du tout.

Les deux mercenaires se lancèrent un coup d'œil.

— N'a-t-il pas été question de garder aussi les alchimistes à l'œil ? dit le petit.

Le grand secoua la tête. Sollos, se rappela Huros. Il s'appelait Sollos. Le chef, semblait-il.

— Je ne pense pas.

— Non, moi non plus.

Sollos afficha ce qui était probablement le sourire le plus menaçant qu'Huros eût jamais vu.

— Nous ne sommes que des mercenaires. Nous faisons ce qu'on nous demande et nous allons là où on nous dit d'aller. Personne ne nous explique pourquoi on nous commande d'agir ainsi, et nous ne voulons pas le savoir. Vous devriez plutôt vous intéresser à l'écuyer, là-bas, dès qu'il aura fini de passer un savon à votre Écailleux. Je suis persuadé qu'il sait beaucoup plus de choses que nous. Mais ne comptez pas sur lui pour nous aider à remonter les bagages. En attendant, auriez-vous l'amabilité de bien vouloir nous apporter votre aide ? Je crois que certains de ces coffres sont à vous.

Le petit hocha sagement la tête.

— Oui, ce qui se trouve sous le tas. Ils ont sans doute été un peu comprimés, voire légèrement écrabouillés.

Il lança un regard à l'autre mercenaire.

— Maintenant que j'y pense, ne m'as-tu pas dit avoir vu quelque chose couler de l'un de ces coffres ?

Ses potions !

Huros courut vers le fleuve aussi vite que ses jambes le lui permettaient, et il n'eut pas besoin de se retourner pour savoir que les mercenaires se moquaient de lui.

Une ombre masqua le soleil. Huros interrompit sa course et leva les yeux. Il y avait des dragons dans le ciel, des dragons qui plongeaient vers le fleuve. Quatre, ce qui signifiait au moins un de trop. Et c'étaient des dragons de chasse, pas de guerre, ce qui voulait dire…

Le dragon de tête ouvrit sa gueule et le fleuve explosa.

7. LA CATHÉDRALE DE VERRE

Ne partager avec personne le dos de Mistral était l'un des avantages de la royauté. Tous les chevaliers-dragons devaient supporter sur leur monture le troupeau des courtisans du Palais, la clique des chevaliers pauvres que dame Nastria avait tenu à emmener, et, bien entendu, les alchimistes et les Écailleux de l'aire. Sans parler des bagages.

Shezira poussa un soupir. Vues du ciel, les choses semblaient si petites ! Par-dessus son épaule, à l'ouest des royaumes, les montagnes volcaniques de l'Épine du Monde s'étiraient de la mer au désert et peut-être, pour ce qu'en savait Shezira, jusqu'au bout de la terre. Au nord de l'aire de Shezira, les terres des dragons se confondaient avec les déserts de Sable, de Pierre et de Sel, dépourvus de toute piste. À l'autre bout des royaumes, la capitale du roi Tyan se dressait sur le rivage de l'infinie Mer des Tempêtes. Quand la reine marchait dans les montagnes ou le désert, le monde lui semblait incroyablement vaste mais, vu de là-haut, tout devenait insignifiant.

— J'ai entendu dire qu'il y aurait des terres de l'autre côté des océans, murmura-t-elle à Mistral. À ton avis, le roi Tyan le sait-il ? Garde-t-il ce secret pour lui, tout comme nous gardons pour nous celui du désert de Pierre ?

Elle soupira encore et risqua un coup d'œil latéral sous l'énorme tête de Mistral. Quelque part là en bas...

Au sud du royaume de son gendre Valgar, les sommets de l'Éperon Pourpre se succédaient jusqu'au cœur des royaumes-dragons. Niché dans leurs lointains contreforts, cerné par les eaux des Lacs Miroirs, se dressait le Palais Adamantin. Shezira s'était souvent posée dans l'enceinte de ses remparts, mais chaque fois qu'elle le voyait surgir au loin, étincelant comme un trésor au soleil, son cœur manquait un battement. Elle ne se lassait pas de cette vision.

Là-bas ! Ce scintillement, juste au pied de la dernière montagne ! Comme au premier jour, comme vingt ans auparavant, un frisson la parcourut.

C'est normal qu'il scintille, se dit la reine. Car c'était effectivement un trésor. Un butin, un symbole de puissance. En ce lieu se négociaient les mariages et se scellaient les alliances, en ce lieu, les rois et les reines complotaient pour accéder à la grandeur. C'était le centre de tout, le cœur palpitant des royaumes.

Et surtout, le Palais serait bientôt à elle. Très bientôt.

Elle fit tourner son dragon au-dessus de l'aire du Palais en attendant le signal de se poser. Elle avait oublié combien cet endroit était grand.

— Tu aimes ? demanda-t-elle à Mistral en lui flattant la nuque.

En bas, une brusque flambée lui apprit qu'ils étaient prêts à la recevoir, et Shezira laissa Mistral piquer à travers les airs. Comme la plupart des dragons, il semblait apprécier cela, se laisser tomber comme une pierre. Elle avait toujours peur qu'il estime mal la distance et s'écrase sur les rochers, mais à chaque fois, à l'instant même où elle grimaçait et fermait les yeux, elle entendait le coup de tonnerre des ailes qui se déployaient. La violence de l'arrêt expulsait l'air de ses poumons et faisait trembler le sol. Elle adorait cette sensation.

Tout en se laissant glisser de l'épaule de son dragon, elle constata qu'Hyram était venu l'accueillir. Depuis leur dernière rencontre, au fil des mois, son tremblement avait énormément empiré.

— V… vous allez finir par avoir un… un accident…

Elle eut du mal à se retenir de sourire, mais la royauté était un travail sérieux et elle ne pouvait se laisser aller à la légèreté. Du moins en public. Elle s'inclina et Hyram lui tendit une main tremblante. Shezira embrassa l'anneau qu'il portait au majeur. Son anneau à elle, bientôt.

— Orateur Hyram. Quelle joie de vous revoir à nouveau !

Il hocha la tête avec brusquerie et fit signe à certains de ses courtisans. Shezira et lui traversèrent l'aire en silence, suivis par les flatteurs qui lui décrivirent d'un ton gourmand les innombrables plaisirs de l'esprit et de la chair qui l'attendaient au Palais. Shezira les entendait à peine. *C'est Hyram qui devrait me dire toutes ces choses, pas ses courtisans. La maladie est-elle devenue si terrible qu'elle l'empêche de parler ? Combien de temps avant qu'il ne puisse même plus marcher ?*

Des équipages les attendaient pour les emmener au Palais. Là-bas, ils durent attendre Jaslyn, Lystra, dame Nastria et les écuyers qui accompagnaient Shezira, puis il y eut comme d'habitude les rituels et les formalités sans fin, avec pour terminer le banquet obligatoire en l'honneur des invités. Rien de tout cela n'intéressait le moins du monde Shezira, mais au moins Hyram avait fait des efforts en son honneur. De minuscules lampes alchimiques décoraient l'immensité de la salle des audiences. Il y en avait des centaines, des milliers, qui s'égrenaient en rond comme des petits vers luisants. Des centaines d'autres constellaient les voûtes comme des étoiles, ce qui donnerait aux convives l'impression qu'ils festoyaient dehors plutôt qu'à l'intérieur. Des statues épiques les entouraient, gardiens silencieux sculptés dans le granit. Tous les Orateurs ayant jadis régné sur les royaumes veillaient sur eux. Au-dessus d'eux, des têtes de dragons en marbre saillaient des murs, dans les ombres, regards baissés vers eux, maussades et méditatives. Leurs gueules rougeoyaient grâce aux petites lampes cachées à l'intérieur. Quand ils entrèrent en ce lieu, les conversations se muèrent en chuchotements ou se turent d'un seul coup, tant cette salle était intimidante. Puis le festin commença, le bruit reprit et la salle se mit à grouiller de serviteurs courant en tous sens avec des coupes de vin, des plats de viande rôtie, d'énormes pâtés en croûte et des pâtisseries glacées de toutes les couleurs, en forme de dragons et de personnages humains.

Un effort tout à fait louable.

Pendant toutes les festivités, elle resta assise ou debout près d'Hyram sans jamais pouvoir lui parler. Du moins, pas des sujets qu'elle souhaitait aborder avec lui. À la fin du banquet, l'Orateur se leva en vacillant et déclara qu'il se retirait dans ses appartements. Shezira le regarda s'éloigner, puis s'esquiva à son tour. Le Hyram dont elle gardait le souvenir se serait lui aussi éclipsé juste après un banquet pour aller se coucher, mais dans quel lit, telle était la question. Cette fois-ci, elle le vit se diriger d'un pas chancelant et mal assuré vers la Cathédrale de Verre. Elle le suivit à l'intérieur en s'attendant un peu à le retrouver dans les bras de quelque prêtresse-dragon, mais elle le découvrit prosterné, en prière.

Elle s'agenouilla à côté de lui devant l'autel et leva les yeux vers une tête de dragon les regardant d'un air furibond. Hyram empestait le vin.

— Je dois vous remercier pour votre hospitalité, dit-elle.

Hyram sembla ne pas l'entendre. Elle frissonna. Cette cathédrale était perpétuellement glaciale.

— Cet end... endroit est un mensonge, déclara soudain l'Orateur.

— Comment cela ?

— La Cath... Cathédrale de Verre. C'est un mensonge.

Il se tourna vers elle et la dévisagea. Il était tout rouge. Il semblait sur le point d'éclater de rire ou de fondre en larmes.

— Vous êtes ivre, n'est-ce pas ?

— Oui. L'alcool diminue les tr... les tremblements. Après trois bouteilles de vin, je p... peux presque croire que je suis gu... guéri.

Shezira haussa les sourcils. Effectivement, Hyram tremblait moins violemment, mais il ne parvenait pas à garder les yeux fixés sur elle en parlant.

— Vous ne croyez pas que c'est le vin qui vous ment, plutôt ?

— Quelle importance ?

— Aucune, je suppose.

Hyram hocha la tête, comme si cette réponse mettait un terme à leur conversation. Il leva le visage vers le dragon de pierre qui les dominait, ferma les yeux et poussa un soupir.

— Je vous en supplie...

Shezira remua, mal à l'aise. Cet homme n'était pas du tout l'Orateur dont elle se souvenait. Comment se comporter avec lui ? Devait-elle l'aider à se relever et lui montrer la route jusqu'à ses appartements ?

Il voulut se mettre debout en chancelant. L'instinct poussa Shezira à lui tendre une main pour l'aider, mais il l'évita comme si elle lui offrait un serpent.

— Je ne serais pas ici si mon frère… Si Antros n'était pas mort. C'est Antros qui aurait dû hériter de cette fonction. Antros et vous. C'ét… c'était lui qui devait devenir le nouvel Orateur, pas moi. Nous l'avions déc… décidé ensemble. J'aurais hérité du trône de mon père, à la place de mon cousin Sirion. J'aurais été roi. J'allais ép… épouser Aliphera, vous le saviez ?

Aliphera ? De quoi parlait Hyram ? Il ne savait peut-être pas ce qu'il disait ? Elle se releva.

— Vous êtes ivre, c'est évident. Nous discuterons demain matin.

— Ce devait être l'un de nous deux, mais t… tout le monde préférait Antros, n'est-ce pas ? Sauf vous. Et Aliphera.

Il la dévisagea soudain.

— Je n'ai jamais réussi à dé… découvrir si c'était vous qui aviez tué Antros ou si s… sa mort était vr… vraiment accidentelle.

Elle le gifla. Il recula en titubant et tomba.

— Vous êtes complètement soûl, Hyram. Vous vous oubliez.

Hyram s'essuya le visage et se remit lentement sur ses pieds.

— Vous aussi, vous aimiez bien Aliphera.

— Je la respectais.

— Eh bien moi, je… je l'aimais beaucoup. À une époque, il a même été question de nous marier. Mais…

Il devint distant. Pendant quelques instants, Shezira crut qu'il allait tout bonnement s'endormir et s'écrouler devant elle.

— Le destin n'en a p… pas voulu ainsi, reprit-il. Ç'aurait été un b… bon mariage, pourtant. Elle a toujours été la pl… plus sensée de tous ces g… gens du sud. Mais si je… je l'avais épousée, j'aurais dû la désigner p… pour me succéder comme Oratrice. Et ce n'était pas l'accord. Alors j'ai f... fait ce que j'étais censé faire. Et j'honorerai le... le pacte. C'est ce que vous êtes venue me demander, n'est-ce pas ?

Shezira poussa un soupir.

— Je suis venue présenter mes respects à l'Orateur des royaumes. Je ne m'attendais pas à ce rendez-vous de minuit avec un ivrogne.

Hyram lui lança un regard perçant.

— Promettez-m... moi quelque chose.

— Et que voulez-vous que je vous promette ?

— Promettez-moi la... la vérité. Dites-moi une seule chose, et je vous pr... promets que vous hériterez de ce Palais après moi.

— Mentir n'est pas dans mes habitudes, Hyram.

— Qu... quand Antros est mort, c'est... c'est vous qui avez coupé son harnais ?

Shezira serra les poings.

— Tous ceux qui étaient là ont vu ce qui s'est passé. Nous chassions le dentu, comme souvent. Quand nous avons aperçu la meute, plusieurs dragons sont partis en piqué, dont le sien. Il ne serrait jamais suffisamment son harnais, mais ce jour-là, c'était encore pire que d'habitude. Et Antros est tombé. Cela n'aurait jamais dû se produire, mais c'est ainsi, et ce n'était pas la première fois. Hélas, cette fois-là, pour une raison ou une autre, la corde de sûreté était trop longue. Elle l'a retenu suspendu sous son dragon, certes, mais il s'est retrouvé traîné au sol au milieu des arbres sur une bonne distance, le temps que nous obligions sa bête à se poser. Je n'avais jamais vu un dragon aussi agité. Antros était déjà mort quand nous sommes arrivés à son niveau. Et tout cela s'est passé devant une douzaine de témoins. Personne ne l'a poussé et personne n'a coupé son harnais.

Hyram lui lança un regard de reproche.

— Mais vous ne l'avez jamais aimé.

— J'étais si jeune à l'époque, et lui, il avait largement atteint l'âge mûr !

Shezira s'emporta.

— Il était destiné à devenir le prochain Orateur. Sa première épouse ne lui ayant pas donné d'héritier, c'est ce qu'il attendait de moi. Des héritiers. J'étais une femme obéissante, Hyram, et lui, un mari plein d'égards pour sa femme. Je le craignais et je le respectais. Je n'avais pas le temps de l'*aimer*.

Elle soupira.

— Les choses auraient peut-être été un peu différentes si j'avais eu un fils, mais je n'ai donné naissance qu'à des filles, l'une après l'autre. Il n'a même pas eu le temps de voir Lystra.

— Hum...

Hyram s'assit soudain et lui dit d'un ton triste :

— Antros n'a pas eu de fils, et moi non plus. C'est la fin de notre lignée.

— Vous êtes en vie. Vous pouvez encore engendrer des fils.

Secoué de tremblements, l'Orateur leva les yeux vers elle. Riait-il ? Sanglotait-il ? C'était impossible à savoir.

— Re... regardez-moi, femme. Vous m'accepteriez dans votre lit, vous ? Qui voudrait de moi ? Vous ? Vous auriez pu. De droit, v... vous auriez pu. Après la mort d'Antros, vous auriez pu m'épouser à sa place.

— Certes, lui dit Shezira dans un soupir. Mais mes maternités ont pris fin avec Lystra, comme vous me l'avez si judicieusement fait remarquer.

Elle baissa les yeux vers Hyram et secoua la tête. Ce n'était pas l'homme dont elle se souvenait. L'homme dont elle voulait garder le souvenir. L'Hyram de jadis lui rappelait son époux défunt. Celui-ci... Devait-elle le mépriser ou le prendre en pitié ? Elle détourna le regard.

— En outre, vous me reprochiez la mort d'Antros. Vous me la reprochez encore. Dans le fond, vous me croyez impliquée dans sa disparition.

Lorsque l'Orateur reprit la parole, ce fut d'un ton si calme que Shezira faillit ne pas l'entendre.

— Aliphera est t... tombée de son dragon, elle aussi.

Elle éclata de rire.

— C'est ridicule, voyons !

— Si Antros a pu tomber, pourquoi pas elle ?

— Antros était un casse-cou. Aliphera faisait toujours preuve de méticulosité et de prudence.

— J'ai envoyé B... Bellepheros dans l'aire du roi Tyan. Il est chargé de découvrir la v... vérité.

Hyram lui lança un grand sourire.

— Eh oui, ça s'... s'est passé là-bas, et c'est là-bas que vous vous rendez. C'est p... pourquoi je pense qu'il est de mon d... devoir de vous av... avertir. Les gens m... meurent autour de la Vipère.

— La Vipère ?

— Le prince Jehal. C'est un s... serpent. Un serpent v... venimeux. Une Vipère.

— D'accord, je serai prudente. Certaines personnes ont l'air de croire qu'il empoisonne son père. Est-ce possible, à votre avis ?

Hyram tremblait de nouveau, mais cette fois-ci, il souriait.

— P... pourquoi ne cherchez-vous pas à le découvrir ? Parce que j'aimerais b... beaucoup le savoir. Faites-moi ce cadeau.

Il se leva et écarta le bras.

— En échange de tout ceci.

— Il fait glacial ici, dit Shezira.

Elle se sentait fatiguée, et voir Hyram dans cet état avait annihilé toute la joie ressentie en arrivant au Palais.

— Je vais me retirer, à présent. Pour réfléchir à tout ce que vous venez de m'apprendre, conclut-elle.

— Je... Je me rappelle la première fois que je suis venu ici. Je croyais que la Cathédrale de Verre était un palais de lumière et de couleurs, mais j'ai c... compris que rien n'était plus faux. Ce n'est de la vieille pierre froide et morte. De la pierre vitrifiée sous le feu d'un dragon il y a si longtemps que personne ne se rappelle plus dans quelles circonstances.

Shezira se détourna lentement.

— Allez vous coucher, Hyram. Dormez un peu.

Elle s'éloigna mais l'Orateur resta sur place, les yeux levés vers la tête de pierre de l'autel-dragon.

— Cet endroit est un m... un mensonge, répéta-t-il.

8. L'ATTAQUE

Un torrent de flammes se déversa des cieux, engloutissant dans sa fureur le dragon blanc et son Écailleux. Les eaux du fleuve se transformèrent instantanément en vapeur, et la chaleur fissura les rochers. Complètement pétrifié, paralysé par la peur, Huros prit conscience avec le peu d'entendement qui lui restait qu'il était trop près du désastre. Il détourna le visage au dernier moment, et un mur de vapeur et d'air brûlant lui dessécha la peau, le projetant en arrière, vers les arbres. Il eut juste le temps de voir le dragon enrouler le bout de sa queue autour de l'écuyer qui avait réprimandé l'Écailleux et l'arracher du sol. De l'Écailleux lui-même, pas le moindre signe.

— Courez ! Mettez-vous à l'abri !

Huros cligna les yeux. Le premier des dragons attaquants s'éloigna en tournoyant. Tout en haut dans le ciel, le monstre relâcha d'une petite secousse de la queue l'écuyer qu'il tenait, et Huros ne se retourna pas pour voir retomber l'homme. Un deuxième dragon s'élançait déjà derrière le premier. L'alchimiste aperçut la Blanche recroquevillée au milieu des pierres fumantes, les ailes déployées au-dessus d'elle pour se protéger du feu, puis il regarda le dos écarlate de ses mains. Ça commençait déjà à piquer. Une odeur de cheveux brûlés lui monta aux narines. Ses cheveux.

Le deuxième dragon ouvrit la gueule. Huros se détourna et courut sans demander son reste, les épaules voûtées, en essayant de se faire tout petit dans son manteau. Une autre bouffée de chaleur le poussa dans le dos. Là où sa peau était déjà à vif, ses nerfs hurlèrent, au supplice. Il se risqua à jeter un regard vers le ciel. Tout là-haut, plusieurs dragons se battaient.

— Allez ! Dépêchez-vous !

Les deux mercenaires l'attendaient à l'orée du bois.

Huros hoqueta, terrassé par la douleur. Il s'était déjà brûlé. C'était le lot de tous les alchimistes. Sur le dos des mains, le côté du visage, dans le cou. Ses brûlures du jour seraient superficielles, se répétait-il, et c'était tout ce qui comptait. La peau allait cloquer et peler, mais elle guérirait…

Ces réflexions ne l'aidèrent pas. La douleur était atroce. Surtout aux mains. Il avait l'impression qu'elles se consumaient toujours.

Les mercenaires l'attrapèrent par les bras et reprirent leur course entre les arbres. Une minute plus tôt, ces hommes s'étaient montrés d'une telle suffisance à son égard, et maintenant, ils le portaient presque ! Et ils étaient blancs de peur. Cette constatation fit reculer la propre terreur de l'alchimiste, juste assez pour lui permettre de réfléchir à nouveau par lui-même.

Nous sommes attaqués par des écuyers-dragons. Mais grands dieux, pourquoi… ? Qui leur en a donné l'ordre ? Qui ferait une chose pareille ?

C'était la guerre. Quand la reine l'apprendrait, il y aurait la guerre. C'était irrémédiable, irrévocable. À moins que… À moins qu'aucun témoin ne survive pour rapporter cette attaque.

Il se débarrassa des mercenaires et se mit à courir pour de bon. Il s'enfonçait toujours plus profondément dans la forêt. Un autre souffle d'air chaud le rattrapa par-derrière, mais plus faiblement, cette fois-ci, et l'alchimiste aperçut un nuage de fumée. *Nous allons mourir ! Ils vont nous brûler…*

— Arrêtez ! Arrêtez !

L'un des mercenaires l'attrapa par le bras.

— Arrêtez-vous !

Huros essaya de se défaire de lui.

— Pourquoi ? Il faut courir ! Ils vont nous tuer ! *Oh grands dieux grands dieux j'ai mal…*

— Regardez derrière vous !

Huros s'exécuta. En direction du fleuve, la forêt fumait, et il vit des flammes vaciller.

— Vous voyez ? Nous sommes assez loin ! Le feu des dragons ne peut plus nous atteindre !

Huros secoua la tête. Tout son instinct lui criait de courir, de courir et de courir encore jusqu'à ce que la fatigue ait raison de lui.

Les mercenaires se dévisagèrent.

— Nous devrions nous séparer, suggéra le plus petit, Kemir. Ils auront plus de mal à nous pourchasser si nous nous dispersons.

Loin au-dessus d'eux, invisibles derrière la voûte de feuillage, des dragons rugissaient et échangeaient des cris perçants.

Le plus grand des deux, Sollos, hocha la tête.

— Une averse de feu. C'est comme cela qu'ils obligent leurs proies à sortir en terrain découvert. Combien étaient-ils ? Tu les as comptés ?

Le petit haussa les épaules.

— Tu penses qu'ils vont envoyer des hommes nous traquer dans la forêt ?

— Ça se pourrait, mais j'en doute.

Huros sentit qu'il recommençait à paniquer. Les deux mercenaires le regardaient, mais que savait-il de la chasse à dos de dragon ? Pas grand-chose, à vrai dire. Les dentus couraient-ils toujours en ligne droite quand ils atteignaient le couvert des arbres ? Était-ce ainsi que les chasseurs les capturaient ?

— Mais, mais… Il fera bientôt nuit !

— Oui, et c'est une chance pour nous. Nous serons plus difficiles à repérer.

— Les dragons voient la chaleur, se rappela soudain Huros.

Il grimaçait. Le pire, c'étaient ses mains. Il aurait donné n'importe quoi pour retourner en courant sur la berge et les plonger dans la bienheureuse fraîcheur du fleuve glacé.

Les mercenaires se dévisagèrent à nouveau.

— La boue, dit soudain le plus petit. C'est excellent pour les brûlures.

Il pointa le doigt vers le haut de la vallée.

— Je pars dans cette direction. Je vais essayer de les lancer sur une ou deux fausses pistes.

Le plus grand hocha la tête et regarda Huros.

— Enfoncez-vous plus profondément dans les bois. Moi, je pars vers l'aval. Dénichez-vous une bonne cachette et ne bougez plus. Nous nous chargerons des hommes qui nous poursuivront à pied. Dès qu'il fera nuit, ils ne pourront plus vous retrouver si vous restez immobile et calme. Nous vous rejoindrons demain, après leur départ. Rendez-vous à une demi-lieue en amont, dans la direction que vient de prendre Kemir.

Huros voulut dire quelque chose, mais les mots restèrent coincés dans sa gorge. *Non, non ! Ne faites pas ça ! Laissez-moi venir avec vous !* Les mercenaires étaient déjà partis chacun de son côté. Frappé de stupeur, il les observa qui le laissaient seul ici. Il avait envie de pleurer. Ses mains, ses belles mains…

Ce n'est que de la douleur, se dit-il. *Il n'y aura pas de séquelles.*

Et pourtant…

Il se remit à courir. Allait-il dans la bonne direction ? Rien n'était moins sûr. Il savait juste que ce n'était pas la même que celle empruntée par les mercenaires. Le petit avait raison. De la boue. Une boue fraîche, épaisse, et gluante. Il ne devait penser qu'à la boue. La boue, c'était excellent pour les brûlures. Comment ce mercenaire le savait-il ? Question idiote : il y avait forcément des dragons dans sa vie, donc il le savait, bien sûr…

Huros s'efforça de ne penser ni aux dragons qui tournaient sans doute en rond au-dessus de lui, ni aux écuyers lancés à sa poursuite dans les bois. Il finit par interrompre sa course, à bout de souffle, et se reposa contre un arbre, en évitant le contact entre ses brûlures et l'écorce rugueuse. Le silence régnait dans la forêt. Pourquoi ce silence ? Bah, c'était bon signe, décida-t-il. Il n'avait aucune idée de l'endroit où il se trouvait, mais avec un peu de chance ses poursuivants non plus. Et il commençait à faire sombre. Il valait mieux ne pas songer aux loups, aux dentus et autres monstres qui risquaient de le détecter à l'odeur. Un abri, voilà de quoi il avait besoin. Un abri, et de l'eau. Et à manger, aussi, mais c'était sans doute trop demander.

Huros s'obligea à réfléchir à toutes ces choses jusqu'à en avoir le tournis, puis il se força encore à la réflexion. C'était une armure fragile et incertaine, mais ces pensées parvinrent pendant un certain temps à tenir l'horreur à distance. Ensuite, il s'enfonça les ongles dans la peau brûlée de ses mains et la souffrance devint si atroce qu'elle submergea tout le reste.

Survivre...

Quand la lumière s'évanouit, quand les ténèbres s'abattirent sur la forêt, il s'était enfin trouvé une cachette. Niché dans le creux d'un arbre géant, il s'efforça de dormir. Comme il n'y parvenait pas, il s'imagina que c'était l'été et que la nuit serait courte et chaude, même ici sur les contreforts de l'Épine du Monde. Le soleil se lèverait dans peu de temps, il retournerait près du fleuve, les mercenaires l'y attendraient, la reine et ses écuyers viendraient à la rescousse, et tout irait bien.

Au milieu de nuit, il se mit à pleuvoir.

9. LA MARÉCHALE

Dame Nastria, maréchale et maîtresse des écuyers-dragons de la reine Shezira, leva les yeux pour contempler son reflet dans le miroir de la reine. Elle y vit ce qu'elle y voyait toujours : une écuyère-dragon petite et quelconque, aux cheveux gris souris, qui n'aurait pas dû prétendre à grand-chose mais s'était retrouvée maréchale de la reine la plus puissante des royaumes. Un mystère. Parfois, elle ne savait même pas qui elle était vraiment.

Aujourd'hui, pourtant, le mystère Nastria était irrité. Elle avait un problème avec ses bottes. Elle avait beau taper du pied à l'intérieur, elle ne s'y sentait pas à l'aise. Comme si, du jour au lendemain, elles ne lui allaient plus.

— Alors ? Il l'a tuée ou pas ?

La reine Shezira était affalée dans un coin du vestiaire de la maréchale. Elle avait l'air distant, se dit Nastria. Préoccupé.

— Pour faire court, je l'ignore. S'il l'a tuée, il n'en laisse rien paraître, répondit-elle à sa reine.

Enfin ! Un premier talon glissa à sa place. Il lui restait une botte à enfiler.

— Concernant l'Orateur Hyram, nous nous sommes trompées, je crois. Cet homme n'est plus lui-même. Nous aurions peut-être dû faire venir la Blanche avec nous, finalement, pour la lui montrer avant de la remettre à Jehal.

Dame Nastria répliqua sèchement :

— Altesse, Hyram déteste le prince Jehal. De plus, il est mesquin et rancunier. Si vous avez décidé que la Blanche traverserait l'Éperon Pourpre sans nous, c'est parce que, si vous l'aviez emmenée ici, dans l'aire adamantine, il aurait trouvé le moyen de l'abîmer par pure méchanceté.

— Lystra et Jaslyn ne pensent pas grand-chose non plus de notre Orateur, je crois. *Effectivement. Elles sont toutes les deux trop occupées à faire les yeux doux à l'ambassadeur de Valmeyan, le prince Tichane. Quand elles ne gloussent pas devant cet imbécile de prince Tyrin et ses frères. Qui nous attendront à n'en pas douter à Furibouche dans quelques jours. Que nos aïeux nous viennent en aide !*

— Il n'y a pas grand-chose à en penser, Altesse. Plus maintenant. Dans le temps, il était puissant. Pas vraiment bon, ni même raisonnable ou juste, mais assez puissant pour exercer sa volonté. Il ne l'est même plus. Les rois et les reines vont pousser un grand soupir de soulagement quand vous prendrez sa place.

Shezira se leva et se mit à faire les cent pas.

— L'Orateur dont je me souviens, le Hyram de ma jeunesse, celui-là aurait accouplé un de ses mâles à ma Blanche pendant notre sommeil. Il se serait excusé, bien sûr, il aurait fait acte de contrition, mais il aurait réclamé les œufs s'il y en avait eu, soyez-en sûre. Cet homme-là a disparu. Si vous l'aviez vu la nuit dernière...

— D'après ce que vous m'en avez dit, je préfère ne pas l'avoir vu. Je me serais peut-être sentie obligée de mettre fin à ses souffrances séance tenante. Ah, ça y est !

Nastria poussa un grand soupir de soulagement : son autre pied venait enfin de rentrer dans sa botte d'écuyer.

— Je persiste. À mon avis, vous avez bien fait de ne pas amener ici le cadeau de Jehal, ma reine. Je n'ai rien découvert dans l'aire d'Hyram qui me permette de le condamner, et pourtant… J'ose affirmer que le prince Jehal aurait été extrêmement contrarié de recevoir un cadeau de noces abîmé.

Elle plissa le nez et afficha un petit sourire supérieur.

— Les seules rumeurs qui traînent ici concernant notre Orateur se rapportent au penchant qu'il aurait contracté dernièrement pour les petits garçons. Il paraît que personne ne l'a vu avec une femme depuis des mois et qu'il change de jeunes serviteurs très souvent.

La reine poussa un soupir, et Nastria se renfrogna. Shezira n'était pas elle-même ce matin. Elle semblait pensive et inquiète, tout cela parce que l'Orateur Hyram était peut-être enfin mourant.

— À votre avis, aurais-je dû me remarier après la mort d'Antros ?

— Non !

Faisant mine de manipuler une attache, Nastria se retourna vivement pour éviter le regard de la reine.

— Oui, vous avez raison. Aucune utilité, vraiment ! s'exclama Shezira.

Elle éclata de rire. Les deux femmes quittèrent la pièce et chevauchèrent en silence jusqu'à l'aire d'Hyram.

— C'est une bonne aire, marmonna la reine en mettant pied à terre. Ce sera un plaisir d'en disposer pendant mon règne.

— Je préfère le Guet, votre Sainteté, dit Nastria à une reine qui s'éloignait déjà à la recherche de Mistral et de ses filles sans plus s'occuper de sa maréchale.

Nastria ne s'en offusqua pas du tout. Être seule, c'était ce qu'elle faisait le mieux.

Ils prirent tous leur envol à dos de dragons et laissèrent le Palais Adamantin derrière eux, portés par les courants d'air chauds ascendants vers les sommets de l'Éperon Pourpre. Ils comptaient rejoindre la Blanche de Jehal et sa petite escorte, et soudain, une certaine paire de mercenaires revint à l'esprit de la maréchale. Comment s'en tiraient-ils, tous les deux ? Sans doute pas bien du tout.

Quelques heures de vol leur suffirent pour contourner la face sud de l'Éperon Pourpre. Ils arrivèrent au Haut de Drotan, une colline en forme de dôme dont le sommet relativement plat permettait d'accueillir toute une aire de dragons. Le Haut de Drotan marquait la limite du domaine adamantin. Vers l'ouest, le terrain accidenté s'élevait jusqu'à former la chaîne de l'Épine du Monde, sous l'autorité de Valmeyan, roi des Rochers, et au sud s'étendait le royaume du Trône de la Moisson, autrement dit de la reine Aliphera.

Non. Le royaume de la reine Zafir, à présent, se rappela Nastria.

Le Haut de Drotan n'était pas vraiment une aire, mais l'Orateur Hyram y avait construit une petite place forte, avec un alchimiste et quelques enclos pour les bêtes. Cette région était réputée pour son gibier. Nastria s'assura qu'on s'occupait bien de sa monture, puis partit à la recherche de la reine. Elle savait exactement où la rejoindre : dans la tour de garde qui se dressait au nord du Haut. À cet endroit, le paysage dévalait en pente raide jusqu'au bassin creusé de cavernes de la vallée de la Furie, puis remontait de nouveau vers les sommets de l'Éperon Pourpre, à environ six lieues de distance, ou un peu plus. Résolument tournée vers le nord, Shezira regardait de l'autre côté de la vallée.

— Je savais que je vous trouverais ici.

Nastria s'arrêta à côté de sa reine.

— Vous cherchez la Blanche, Altesse ?

— Évidemment.

— Ils doivent être en train de survoler les montagnes. Leur journée aura été bien plus rude que la nôtre.

— Je sais. Ils ne seront probablement pas là avant des heures, je le sais aussi. Mais je tiens quand même à les guetter. J'ai bien peur de ne pas être d'une compagnie très agréable tant que je n'aurai pas revu ma précieuse Blanche saine et sauve.

La reine ne pouvant pas voir son expression, Nastria s'autorisa un léger sourire.

— Je suis un peu surprise. J'avais pensé que vous partiriez à leur rencontre avec Mistral.

— Nous savons toutes les deux ce qu'il en résulterait, répliqua sèchement Shezira. Les cieux sont infinis, nous ne volerions pas au-dessus des mêmes vallées, nous ne contournerions pas les mêmes montagnes, nous ne nous croiserions jamais. Et tout le monde se perdrait. Non. Je vais devoir supporter cette attente. Je la supporterai mal, figurez-vous, mais je la supporterai.

— Altesse, puis-je parler avec vous de la reine Aliphera ?

— S'il le faut. Je l'avais invitée à venir chasser ici avec nous avant de reprendre notre vol vers les Pinacles.

Elle fronça les sourcils.

— Sa disparition est scandaleuse. Sa fille, la nouvelle reine… Qui est l'aînée ?

— Zafir, Altesse.

— Oui. (Shezira sourit.) Une autre reine qui n'a pu donner naissance qu'à des filles. Les rois ont dû penser que nous avions fomenté une conspiration secrète entre femmes. Cette Zafir, je l'ai déjà rencontrée, mais c'était il y a des années. Elle et sa sœur m'ont semblé plutôt plaisantes, à l'époque. Que savez-vous d'elle ?

— Rien de plus que vous, Altesse.

— Vraiment, maréchale ? Voilà qui est très surprenant de votre part.

Nastria se sentit piquer un fard.

— Altesse, nous devrions envoyer un écuyer dans l'aire de la nouvelle reine. Lui demander de bénir notre voyage. Si un de nos dragons part tout de suite, cela ne nous retiendra ici qu'un jour de plus. Si nous attendons demain matin, la réponse de Zafir ne nous parviendra que dans deux jours.

La reine hocha la tête.

— Faites donc. Envoyez Hyrkallan. Cette tâche lui conviendra parfaitement. Il ronge son frein, il meurt d'envie de lâcher son dragon de chasse. Mistral ne vole pas assez vite à son goût.

Au ton de la reine, Nastria comprit qu'on la congédiait, et elle se mordit la lèvre. Arrivée près de la porte, elle ajouta d'un ton hésitant :

— Si vous le souhaitez, je peux rester, Altesse. Nous avons encore quelques heures.

Shezira secoua la tête.

— Non, maréchale. Laissez-moi seule un moment. J'aime bien cet endroit. Avec tout ce vide autour de moi, j'ai l'impression de voler. Et puis je veux être la première à voir arriver ma Blanche parfaite. En outre, vous devez avoir un millier de choses à faire, n'est-ce pas ?

— Je n'ai qu'une seule chose à faire, Altesse : servir ma reine, dit Nastria en quittant la pièce, un sourire triste aux lèvres.

10. CENDRES DE DRAGON

Sollos passa la nuit recroquevillé dans une énorme souche creuse. Il s'était recouvert de terreau de feuilles pour avoir chaud, et à son grand étonnement, il avait très bien dormi, même après qu'il eut commencé à pleuvoir. Personne ne l'avait pourchassé, et quand il se réveilla, il comprit vite que tous les dragons étaient partis. Il retourna prudemment près du fleuve au cas où l'un des écuyers de la reine Shezira ait survécu, mais n'y trouva que les restes carbonisés de leurs bagages. La Blanche avait disparu et il n'y avait personne, pas même l'Écailleux, mort ou vif. Emporté par le courant ? Fort peu probable, se dit le mercenaire. Ce fleuve criblé de bancs de sable et de pierres était large, certes, mais très peu profond.

L'Écailleux n'est peut-être pas mort, après tout.

Il haussa les épaules. Ensuite, plus par espoir que par conviction, il alla fouiller dans ce qui restait de leurs provisions au cas où quelque chose de comestible en ait réchappé.

— Je t'ai eu !

Sollos faillit jaillir hors de sa peau. Kemir se tenait juste derrière lui.

— Tu as trouvé notre petit déjeuner là-dedans ?

— Non !

Sollos lança un regard furieux à son cousin.

— Tout est complètement carbonisé !

— Ils sont venus pour ce dragon blanc, n'est-ce pas ?

— Oui. Je me demande pour qui ils travaillent.

Kemir haussa les épaules.

— Bah, c'est encore une bande de nobles sur des dragons. Je n'arrive pas à les distinguer les uns des autres.

— Et pourtant, c'est important, soupira Sollos. Nous sommes censés remarquer ce genre de choses.

— Je ne les ai vus porter aucune couleur distinctive, si ça peut t'avancer à quelque chose.

Sollos lui lança un regard aigre.

— Pas vraiment, non. Et ce dragon blanc, où est-il passé ?

— Je l'ai vu prendre son envol après les deux premiers jets de flammes. Je n'ai pas assisté à la suite des événements, j'ai préféré ne pas traîner dans le coin.

— Vers le sud. Il est parti vers le sud.

— Il a pris ce qui restait de son Écailleux, aussi.

— Vraiment ? Sollos cligna les yeux, surpris.

— Il pendouillait dans l'une de ses serres. Il avait peut-être faim, ce dragon. Il n'avait pas mangé, ne l'oublions pas. L'Écailleux était sûrement mort, vu qu'il a pris de plein fouet le premier jet de feu.

Sollos soupira. Voilà pourquoi il n'avait pas retrouvé les restes de cet homme.

— Ne restons pas ici, dit-il à son cousin. S'ils reviennent, ce sera le premier endroit qu'ils fouilleront.

— Ce sera aussi le premier que la reine Shezira fouillera.

Sollos rumina cette pensée. Combien de temps faudrait-il à cette reine pour comprendre que son précieux dragon blanc avait disparu ?

— Personne ne viendra à notre recherche avant demain. Personne d'amical, je veux dire. Et nous devrions tenter de retrouver cet alchimiste.

Kemir prit un air sincèrement surpris.

— Ah bon ? Tu penses qu'il est encore en vie ?

— Peut-être. Tu as mieux à faire ? répliqua Sollos en haussant les épaules.

Ils remontèrent la vallée en silence. Regards braqués vers le ciel, ils longèrent l'orée de la forêt jusqu'au moment où Sollos estima qu'ils avaient parcouru la bonne distance. Ensuite, pendant une bonne partie de la matinée, il erra seul dans les bois en appelant l'alchimiste aussi fort qu'il l'osait. Ce dernier ne se montra pas, et Sollos finit par abandonner. Il poussa un soupir. Pendant quelques instants, il se dit qu'ils avaient peut-être eu tort de laisser l'alchimiste partir de son côté. Malgré ses craintes, personne ne les avait pourchassés. Ils auraient pu rester ensemble. Et cet homme était sérieusement blessé…

Non, décida-t-il. Kemir allait lui dire qu'il était stupide. Qu'après l'arrivée des dragons, c'était chacun pour soi, et qu'ils avaient eu raison de se séparer. Voilà très précisément ce que Kemir allait lui dire, et Kemir aurait raison. Il écarta résolument l'alchimiste de ses pensées.

Quand il revint, il trouva son cousin assis contre un arbre à côté d'une chose imposante et velue qui ressemblait vaguement à un rat, sauf qu'elle avait la taille d'un petit cerf.

Kemir lui lança un grand sourire.

— Je te présente notre déjeuner ! s'exclama-t-il. On peut allumer un feu, tu crois ?

— Certainement pas !

Par une journée limpide comme celle-ci, un panache de fumée serait visible à des lieues à la ronde.

— Ça alors ! Tu n'es vraiment pas marrant aujourd'hui ! Ils ne reviendront pas ! On ne sait jamais, ton alchimiste pourrait voir notre fumée. Il s'est peut-être juste perdu !

Sollos secoua la tête.

— Attendons demain. Demain, la reine partira peut-être à notre recherche. Et nous allumerons un feu.

Avec un haussement d'épaules, Kemir se mit à débiter la carcasse à coups de hache. De la viande crue, c'était mieux que pas de viande du tout. Pour l'eau, ils avaient le fleuve. L'un dans l'autre, la situation n'était pas si désespérée, et Sollos aurait pu en venir à l'apprécier, s'ils n'avaient pas eu à surveiller le ciel sans relâche.

Oui. Et puis on a un gros problème, ne l'oublie pas.

Il poussa un soupir, se leva, se trouva deux ou trois choses à faire histoire de passer le temps, puis repartit patauger dans le fleuve pour examiner le reste de leurs provisions, au cas où il aurait mal regardé la première fois.

Et c'était le cas. Les boîtes et les sacs entassés dans le fleuve étaient tous irrécupérables, mais quand le mercenaire se retourna et laissa son regard s'égarer vers le haut de la vallée, il aperçut quelque chose qui lui avait effectivement échappé jusqu'alors : une grande balafre noire labourant la forêt. Au petit matin, l'ombre recouvrait encore ce côté-ci de la vallée, mais maintenant que le soleil tombait presque à la verticale, la cicatrice dans la forêt devenait impossible à manquer.

Il cligna les yeux et la scruta, la scruta de toutes ses forces, et quand il fut certain de sa réalité, il courut chercher Kemir. Il le traîna jusque-là, le doigt pointé vers la traînée noire.

— Regarde !

— C'est vraiment ce que je pense ? murmura son cousin d'un ton sifflant.

— Ce n'est pas un jet de flammes qui a causé ça, en tout cas !

— Non, tu as raison. C'est trop grand.

— Beaucoup trop grand !

— À mon avis, il y a un dragon mort là-haut. Et toi, qu'en dis-tu ?

Sollos hocha très lentement la tête.

— Nous n'avons qu'une seule façon de nous en assurer.

— Il nous reste à peu près quatre heures de soleil. Tu crois que nous parviendrons là-haut pendant qu'il fait encore jour ?

— Non, mais nous aurons fait un bon bout de chemin !

Ils se dévisagèrent avec un large sourire. Un dragon mort, cela voulait dire des écailles de dragon. Et des écailles de dragon, cela voulait dire de l'or, des seaux d'or, bien plus que tout ce que la maréchale de la reine Shezira leur avait jamais mis dans les poches. Soudain, ils redevenaient de simples soldats. De simples soldats partis chercher fortune.

Il leur fallut le reste de la journée et la plus grande partie de la matinée suivante pour parvenir jusqu'en haut. À la fin, ils se dirigeaient aussi à l'odeur, puanteur du bois brûlé et remugles d'un autre genre, douceâtres et graisseux. Le dragon était bien là, empêtré dans les arbres qu'il avait brisés dans sa chute, ses ailes tordues et cassées, mais pour le reste presque intact. Il semblait toujours si bouillant que la chaleur qu'il dégageait repoussait Sollos. Ses yeux étaient devenus noirs comme le charbon, tout comme ses écailles par endroits, couvertes de suie. De petits tourbillons de fumée s'élevaient toujours en spirale de sa bouche et de son nez.

Kemir dégaina un couteau, courut jusqu'au flanc du dragon, effleura les écailles et fit un bond en arrière en poussant un grand cri.

— Aïe ! Merde alors, qu'est-ce que c'est chaud ! Vraiment chaud !

Il y eut soudain un très faible bruit sous l'une des ailes brisées du dragon. Immédiatement, Sollos prit son arc et encocha une flèche.

— Qui va là ?

Une silhouette striée de noir émergea lentement du chaos. Pendant quelques secondes, Sollos la regarda fixement sans comprendre, puis l'homme s'essuya le visage, et le mercenaire poussa un soupir de soulagement. L'alchimiste !

— Les mercenaires de dame Nastria ! s'exclama Huros en tombant à genoux. C'est grâce aux flammes.

Oh, oui, je... je me suis perdu, voyez-vous. Ensuite, il a commencé à pleuvoir, j'avais froid et je n'arrivais pas à dormir, alors je me suis mis à grimper à la recherche d'un endroit sec. J'avais vu des flammes entre les arbres, en haut de la montagne. Sans doute un dragon qui s'était écrasé pendant la bataille et qui brûlait toujours, me suis-je dit. Ce qui signifiait qu'il y ferait chaud et que j'y trouverais un abri, voyez-vous, alors bon, quand le soleil s'est levé, je suis venu ici au lieu de retourner au bord du fleuve. Hum. Si je vous ai causé des problèmes, vous m'en voyez désolé. Comment m'avez-vous retrouvé ?

— Nous ne vous avons pas retrouvé, nous avons découvert ceci, lui dit Kemir en désignant le dragon mort. Il s'avère que vous étiez là, voilà tout. Et justement, comme vous êtes là, vous aimeriez peut-être vous rendre utile. Je souhaiterais beaucoup prélever quelques écailles sur ce dragon. Pensez-y comme à la prime qui m'est due pour avoir secouru l'alchimiste de la reine.

Huros secoua la tête.

— C'est impossible. Pas encore. Le dragon n'est pas encore assez chaud.

Sollos vit son cousin froncer les sourcils.

— Mais on a des cloques rien qu'en le frôlant ! On pourrait faire cuire des œufs dessus !

— Hum. Oui. À propos, auriez-vous quelque chose à manger ? J'ai un peu... c'est-à-dire que... je n'ai rien mangé depuis... Depuis quand vous savez.

Son couteau à la main, Kemir s'approcha vivement de l'alchimiste.

— Écoutez-moi bien, vous ! Je veux des écailles, vous m'entendez ? D'ailleurs, prenez-en vous aussi. Il y en a assez pour tout le monde. Vous vous y connaissez en dragons, non ? Alors expliquez-moi comment les prélever. Moi, je m'y connais en couteaux, et je vais utiliser celui-ci soit sur le dragon soit sur vous.

Une menace d'une grande sobriété, se dit Sollos, mais l'alchimiste parut ne pas la comprendre.

— Vous ne pourrez pas, répéta-t-il. C'est impossible, tout simplement.

— Et pourquoi, putain ?

— Ce dragon n'est pas encore assez chaud. Il n'est mort que depuis un jour et demi. Il a commencé à se consumer de l'intérieur, certes, mais il faudra encore des jours et des jours avant que sa peau ne se carbonise. Revenez dans deux semaines avec un marteau bien lourd, et vous pourrez réduire cette pauvre chose en miettes. Sous les écailles, vous ne trouverez plus que des cendres friables. Si vous étiez équipé d'un fendoir suffisamment tranchant et lourd, vous pourriez tenter d'extraire les os des ailes, je suppose, mais je ne pense pas qu'un couteau vous serve à grand-chose.

— *Deux semaines ?*

— J'en ai bien peur.

— Mais dans deux semaines, la maréchale et tous ses écuyers seront revenus !

L'alchimiste hocha la tête.

— Oui. J'espère bien que oui.

Soudain Sollos comprit que cet homme n'était peut-être pas si bête, après tout.

11. DÉCLARATION DE GUERRE

Quand il devint clair que la Blanche et son escorte ne viendraient plus au Haut de Drotan, Shezira essaya de trouver le sommeil. Elle y renonça à l'aube. Quand les équipes de recherche partirent, le soleil n'inondait pas encore tous les sommets. Au milieu de l'après-midi, le premier chasseur repéra une colonne de fumée qui s'élevait d'une vallée fluviale toute proche. Aux premières heures de la soirée, la reine Shezira était assise au bord du fleuve à quelques pas de l'endroit où ses écuyers avaient été attaqués. Une douzaine de chasseurs tournaient en rond dans le ciel pour surveiller la zone, et les cris de leurs dragons retentissaient dans toutes les vallées de montagne. Elle avait aperçu Orcus, l'un de ses dragons de guerre, mort au milieu de la forêt rocailleuse. Dame Nastria lui rapporta que les chasseurs avaient découvert le deuxième. Ce qui signifiait qu'il en manquait encore un : la Blanche, bien sûr.

Neige.

Shezira se rendit compte que ses mains tremblaient, tellement sa fureur était grande. Nastria interrogeait les survivants. Les dragons se déplaçaient lourdement dans les environs, maladroitement, en faisant craquer indifféremment les arbres et les blocs de pierre. Personne ne les surveillait, et ils battaient l'air de leur queue et de leurs ailes, dont chacune pouvait tuer un homme en un clin d'œil, si ce dernier avait le malheur de se trouver sur leur chemin. Tout cela ne lui suffisait pas. Personne ne lui parlait, à elle. Personne ne lui disait qui avait fait cela à ses dragons, qui était le responsable, qui avait osé…

Elle se leva.

— Maréchale !

À cet appel cinglant comme un fouet, Dame Nastria tressaillit, comme piquée par une bête.

C'est ça. Viens donc en courant aux pieds de ta reine…

Nastria s'inclina très bas, en observant scrupuleusement le protocole, puis se laissa tomber sur un genou. En la voyant si prudente, Shezira eut soudain une folle envie de la frapper. Ou peut-être avait-elle simplement envie de frapper quelqu'un, n'importe qui, le premier ou la première qui lui passait sous la main.

— Qui a survécu, maréchale ?

Les yeux toujours baissés, Nastria lui répondit.

— Votre alchimiste et deux mercenaires, votre Altesse. Ils étaient au sol avec l'Écailleux et votre dragon blanc au moment de l'attaque. Ils ont vu…

— Ils ont vu qui a fait cela ?

Nastria secoua la tête.

— Non, votre Altesse.

Emportée par une impulsion brutale, Shezira tira un couteau dont elle posa le tranchant sur la nuque de dame Nastria.

— Comment osent-ils être encore en vie alors que mes dragons sont morts ?

— Votre Altesse, il y a peu…
— Leur avez-vous demandé ? rugit-elle.
— Non, votre Altesse.
Nastria secoua très légèrement la tête, et Shezira sentit la main qui agrippait le couteau lui intimer de mordre cette chair.
— Qui a choisi les écuyers-dragons qui ont escorté ma Blanche, maréchale ?
— C'est moi, votre Altesse.
— Qui a décidé d'emmener ces deux mercenaires ?
— C'est moi, votre Altesse.
— Qui a choisi cet itinéraire ? Qui a décidé quels dragons seraient du voyage ?
Il y eut un instant de silence.
— C'est moi qui ai choisi l'itinéraire, votre Altesse.
— Qui a suggéré que je n'emmène pas ma Blanche dans l'aire de l'Orateur Hyram ?
Nastria resta muette.
— Répondez-moi, maréchale, sinon je vous coupe la tête séance tenante !
— Coupez-la, votre Altesse. C'est vous qui avez eu cette idée, pas moi.
Shezira se figea. Pendant une seconde, elle parut s'engourdir, puis elle retira le couteau.
— Oui. C'est moi, vous avez raison. Et c'est vous qui avez choisi les écuyers, mais j'aurais choisi les mêmes. Je n'aurais pas pris de mercenaires, mais j'imagine que ce n'est pas eux qui ont volé mon dragon. Très bien. Quelqu'un m'a trahie, maréchale, et il le paiera de sa vie. Levez-vous.
Nastria s'exécuta. Elle tremblait, elle aussi, et Shezira s'en aperçut. *Tant mieux. Il y a de quoi.*
— Je les retrouverai, votre Altesse.
— Oui, bien sûr que vous les retrouverez. Et maintenant, où est ma fille ?
— Lystra attend sous bonne garde au Haut de Drotan.
Nastria fronça les sourcils et ajouta, un peu perdue :
— Comme vous me l'avez ordonné. Avec les provisions et tous les écuyers dont nous pouvions nous passer…

— Pas elle. Jaslyn.

— Elle est en vol, votre Altesse. Elle monte la garde.

Les deux femmes levèrent les yeux vers les dragons qui tournaient en rond dans le ciel.

— Faites-la descendre. Je souhaite lui parler.

La maréchale s'éloigna, un peu chancelante, et Shezira regarda autour d'elle d'un air absent. Elles se tenaient au milieu de nulle part, dans une région sauvage qu'auraient pu s'arroger trois rois au moins, mais qu'aucun des trois ne réclamait. Les flancs de la vallée étant abrupts et couverts d'arbres, les dragons ne pouvaient se poser qu'au bord du fleuve. Personne ne vivait dans les parages.

Deux rois et un Orateur, pour être exacte. Valgar, Valmeyan et Hyram. Chacun d'eux a pu fomenter cette attaque sans que personne s'en rende compte. Sans oublier l'héritière d'Aliphera, qui n'aurait eu qu'à contourner discrètement le Haut de Drotan, ce qui n'est vraiment pas difficile à faire. Lequel d'entre eux est le coupable… ?

Elle écarta tout de suite Valgar. Il n'avait aucun moyen de cacher un dragon blanc sans qu'elle ou Almiri le sachent. Hyram, alors ? Elle se méfiait tant de lui qu'elle n'avait pas emmené la Blanche au Palais Adamantin. L'ancien Hyram aurait pu agir de la sorte…

Mais…

Elle secoua la tête en écartant de ses pensées la chose brisée et pathétique qui se faisait passer pour l'Orateur des royaumes. Ce n'était sans doute pas Hyram. Cette nouvelle reine, Zafir ? Déclencher une guerre quelques jours seulement après avoir été couronnée ? Quelle audace ! Mais d'autres avant elle avaient prouvé que c'était possible. Ou alors Valmeyan, le roi des Rochers ?

Elle se mit à faire les cent pas. Valmeyan… Oui. Facile de rejeter la faute sur un roi solitaire qui n'avait pas quitté ses forteresses de montagne depuis plus de vingt ans, et qui n'éprouvait pas le moindre intérêt pour les affaires des autres royaumes. *Pas si facile à prouver, hélas, et comment exiger le châtiment d'un roi qui possède plus de dragons que deux autres rois-dragons réunis ?* Shezira renifla. Elle ne savait même pas où était l'aire de Valmeyan ! Très loin au sud, d'après la rumeur, près de l'océan et du royaume de Tyan. Mais certains prétendaient qu'elle se dressait à la source du fleuve Furie, autrement dit à une journée seulement du Haut de Drotan. Sans compter les autres hypothèses. Elle allait devoir vérifier ces rumeurs…

— Mère !

Shezira revint brutalement sur terre. Raide comme un piquet, Jaslyn se tenait devant elle. Elle avait l'air aussi énervé que d'habitude.

— Jaslyn.

— À cause de vous, nous avons dû redescendre, moi et Silence. Que voulez-vous ?

Shezira lui lança un regard furibond.

— Retourne à l'aire, lui ordonna-t-elle sèchement. Tout de suite, et ne t'arrête pas avant d'y être. Dis-leur qu'Orcus est mort, sans doute aussi Épine et Titan. Ne leur communique aucune autre information. Puis ramène tous mes dragons de chasse avec toi. Jehal pourra choisir celui qu'il veut en guise de cadeau de noces. Peu importe à qui appartiendra ce dragon. Tous les autres, je les renverrai ici et ils vont écumer ces montagnes. Nous allons également avoir besoin d'un autre alchimiste, et de provisions pour une douzaine de dragons et leurs écuyers. Ils demeureront ici aussi longtemps qu'il le faudra.

— Envoyez votre maréchale, protesta Jaslyn en secoua la tête. Je veux rester ici jusqu'à ce que nous ayons retrouvé tous nos dragons.

— Certainement pas ! Je suis ta reine, ma fille, ne l'oublie pas ! Tu vas faire ce que je te demande et, quand tu reviendras du Guet, tu repartiras avec moi pour assister aux noces de ta sœur ! Tu ne prendras aucune part à cette recherche !

Pendant quelques secondes, elles se regardèrent fixement, la mère et la fille. La colère consumait l'espace qui les séparait. Jaslyn baissa soudain les yeux vers le sol.

— Je veux que ceux qui ont fait ça à Orcus meurent brûlés vifs, siffla-t-elle. Et je veux les voir brûler.

Shezira hocha la tête.

— Au moins, nous sommes d'accord sur ce point. Obéis à mon ordre et j'exaucerai ton vœu.

Jaslyn retourna d'un pas énergique vers sa monture, et Shezira la suivit du regard. *Tu as hérité de tous les bons côtés d'Antros, mais pas de sa bêtise. Quel dommage que tu insistes à ce point pour passer tout ton temps avec tes dragons ! Tu aurais pu faire une bonne reine. Tu aurais pu hériter de mon trône le jour où j'accepterai l'anneau d'Hyram. Tu t'en serais mieux sortie qu'Almiri ne le fera.*

Elle poussa un soupir, les poings serrés. Autour d'elle, les écuyers s'affairaient à dresser le camp. D'habitude, elle aimait ces nuits passées à la belle étoile, sans demoiselles d'honneur, sans servantes à portée de la main. Mais pas ce soir, hélas. Cette nuit, ses chevaliers-dragons allaient tourner en rond sans répit dans les airs, veillant sur son sommeil – si elle arrivait à s'endormir – pour guetter l'ennemi mystérieux qui ne se montrerait probablement jamais.

Le soleil se coucha et Shezira se retira sous sa tente. Elle remua dans tous les sens mais ne parvint à grappiller que quelques maigres heures d'un sommeil agité. Quand elle se réveilla, elle faillit les renvoyer tous au Haut de Drotan. Il était dangereux de rester ici, exposés à ce point. C'est ce qu'Antros aurait fait, pourtant. Et c'est peut-être pour cela qu'elle agissait ainsi. Elle n'en savait rien.

Ils découvrirent Épine deux jours plus tard, sans son écuyer mais indemne, et le jour suivant ce fut le tour de Titan. Par contre, la Blanche s'était comme volatilisée, et quand Jaslyn revint avec une douzaine de dragons en renfort, la résignation avait eu raison de Shezira. La Blanche pouvait être n'importe où, à l'heure qu'il était. Un jour, la reine découvrirait l'identité des coupables, et ce jour-là, il y aurait du sang, du feu et de la douleur. Mais pour l'instant, sa Blanche parfaite avait bel et bien disparu.

Ils repartirent donc sans elle vers le sud, vers le roi Tyan, le prince Jehal, Furibouche et la mer. Une petite chose tracassait encore Shezira : ils n'avaient pas retrouvé le corps de l'Écailleux.

12. LYSTRA

— Enfin !

Jehal bâilla et s'étira. Il avait pris la mauvaise habitude de dormir une bonne partie de l'après-midi simplement pour passer le temps. Cela faisait cinq jours qu'ils attendaient la reine Shezira et son vol. Docilement mais à la toute dernière minute, il avait délaissé les plaisirs du palais paternel à Furibouche pour aller accueillir Shezira sur l'aire de l'À-pic, sauf qu'elle n'était pas arrivée le jour dit. L'aire se situant à un jour de cheval de la ville, le prince s'y était retrouvé complètement désœuvré. Que faire, excepté contempler les dragons et écouter le bruit des vagues s'écrasant contre les falaises ?

La reine du Nord fut enfin annoncée alors qu'il s'apprêtait à repartir. Elle ou quelqu'un d'autre qui volait vers l'À-pic avec un peu plus d'une trentaine de dragons.

Encore des alchimistes, peut-être. Il s'habilla en souriant. Hyram leur en avait déjà envoyé douze, y compris le vieux sorcier en personne, Bellepheros. Ils grouillaient partout dans l'aire, embrouillant ses hommes, ses écuyers, ses soldats, ses serviteurs, ses Écailleux, et même leurs propres collègues, les alchimistes au service des dragons du roi Tyan. Tous les jours, Jehal se faisait un devoir de les observer dans l'exercice de leurs fonctions. Tous les jours, ils choisissaient une petite douzaine de ses hommes et leur remplissaient les poumons de Fumée de Vérité, puis leur posaient la question suivante : *Que savez-vous sur la mort de la reine Aliphera ? Comment elle est morte ? Avez-vous pris part à cet événement d'une façon ou d'une autre ?* Et tous les jours, ils obtenaient les mêmes réponses. Ils n'avaient rien découvert depuis leur arrivée mais semblaient excessivement sûrs d'eux. Quand Jehal leur demandait en souriant en quoi il pouvait encore leur être utile, il devait se retenir de rire devant leur frustration. Il leur faudrait encore quelques jours pour en terminer avec cette aire, puis ils continueraient leur route jusqu'au palais de Furibouche. Cette contrainte était intolérable, bien entendu, mais la supporter valait presque le coup, simplement pour le plaisir de les voir échouer.

Les alchimistes de l'Orateur détenaient un pouvoir presque sans limite, mais un certain nombre de choses leur étaient interdites. Imposer leurs potions à une personne de sang royal, par exemple. C'était extrêmement dommage pour eux. Ainsi, à moins de faire apparaître le fantôme d'Aliphera et de l'interroger en personne, jamais ils ne découvriraient ce qui s'était produit. Comme le meurtre d'Aliphera avait été longuement réfléchi, Jehal éprouvait une intense satisfaction en voyant tous ces alchimistes se débattre avec les faits.

De la satisfaction, mais jusqu'à un certain point seulement. Devoir supporter les alchimistes dans son aire était également humiliant, comme une gifle en pleine figure. Cette insulte ne pouvait être ignorée et Hyram allait devoir payer pour cela.

Jehal enfila ses bottes et se contempla dans un miroir. Il ajusta soigneusement ses vêtements. Tout devait être exactement à sa place. Il ne fallait pas se plaindre, se dit-il. Cette histoire d'alchimistes ne faisait que le conforter quant au bien-fondé des actions qu'il avait l'intention d'entreprendre depuis un certain temps.

Voilà. Suffisamment lucide pour voir clair dans sa propre vanité, il pouvait se tailler une belle silhouette dès que cela s'avérait nécessaire. Il se lança un petit signe de tête dans le miroir et sortit d'un pas déterminé, empruntant l'escalier qui menait au terrain où se posaient les dragons. Assassiner Hyram ne pouvait lui suffire. Le jeune prince lui réservait bien pire. Une forme de vivisection, ou quelque chose dans ce genre.

Jehal franchit d'un bon pas le portail béant de l'À-pic et se retrouva dehors. Des centaines de soldats coururent se mettre en formation de phalanges. Démonstration de force ou manifestation de respect à l'égard de ses invités ? Difficile à dire. Il les ignora comme le ferait à coup sûr la reine Shezira, et leva les yeux vers le ciel. Des douzaines de dragons tournaient en rond dans l'azur. Les quatre qui s'apprêtaient à se poser plongèrent vers l'aire en un piqué presque vertical, et Jehal oublia

Hyram. Pour l'instant, il avait un problème beaucoup plus délicat à gérer.

Les quatre dragons déployèrent leurs ailes en même temps, trois dragons de chasse fins et élégants et une bête de guerre monstrueuse. Tous les quatre en même temps, ils atterrirent durement au bord de l'aire et, même à cette distance, l'air vibra et la terre trembla sous les pieds de Jehal. Les quatre dragons restèrent exactement là où ils venaient de se poser. Aucun ne fit le moindre pas en avant, ce qui était censé lui prouver l'habileté des dragonnières, comprit Jehal. *Eh bien pas du tout. C'est le dragon qui fait tout le travail, pas vous. C'est juste la preuve que vos dresseurs et vos Écailleux sont aussi compétents qu'ils doivent l'être…*

Il s'attendait plus ou moins à voir les quatre dragonnières se laisser glisser de leurs selles et marcher vers lui dans un mouvement parfaitement synchronisé, mais en fait, elles semblaient se disputer.

L'une d'entre elles se décida enfin. La reine Shezira, certainement. Les autres se laissèrent tomber derrière elle. Jehal et le seigneur Meteroa, son maître de l'aire, partirent à leur rencontre. Du coin de l'œil, Jehal notait tout ce qui se passait autour de lui, les gardes d'honneur en rangs impeccables qui posaient leurs pieds à l'endroit exact où ils devaient les poser, les Écailleux qui emmenaient les dragons des invités dans les enclos où ils les nourriraient, ses meilleures bêtes alignées pour l'inspection, avec leurs harnais et leurs selles luisants et bien cirés. Tout cela n'avait pas la moindre importance sauf si quelqu'un commettait une erreur, et comme Meteroa n'était jamais pris en faute, Jehal n'accorda que fort peu d'attention à tout ce cérémonial. Il devait se concentrer uniquement sur la reine dont il allait bientôt épouser la fille.

Shezira s'arrêta un instant devant Jehal, et leurs regards se croisèrent. Elle avait une expression bien à elle. Pas vraiment froide, se dit-il, mais certainement pas chaleureuse non plus. En tout cas, c'était un regard inflexible. Plus que tout le reste, c'est ce qu'il retint d'elle.

Bien. Une adversaire à ma mesure me conviendrait assez. Il lui sourit et s'avança d'un pas. La reine Shezira lui tendit la main, et Jehal s'inclina pour embrasser l'anneau qu'elle portait au majeur. Tout en s'exécutant, il détaillait déjà les trois femmes qui se tenaient derrière elle. Ses filles, vraisemblablement. Celle qui avait un visage plat et quelconque et des petits yeux brillants le regardait d'un air furieux. La deuxième, la plus jeune, manifestement, et la plus séduisante, lui parut timide et nerveuse mais juste ce qu'il fallait. Elle le dévisageait furtivement à travers ses cils, la coquine. Derrière elles, la troisième enfin, la plus âgée sans doute, était une femme sans distinction à la peau beaucoup plus sombre que les autres. Les yeux obstinément rivés au sol, elle dégageait une impression d'énergie cinétique. Sans doute capable de se mouvoir brutalement à la moindre menace, elle l'énerva instantanément.

Dieux et dragons du ciel, j'espère que Shezira est venue m'offrir la main de la plus jeune…

— Reine Shezira…

Jehal s'inclina de nouveau, plus profondément cette fois-ci.

— Soyez la bienvenue à l'À-pic.

Il la vit regarder autour d'elle sans prononcer un mot, mais son expression lui apprit tout ce qu'il voulait savoir. *Bon, c'est satisfaisant*, se disait-elle. Il sentit le seigneur Meteroa se hérisser derrière lui. Apparemment, les pensées de Meteroa avaient suivi le même cours que les siennes.

Le prince attendit. La reine Shezira était censée lui présenter ses filles. Il allait enfin découvrir laquelle partagerait sa couche avant la fin du mois. Puis Shezira lui expliquerait la cause de ce retard et il comprendrait pourquoi il avait dû passer des journées entières dans cette aire mortellement ennuyeuse alors qu'il aurait pu rester à Furibouche, se glisser une nuit sur deux dans la chambre à coucher de la reine Zafir et prendre entre-temps son plaisir avec telle ou telle cousine de passage.

La reine Shezira se décida enfin à parler.

— Nous nous sommes déjà rencontrés, mais il y a longtemps. Quand Hyram a pris ses fonctions d'Orateur, vous vous en souvenez ? Votre père nous a présentés l'un à l'autre.

Jehal sourit, s'inclina et grinça des dents. *Impossible d'oublier pareille journée.*

— Oui, votre Altesse, je m'en souviens très bien.

Shezira fit un pas de côté.

— Je vous présente ma puînée, Jaslyn.

Elle désignait la fille quelconque, et Jehal poussa un petit soupir de soulagement.

— Elle ne vous dit sans doute rien, parce qu'elle veut toujours rester avec les dragons et passe tout son temps cachée dans l'aire du Palais.

Le visage de Jaslyn se figea, et Jehal s'inclina devant elle.

— Quelle belle princesse elle est devenue ! Les dragons sont toute notre vie, princesse Jaslyn. Ils sont ce qui nous distingue du commun des mortels. Sans eux, nous ne sommes rien. Passez tout le temps que vous voudrez à l'À-pic, vous y êtes la bienvenue. Nous vous préparerons des appartements à votre usage exclusif pour vos séjours ici.

Jaslyn sembla s'adoucir, mais à peine. Par contre, l'expression de Shezira ne changea pas le moins du monde.

— Voici ma maréchale, dame Nastria, au deuxième rang, reprit-elle.

Ah, la femme dangereuse. Parfait. Je n'ai pas besoin d'être gentil avec elle.

— Et voici ma cadette, la princesse Lystra.

La princesse s'inclina devant lui, mais sans le quitter vraiment du regard. Jehal réprima un sourire affecté. *Du sucre rehaussé d'un soupçon d'épices. Es-tu vraiment ce que tu prétends être, ou bien as-tu simplement pris la peine de découvrir ce que j'aime ?*

— Princesse Lystra...

Jehal veilla à ne point s'incliner à son tour pendant une seconde ou deux.

— Je… Je… Je suis subjugué. J'avais certes entendu parler de la beauté et de l'élégance des dames du Nord, mais vous êtes sûrement la plus délicieuse, la plus sublime, la plus radieuse de toutes… Je suis pas sûr de pouvoir vous épouser, car si je vous épouse, vous serez la plus belle des sujets de mon père, et toutes les dames de Furibouche vont enrager.

La princesse Lystra piqua un ravissant fard. *Donc… Elle est sans doute assez intelligente pour reconnaître la flatterie quand elle la croise, mais elle aime quand même bien ça. Parfait…*

— Mais quelle que soit la personne que messire épouserait, elles enrageraient, n'est-ce pas ? hasarda la jeune fille.

Jehal cilla. La reine Shezira n'approuvait manifestement pas la hardiesse de sa fille, mais le prince comprit qu'en ce qui le concernait, c'était plutôt le contraire. *Moi aussi, j'apprécie les flatteries, on dirait. Eh bien, qui l'eût cru… ?*

— Vous êtes trop bonne, ma dame.

Il lui sourit et poussa un petit soupir, puis leur montra les murs de l'À-pic.

— Souhaitez-vous que nous libérions le terrain, votre Altesse ? demanda-t-il à la reine Shezira, qui lui consentit un léger hochement de tête.

Ce qui lui plaisait le plus dans le fait d'être un prince, se dit Jehal, c'est qu'il n'avait à s'occuper que des choses intéressantes. Tous les aspects logistiques mortellement ennuyeux consistant à prendre soin des dragons, des écuyers, des serviteurs, des alchimistes de la reine Shezira et ainsi de suite, tout cela, c'était du ressort de Meteroa.

En chemin, Jehal jeta discrètement un coup d'œil en l'air. Il voulait repérer la légendaire Blanche parfaite de Shezira, mais il perdait son temps. Les dragons de la reine volaient trop haut, et il ne put en distinguer les robes. Il ne vit que de vagues silhouettes tournant en rond dans le ciel. Il mourait d'envie de leur demander laquelle était la Blanche, mais c'eût été parfaitement grossier.

Ils s'arrêtèrent un moment aux portes de l'À-pic. La reine Shezira était tenue de passer en revue les hommes du prince revêtus de leurs écailles de dragon miroitantes. Pendant quelques instants, le calme et le silence régnèrent, exception faite du bruit des vagues qui s'écrasaient au pied des falaises.

— Vos écuyers font honneur à votre père, prince Jehal, déclara Shezira.

Était-ce sincère ou disait-elle simplement ce qu'on attendait d'elle ?

Quoi qu'il en soit, il n'y avait qu'une seule réponse convenable. Il s'inclina.

— Vous êtes trop bonne, votre Altesse. Vos compliments vont ravir mon père. Les vôtres sont réputés dans tous les royaumes pour leur force et leur splendeur.

Il racontait des sornettes, bien entendu. Les écuyers des royaumes du nord étaient justement réputés pour tout le contraire.

La reine Shezira ne tressaillit même pas, mais Jehal perçut une ombre de dédain chez la princesse Jaslyn. *Elle déborde de feu et de colère, cette fille. Elle est l'austérité et la détermination incarnées, et elle n'a pas le moindre soupçon d'humour. Heureusement, ce n'est pas elle que j'épouse, loués en soient mes aïeux ! Quel boute-en-train elle va être au banquet de mariage !* Cette perspective le fit frissonner. Au cours de la cérémonie, certaines tâches incombaient aux sœurs aînées. *Pauvre princesse Lystra…*

— Pardonnez-moi, messire, mais puis-je vous demander ce qui provoque ce bruit ?

Cette question plongea Jehal dans une grande perplexité.

— Que voulez-vous dire ?

De nouveau, la princesse Lystra le regardait droit dans les yeux.

— Qu'est-ce qui fait ce bruit, messire ?

— Je suis désolé, princesse Lystra, mais je n'entends rien.

— Elle parle de la mer, marmonna Shezira.

Pendant quelques instants, Jehal faillit perdre tout contrôle.

— Quoi ? Vous n'avez jamais… *jamais vu la mer… ?*

Lystra pencha la tête d'un air confus.

— J'ai vu la Mer de Sable et la Mer de Sel, votre Altesse…

— Je ne connais pas ces deux mers, mais elles sont sans aucun doute grandioses et magnifiques, lui lança-t-il avec un grand sourire. Notre mer à nous est un peu différente, et je vais vous la montrer tout de suite.

Il lança un coup d'œil à Shezira.

— Si votre Altesse m'y autorise, bien sûr.

La reine hocha laconiquement la tête. Le seigneur Meteroa et les intendants de l'À-pic, qui avaient prévu très soigneusement le déroulement de la journée, allaient probablement s'arracher les cheveux en constatant cette diversion, mais Jehal ne put se retenir. *Elle n'a jamais vu la mer… ?*

Il les fit contourner la tour de l'À-pic et les entraîna vers la corniche, à un endroit où la terre s'affaissait brutalement, fracassée et emportée par une inimaginable violence.

— Soyez prudentes, mes dames. Ce bord est traître. Les gens tombent souvent de ces falaises, qui sont très hautes, comme vous le voyez. La mer semble les attirer, en quelque sorte.

Il s'arrêta à quelques pas du vide et offrit sa main à la princesse Lystra.

— La mer, ma dame. La Mer infinie des Tempêtes.

Lystra lui prit la main, et il pressa doucement les doigts de la jeune femme en espérant que la reine Shezira ne se rendrait compte de rien.

— C'est… c'est à couper le souffle.

Les falaises tombaient dans les flots d'une hauteur de trente mètres et les brisants s'y écrasaient en rugissant. La mer s'étendait à l'infini en une succession de vagues bruyantes couronnées d'écume qui finissaient par se fondre dans la brume grise de l'horizon lointain. Comparés à ce puissant monstre, les dragons eux-mêmes semblaient petits et dociles. Jehal sourit à sa compagne.

Même ici, à cette hauteur, les embruns leur parvenaient et ils goûtaient le sel dans l'air.

— Elle continue encore et encore, elle n'a pas de fin ! Comme la Mer de Sable, mais avec de l'eau à la place du sable ! s'exclama Lystra, bouche bée.

Jehal lui sourit avec indulgence.

— Les Taiytakei disent que si l'on se laisse porter assez loin et si l'on sait naviguer dans les tempêtes, il y a d'autres terres par-delà l'océan, tellement éloignées de nous qu'il faut traverser les royaumes d'un bout à l'autre pour commencer à imaginer la distance qui nous en sépare.

Il se félicita mentalement. *Parfait. Pas du tout condescendant.*

— Toute cette eau…

Lystra fit un pas vers le bord. Jehal raffermit sa prise sur la main de la jeune femme, qui s'arrêta. Les falaises plongeaient à la verticale dans la mer.

— À l'arrière de la tour, il y a moyen de descendre jusqu'à la mer, lui dit-il. C'est un sentier dangereux aux marches usées et glissantes, mais il y a tout en bas une grotte qu'on ne peut atteindre qu'en l'empruntant. Pour voir de près les vagues s'écraser sur les rochers et envoyer leur panache d'embruns dans les airs, il n'y a pas de meilleur endroit. Je vous y emmènerai, un jour.

Soudain, la princesse Jaslyn alla tout au bord et regarda en bas. Pendant quelques instants, Jehal eut l'impression de la voir vaciller dans les tourbillons de vent qui fouettaient la paroi de la falaise. Si c'était le cas, elle retrouva vite son équilibre, et l'instant suivant, la princesse Lystra retira sa main de celle du prince et alla rejoindre sa sœur aînée en riant aux éclats.

13. FURIBOUCHE

Shezira n'avait pas vraiment le choix : elle garda le silence et ravala sa colère. Une fois dans la tour, les rituels commencèrent pour de bon. D'abord le pain rompu avec le prince Jehal et ses seigneurs pour apaiser la faim après une journée de voyage à dos de dragons, puis les bains parfumés et les massages censés soulager les muscles endoloris. Ensuite, la reine dut s'habiller pour le banquet officiel, qui dura du crépuscule au milieu de la nuit et même au-delà, pour certains. À l'aube, quand Shezira se réveilla, on festoyait encore.

Puis elle se prépara au voyage jusqu'à Furibouche. Les reines devant hélas se soumettre à tout un protocole détaillé et précis, Shezira ne put garder elle-même ses filles à l'œil. Elle s'en remit donc à Nastria, qui veilla sur leur apparence et leur comportement : tout comme elle, ses filles étaient tenues de suivre un certain protocole. Shezira était presque certaine que, sans Nastria, Jaslyn serait partie à la recherche des marches secrètes du prince Jehal et aurait passé tout son temps dans la grotte, vraisemblablement imitée par Lystra.

Finalement, les équipages qui devaient les emmener jusqu'à l'estuaire où se dressait la ville de Furibouche furent prêts au départ. Tous les écuyers de la reine les escorteraient à cheval, et elle n'avait plus rien à faire. Elle pouvait à nouveau s'occuper elle-même de ses filles.

— Qu'est-ce qui vous prend, toutes les deux ? leur jeta-t-elle sèchement dès que leur carrosse se mit à rouler. Vous répondez à cet homme, et toi, tu lui tiens la main ?

Lystra baissa la tête et regarda sa mère derrière ses cils épais.

— C'est lui qui lui a tendu la sienne ! s'écria Jaslyn à sa place. C'est à lui qu'il faut le reprocher !

— Et je le ferai. (Shezira lui lança un regard furibond.) Mais cela n'excuse pas le fait que Lystra ait accepté de la prendre. En outre, Lystra est capable de se défendre toute seule. Elle ferait mieux de ne plus se reposer sur toi comme elle le fait d'habitude. Dans un mois, tu ne seras plus là.

Les yeux de Jaslyn étincelèrent.

— Je sais, et d'ailleurs, je ne devrais pas être là aujourd'hui. Je devrais être en train de traquer dans les montagnes ceux qui ont tué Orcus et volé notre Neige.

Neige. Le nom que lui avait donné son Écailleux...

— Tu es une princesse de sang royal, que tu le veuilles ou non, grommela Shezira. Tu vas donc là où ton devoir t'appelle. Ne t'avise plus de traîner partout comme un garçon de ferme...

— Hum... Dans ce coin des royaumes, les gens sont plus... évolués, leur fit doucement remarquer Lystra.

Jaslyn et Shezira la dévisagèrent toutes les deux.

— Qu'as-tu dit ?

— Le Guet m'étant interdit depuis des mois et des mois, j'ai passé une bonne partie de mon temps à la bibliothèque. Je pensais y trouver un peu plus de détails sur mon futur pays.

À l'extérieur, l'attelage prenait de la vitesse. Lystra se pencha vers Shezira et baissa le ton.

— Je crois qu'ils sont plus, hum... Mère, savez-vous comment se déroulent les mariages, dans le sud ? Y avez-vous déjà assisté ?

— La maréchale Nastria m'a affirmé que leurs coutumes sont identiques aux nôtres, lui dit Shezira en secouant la tête.

— Dame Nastria vous a-t-elle précisé ce que vous aurez à faire pendant ma nuit de noces ?

— Moi ?

Shezira cligna les yeux, surprise.

— Oui, mère. Vous. Et Jaslyn.

Le petit sourire supérieur mourut sur les lèvres de la puînée.

— De quoi parles-tu, petite sœur ?

Lystra se pencha encore plus, et toutes les trois se retrouvèrent blotties ensemble au centre de la voiture. Elle chuchota.

— Je vous parle de la consommation du mariage.

— Lystra !

Shezira s'agita, mal à l'aise. Elle se souvint soudain qu'elle était censée sermonner ses filles.

— Mère, je sais ce qui se passe pendant les nuits de noces. Je vois des dragons s'accoupler depuis que j'ai cinq ans.

Shezira se tortilla sur la banquette. Cette conversation la désarçonnait totalement.

— Jeune princesse, ce n'est pas du tout la même chose…

— Oh mais ne soyez pas bête, je le sais, voyons ! Notre bibliothèque contient beaucoup de livres.

Antros…

— Des livres illustrés, mère.

— Lystra !

— Voilà ce que c'est de m'interdire de voler à dos de dragon avec Jaslyn.

Elle afficha un sourire rayonnant pendant quelques instants, puis jeta un coup d'œil à sa sœur.

— Et tu peux arrêter de rire, grande sœur, parce que toi et mère, vous allez devoir déshabiller le prince Jehal, toutes les deux, puis l'emmener jusqu'à la chambre nuptiale. Mais avant de le laisser entrer, vous devrez vous assurer qu'il est prêt à remplir son devoir conjugal.

Elle gloussa.

— Lystra ! Comment oses-tu ! C'est absurde !

Shezira serra les poings et se carra dans son siège, en partie furieuse et en partie glacée d'horreur.

— C'est ce que décrivent les livres dans la bibliothèque. Les livres illustrés.

— C'est ridicule !

La reine Shezira lança un regard furibond à ses filles, l'une après l'autre. *Maudit Antros ! Lystra se trompe sûrement. Mais si elle a raison ? Sont-ils si différents de nous, dans cette région ?*

— Vous ne devriez pas croire tout ce qu'on raconte dans les livres ! Peu importe leurs coutumes dans cette partie du monde, vous êtes *mes* filles, et vous allez vous comporter comme je vous l'ai enseigné ! Si Jehal veut t'exhiber comme une putain après t'avoir épousée, c'est son affaire. Mais en attendant, que nos aïeux m'en soient témoins, tu te comporteras comme les princesses doivent le faire, ou bien tu ne quitteras plus jamais mes aires. C'est bien compris ?

Il n'y avait plus grand-chose à ajouter, et un silence maussade s'installa dans le carrosse. À mi-journée, ils s'arrêtèrent un moment à côté d'une baie rocheuse tranquille. Une petite armée de serviteurs les y attendaient déjà. Manifestement, ils avaient campé sur place la nuit précédente pour être prêts à les servir dès leur arrivée. Une succession de viandes froides et de pains et une centaine de variétés de légumes étranges leur furent proposées. Shezira eut l'impression qu'elle allait exploser, mais au moins, cette fois-ci, ses filles se comportèrent de façon impeccable. Le prince Jehal se montra irréprochable, lui aussi, flirtant avec aisance dans les limites de la bienséance sans jamais franchir la ligne. *Soyons honnête*, se dit Shezira. Elle comprenait tout à fait pourquoi Lystra était déjà folle de lui. Qui pouvait le lui reprocher ? Un homme beau et charmant à la fois...

Quel dommage qu'il empoisonne son père, hein ? Oh, ma précieuse fille, dans quoi t'ai-je entraînée ?

— J'ai discuté avec notre maréchale, déclara Shezira à ses filles quand elles repartirent dans l'après-midi. Il semblerait que Lystra ait en partie raison, mais heureusement, nous serons seulement *invitées* à prendre part à ce rituel. Rien ne nous y oblige. Rendons-en grâce à nos aïeux.

Lystra se mit à glousser, et Shezira ne put s'empêcher de sourire, puis Jaslyn éclata de rire. L'ambiance dans le carrosse se détendit nettement.

— Qu'as-tu appris d'autre dans tes livres ? demanda Jaslyn à sa sœur.

— Si possible dans ceux qui ne sont pas illustrés, précisa Shezira.

— Je sais que le royaume du roi Tyan est le plus riche de tous les royaumes.

— Pas besoin d'une bibliothèque pour le savoir.

— Et que leur aire est située très loin de Furibouche.

— J'ai pu le constater par moi-même. As-tu appris pourquoi, dans tes livres ?

Lystra fronça les sourcils.

— C'est à cause des navires. Les dragons n'aiment pas les navires. Sous le règne de l'arrière-arrière-arrière-grand-père du roi Tyan, ils ont incendié deux bateaux appartenant aux marchands taiytakei. Les survivants ont affirmé que les Taiytakei ne reviendraient jamais sur ces côtes tant que les dragons ne seraient pas éloignés de la ville, et c'est donc ce qu'a fait le roi.

— Il a déplacé son aire ? s'exclama Jaslyn d'un air choqué.

Même Shezira leva un sourcil.

— Voilà qui me semble difficile à croire, dit-elle, et c'est la première fois que j'entends parler de cette histoire. Et les Taiytakei, alors ? Qu'as-tu appris sur eux, dans tes livres ?

Lystra haussa les épaules.

— Ce sont des sortes de mages, apparemment.

Shezira ne sut pas quoi ajouter à cela. Antros avait rempli sa bibliothèque de tout un tas de sornettes. La reine n'avait jamais vraiment compris pourquoi, car pour ce qu'elle en savait, lui-même ne s'était jamais rendu dans le sud. Elle non plus, d'ailleurs, trop occupée qu'elle était à élever ses filles, à voler à dos de dragon puis à diriger son royaume après la mort d'Antros.

J'aurais peut-être dû m'y rendre de temps à autre. Si je l'avais fait, je connaîtrais les rituels de la nuit de noces dans le sud. Cette pensée la fit sourire. *Je le ferai peut-être quand je serai trop vieille pour les vols de dragons…*

À l'extérieur, le paysage défilait, plages sablonneuses, petits villages agricoles, champs couverts de bétail et de blé, mais aussi fourgons et charrettes à bœufs et hommes appuyés sur des bâtons observant bouche bée le défilé de carrosses. *Il fait chaud*, se dit Shezira en sentant ses paupières s'alourdir. *J'avais oublié qu'il faisait si chaud dans le sud à cette distance de chez nous…*

Elle somnola. Lorsqu'elle se réveilla, le ciel s'était assombri et le bruit des roues avait changé. Des galets. Ils roulaient sur des galets…

Elle retrouva ses esprits en sursaut, se redressa et regarda par la fenêtre. Ils roulaient entre les maisons tellement serrées les unes contre les autres qu'elles semblaient se grimper dessus. Au-dessus de la rue, elles se penchaient au point que leurs toits se touchaient presque. Voilà pourquoi le ciel avait disparu. De temps en temps, les attelages croisaient d'autres rues qui perçaient l'obscurité comme de brillants éclairs de soleil. Ces rues-là descendaient vers la mer, et chaque fois qu'ils en dépassaient une, Shezira apercevait le port, ses mâts, les ondulations de ses vagues et le soleil qui miroitait sur l'eau. Abritée des vents par les courbes de la baie, la mer était figée et tranquille. Lystra ne pouvait toujours pas en détacher les yeux.

— Là, on dirait tout à fait les Lacs Miroirs !

Shezira hocha la tête. La vue depuis le palais du roi Tyan, construit sur une colline qui dominait la ville, était bien meilleure. Elle se souvenait vaguement avoir regardé par-dessus ces murs, assise sur les épaules de quelqu'un, bouche bée devant l'étrangeté de ce paysage. Avec leurs pavillons, leurs mâts et leurs voiles, les navires lui avaient évoqué des monstres aquatiques bizarres, et toutes ces grues dans l'enceinte du port étaient comme une forêt d'arbres exotiques sans feuilles. Et l'odeur, l'odeur de la mer, qu'elle percevait malgré l'omniprésente puanteur de la ville… Elle avait cinq ou six ans, à l'époque.

— Tu verras bien des choses étranges et différentes dans cette ville, Lystra. Tu dois conserver ta capacité à t'émerveiller, mais garde-la pour toi, sinon les gens vont te prendre pour une imbécile.

Jaslyn émit un petit bruit désapprobateur et leva les yeux au ciel, mais Lystra avait compris, et c'était le principal.

— Tes yeux peuvent étinceler devant tout ce que tu vois, mais surtout ne dis rien. Si tu te comportes ainsi, le prince Jehal sera à tes pieds.

Elle éclata de rire en pensant à Antros.

— Et il ne s'en apercevra même pas…

— … si tu écartes les jambes chaque fois qu'il te le demande et que tu lui donnes plein de fils, marmonna Jaslyn.

Shezira faillit la gifler mais n'en eut pas le temps ; le carrosse, qui ralentissait depuis un moment, s'arrêta. Quelques instants plus tard, la porte s'ouvrit, et le prince Jehal apparut.

— Votre Altesse, vous êtes la bienvenue à Furibouche, dit-il en s'inclinant puis en lui offrant sa main.

Ils se trouvaient au pied du palais du roi Tyan, et la mer s'étendait à perte de vue. Près d'eux, dans le port, des douzaines de petits bateaux de pêche dansaient sur l'eau. Trois navires beaucoup plus grands étaient alignés au large.

— Les cieux devraient grouiller de dragons, votre Altesse, lui fit remarquer Jehal. J'ai expliqué aux Taiytakei que la future Oratrice des royaumes allait venir m'offrir la main de sa fille, et que nos dragons étaient censés inonder l'azur de leurs feux.

Il s'inclina.

— Les Taiytakei vous offrent ce cadeau, reine Shezira. Ils l'ont préparé en votre honneur. Une vision complètement inédite dans les royaumes.

Shezira vit de fines traînées de feu s'élancer vers le ciel au-dessus de l'eau depuis les trois navires, des traînées qui explosèrent en altitude et se transformèrent en pluies aveuglantes et en tourbillons de couleur. Le spectacle lui coupa le souffle. Elle n'avait jamais rien vu de tel. Elle n'avait jamais rien entendu de semblable.

Cette démonstration dura environ une minute, et à la fin, Jehal s'inclina devant Lystra.

— C'est un reflet bien pâle et bien éphémère de votre beauté, ma princesse. Vous illuminerez le palais de mon père comme les Taiytakei illuminent les cieux.

— J'espère que nous aurons l'occasion de remercier vos invités pour leur accueil des plus originaux et vivifiants, intervint Shezira en se glissant prudemment entre Lystra et le prince.

Jehal lui sourit.

— Bien entendu ! Un ambassadeur des Taiytakei sera présent aux noces. Je suis convaincu qu'il souhaitera vous parler, si vous acceptez de lui accorder une audience.

Il se coula plus près d'elle, et baissa le ton presque jusqu'au chuchotement.

— Vous savez, votre Altesse, qu'ils n'ont qu'un seul désir. Ils fréquentent nos rivages depuis plus de cent ans. Nous leur vendons des esclaves et des écailles de dragon, mais ce n'est pas pour cette raison qu'ils nous rendent visite. Ils vont vous flatter et vous inonder de présents, tout comme ils l'ont fait avec l'Orateur Hyram et mon père, mais en fait, ils ne veulent qu'une seule chose.

— Un œuf de dragon, peut-être ?

— La plupart des œufs n'éclosent pas, et ils le savent. Un dragon vivant, votre Sainteté. Un dragonneau. Voilà ce qu'ils veulent, ce qu'ils ont toujours voulu, et ils feront tout pour en obtenir un. Tout.

Il lui lança un grand sourire.

— Pourquoi l'aire de l'À-pic est-elle située si loin du port ? Pour garder vos dragons loin des navires taiytakei ?

Il éclata de rire.

— Pas du tout, votre Altesse. Pour garder les Taiytakei loin de nos dragons.

14. LES RECHERCHES

Sollos attisa le feu avec son bâton, puis lança un coup d'œil au flanc de la vallée, vers la balafre noire qui traversait les arbres jusqu'au dragon mort. De la fumée s'en élevait toujours. Parfois, la nuit, le mercenaire voyait vaciller quelques flammes, puis il pleuvait, la fumée et les flammes disparaissaient, la pluie s'arrêtait et la blessure dans la forêt dégageait de nouveau de la vapeur. Mais aujourd'hui, tout était calme. Immobile et morne.

— Tu le regardes de nouveau, grommela Kemir.

— Je sais, je sais.

Sollos poussa un gros soupir. La reine était partie depuis dix jours, donc l'attaque s'était déroulée douze jours auparavant. Deux semaines, leur avait expliqué l'alchimiste. Deux semaines et un gros marteau. Bon, il avait déjà le gros marteau.

— Hé, vous deux ! Alimentez ce feu et faites bouillir de l'eau !

— Oui, mon seigneur.

Ce qu'il avait aussi sur les bras, c'était une douzaine de chevaliers-dragons, sept dragons de chasse et un alchimiste. Sollos attisa de nouveau le feu et y jeta deux autres bûches. Le chevalier-dragon qui l'avait interpellé s'éloigna et Sollos marmonna une obscénité dans son dos. Les dragons se moquaient sans doute de ce qui était arrivé à leur frère mort, mais pas les écuyers et l'alchimiste. Chaque jour, pendant que la moitié de ces hommes partaient à la recherche du dragon manquant, l'autre moitié, celle qui gardait le camp, n'avait rien de mieux à faire que de traîner dans les parages.

— Ça ne te dirait vraiment pas de les tuer tous dans leur sommeil ? marmonna Kemir. Nous n'avons qu'à les empoisonner…

Avant que Sollos ait pu formuler sa réponse, un cri perçant, tonitruant, résonna dans la vallée. Le premier des dragons revenait. Tous les jours, six dragons partaient à la recherche de la Blanche, et le septième tournait en rond au-dessus du campement, aux aguets. Depuis l'attaque, aucun autre dragon ne s'était montré. Pour Sollos, ces gens perdaient leur temps. À cette heure-ci, la Blanche de la reine était loin.

Patienter ici présentait pourtant un avantage : en haut de la pente, le dragon mort refroidissait, et les deux mercenaires auraient peut-être l'occasion de subtiliser quelques écailles de dragon…

— Il revient un peu tôt, lui dit Kemir, qui observait le vol plané du nouvel arrivant vers le fleuve.

Sollos détacha son regard de la forêt et reporta son attention sur le dragon. Son écuyer n'attendit même pas son arrêt total pour se lever, quitter son harnais et se laisser glisser de sa selle.

Kemir éructa et jeta une pierre dans l'eau.

— Tu ne crois quand même pas qu'ils ont trouvé quelque chose, si ? Ils ne reviennent jamais avant des heures, d'habitude !

Sollos secoua la tête.

— Misère… Et moi qui attendais avec impatience une autre après-midi tranquille à suçoter de l'herbe et à me gratter le cul…

— Ouais, et à regarder fixement le gros tas d'écailles de dragon et de charbon, là-haut.

— Nous n'arriverons pas à mettre la main dessus. Tu le sais, n'est-ce pas ?

— Plus ou moins. On pourrait s'acheter des terres avec ces écailles. Notre propre petit village avec nos propres petits sujets. Notre propre petit manoir. Et une brasserie.

— Et un bordel.

— Ouais, bonne idée.

Kemir soupira.

— J'insiste : ça ne te dirait pas de les empoisonner ?

— Mettons que nous nous achetions un titre ; nous devrions toujours rendre des comptes à la reine.

— La reine, je l'emmerde ! Nous n'avons qu'à nous installer quelque part là-haut, dans une vallée de montagne.

— Au service du roi Valmeyan ? dit Sollos d'un ton dédaigneux. Certainement pas. Pas lui.

Kemir baissa le ton jusqu'au grommellement.

— Non, pas lui. Pas question. Tu crois que…

Deux sentinelles sur les talons, l'écuyer du dragon courait vers eux.

— Hum hum…

Sollos se mit instinctivement à tripoter les couteaux à sa ceinture, et Kemir se pencha pour ramasser son arc.

— Hé, vous ! Les mercenaires !

L'écuyer s'arrêta à courte distance des deux hommes.

— Les mercenaires ont des noms, marmonna Kemir.

Sollos prit une profonde inspiration, grinça des dents et s'inclina.

— Écuyer Semian ! Que pouvons-nous faire pour votre service ?

Ce Semian-ci était le troisième ou quatrième fils du duc Semian, mais lequel exactement, Sollos n'arrivait jamais à se le rappeler. Il s'en moquait un peu, du reste. Le duc avait également quelques filles, et tout ce petit monde vivait dans la vaste étendue aride et inculte connue sous le nom de désert de Pierre. Au service de la reine Shezira, le duc assurait la charge de Gardien du Nord. Qu'était-il était censé garder hors des frontières du royaume, Sollos l'ignorait. L'usage des prénoms, peut-être. Ce Semian-ci, vingt ans tout au plus, était tout maigre, avec des dents saillantes. S'il avait porté un nom différent, il aurait probablement hérité du rôle d'idiot du village, mais comme il s'appelait Semian, c'était un idiot avec un dragon.

— Nous avons découvert une sorte de ville ! Cachée au milieu des vallées de montagne.

Sollos et Kemir échangèrent un regard.

— Alors elle se trouve très probablement sous l'autorité du roi Valmeyan, messire. *Je comprends tout à fait pourquoi la reine Shezira n'a pas voulu t'emmener avec elle dans le sud*, se dit Sollos. Légèrement trop grand, le casque de l'écuyer Semian n'arrêtait pas de glisser vers l'avant. *La raison pour laquelle elle t'a cru assez compétent pour prendre part aux recherches et retrouver sa précieuse Blanche me semble moins évidente. Sauf si elle sait déjà que c'est une perte de temps ridicule.*

Tiens, pas bête, comme idée. Et si c'était la reine elle-même qui avait organisé cette attaque ?

— Cette ville se dresse sur la rive d'un lac. Il est impossible pour un dragon de se poser à proximité. Quand je l'ai survolée, ils m'ont tiré dessus !

— Et vous, comment avez-vous réagi, écuyer Semian ? Vous les avez tous brûlés ? lui demanda Kemir.

Le chevalier-dragon fit un pas en arrière, visiblement alarmé par le ton cinglant de Kemir.

— Absolument pas, mercenaire.

— Messire, il y a des campements de ce genre tout le long de l'Épine du Monde. Ce sont des chasseurs, des trappeurs et autres, qui vivent des ressources de la forêt et réclament régulièrement leur indépendance auprès des rois et des reines-dragons, lui expliqua prudemment Sollos. Dans l'ensemble, ces gens ne représentent pas une menace.

— Je ne suis pas d'accord avec vous, mercenaire. Je connais l'existence de ces endroits. Ce sont des repaires du vice et de la corruption. Ces gens ne vivent absolument pas des produits de la forêt. Ils survivent en inondant les royaumes de Poussière d'Âme, en suçant toute vie de leurs victimes impuissantes.

— La Poussière d'Âme descend effectivement de ces montagnes, messire, mais elle n'est pas fabriquée dans ce genre de lieu. Elle provient de campements secrets impossibles à repérer du ciel.

— Vous avez peut-être raison, mercenaire, mais comment peut-elle s'infiltrer dans les royaumes dans de telles quantités ? Par l'intermédiaire d'endroits tels que celui que j'ai vu aujourd'hui, voilà comment.

Sollos allait devoir réviser son opinion sur l'écuyer Semian. Peut-être ne faisait-il que *ressembler* à un idiot.

— C'est sans doute vrai pour un petit nombre d'entre eux, messire, mais c'est l'exception qui confirme la règle. Et c'est au roi Valmeyan de s'occuper de ce problème, pas à nous.

— La reine nous a chargés de retrouver sa Blanche, et nous allons la retrouver. Ces hors-la-loi ont peut-être vu quelque chose. Ou entendu. Les informations circulent entre tous ces campements, j'imagine.

Sollos hocha lentement la tête.

— Je vois où vous voulez en venir, messire. De temps à autre, le roi Valmeyan incendie un de ces lieux, qu'il soit occupé par des hommes honnêtes ou malfaisants. Voilà pourquoi les occupants de ces camps se précipitent dans la forêt dès qu'ils voient un dragon, voilà pourquoi ils se cachent dès qu'ils aperçoivent un chevalier. Mais peut-être qu'un mercenaire… ?

L'écuyer Semian hocha la tête, et Sollos entendit Kemir pousser un soupir exaspéré.

— Sollos, tu sais bien qu'ils ne vont pas…

Sollos leva une main pour le faire taire.

— Écuyer Semian, nous sommes les serviteurs de la reine. Nous accomplirons notre devoir.

— La maréchale Nastria a été très explicite. Vous connaissez comme votre poche ces montagnes et ces communautés.

De nouveau, Sollos hocha la tête.

— Effectivement. *Comment était-elle au courant ?*

— Il y aura une récompense, si vous retrouvez la Blanche.

Cette fois-ci, Sollos afficha un franc sourire.

— Oui, j'en suis sûr.

Et il dut faire appel à toute sa volonté pour ne pas jeter un coup d'œil vers le haut de la vallée où l'attendait le dragon mort.

15. PRÉSENTS

Zafir laissa courir ses doigts sur la poitrine de Jehal.

— Alors, comment est-elle, la fille que vous allez épouser ?

Jehal lui sourit. Nus tous les deux, ils étaient allongés côte à côte sous le soleil dans l'une des pièces cachées du palais. Au fil des ans, Jehal s'était créé quelques nids comme celui-ci un peu partout dans l'édifice. Des lieux secrets, où lui et ceux qui en connaissaient l'existence pouvaient se rendre ni vu ni connu en empruntant des passages secrets. Des endroits petits, mais avec de hautes fenêtres pour laisser entrer l'air et la lumière. Dans celui-ci, un lit immense et somptueux occupait presque tout l'espace. D'autres pièces étaient réservées à des activités plus sensibles.

— Ce n'est qu'une fille, comme vous le dites.

Le prince caressa nonchalamment la cuisse de Zafir. Une odeur d'encens flottait dans l'air.

— Une fille naïve, complètement émerveillée par tout ce qu'elle voit, et presque totalement dépourvue d'expérience, je dirais.

— Autrement dit, elle est stupide.

Pas du tout.

— Oui. Très probablement. D'un autre côté, on ne lui a pas laissé dire grand-chose.

— Pour que vous vous rendiez compte que vous épousez une idiote ? La reine Shezira préfère éviter cela ! Vous pourriez changer d'avis.

Jehal éclata de rire.

— Si je pouvais éviter ce mariage, je le ferais, même si c'était la plus intelligente des princesses de tous les royaumes. Parce qu'elle ne serait pas la plus désirable.

Il se retourna face à Zafir et posa ses mains sur les joues de la jeune femme.

— Elle a quand même un peu parlé, maladroitement et sans attendre son tour. Je parie que la reine Shezira l'a réprimandée dès qu'elles se sont retrouvées seules.

— Elle est jolie ?

Oui.

— Pas particulièrement. Elle était assez bien habillée, mais ne cherchait pas à mettre ses vêtements en valeur.

Ce qui était vrai, se dit-il, mais aussi plutôt intrigant, malheureusement.

— Dites-moi qu'elle est laide et difforme.

— Ce genre de qualificatifs ne s'applique qu'à sa sœur, j'en ai bien peur.

— Alors je préférerais que vous épousiez la sœur. Pourquoi pas, après tout ?

— Ces choses ont été décidées il y a longtemps, mon amour, à l'époque où mon père était encore en bonne santé. Ma famille a fait une promesse, et je dois l'honorer.

— Vous pourriez tout de même vous débrouiller pour épouser sa sœur !

— Si cela vous sied et si j'en ai l'occasion, je poserai la question. Mais je doute que la reine Shezira soit d'accord.

— Vous l'aimez bien, n'est-ce pas ?

Jehal ne laissa rien paraître.

— Je la connais à peine, mon amour ! C'est une poupée. Habillée des pieds à la tête pour avoir l'air aussi agréable que possible, mais une poupée tout de même. *Cependant, je dois admettre qu'elle m'intéresse…*

— Et vous mourez d'impatience de déballer votre poupée, je me trompe ?

Pendant quelques instants, Jehal crut que Zafir allait bouder, faire la moue et devenir incroyablement ennuyeuse, mais bien au contraire, elle l'attira à elle.

— Malheureusement, je me vois contrainte de gâcher votre nuit de noces. Si vous devez vraiment baiser votre poupée, faites donc, mais vous le ferez en pensant à moi.

Jehal poussa un grognement de contentement. Pendant quelques instants, pourtant, il hésita.

— Je ferais mieux d'y aller. Le seigneur Meteroa doit m'attendre avec les dernières nouvelles de l'aire…

— Que désirez-vous le plus ? Moi ou le dragon blanc de la reine Shezira ?

— Vous, mon amour. Toujours.

— Alors laissez-le attendre, votre Meteroa.

— Il n'est pas bête. Si nous ne nous montrons pas très prudents, il finira par découvrir notre relation.

— Mais c'est un de vos fidèles, n'est-ce pas ?

— Oui, répondit-il avec une très légère hésitation.

— Alors laissez-le attendre.

Jehal le laissa donc attendre, puis attendre un peu plus. Quand il quitta la pièce, le passage secret le mena directement dans sa chambre à coucher à l'autre bout du palais. Il courut tout le long du chemin, et lorsqu'il atteignit ses propres appartements, il était à bout de souffle.

Il fit irruption dans son antichambre privée.

— Seigneur Meteroa ! Je me reposais. Je vous ai fait attendre, mille excuses ! Vous auriez dû frapper à la porte, voyons !

Il ne put s'empêcher de jeter un coup d'œil par terre pour apercevoir le sillon que Meteroa avait sûrement creusé à force de faire les cent pas.

Sans prendre la peine de faire la révérence, l'homme plissa le nez.

— Ah bon, vous vous reposiez ? Vous puez la femelle, messire. Dois-je deviner avec qui vous étiez là-dedans ?

— Voyez par vous-même, si vous le souhaitez.

Meteroa croisa son regard. Quelque part entre le bleu et le gris, incroyablement clairs, les yeux humides du maître de l'aire avaient quelque chose de déroutant. Cet homme semblait ne jamais ciller. Jehal avait l'impression de regarder un serpent droit dans les yeux.

— Ah, je vois. Dans quelle pièce secrète étiez-vous ? Et qui y avez-vous entraîné ? Une princesse ou une reine ?

Jehal pinça les lèvres.

— Qui sait ? Les deux en même temps, peut-être...

Il prit une prune et la lança au maître de l'aire.

— Mangez donc quelque chose de sucré pour adoucir votre langue.

Meteroa attrapa le fruit et le lui renvoya.

— Merci, messire, mais j'ai eu tout mon content de sucreries il y a fort peu de temps.

— Dites-moi, mon oncle, vous qui êtes si perspicace ce matin... Comment se fait-il que, dès que leurs amants commencent à s'égarer, même les aveugles peuvent voir à travers les mensonges les plus habilement façonnés comme à travers le verre ?

Le maître de l'aire émit un rire amer qui ressemblait à un aboiement strident.

— Et c'est à moi que vous demandez cela ?

— Je le demande à un maître en la matière.

L'expression de Meteroa devint indéchiffrable, comme toujours quand il se remémorait un lointain passé.

— C'est ça, les femmes, dit-il. Il suffit de les inonder de mots doux et tout le reste les indiffère. Pourquoi, me direz-vous ? Parce qu'elles concentrent alors toute leur capacité de réflexion et d'observation sur le moindre de vos regards et la moindre variation de votre ton, secrètement persuadées que vous allez forcément leur être infidèle. Traitez-les comme des chiennes et elles seront à vos pieds. Et si vous leur jetez un os de temps en temps, elles vous montreront encore plus de gratitude.

— Vos conseils sont toujours aussi implacables, à ce que je vois, constata Jehal avec un grand sourire. Et maintenant, parlez-moi des alchimistes. Ont-ils enfin terminé ? Non ! (Jehal se frotta les mains.) Parlez-moi d'abord de ma belle dragonne blanche. Est-elle aussi splendide qu'on le raconte ? Est-elle parfaite ?

— Pour l'instant, messire, elle est surtout invisible.

— Elle est *quoi ?*

— Pas de dragon blanc, messire.

— Pardon ?

Meteroa leva un sourcil et un vague sourire lui chatouilla les lèvres.

— La reine Shezira ne vous a donc rien dit ?

— Dit *quoi* ?

— Apparemment, le cadeau de noces que vous espériez n'est jamais arrivé. La reine a certes emmené avec elle un certain nombre de dragons de chasse qui se reposent actuellement à l'À-pic, mais aucun n'est ne serait-ce que vaguement blanc.

Meteroa redressa la tête et leva son autre sourcil. Pendant quelques instants, Jehal fut saisi d'une irrépressible envie de le frapper, et il desserra prudemment les poings.

— Le meilleur dragon de son aire ! Elle me l'a promis !

Le maître de l'aire s'inclina.

— J'ai effectué quelques recherches, bien entendu. Comme toujours, ce sont les alchimistes qui se sont montrés les plus conciliants. Il semblerait qu'une sorte d'incident se soit produit au cours du voyage. D'après mes déductions, la reine Shezira est arrivée ici après avoir fait étape au Palais Adamantin sans le dragon blanc, et quelqu'un a profité du fait qu'il était mal surveillé pour s'emparer de lui. Quelques hommes de la reine ont survécu à l'attaque, y compris l'alchimiste de son Altesse, mais aucun des survivants n'est ici. En l'absence d'un compte rendu de première main, je ne peux pas vous en apprendre beaucoup plus. Vous béez, messire.

Jehal referma sa mâchoire.

— Rien de bien étonnant à cela, seigneur maître de l'aire. Ce que vous me dites est absurde.

Meteroa répliqua vertement.

— Si je ne savais pas qu'aucun de vos dragons ne s'est absenté, mon premier réflexe aurait été de me dire que nous sommes responsables de cet enlèvement.

— Oui, mais puisque tel n'est pas le cas, nous nous retrouvons avec un mystère plutôt intrigant sur les bras, n'est-ce pas ? J'espère que vous le résoudrez rapidement, maître de l'aire. Ce dragon blanc est à moi.

Jehal fonça les sourcils.

— En outre, quel intérêt pour moi de voler le cadeau que l'on me destine ?

— En effet ! Bien, voulez-vous que nous parlions des alchimistes, messire ? J'ai cru comprendre qu'ils en ont presque terminé…

— Oubliez les alchimistes ! cracha Jehal. Je veux savoir ce qu'il est arrivé à mon dragon ! À moins que… (Il sourit.) À moins que la reine Shezira n'ait organisé ce vol elle-même pour se garder la Blanche pour elle…

— La reine n'est pas comme vous. C'est fort peu probable, si vous voulez mon avis.

— Mais qui, alors ?

Jehal se gratta la tête, perplexe. Pour s'occuper d'un dragon, il fallait disposer d'une aire, et on ne pourrait y cacher très longtemps la présence d'une bête à la robe immaculée. Ce dragon allait sans doute réapparaître assez vite. Meteroa avait probablement raison : Shezira n'y était pour rien. Mais alors, qui s'en était pris à elle, et pourquoi ? Quel geste incroyablement dangereux !

Une prise de risque énorme, mais dans quel but ? Qu'y avait-il à y gagner ?

Un froid soudain parut envahir la pièce. Et lui, comment se comporter quand il apprendrait officiellement la nouvelle ? Si on le connaissait mal, on pouvait penser qu'il sauterait sur cette occasion d'annuler le mariage…

Non. Non, pas elle. Elle n'oserait pas…

Il tourna le dos au seigneur Meteroa en lui faisant signe de partir.

— Et les alchimistes, messire ? Maître Bellepheros sollicite une audience discrète.

— Oui, oui, bon, qu'il vienne. Laissez-moi, maintenant. Je dois réfléchir.

— Très bien, messire.

Dans son dos, Meteroa s'inclina et s'éloigna à reculons.

— Quand vous aurez fini de réfléchir, j'ose espérer que vous me ferez part de vos conclusions ?

16. LES PARIAS

Suivi de près par Kemir, Sollos pataugeait dans la gadoue. À leur droite, la couche de boue s'épaississait, de plus en plus collante, puis glissait lentement sous les eaux d'un lac de montagne. À leur gauche, les choses ne se présentaient guère mieux : de la boue, toujours, avec en plus les racines et les branches mortes de la forêt, plus dense de ce côté. Le soleil avait déjà sombré derrière l'un des pics entourant le lac. Dans une demi-heure, il ferait noir. *Et là, nous serons foutus*, se dit sinistrement Sollos.

Deux heures plus tôt, l'idée leur avait semblé assez bonne. L'écuyer Semian les avait emmenés dans les montagnes à dos de dragon, et lorsqu'il avait entamé la descente puis amorcé un demi-cercle au-dessus de la berge d'un lac, ils étaient à peu près à vingt lieues au sud-ouest de leur propre campement, avait estimé Sollos. Le petit village était bien visible, et l'écuyer avait découvert un endroit où se poser à une demi-lieue seulement, sur la berge. La journée était presque terminée, mais en réfléchissant à la distance relativement réduite les séparant du village, Sollos avait cru qu'ils y arriveraient sans problème avant la tombée de la nuit.

Puis ils avaient trouvé la boue.

— En fait, il nous faudrait quelques planches, grommela Kemir. Deux planches longues et larges. Une passerelle mobile. Des planches munies de deux œillets pour y enfiler une corde. Comme ça on peut les tirer de la boue à chaque fois. Tu te souviens ?

— Oui, mais ça date un peu.

— Tu sais ce que ça me fait d'être ici ? Je meurs d'impatience de sortir de ces montagnes merdiques ! Vraiment, je ne sais pas ce qui m'a pris de vouloir revenir !

Sollos haussa les épaules. Lui non plus n'avait pas fait preuve d'un grand discernement en prenant cette décision, il fallait bien le reconnaître.

— Ça n'a plus beaucoup d'importance, je suppose.

Ils reprirent leur pénible progression. Le soleil descendit encore plus bas, le ciel s'assombrit et la boue resta toujours aussi épaisse. Ce village ne devait pourtant plus se trouver très loin ! Sollos faisait tant d'efforts que les muscles de ses jambes commençaient à brûler.

— Mes bottes sont coincées. Je te hais ! J'ai le droit ?

Sollos entendit à peine la plainte de Kemir. Il s'arrêta net. Quelqu'un l'observait, il le sentait.

— Oh…

Il perçut un léger mouvement au milieu des arbres. Quelque chose l'observait, effectivement. Un dentu. Très lentement, Sollos fit glisser l'arc en os de dragon de son épaule et le banda.

Le dentu s'avança sans hâte. Quand l'un de ses pieds s'enfonça dans la boue, il recula d'un pas puis retourna à son poste d'observation.

— Tu l'as… ?

— Oui, je l'ai vu, marmonna Kemir. J'étais justement en train de me dire que ce qu'il y avait de bien avec cette boue, c'était que rien d'assez gros pour nous manger ne prendrait le risque de s'engager là-dedans. Il faut vraiment être cinglé pour faire un truc pareil. Comme nous.

— Il est là-bas, sur la terre ferme.

— Ah, parfait. Alors marchons gaiement *vers* cette bête vorace et mangeuse d'hommes qui pèse une demi-tonne.

Le dentu s'avança de nouveau dans la boue mais, cette fois-ci, ne renonça pas. Il fit un pas, puis un autre… Sollos regarda autour de lui. Il ne pouvait absolument rien faire. Tenter de fuir ne le mènerait à rien. Quand ils sont face à un dentu, la plupart des gens finissent tout bonnement dans son estomac. Ceux qui survivent le font généralement en grimpant dans un arbre et en essayant de ne pas mourir de faim le temps que les dentus se désintéressent d'eux.

Mais Sollos avait en sa possession un arc assez puissant pour terrasser un chevalier-dragon. Si sa flèche frappait le monstre au bon endroit… Hélas, la bête allait charger d'une seconde à l'autre, et l'arc n'était pas encore complètement bandé. Ses mains glissèrent vers sa taille et les deux longs couteaux qu'il y portait. Affronter un dentu avec autre chose qu'une lance ne serait pourtant qu'une perte de temps, et pas la peine de compter sur son armure pour le protéger. La morsure d'un dentu pouvait percer n'importe quoi excepté les plaques de fer, les griffes arrière étaient encore pires… Alors quoi ? Se résigner ? Se laisser rouler au sol et mourir ? Il y avait toujours un moyen de s'en sortir ! Avec un peu de chance…

Ils chassent en meute, rappelle-toi.

En tout cas, cette boue allait ralentir le dentu. Bah, il ne se déplacerait peut-être pas comme l'éclair mais très vite quand même…

Merde alors. Je vais mourir !

Le dentu ouvrit la gueule et chargea. Le temps sembla ralentir… Malgré la boue, Sollos sentit le sol trembler à chaque foulée du monstre. Il laissa tomber l'arc et sortit ses couteaux. La bête venait droit sur lui et, pendant une fraction de seconde, le mercenaire eut l'impression d'être littéralement pétrifié.

Au tout dernier moment, ses bras et ses jambes se rappelèrent à son bon souvenir. Au lieu de se mettre à courir, il se laissa tomber de côté, hors de la trajectoire du monstre, et se retourna dans le même mouvement pour planter l'un des couteaux dans la face du dentu. Il s'agissait de détourner son attention. L'autre couteau traça un arc vicieux dans les airs et s'enfonça en revers là où se trouvait la gorge de la créature, avec un peu de chance.

Tout cela était complètement inutile. S'il n'y avait pas eu la boue…

Le premier poignard manqua sa cible, mais le second se planta dans quelque chose, échappant à la poigne du mercenaire. Le dentu lui rentra dedans, et la puissance de l'impact l'arracha à la boue, l'expédiant dans les airs. Des crocs se plantèrent dans son épaule, une douleur atroce lui déchira une cheville… Il se reçut si durement sur le dos que ses poumons se vidèrent d'un coup. Toutes griffes dehors, le dentu se jeta sur lui à nouveau. Les choses n'étaient pas censées se passer ainsi…

Il poussa des deux mains le poignard à demi enfoncé dans le ventre du monstre qui, gueule béante, s'effondra sur lui. La souffrance le terrassa, mais heureusement, tout devint noir…

… Il se trouvait au fond d'une caverne, dans un bassin, loin sous les montagnes de l'Épine du Monde. Dans l'un de ces lieux secrets dont seuls les parias connaissaient l'existence. L'eau était glaciale, les ténèbres absolues, le silence insondable. Et il était seul. Tout seul, comme le voulait la coutume de son clan quand un garçon devenait un homme. Sauf que son clan avait disparu, et qu'il était plus seul que quiconque avant lui. Il ne restait que Kemir et lui…

Une chose dont il n'avait pas senti l'approche lui attrapa la jambe. On le tirait vers le bas, si vite qu'il n'eut pas le temps de retenir sa respiration. Il disparut en laissant à peine une ride à la surface. Il coulait comme une pierre. L'eau se refroidit tant qu'elle en devint brûlante, puis les ténèbres se muèrent en lumière. L'eau n'était pas de l'eau, mais un feu incandescent qui détachait sa chair et réduisait ses os en cendres. Soudain, il y eut un visage, le visage du dragon…

Il sentit quelque chose s'écraser contre sa joue. Lorsqu'il ouvrit les yeux, le monde et la douleur le submergèrent à nouveau. Il était allongé par terre, sur un sol sale et humide, et il avait mal partout. Quelqu'un plaquait le bout de sa botte contre son visage.

— Bonjour, dit une voix trop forte et trop lointaine à la fois. Sollos avait atrocement mal au crâne. Les haut-le-cœur qui le secouaient déclenchèrent de tels spasmes de douleur dans ses côtes que sa nausée s'arrêta. Un jour, dans l'aire de la reine Shezira, il avait vu un homme emporté par le coup de fouet paresseux d'une queue de dragon. Projeté à une trentaine de mètres dans les airs, il ne s'était pas relevé. Mais s'il s'était relevé, c'est ainsi qu'il se serait senti, se dit Sollos.

À moins que…

Que se passait-il quand on rendait l'âme ? Il se rappelait bien le dentu… *Oui, c'est cela !* Il était mort, forcément ! Les prêtres-dragons affirmaient qu'après la mort, les gens rejoignaient le grand dragon dans le ciel pour être reforgés sous forme d'âmes neuves dans le grand feu cosmique. Mais les prêtres-dragons étaient fous…

— Tu comptes dormir toute la journée ?

— Kemir ? C'est toi ?

Il voulut bouger. Mauvaise idée.

— Le dentu…

— Il s'est pris une flèche en pleine tête. Et son copain aussi.

— J'ai vraiment mal…

Pendant quelques instants, Sollos voulut se lever pour se passer en revue et s'assurer qu'il ne lui manquait aucun morceau. Une seule morsure suffisait pour perdre un bras ou une jambe, après tout.

À l'idée même de bouger, de nouveaux spasmes de douleur le terrassèrent.

— Mes côtes…

— Tout ce que je peux te dire, c'est que tu n'as rien de cassé. Ta blessure à l'épaule est vilaine et il faudra la surveiller. Pour le reste, tu me parais en bon état. Bon, c'est vrai, tu t'es pris un sacré choc quand cette chose s'est écrasée contre toi. Tu es probablement couvert de bleus. Heureusement, le dentu n'a pas atterri sur ta tête.

— Ah bon ? Tu en es sûr ?

— Plus ou moins. Il a en quelque sorte rebondi contre toi avant de retomber sur le flanc. S'il en avait été autrement, nos aïeux seuls savent comment je t'aurais sorti de cette boue. Sacrée merde.

Sollos roula très lentement sur le dos. Tenté de prendre une grande inspiration, il renonça très vite.

— J'ai mal au crâne. Tu as de l'eau ?

Il fronça les sourcils. Instinctivement, il avait voulu toucher ses couteaux pour vérifier qu'il les avait encore. Ce qui n'était pas le cas.

— Où sommes-nous ?

— Dans le campement des parias, mon ami. Bienvenue à la maison !

— Et où sont mes couteaux ?

— D'accord, si tu insistes… Il serait plus correct de dire que nous sommes *prisonniers* des parias.

Sollos cilla. Avec précaution, il examina ce qui l'entourait : des murs de planches en bois mal ajustées qui laissaient filtrer la lumière du soleil.

— Prisonniers ? Mais pourquoi ?

Kemir frotta ses pieds contre le sol.

— Il y a eu, euh… une explication.

— Que leur as-tu dit ?

— Pas la peine de te mettre dans cet état ! Je suis tombé sur le campement aux premières heures de la matinée, ce qui n'a sans doute pas arrangé les choses, et comme je te portais sur mon dos, je n'étais pas vraiment en position de discuter. Ils m'ont demandé si nous avions quelque chose à voir avec le dragon qu'ils avaient aperçu plus tôt, et j'ai répondu oui, puis si les hommes-dragons comptaient revenir, et j'ai aussi répondu oui, probablement, parce que c'est ce qu'ils font d'habitude ; soit pour incendier le campement soit parce que l'écuyer veut acheter du poisson séché, ce qui, regardons les choses en face, est à peu près tout ce que ces gens avaient à proposer. Je ne sais pas pourquoi, ils ne l'ont pas très bien pris.

Sollos leva les yeux au ciel. Il put le faire sans avoir mal nulle part, constata-t-il.

— Arrête de ronchonner ! Comme je te l'ai dit, nous étions en pleine nuit et j'ai réveillé tous ces gars, donc ils étaient plutôt grincheux. Bon, d'accord, je leur ai aussi un peu crié dessus, mais je t'avais transporté dans cette foutue boue pendant des heures en tombant je ne sais combien de fois ! Cette saloperie était déjà bien assez vicieuse pour un seul homme, alors pour deux, tu imagines ?

— D'accord, d'accord...

Sollos décida d'ignorer la douleur. Il prit une profonde inspiration, se mit en position assise, puis se leva. Et faillit retomber de nouveau.

Kemir le rattrapa.

— Merde ! Tu ne m'as pas précisé que j'avais une cheville cassée ! s'exclama Sollos.

— Ah bon ? Je ne l'avais pas repérée. Laisse-moi regarder, dit Kemir en se penchant.

— Non ! Ne... Aïe !

Sollos sautilla sur place pour conserver son équilibre.

— Elle n'est pas cassée. Ce n'est qu'une entorse.

— Comment le sais-tu ? Aïe ! Arrête tout de suite !

— Tu vois ? Les os ne crissent pas. Un bandage bien serré et tout ira pour le mieux. Bon, pas avant un jour ou deux, peut-être.

Rester debout sur une jambe n'arrangeait rien. Sollos voulut s'asseoir, mais là, ce furent ses côtes qui protestèrent. Il termina étalé par terre, à l'endroit exact où il avait repris conscience.

— Donc, si je te suis bien, nous avons découvert le campement mais nous sommes coincés, conclut-il.

— Tout à fait.

Kemir haussa les épaules, puis secoua les murs un bon coup. La hutte où ils se tenaient menaçait visiblement de s'écrouler.

— Nous ne sommes pas vraiment coincés, en fait. Nous pouvons partir quand nous le voulons. À mon avis, ils ne s'interposeraient pas. Évidemment, sans arc ni couteau ni armure, et dans l'état où tu te trouves, nous n'irions pas très loin. Et nous ne saurions même pas où aller.

— C'est fantastique, Kemir. Merci beaucoup.

— Je préfère ça que de me faire bouffer par un dentu ! rétorqua sèchement Kemir.

— C'est une façon de voir les choses...

— Et c'est toujours mieux que de ramener nos culs dans cette vallée qui grouille de chevaliers arrogants !

— Puisque tu le dis.

Kemir s'allongea par terre près de Sollos, et tous deux fixèrent le plafond.

— J'ai quand même réussi à recueillir une information pendant que nous nous gueulions dessus.

— Ah bon ? Je t'écoute.

— Le dragon de Semian n'est pas le seul à traîner dans le coin.

— Vraiment ?

— Il se pourrait qu'ils en aient vu un autre. Et que cet autre soit blanc.

— Se pourrait-il qu'ils acceptent de nous rendre toutes nos affaires et de nous montrer où ils l'ont vu ?

— Il se pourrait que non.

Pendant un long moment, ils gardèrent le silence, les yeux toujours fixés sur les roseaux du chaume.

— C'est plein d'araignées, ce toit, fit remarquer Kemir au bout d'un moment. Nous pourrions, tu sais...

— Non.

— Mais il y a toujours...

— Certainement pas !

— D'accord.

Des hommes parlaient dehors, du ton sonore et confiant de personnes vaquant à leurs tâches habituelles, mais Sollos perçut aussi des chuchotements beaucoup plus près de la hutte. Des oreilles indiscrètes... Il savait exactement à quoi pensait Kemir, mais ils ne le feraient qu'en dernier recours. En attendant ils devaient le garder pour eux. Quand ces gens les attacheraient à un poteau et allumeraient un bûcher autour de leurs chevilles, alors seulement les deux cousins leur parleraient du dragon mort.

17. BELLEPHEROS

Bellepheros, grand maître alchimiste, s'inclina très bas. Le prince Jehal occupait le trône du roi Tyan, encadré par la reine Zafir et la reine Shezira, puis par le roi Narghon et le roi Silvallan. Les deux filles de Shezira étaient là également, et Bellepheros dénombra au moins une douzaine d'autres princes et princesses, sans parler de presque tous les seigneurs et dames qui comptaient dans le royaume. Tous étaient venus au palais pour assister au mariage.

Et il appelle cela une audience discrète ?

Strictement parlant, le grand maître alchimiste n'avait de comptes à rendre qu'à l'Orateur des royaumes. Strictement parlant, personne dans cette pièce n'avait le moindre pouvoir sur lui. Strictement parlant...

— Vos Altesses...

Il s'inclina devant chaque roi et chaque reine à tour de rôle.

— Messires, mes dames... (Courbettes devant les princes et les princesses.) L'Orateur des royaumes m'a chargé d'une mission sacrée que j'ai menée à bien. Il est à présent de mon devoir de vous rapporter, messire... (Nouvelle courbette, cette fois-ci destinée à Jehal.)... la teneur de mes découvertes.

Le prince Jehal lui sourit d'un air ennuyé.

— Nous brûlons tous d'apprendre ce que vous avez à nous révéler, maître Bellepheros. Mais d'abord, dites-moi une chose, car je veux que tous l'entendent de votre bouche : mon maître de l'aire a-t-il collaboré sans réserve avec vous ?

Bellepheros s'inclina à nouveau.

— Absolument, messire. Sans réserve.

— Avez-vous pu interroger tous ceux qui sont à son service ?

— Oui, messire.

— Il ne manquait personne ? Ils ont tous répondu à votre appel ?

— Oui, messire.

— Et en ce qui concerne les hommes de la reine Zafir ? Son Altesse est notre invitée depuis la mort de sa mère, et depuis, elle n'a autorisé aucun de ses écuyers, de ses gardes, de ses hommes ou de ses dragons à retourner dans son aire. Ont-ils eux aussi collaboré sans réserve avec vous ? Avez-vous également pu interroger tous ceux qui la servent ?

— Oui, votre Altesse.

Le prince Jehal joignit les mains devant lui et se pencha vers Bellepheros.

— Donc, en résumé, maître Bellepheros, vous avez retourné toutes les pierres sans rencontrer le moindre obstacle au cours de votre enquête ?

— Les seules personnes que je n'ai pas interrogées sous l'emprise de la Fumée, ce sont vous et votre maître de l'aire.

Jehal hocha la tête.

— Certes. Les personnes de sang royal. Mais vous nous avez interrogés vous-même, sans la fumée, et vous n'avez rien découvert qui contredise nos affirmations.

— Effectivement, messire.

Bellepheros ressentit les premières morsures d'un certain malaise. Jehal l'acculait.

— Très bien. Passons à vos conclusions. L'Orateur vous a envoyé ici parce qu'il pense que la mort de la reine Aliphera n'est pas accidentelle. Alors ?

Bellepheros lui sourit.

— Je ne peux rien affirmer, messire, car ce n'est pas tout à fait ce que l'Orateur m'a chargé d'apprendre.

Ma mission sacrée en ce lieu consistait à déterminer si quelqu'un d'autre est impliqué dans son décès.

— Quelle différence ?

— Une différence subtile, messire. L'Orateur saura que la reine Aliphera a harnaché et chargé elle-même son dragon le jour où elle est morte. L'un de ses Écailleux a vérifié toutes ses fixations et toutes ses attaches. J'ai questionné cet homme moi-même sous l'emprise de la Fumée de Vérité, et il n'a commis aucun écart. Il est innocent. Je suis désormais convaincu que personne n'a touché à la monture de la reine Aliphera avant son départ. En vérité, il semble que la défunte reine se soit chargée elle-même de son dragon ce jour-là, ce qu'elle ne fait jamais d'habitude.

— A-t-elle été assassinée, oui ou non ? grommela Jehal.

— C'est une énigme, messire. J'ai toutes les raisons de penser que la reine Aliphera a quitté l'aire de l'À-pic avec un harnais parfaitement sûr. Que ce soit un accident ou un assassinat, personne n'est en cause dans votre aire, messire. Je vous le répète, c'est ce que j'expliquerai très clairement à l'Orateur. En outre, la reine Aliphera n'a pas pu être attaquée par un autre dragon en vol. C'est absolument impossible. Son harnais n'a été ni coupé, ni arraché ni brûlé. Il a été détaché, tout simplement.

Jehal redressa la tête.

— Vous n'avez pas répondu à ma question, maître Bellepheros. A-t-elle été assassinée ?

L'alchimiste haussa les épaules.

— Je ne peux pas l'affirmer d'une façon certaine. Personne ne l'a vue tomber. Elle avait renvoyé ses écuyers. Mon rôle n'est pas de spéculer sur la raison pour laquelle elle s'est comportée ainsi, ou sur ce qu'elle faisait quand elle est tombée.

Il avait administré la Fumée de Vérité à presque tout le monde sur l'À-pic sans rien découvrir, sauf que la reine avait insisté pour préparer elle-même sa monture. Il balaya la salle du regard en cherchant à déchiffrer les expressions des rois et des reines-dragons assemblés.

Elles ne lui apprirent rien. Rien du tout. Il soupira et s'inclina de nouveau, cette fois-ci devant la reine Zafir.

— Vous m'en voyez navré, votre Altesse.

La reine Zafir lui fit un petit signe de tête cassant. Quant à Jehal, il avait l'air irrité.

— Autrement dit, vous ne savez toujours pas si nous avons affaire à un assassinat ou à un accident. Vous ne nous apprenez rien, et vous n'avez en rien accompli la mission que vous a confiée notre Orateur, malgré tout le soutien que vous avez reçu.

Bellepheros s'inclina profondément.

— Toutes mes excuses, messire.

Le prince Jehal voulait que tout ceci se termine, et c'était bien compréhensible, se dit l'alchimiste. Jehal voulait qu'il déclare cette mort accidentelle. Le choix de la facilité, également, mais l'alchimiste ne put se contraindre à l'adopter. *Ça m'est égal qu'on me traite de perfectionniste. Quelque chose ne tourne pas rond dans cette affaire.*

— Si mes conclusions ne satisfont pas l'Orateur, s'il exige de moi un avis dont je ne peux établir le bien-fondé, messire, je lui dirai que la reine Aliphera a mis elle-même fin à ses jours.

La reine Zafir faillit lui cracher dessus.

— Et pourquoi aurait-elle fait une chose pareille ?

Nouvelle courbette de l'alchimiste.

— Je l'ignore. En tout cas, le comportement de la reine Aliphera quand elle a quitté l'À-pic me conduit à penser qu'elle a emmené quelqu'un avec elle et qu'elle ne voulait surtout pas qu'on le sache.

Il jeta un coup d'œil au prince Jehal.

— Beaucoup d'écuyers ont volé ce jour-là. Ainsi que votre maître de l'aire, messire. Or, d'après mon expérience, les maîtres ne quittent jamais leur aire quand ils ont des visiteurs. Pas sans une raison pressante. Donc, ce jour-là, le maître de l'aire Meteroa s'est envolé, et quand il est revenu, lui aussi s'est donné beaucoup de mal pour dissimuler quelque chose. Il serait facile d'en conclure que la reine Aliphera voulait voir quelqu'un dans une intimité absolue, et qu'elle a emporté avec elle une chose d'une grande valeur.

Jehal ricana.

— Et de quoi s'agit-il, à votre avis, grand maître alchimiste ?

— Je n'en ai pas la moindre idée, messire.

— Alors faites attention à ce que vous laissez supposer. Un rendez-vous amoureux ? Une rencontre secrète ? Un suicide ? Vous allez finir par suggérer que mon oncle et la reine Aliphera était amants.

Cette remarque provoqua le rire de quelques convives mal élevés. Tout le monde connaissait les penchants du seigneur Meteroa, maître de l'aire du royaume ; ils étaient d'une tout autre nature. Jehal congédia Bellepheros, et le grand maître alchimiste quitta la salle avec soulagement.

Hélas, il ne pouvait pas aller bien loin pour l'instant. Le mariage de Jehal n'aurait lieu que dans quelques jours, et la litanie rituelle des banquets, jeux et extravagances en tout genre était déjà bien avancée. Bellepheros aurait de loin préféré s'éclipser discrètement et retourner sur l'À-pic au milieu des dragons, ou encore louer un équipage pour repartir dans ses laboratoires du Palais Adamantin. Mais comme il était grand maître, le prince Jehal avait été contraint de l'inviter. Le contraire eût été considéré comme un manque de savoir-vivre. Et pour ne pas déplaire au prince, Bellepheros avait dû accepter cette invitation. Il eut à peine le temps de changer de tenue avant de rejoindre ces mêmes rois, reines, princes et princesses. La seule différence avec l'audience qu'il venait de quitter, c'est qu'ils se trouvaient maintenant dans une partie complètement différente du palais, la salle de bal. Et ils dansaient. Personne ne lui prêta attention, ce qui lui convenait tout à fait. Dès qu'il pourrait se retirer sans offenser personne, il retournerait dans ses quartiers, et demain, il louerait cet équipage qui le ramènerait au Palais Adamantin. Devait-il absolument assister au mariage ? Bah, il pouvait toujours prétendre que ses fonctions auprès de l'Orateur l'obligeaient à rentrer.

— Grand maître ! Quel plaisir de vous voir !

Bellepheros sursauta. La reine Shezira se tenait à côté de lui, en compagnie d'une dame chevalier qu'il reconnaissait vaguement. Sa maréchale, peut-être ?

Il s'inclina profondément.

— Votre Altesse…

— Que pensez-vous de tous ces divertissements ?

— Ils sont des plus impressionnants, votre Altesse.

De toutes les personnes présentes dans cette salle, Shezira était bien celle avec laquelle il avait le moins envie de discuter. C'était la prochaine Oratrice, c'est-à-dire la seule personne à laquelle l'Ordre aurait à répondre. Globalement, l'Histoire lui avait appris que les grands maîtres alchimistes devaient garder profil bas quand la nomination d'un nouvel Orateur était imminente.

— Vous m'avez semblé très sûr de vous quand vous avez fait votre rapport au prince Jehal. Jusqu'à un certain point. Ensuite, les choses se sont un peu gâtées.

Nouvelle courbette de l'alchimiste.

— Votre Altesse, je suis sûr qu'aucun sabotage n'a été entrepris dans l'aire du prince Jehal. Et ce qui s'est passé après que la reine Aliphera a quitté l'À-pic, je l'ignore.

— Eh bien moi, je suis à peu près convaincue que ce n'est pas la réponse que le prince Jehal attendait de vous. En particulier l'ineptie que vous nous avez servie à la fin. Et ce ne sera pas non plus ce que l'Orateur Hyram voudra entendre, notez-le bien.

Bellepheros cilla.

— Je ne comprends pas, votre Altesse.

— Oh allons, grand maître ! Le prince Jehal veut vous voir affirmer que la mort de la reine Aliphera a été accidentelle, alors que l'Orateur Hyram souhaite entendre exactement le contraire ! Il attend de vous que vous lui disiez qu'elle a été assassinée, avec si possible Jehal accroupi au-dessus du corps ensanglanté, le couteau à la main. Or, vous ne nous apportez aucune de ces deux réponses.

Bellepheros sentit un frisson courir le long de son épine dorsale. Même dans ses rapports les plus informels, il n'aurait pas pu se montrer plus direct. Pour la deuxième fois en quelques heures, il se sentait complètement acculé. Il s'inclina une fois de plus.

— Je vous rapporte les faits tels qu'ils m'apparaissent. Je ne peux pas mieux faire, votre Altesse.

Perdant soudain tout intérêt pour la question, Shezira hocha la tête.

— Et vous nous laissez en tirer nos propres conclusions, ce que nous aurions fait de toute façon. Mais je suis persuadée que vous avez tenté de faire de votre mieux, grand maître.

Elle avait parlé d'un ton condescendant, et Bellepheros avait déjà bu quelques coupes de vin.

— J'ai bien une vague inquiétude, votre Altesse, et je me dois de vous en faire part.

Voilà, les mots étaient sortis. Impossible de revenir en arrière.

— Et pourquoi êtes-vous inquiet, grand maître ?

— J'ai cru comprendre que l'un de vos dragons a disparu.

La reine Shezira mit quelques instants à comprendre qu'ils ne parlaient plus d'Aliphera, et Bellepheros savoura ce moment. Elle lui fit un petit signe de tête.

— Oui, c'est exact.

— Altesse, vous êtes reine d'un royaume-dragon, et vous connaissez donc le vrai dessein de notre Ordre. Nous sommes présents dans toutes les aires. Nous mettons méticuleusement à jour les registres des lignées de dragons, et nous dosons les potions nécessaires à leur croissance en fonction des différentes races. Mais notre tâche la plus vitale et la plus importante est quelque peu différente. Altesse, je ne m'intéresse pas à la politique des royaumes, mais d'après les bruits qui courent, il ne me semble pas du tout évident que votre dragon ait trouvé le chemin d'une autre aire. Il paraît que son gardien a également disparu.

— Oui, l'un des membres de votre Ordre, répliqua Shezira d'un ton aigre.

— Altesse, les seigneurs-dragons peuvent bien continuer leurs petits jeux, peu m'importe. Nous autres alchimistes sommes chargés d'une mission immémoriale : garder les dragons sous contrôle. Chaque dragon libre d'atteindre son plein potentiel représente une grave menace pour tous les rois et toutes les reines du royaume. Je serai forcé d'informer l'Orateur de la disparition de votre Blanche parfaite.

— Mais où voulez-vous en venir, grand maître ? Si ce dragon s'est rebellé, mes aires grouillent de vingtaines de ses congénères avec lesquels le traquer. Et les royaumes réunis en comptent plus de mille sept cents, comme vous le savez. Comment un dragon sauvage isolé pourrait-il représenter une menace pour les royaumes ?

Nouvelle courbette de Bellepheros.

— Ce que je veux dire, Altesse, c'est que mon Ordre est à votre entière disposition pour vous aider dans toute la mesure de ses moyens. Je vais retourner toute affaire cessante au Palais Adamantin, mais comme je suis tenu de voyager par voie de terre, je vais mettre un certain temps à arriver à destination.

— Je prends note de votre offre, grand maître, dit Shezira avec un hochement de tête. Je peux vous assurer que je mène déjà des recherches très poussées. Je retrouverai le dragon blanc, et lorsque ce sera fait, lorsque j'aurai découvert ceux qui l'ont enlevé, le sang va couler. Bonne journée !

La reine s'éloigna, et Bellepheros s'essuya le front. Après cela, décida-t-il, il pouvait aussi bien réfléchir au choix de son successeur. Il lui fallut quelques secondes pour se rendre compte que la maréchale de chevalerie de la reine n'avait pas suivi sa maîtresse. Elle se pencha tout près de lui et lui glissa calmement à l'oreille.

— Grand maître, un petit mot en privé, voulez-vous ?

Escorté par une compagnie de soldats, il quitta Furibouche le lendemain matin dans un carrosse fourni par le prince Jehal. Les alchimistes encore présents sur l'À-pic allaient devoir se débrouiller sans lui pour retourner au Palais Adamantin. Calé sous son siège, soigneusement emballé dans de la paille, il y avait un flacon sphérique en verre, bouché et scellé à la cire. Il se nichait agréablement dans le creux de la main, et à la façon dont son poids se déplaçait, il devait être rempli d'une sorte de liquide. Un liquide *très* lourd. Contrairement à la maréchale de Chevalerie, Bellepheros croyait savoir de quoi il s'agissait. Par contre, il ignorait d'où provenait le flacon et comment la maréchale de la reine avait pu mettre la main dessus. Bah, le voyage jusqu'au Palais serait long. Il disposerait de tout le temps nécessaire pour méditer sur cette question et de tout le vin des auberges pour l'aider dans cette tâche.

Il n'en eut pas l'occasion. Deux jours après avoir quitté Furibouche, son carrosse fut brutalement stoppé en route. Des hommes masqués brandissant des couteaux déchirèrent le tissu de la porte. Leurs lames étaient luisantes de sang, et Bellepheros aperçut à l'extérieur du véhicule quelques corps étendus par terre. Il eut juste le temps d'ouvrir la bouche, mais pas celui de pousser un cri : on venait de plaquer une main sur son visage.

18. LE PRIX

Deux fois par jour, la porte de leur hutte s'ouvrait et une demi-douzaine de parias armés de lances et de couteaux se pressaient sur le seuil. L'un d'eux déposait avec prudence un seau d'eau à l'intérieur, avec du poisson séché et des fruits à moitié pourris. Lors de leur première visite, Sollos leur déclara qu'il ne leur restait que six jours avant le retour des écuyers-dragons. Tous les matins, il leur rappelait qu'ils avaient un jour de moins pour les laisser partir. Les parias ne se décidèrent que le quatrième jour. Vers midi, la porte s'ouvrit à nouveau, et cette fois-ci ils étaient presque une vingtaine. L'un d'eux fit un pas en avant, un homme robuste d'âge mur, avec une barbe noire épaisse et frisée.

— Que voulez-vous ?

— Quelque chose à manger qui ne me donne pas la chiasse, ce serait chouette, marmonna Kemir.

Sollos lui fit signe de se taire, puis, avec un grand sourire :

— Tout d'abord, vous remercier tous pour votre hospitalité. Deuxièmement, je souhaite qu'on me rende mon arc, mes couteaux et mon armure. Et enfin, pourriez-vous me dire ce que vous savez sur le dragon blanc ?

— Et ensuite, que ferez-vous ?

— Dès que nous aurons retrouvé le dragon, nous partirons et nous vous laisserons en paix.

— Nous voyons des dragons tous les jours depuis votre arrivée, lui dit Barbe frisée.

Il semblait fatigué. Il avait peur.

— Nous sommes tous à la recherche de ce dragon blanc. Vous ne vous êtes pas montrés très amicaux envers les chevaliers-dragons, c'est pourquoi ils nous ont envoyés à leur place. Quand ils auront ce qu'ils veulent, ils partiront tous. Ils ne sont pas au service du roi des Rochers et nous non plus.

— Ça ne veut pas dire qu'ils ne vous brûleront pas s'ils ne trouvent pas ce qu'ils veulent, leur cracha Kemir.

— Et si nous vous aidons à découvrir le dragon blanc, qu'est-ce que nous y gagnerons ?

— Vous ne mourrez pas dans les flammes…

Sollos lança un regard furieux à son cousin.

— Que désirez-vous en échange ?

— De l'argent.

L'expression de Barbe frisée se durcit.

— Une centaine de dragons d'or.

— Donc, vous en avez effectivement vu un.

Barbe frisée hocha la tête.

— Ça se pourrait. Ça se pourrait que nous connaissions quelqu'un qui en a vu un.

— D'accord. Une centaine de dragons d'or. Vous avez intérêt à m'en donner pour mon argent.

Derrière lui, Kemir avait beaucoup de mal à se contenir.

— Nous les voulons à l'avance.

— Vous me prenez pour un crétin, ou quoi ? répliqua vertement Sollos.

— Le dragon blanc a été aperçu plusieurs fois dans ces vallées, mais pas ici. Je peux vous conduire à l'endroit en question. Et c'est tout ce que vous aurez tant que je n'aurai pas vu mon or.

— Si vous mentez, votre campement sera incendié.

— De toute façon, il le sera sans doute. Donc je veux l'argent d'abord, si vous n'y voyez pas d'inconvénient.

Sollos haussa les épaules.

— D'accord. D'ailleurs, ce n'est pas mon or.

Dix minutes plus tard, ils étaient libres. Une demi-heure plus tard, à bord d'une embarcation, ils ramaient pour traverser le lac avec Barbe frisée et deux de ses amis. Tous ces parias étaient complètement dépenaillés, se dit Sollos. Mélanges de peaux de bête et de tissus médiocres ayant pourri dans l'humidité ambiante du campement, leurs vêtements grossiers étaient en loques. Toutes leurs affaires semblaient abîmées et usées, y compris les poignées de leurs couteaux, brillantes, lisses et moulées à la forme de leurs mains. Certains d'entre eux avaient des ceintures aux boucles ternies et tordues dont le cuir s'était craquelé et durci. D'autres devaient se contenter de corde. La plupart d'entre eux étaient balafrés ou marqués, releva Sollos. Il manquait des doigts à certains, des membres entiers à d'autres, ou même des visages qui s'étaient remis tout de travers. Apparemment, la vie de paria était dure. Plus dure que dans ses souvenirs.

Il était né et avait grandi quelque part dans les parages. Il aurait dû compatir, mais n'en avait pas envie. À quoi bon, quand tout ce qu'il avait connu avait disparu ou avait été réduit en cendres ?

Barbe frisée les fit ramer jusqu'aux bancs de gravier non loin du campement, à l'endroit même où Sollos et Kemir s'étaient posés. Ils y passèrent la moitié de la matinée à attendre patiemment sous une pluie battante, et vers midi, Barbe frisée leur montra quelque chose du doigt : un dragon venait vers eux en rasant les eaux du lac. Quelques instants plus tard, les parias avaient disparu ; ils étaient allés se cacher derrière les arbres. Sollos observa le dragon et agita la main.

— C'est l'un des nôtres, j'espère ? marmonna Kemir avec un coup d'œil dans la direction prise par les hors-la-loi. Je préférerais éviter ceux qui nous ont attaqués.

Le dragon tourna une fois au-dessus d'eux, si près que Sollos le reconnut, et quand il se posa, ses battements d'ailes envoyèrent un nuage de gravillons dans les airs. Sans prendre la peine de mettre pied à terre, l'écuyer Semian leur fit signe de s'approcher.

— J'avais presque perdu toute illusion à votre sujet, leur cria-t-il dans la pluie.

Le dragon fumait très légèrement.

— Nous sommes très heureux que vous en ayez gardé quelques-unes, lui répliqua Sollos.

Il se souvint un peu tard qu'il devait faire la courbette.

— Eh bien ? Quelles sont les nouvelles ?

— Ils disent qu'ils l'ont vue. Ils prétendent savoir où elle se trouve.

— Et où est-elle ?

— Elle n'est pas ici, mais ils affirment qu'ils peuvent nous amener jusqu'à elle.

Après une seconde d'hésitation, Sollos ajouta :

— Seulement, ils veulent de l'or.

— Combien ?

— Deux cents dragons.

L'écuyer Semian n'eut pas la moindre réaction, mais soudain, son dragon s'ébroua et faillit mordre Sollos, qui tomba en arrière, dans sa hâte de s'écarter du chemin. Le monstre lui lança un regard furibond.

— Vous me demandez beaucoup, mercenaire.

— Je ne vous demande rien du tout, écuyer ! C'est le prix qu'exigent ces hommes, pas moi ! cria Sollos.

Il se releva en observant le dragon avec circonspection.

— La réponse est non. Dites-leur.

— Alors vous ne retrouverez jamais la Blanche de la reine, écuyer Semian.

Le dragon lui montra les dents. Sa queue dressée se tordait et claquait comme un fouet. Les dragons entre eux s'envoyaient souvent des coups de queue quand ils étaient en colère. C'était un signe d'avertissement, mais quand ils s'en prenaient à un humain… Sollos ferma yeux et tenta de repousser cette pensée.

— Demain ! cria Semian. Soyez ici demain à la même heure !

Son dragon se retourna brusquement et se mit à courir en accélérant sur le gravier. Les pierres crissaient et dansaient à chaque enjambée colossale, et Sollos crut voir toute la surface du lac se rider. Puis le monstre déploya ses ailes et, dans un grand coup de tonnerre, se propulsa dans les airs. Sollos le regarda partir. Il s'élevait à chaque battement d'ailes, puis retombait, et ainsi de suite.

— Tu aurais dû lui en demander mille, lui dit Kemir, qui s'était rapproché.

— Oui, sans doute. Ce n'est pas non plus son argent, on dirait, conclut Sollos avec un haussement d'épaules

19. LES TAIYTAKEI

Les autres seigneurs-dragons n'auraient pas rencontré ce problème, se dit pensivement Jehal. Les autres seigneurs-dragons seraient tout bonnement allés dans leur aire pour y passer les bêtes en revue, puis seraient aussitôt revenus au palais. Les autres seigneurs-dragons avaient fait construire leur aire à un emplacement commode, proche de leur palais. Lui, il dut se rendre à cheval dans un champ à une certaine distance de la ville pour examiner les dragons de la reine Shezira. Pas vraiment un problème, en réalité, mais comme les invités devaient assister à l'événement, ils y furent tous traînés dans des carrosses. Ce qui aurait dû n'être qu'une balade de vingt minutes à dos de cheval leur demanda une heure et demie. Les noces prenaient du retard, et savoir que le dragon qu'il convoitait était perdu dans la nature n'arrangeait pas son humeur.

Il tenta de s'amuser un peu en déshabillant mentalement ses invitées. Il serait bientôt très agréable de dépouiller de ses vêtements la petite sœur de Zafir, la princesse Zara-Kiam. Quelques cousines et autres parentes plus éloignées présenteraient également sous peu un certain intérêt. La cadette de la reine Fyan, par exemple, la princesse Lilytha, si son frère, le prince Tyrin, ne s'en chargeait pas avant. Les yeux plissés, Jehal contempla toutes ces jeunes filles alignées en essayant de savoir…

Il poussa un soupir. Tout le monde disait que le mariage était un moment merveilleux, rempli de joie et de bonheur, mais en regardant autour de lui, Jehal ne vit pas beaucoup de signes d'allégresse. Déjà trop repus après une centaine de mets délicats inutiles, ses invités grommelaient et s'agitaient sur place. La reine Shezira avait l'air tendu. Ne lui ayant pas dit de vive voix que le dragon blanc manquait à l'appel, elle croyait peut-être qu'il ignorait encore sa disparition, et Jehal avait déjà décidé de s'amuser de ce détail. Quant à Zafir, elle affichait en permanence une expression menaçante. En résumé, Jehal ne pouvait se défaire de la sensation que tout cet exercice n'était qu'une futile perte de temps. La seule qui semblait s'amuser un peu était la princesse Lystra.

Ils s'assirent côte à côte sur leurs trônes nuptiaux ombragés par un vélum improvisé, tandis que tous les autres brûlaient sous un soleil de plomb. Il était maintenant autorisé à prendre la main de sa fiancée, mais apparemment, ce n'était pas encore ce que l'on attendait de lui. Pour ce qu'il en savait, ils se trouvaient dans une sorte d'état intermédiaire entre le statut de célibataires et celui de mariés. À l'aube, ils avaient participé à une cérémonie conclue par un banquet matinal. Ils en étaient maintenant au stade des cadeaux, puis tout le monde sauterait de joie jusqu'au soir. Il y aurait un autre festin, le rituel du crépuscule, puis toute la partie humiliante où il allait être drogué et déshabillé devant tous les invités de la noce. Qu'était-ce donc ? Leur vengeance pour avoir dû s'ennuyer sur place toute la journée ?

Enfin, une fois le mariage consommé, quand tout ceci serait terminé, les deux époux pouvaient très bien ne plus jamais échanger un regard, si tel était son bon vouloir. Cette journée était peut-être *vraiment* une ordalie. Un avertissement pour l'avenir ? Une épreuve de force ?

Des chevaux défilaient devant lui, ou plus exactement devant le roi Tyan, qui bavait et ronflait sur son propre trône à côté de Jehal. Après tout, c'était encore lui qui régnait. Le prince sourit. C'étaient des bêtes splendides à la robe d'un blanc pur, avec une livrée d'or et d'argent. Un étalon et une jument. Il étouffa un bâillement.

— Très joli ! s'exclama-t-il. Les plus belles créatures de mes écuries, désormais ! Dites…

Aïe ! Ses pensées s'étaient égarées si loin qu'il n'avait pas entendu le nom du donateur. Il allait faire d'une pierre deux coups : passer pour un imbécile et insulter quelqu'un.

— Je suis sidéré par leur beauté. Faites-les approcher !

Il jeta un coup d'œil autour de lui dans l'espoir que quelqu'un lui apporte les précieuses indications qui lui manquaient. *Des chevaux. Qui aime les chevaux ? Les gens offrent toujours les cadeaux qu'ils aimeraient recevoir…*

— Le roi Valgar est trop bon. Il les a voulus assortis au dragon. Pour nous emmener jusqu'à votre aire et nous en ramener, lui dit calmement la princesse Lystra.

Pour la première fois depuis le début des festivités, elle ne souriait pas.

Donc, elle croit que je suis au courant. Elle ne sait pas que sa mère ne m'a rien dit. Voilà qui pouvait aussi s'avérer très divertissant.

— Le roi Valgar est trop bon, vraiment !

Il sourit et fit un signe au palefrenier, qui éloigna les chevaux. Valgar étant absent, il n'avait pas besoin de perdre son temps en vaines flatteries.

— Que Valgar sache que ces chevaux sont les plus beaux de mon royaume. Comme marque de notre gratitude, la princesse Lystra et moi les monterons pendant un an pour nous rendre à l'À-pic et en revenir.

Il se pencha vers elle.

— La robe du dragon est-elle aussi immaculée que la leur ?

Stupéfaite, elle se tourna vers lui d'un air merveilleusement horrifié.

— Quoi ? Vous n'êtes pas au courant ?

— Que voulez-vous dire ?

Il lui lança un sourire d'une innocence absolue et vit différentes nuances de panique balayer le visage de la jeune femme. Elle se tourna vers sa mère assise à son côté et se mit à lui chuchoter à l'oreille.

Jehal tapota le dos de la main de Lystra.

— Pardonnez-moi, vous parliez de la disparition de votre dragon blanc ? Ça, je suis au courant. C'est très dommage. Mais je suis sûr que ce n'est pas si grave.

Elle tremblait, complètement perdue, comme un lapin pris dans le faisceau d'une lanterne. Il affichait toujours un sourire chaud et rassurant, et lui lançait un coup d'œil de temps en temps en s'arrangeant pour qu'elle croise son regard. *C'est très dommage ?* Quel euphémisme ! *Je suis sûr que ce n'est pas si grave ?* Bien sûr que si, c'était grave, et sacrément ! Au minimum, tous les complices de cette attaque seraient exécutés, et avec un peu de chance, cet incident marquait le début d'une guerre ouverte. Il y aurait des procès et des condamnations au Palais Adamantin. La chute d'un royaume tout entier, peut-être ? Ça, ce serait amusant !

Tourmenter la princesse Lystra n'était pas aussi satisfaisant qu'il s'y attendait, pourtant. Elle était toujours pâle et inquiète quand on leur amena enfin les dragons de sa mère. Jehal se leva pour les inspecter, en choisit un rapidement, lança quelques mots aimables à son égard et congédia tout les autres d'un geste. Sa fiancée se tortillait dans son siège, mais au lieu de trouver cette vision divertissante, il se rendit compte qu'il se sentait…

vaguement coupable. Quelque chose lui échappait. Ce n'était pas du tout ce qu'il aurait dû ressentir.

La faute en incombait peut-être à la chaleur. Il poussa un soupir, se leva et déclama un joli discours sur ce jour qui marquait le début d'une nouvelle ère, et sur la fierté qu'il éprouvait à être uni à un clan si noble et si humble à la fois. Avec un peu de chance, quelques-uns de ses invités l'avaient peut-être écouté davantage qu'il ne s'était écouté lui-même, se dit-il en terminant son laïus.

Ensuite, il fallut retourner à cheval au palais, ce qui n'arrangeait pas non plus ses affaires. Quand il avait décidé de prendre femme, il ne s'était pas imaginé toutes les contrariétés qui découleraient de cette cérémonie. Le mariage avait été décidé si longtemps auparavant qu'il n'avait jamais pensé le remettre en question. Mais rencontrer sa future épouse en chair et en os s'avérait quelque peu… déconcertant. Elle serait sa reine un jour, et peut-être plus tôt que prévu. Une perspective tout à fait agréable, mais seulement si elle devenait bien la reine qu'il lui fallait. Une reine pas compliquée, obsédée par les travaux d'aiguille ou la broderie, par exemple, et qui resterait toute la journée cloîtrée dans sa tour, n'éprouverait aucun intérêt pour le monde et n'interromprait ses tâches manuelles que pour pondre une flopée ininterrompue d'héritiers, si possible des mâles. Voilà le genre de reine dont il avait besoin.

— Quel dommage, grommela quelqu'un à son oreille.

Jehal sortit en sursaut de sa rêverie. Le seigneur Meteroa chevauchait à côté de lui.

— Mais je suis sûr que ce n'est pas grave, messire, ajouta-t-il.

— Que voulez-vous ?

— J'ai bien peur que vous n'ayez à participer à une petite diversion, messire. D'un côté, personne n'est autorisé à quitter la cérémonie des cadeaux avant vous et le roi Tyan, mais de l'autre, tout le monde doit être en place au banquet de noces avant votre arrivée. En temps normal, vous seriez obligé de prendre une route particulièrement tortueuse d'un bout à l'autre du palais, avec peut-être un moment de badinage dans les jardins pour tuer le temps pendant qu'ils se préparent et s'installent, mais les choses étant ce qu'elles sont…

Jehal leva un sourcil.

— Je vois déjà mes centaines de cousins se précipiter au palais aussi vite qu'ils le peuvent et se couper la route les uns les autres. Et je ne vous parle que de la famille de ma tante Fyan…

— Vous devez différer son arrivée.

— Et vous avez une idée, maître de l'aire ?

— Absolument.

Tout en lançant à Jehal un regard entendu, Meteroa mit son cheval au trot d'un coup de talon. Jehal décida de le suivre. Ils quittèrent la route pour emprunter au galop une piste étroite bordée d'arbres, puis se lancèrent à travers champs. Une douzaine des chevaliers-dragons de Jehal les suivaient à une certaine distance.

— Vous ne pensiez pas du tout aux dragons quand vous avez choisi le vôtre, n'est-ce pas ?

— Bien au contraire ! répondit Jehal. Mes pensées étaient exclusivement consacrées au fait qu'aucun d'entre eux n'était blanc.

— Vraiment ? J'aurais juré que vous pensiez à tout autre chose. Personnellement, je n'aurais pas fait le même choix que vous.

Jehal ressentit une poussée d'irritation. Intelligent et loyal, le seigneur Meteroa dirigeait l'À-pic comme une machine de précision, et le prince appréciait sa franchise qui le changeait agréablement des flagorneurs infestant la cour du roi Tyan. Parfois, cependant, le maître de l'aire semblait oublier que Jehal n'était plus un petit garçon.

— Sauf que c'était à moi de le choisir. La reine Shezira peut me remercier de ne pas lui avoir pris son meilleur.

Soudain, Jehal se fustigea mentalement. Avant la cérémonie, il avait opté pour le dragon gris cendré, celui que montait la sœur aînée de la princesse Lystra, mais il avait complètement oublié ce détail. Lequel des chevaliers de Shezira allait chez lui sans sa propre monture ?

Il n'en avait pas la moindre idée. Il poussa un soupir. Il devait absolument le découvrir. Il s'était fait un nouvel ennemi.

Le sol devint rocailleux. Le seigneur Meteroa prit un autre sentier bordé d'arbres et de broussailles en rangs serrés. Jehal dut chevaucher tête baissée, et il sentit les épines déchirer son manteau. *Je vais devoir en changer dès que nous serons de retour au palais. Les convives vont m'attendre quelques minutes de plus.* Au bout d'un moment, le bois laissa la place à de grandes dalles de roche, et la boue à du sable. Ils se trouvaient maintenant dans la Forêt de Pierres, un labyrinthe de pics, d'aiguilles et de parois rocheuses traversé de pistes, de sentiers, de clairière, de grottes et de tunnels. Jehal connaissait ce lieu comme sa poche. Un endroit parfait pour les rencontres secrètes.

Un endroit parfait pour les embuscades, également.

Il ralentit, s'arrêta, jeta un coup d'œil par-dessus son épaule.

— Quelle est cette diversion dont vous me parliez, maître de l'aire ? Je ne suis pas certain de l'aimer.

— Attendez-moi ici si vous le souhaitez, messire. Je vais vous les amener.

— Qui allez-vous m'amener ?

Quelque chose dans le comportement de Meteroa mettait Jehal mal à l'aise.

— Ne craignez rien, personne ne vous veut du mal, messire.

Jehal regarda de nouveau derrière lui. Il vit ses chevaliers émerger des bois et s'engouffrer entre les rochers.

— C'est une mauvaise idée de s'arrêter ici, maître de l'aire…

Il s'interrompit brutalement. Surgissant des ombres entre les rochers, trois écuyers à cheval approchaient lentement sur le sable. Des hommes étranges, à la peau sombre et aux vêtements surchargés d'ornements, cloutés d'or et de joyaux, avec d'éblouissants arcs-en-ciel de plumes. Ils s'arrêtèrent à une douzaine de pas de Meteroa, mirent pied à terre, s'inclinèrent.

Les Taiytakei…

Celui du milieu, qui portait le costume le plus éclatant, s'avança encore de quelques pas et s'agenouilla prudemment sur le sable.

— Votre Altesse, dit-il. Nous sommes venus vous présenter nos respects en ce jour mémorable.

Avec des mouvements lents et délibérés, comme un chat s'approchant de sa proie, Jehal descendit de cheval et se dirigea vers l'homme sans jamais le quitter des yeux.

— Les marchands de la mer... Que me veulent-ils ? chuchota-t-il en jetant un coup d'œil à Meteroa.

— Nous vous apportons un présent, dit l'homme à la peau sombre. Un cadeau pour vous, ô plus puissant des princes. En l'honneur du jour de vos noces.

Jehal se força à sourire.

— Pardonnez-moi... J'ai entendu dire que les Taiytakei n'offrent jamais de cadeaux. Ce sont des commerçants nés, et ce qui peut apparaître de prime abord comme un présent s'avère toujours avoir un prix.

L'homme agenouillé fit signe à l'un de ses compagnons, qui leur apporta une boîte recouverte de tissu puis se retira aussitôt.

— Nous ne voulons rien de plus que vous offrir ce que vous désirez, et accepter en échange ce dont vous n'avez pas besoin.

Lentement, l'homme recula à genoux. Il ne se releva que quand il eut rejoint ses compagnons. Tous trois se mirent en selle et repartirent sans hâte.

Longtemps après leur départ, Jehal reporta son attention sur la boîte qu'ils avaient laissée derrière eux. Il fit un pas en avant puis s'arrêta. Meteroa sauta de cheval.

— Permettez-moi, messire.

— Pourquoi m'avoir amené ici ?

— Je vais vous montrer, mon prince. Les Taiytakei tenaient à vous offrir ceci en mains propres et à l'abri des regards. Vous allez comprendre.

Meteroa arracha le tissu, et Jehal vit apparaître une boîte en bois noir sculpté incrustée d'or et de vermillon. Un objet raffiné.

— Ouvrez-la !

Meteroa souleva le couvercle. À l'intérieur reposaient trois bandes de soies toutes simples, deux noires et une blanche, et deux minuscules dragons dorés aux yeux de rubis.

— Comme c'est joli, dit Jehal en haussant les épaules.

Il allait dire autre chose quand l'un des dragons bougea. La chose tourna la tête vers le prince et le regarda.

Meteroa sortit l'une des bandes de soie et referma la boîte d'un coup sec.

— Les chevaliers ne doivent pas les voir, murmura-t-il. Tenez.

Il tendit le bandeau noir à Jehal.

— Mettez-le. Vous ne serez pas déçu.

Meteroa paraissant tout à fait sérieux, le prince noua la soie noire sur ses yeux. Immédiatement, le monde sembla s'agiter et miroiter, et des voix s'élevèrent dans sa tête.

Vous êtes le futur Orateur, et nous sommes le cadeau des Taiytakei…

Pendant quelques instants, il crut se voir lui-même, comme par les yeux d'un autre. Il arracha la soie, effrayé. Meteroa tenait toujours la boîte, légèrement ouverte à nouveau. Quatre yeux rubis scintillants rendirent son regard au prince.

— Ils peuvent voler grâce au soleil. Et quand vous le déciderez, murmura Meteroa. Si vous portez ce bandeau de soie, ils obéiront à vos pensées. Ils verront et ils écouteront pour vous, ils seront vos yeux et vos oreilles. Aucun secret ne pourra vous résister.

Il referma la boîte et sourit.

— Alors, messire, ai-je eu tort d'organiser cette rencontre avec les Taiytakei, qui souhaitaient tant vous offrir ce présent ?

— Non, maître de l'aire, vous avez eu raison.

Émerveillé, enchanté, il contemplait la boîte. *Vous êtes le futur Orateur…*

20. LES CHEVALIERS

Quand il revint le jour suivant, l'écuyer Semian n'apportait pas seulement de l'or. Trois autres dragons l'accompagnaient, chacun portant trois chevaliers, et Semian avait pris l'alchimiste en croupe. Ils se posèrent sur les bancs de gravier dans un grand vent d'ailes et de bruine et mirent pied à terre en réajustant leurs vêtements, puis la plupart des chevaliers formèrent un mur de boucliers pour protéger l'alchimiste. Les dragons reprirent leur envol.

Les archers. Ils redoutent les archers. Ce qui rappela à Sollos la dernière fois qu'il avait vu un chevalier-dragon remettre une bourse pleine d'or à un mystérieux étranger.

Kemir et lui attendaient sans bouger, à découvert. Barbe frisée et ses amis étaient allés se cacher au milieu des arbres, d'où ils observaient toute la scène. Semian émergea du groupe de ses hommes et s'avança lentement en scrutant la berge. Les dragons tournaient en rond dans le ciel.

Sollos s'inclina.

— Messires…

Il ne connaissait même pas le nom de certains de ces écuyers-dragons. Malgré deux semaines de vie commune au campement, ils n'avaient jamais cherché à savoir comment il s'appelait, ne s'adressant à lui qu'en usant du terme *mercenaire*. Ces écuyers ne lui avaient adressé la parole que pour lui donner des ordres.

Semian lui lança un regard méprisant.

— Où sont vos amis parias, mercenaire ?

— Ils se cachent, ils sont méfiants. Où est l'or, écuyer ?

— Le voilà. Cent pièces. Ils auront l'autre moitié quand nous aurons retrouvé le dragon.

Sollos serra silencieusement les poings.

— Ça ne prendra pas, messire. Ils savent très bien que vous incendierez leur village s'ils cherchent à vous voler. D'ailleurs, ils s'attendent à ce que vous y mettiez le feu avant votre départ.

— Je respecterai notre accord si la réciproque est vraie.

— Je n'en doute pas, mais ces gens ne connaissent que les hommes du roi des Rochers, Valmeyan. Et tout le monde le hait par ici. Ils ont peur d'être trahis, trompés. Ils ne connaissent pas assez bien le monde pour faire la différence entre un chevalier et un autre. Ils n'ont sans doute jamais entendu parler de la reine Shezira, figurez-vous.

Après un soupir, Sollos ajouta :

— Nous devrons attendre deux jours de plus, je suppose : un pour que vos dragons aillent chercher le reste de l'or, et l'autre pour qu'ils reviennent avec.

— Mercenaire, écoutez-moi bien : soit ils nous conduisent au dragon aujourd'hui, soit ils vont effectivement finir dans les flammes. C'est mon dernier mot. Cent pièces d'or, c'est une véritable fortune pour la plupart des gens !

Sollos grinça des dents. *Oui, ça l'aurait été pour moi...* Il secoua la tête et tendit la main.

— Donnez-moi cet or. Je vais voir ce que je peux faire.

— Non, mercenaire. Je le leur remettrai moi-même en mains propres, quand ils nous auront conduits à leur campement.

— Sauf votre respect, écuyer, ce n'est pas inclus dans l'accord.

— Alors changez-le.

Sollos haussa les épaules.

— C'est votre problème, et ce sera sans moi. Je vous le répète, ces gens s'attendent à ce que vos dragons incendient leur village, qu'ils respectent leur part du marché ou pas. Quand ils auront reçu votre or, je ne vois pas ce qui pourrait les empêcher de nous assassiner pendant notre sommeil, puisque de toute façon vos dragons vont brûler leurs maisons.

Semian parut réfléchir à la question.

— Alors que suggérez-vous ?

— Ces hommes et ces femmes n'ont pas vu votre dragon blanc, écuyer. Par contre, ils savent que d'autres l'ont vu et veulent nous conduire jusqu'à eux. Nous devons nous rendre dans un autre campement, plus petit, à environ quatre lieues d'ici. Nous irons directement là-bas, et les parias nous serviront de guides. Demain matin, à peu près à mi-chemin, vous leur remettrez l'or, et un ou deux parias resteront avec nous pour nous conduire à celui qui a vu le dragon blanc.

Il lui avait fallu presque toute une journée de palabres avec Barbe frisée pour parvenir à un arrangement qui puisse satisfaire les deux camps.

L'écuyer Semian plissa les yeux.

— Et cet autre homme, va-t-il lui aussi exiger une centaine de dragons d'or ?

Si cela ne tenait qu'à moi, il le ferait, se dit Sollos.

— Je suis sûr que vous trouverez un moyen de le convaincre, écuyer. *À la pointe de vos épées, n'en doutons pas.*

Le chevalier-dragon se détourna avec un brusque hochement de tête.

— Dites-leur que c'est d'accord. Mais je me charge de leur remettre l'or, pas vous, et ils auront cent pièces, pas une de plus. Et autre chose, mercenaire.

— Messire ?

— Nous voyagerons en terrain découvert, pour rester visibles du ciel. Assurez-vous qu'ils le comprennent. Assurez-vous qu'ils comprennent que tous nos pas seront observés.

— Ils ne sont pas stupides, écuyer.

Sollos et Kemir partirent vers les bois où se cachait Barbe frisée, et les chevaliers se retirèrent aussi loin que possible sur les bancs de gravier. Sollos jeta un coup d'œil en l'air. Des petits points tournaient en rond tout là-haut dans le ciel : les dragons. Quel dommage ! Cinq minutes en compagnie de l'écuyer Semian lui avaient suffi pour envisager la possibilité de conclure un nouveau marché avec Barbe frisée, avec à la clé six chevaliers morts et des poches pleines d'or.

Pas la peine d'y songer, hélas. Barbe frisée tuerait les deux mercenaires avec autant de plaisir que s'ils étaient des chevaliers-dragons. On n'était pas paria pour rien.

— Ça s'est bien passé, tu ne trouves pas ? murmura Kemir. Et dire que tu considérais ce type comme un idiot. Comment comptes-tu t'y prendre pour dire à Barbe frisée qu'il n'aura que cinquante pièces ?

— Il ne marchera pas. Non, il aura ses cent pièces.

— Donc nous, nous n'aurons rien. Hourra ! Vraiment, tu aurais dû en demander mille.

Sollos haussa les épaules.

— Il nous reste toujours les écailles de dragon, ne l'oublions pas.

— Laisse tomber. Nous n'arriverons jamais à mettre la main dessus.

— Et la récompense pour avoir retrouvé le dragon blanc.

— Si nous le retrouvons, et s'il y a bien une récompense, grommela Kemir.

Puis, sèchement :

— Et l'alchimiste, qu'est-ce qu'il fait là ?

— Je n'en sais rien et je m'en fous, répliqua Sollos. Nous n'avons plus qu'à nous assurer que Barbe frisée et l'écuyer Bâton-dans-le-cul s'en tiennent à leur accord sans s'entre-tuer. Ce qui devrait nous occuper un moment, tu ne crois pas ?

— Laissons-les s'entre-tuer. Je veux bien leur donner un coup de main, d'ailleurs. Et quand ils seront tous morts, nous pourrons récupérer l'or. Ouais, ça me convient.

— Ne me tente pas...

— Il y a longtemps, nous avons fait un serment, tu te rappelles ? Nous pourrions toujours...

— Non !

Sollos s'interrompit et prit une profonde inspiration.

— Pas question, Kemir. Ces écuyers servent la reine Shezira, pas le roi des Rochers.

— Un chevalier est un chevalier, bon sang ! Ils se prennent tous pour des petits dieux ! Et si...

— J'ai dit non ! cria Sollos en tapant du pied.

— Écoute, je ne te parle pas de renverser Valmeyan, je te dis juste que planter mon couteau dans un ou deux chevaliers-dragons me procurerait un certain sentiment de plénitude.

— Cette époque est révolue, Kemir. Le serment… (Il haussa les épaules.) Ce serment était stupide. En outre, ils sont six, nous ne sommes que deux, et leurs dragons nous gardent à l'œil.

Il vit Kemir jeter un coup d'œil crispé vers ciel.

— Eux aussi doivent parfois se poser pour dormir, tu sais.

C'est vrai. Oui, c'est vrai. Sollos secoua la tête. Il avait beau savoir que Kemir avait raison, l'assassinat d'un chevalier-dragon ou même de dix ne changerait absolument rien à la marche du monde. Tant qu'il y aurait des dragons, il y aurait des hommes et des femmes pour les monter.

Tant qu'il y aurait des dragons…

21. LES NOCES

Bien entendu, Meteroa avait tout minuté à la perfection. Quand Jehal arriva au palais, tout le monde l'attendait, comme convenu. Il entra joyeusement dans la salle de banquet avec la princesse Lystra à son bras et un certain ressort dans sa foulée. *Vous êtes le futur Orateur…*

— À boire ! s'écria-t-il avant même d'avoir rejoint le trône qui se dressait à côté de celui où son père était vautré. À boire ! Je veux porter un toast, un toast pour tous mes invités ! Portons-nous un toast les uns aux autres ! Je bois à la vie !

Il fit pivoter vers lui la princesse Lystra et l'embrassa fougueusement, en croisant le regard de Zafir.

— À boire ! répéta-t-il encore, dans un silence atterré. Buvons aux battements de cœur ! Au tonnerre des ailes et aux remous du feu ! Au fracas des épées, aux mises à mort, à la passion enivrée des amants ! Buvons ! Que ce silence disparaisse de ma salle de banquet !

Il s'assit et cogna son gobelet sur la table. Tout le monde le regardait. Les banquets de noces n'étaient pas censés débuter ainsi, mais Jehal ne se sentait pas d'humeur à des heures de politesses mortellement ennuyeuses. Il mourait d'envie de voir tout le monde se soûler et rouler sous les tables.

Il lança un regard perçant à la mère de Lystra, debout à côté de la jeune femme.

— N'est-ce pas ce à quoi vous êtes habituée, votre Altesse ? lui dit-il avec un grand sourire.

La reine Shezira conserva une expression prudemment neutre.

— Effectivement, prince Jehal. Votre exubérance serait peut-être mieux considérée dans mes salles.

— Je veux que votre fille se sente la bienvenue ici.

Shezira garda le silence.

— Allez, dites-le ! Vous pensez que je suis un monstre ? lui demanda-t-il bien plus tard.

Il n'y avait presque plus de victuailles et Jehal avait bu bien trop de vin.

Shezira croisa son regard.

— Dans quelques heures à peine, vous serez mon fils, en tout cas, répliqua-t-elle froidement.

Et ce fut tout.

Quand tous les convives se furent empiffrés, les musiciens commencèrent à jouer et le bal débuta. Bien entendu, le prince invita d'abord la princesse Lystra, avec ses grands yeux aux cils baissés et cet air surpris qu'elle affichait depuis le début de la journée. Puis il passa à la mère, qui dansait un peu comme une statue de fer embarrassée et maladroite. Surgissant de nulle part, Zafir se glissa ensuite dans ses bras. Pressée contre lui, souple et sensuelle, elle l'enivrait de son parfum, et il ressentit une certaine excitation. Elle glissa sa main sur son dos et il sentit la légère piqûre d'un dard sur sa nuque. Il tressaillit.

— Que faites-vous ?

Zafir regarda sa main. L'une de ses bagues était ornée une pointe minuscule, et sur cette pointe perlait une infime goutte de sang. Elle la porta à sa langue, puis enlaça à nouveau Jehal.

— Je vous rappelle que vous n'êtes pas immortel, chuchota-t-elle.

— En tout cas, je me sens immortel.

Il l'attira plus près encore, mais cette fois-ci, elle résista.

— Je suis une reine-dragon, prince Jehal, pas une courtisane ! Les gens nous observent !

— Est-ce là une bague à poison ?

— Bien entendu !

— Je vais bientôt mourir, alors ?

Zafir lui sourit, et quand il chercha de nouveau à la serrer contre lui, elle se laissa faire.

— Pas aujourd'hui, mon amour.

Elle s'appuya contre lui pendant un court moment et il sentit son souffle dans son oreille.

— J'ai vu comment vous regardiez votre petit oisillon, la future épouse, murmura-t-elle. Profitez bien de la nouveauté, mais rappelez-vous que je suis la seule qui peut vous donner ce que vous recherchez. Si vous avez l'intention de m'évincer en sa faveur, autant me planter tout de suite votre dague dans le corps. Nous mourrons ensemble ici et maintenant.

Jalouse ? Elle était jalouse ? Cette découverte le fit réfléchir, et il lui dit d'un ton rauque.

— Si vous voulez savoir laquelle de vous deux je désire vraiment, éclipsons-nous sur-le-champ et je vous le montrerai.

Elle le repoussa vivement, un sourire crispé aux lèvres.

— Aujourd'hui, je vous laisse au petit oisillon. Mais ensuite… Nous verrons.

Elle agita les doigts devant les yeux du prince pour lui présenter la bague, toujours ornée d'une goutte de son sang.

Vous êtes le futur Orateur…

Il la regarda s'éloigner, mais il n'eut pas le temps de lui emboîter le pas. Une autre paire de bras l'intercepta.

— Princesse Jaslyn ! s'exclama Jehal avec un sourire forcé.

— Prince Jehal…

— Allez savoir pourquoi, je n'aurais jamais cru vous voir un jour sur une piste de danse.

Contrairement à ceux de sa sœur, les mouvements de Jaslyn étaient vifs et agressifs, et aussi différents que possible de ceux de Zafir.

— Il est vrai que je préfère évoluer dans les airs.

— Avec des partenaires plus écailleux, j'imagine ? Moi aussi ! Nous avons donc un point commun, finalement ! plaisanta Jehal avec un grand sourire.

Jaslyn lui lança un regard dédaigneux.

— Notre point commun, c'est ma sœur. Je ne danse avec vous que parce que je veux vous parler à l'abri des oreilles indiscrètes. Je vous préviens : si vous lui faites du mal, je vous le rendrai au centuple.

— Et si je la rends heureuse ?

— Je comprendrai que je vous ai mal jugé.

Elle s'inclina et s'éloigna.

— Pas très équitable, comme arrangement ! lui cria-t-il. Jaslyn ne se retourna pas. *Pauvre Lystra !* Il s'était plus ou moins attendu à voir sa fiancée sangloter à l'idée de quitter sa famille et de s'offrir contre son gré à un homme qu'elle avait sans doute appris à considérer comme un monstre. Et pourtant, elle n'avait pas encore versé la moindre larme. Au contraire, elle semblait presque excitée.

Je commence à comprendre pourquoi…

Une autre princesse surgit devant lui. Jehal grimaça. Qui était-ce, déjà ? L'une des filles du roi Silvallan, sans doute. Ils dansèrent solennellement, au milieu des autres couples qui avaient envahi la piste. Soudain, le prince perçut malgré la musique de l'agitation dans un coin. La boisson avait eu raison de deux de ses chevaliers, et d'autres tentaient de les séparer. Il crut entendre le grincement d'une épée qu'on dégainait, mais personne ne cria et la musique ne s'arrêta pas. Apparemment, cette échauffourée avait tourné court. Ou alors, c'était une fausse impression. Jehal songea à danser avec la sœur de Zafir pour établir les fondations d'une nouvelle relation, mais fut submergé par le flot sans fin de parentes éloignées qui avaient toutes quelque chose à lui demander.

Cette journée s'achevait presque, et à cette perspective, il ressentit soudain un immense soulagement. Demain, tous ces chevaliers-dragons et leurs courtisans repartiraient vers l'À-pic, où ils redeviendraient pour une nuit le problème du seigneur Meteroa, avant de quitter enfin les lieux pour retrouver leurs propres palais. Jehal quitta discrètement la piste de danse et sortit. Il avait l'esprit embrumé, et quand il secoua la tête pour s'éclaircir les idées, son malaise ne fit qu'empirer. Trop de vin ? Zafir l'avait-elle empoisonné, finalement ?

Meteroa apparut à son côté.

— Il est presque temps, messire.

— Tant mieux. J'ai hâte que tout ceci se termine.

— Ah bon ? Je croyais que aimeriez tout cela. Le prince Tyrin et la dragonnière Jesska ont disparu, très certainement dans l'un de vos nids secrets, le prince Loatan et la princesse Kalista ont failli s'étriper au couteau avant que vos gardes n'interviennent, et je ne vous décris que les meilleurs moments de la soirée. Bien entendu, je vous fournirai un rapport détaillé que je vous ferai parvenir à votre convenance, quand vous vous serez libéré de votre fiancée.

Ma fiancée…

— À propos de ma fiancée… Dites-moi, maître de l'aire… À votre avis, est-ce que je la regarde d'une façon spéciale ?

Meteroa fronça les sourcils.

— Oui, d'un air intéressé et intrigué. Magnifiquement simulé, je dois dire.

Sauf que je ne joue pas la comédie.

— Hum. Et combien de reines et de princesses ont été incapables de résister à la tentation de caresser un prince ivre et tout nu ?

— Les reines Shezira et Zafir ayant toutes deux poliment décliné, elles s'occuperont de la princesse Lystra. Par contre, la reine Fyan a accepté avec beaucoup d'enthousiasme, et il me semble qu'elle a interdit à ses filles de se joindre à elle.

Jehal poussa un gémissement. La reine Fyan – tante Fyan, cheveux grisonnants et chairs affaissées, dix ans de plus qu'Aliphera – était l'épouse du roi Narghon. À une époque, les rumeurs allaient bon train entre les palais de Tyan et Narghon : bien que frère et sœur, le roi Tyan et elle couchaient ensemble, disait-on. Le nombre d'héritiers qu'elle avait donnés au roi Narghon confirmait assurément l'enthousiasme dont elle faisait preuve dans certains domaines.

— La princesse Jaslyn vous assistera également, je crois.

À cette nouvelle, Jehal s'étrangla.

— Vous devez faire erreur !

— Je sais bien que je ne suis pas toujours parfait, messire, mais de temps en temps seulement, lui dit Meteroa d'un air blessé.

— Elle m'a pourtant bien fait comprendre qu'elle me détestait.

— Je veillerai à ce qu'elle ne vous empoisonne pas.

— Veillez surtout à ce que la reine Zafir n'empoisonne pas ma fiancée, je vous prie, répliqua sèchement Jehal. Je la veux bien vivante quand je la prendrai. Zafir porte une bague à poison. Gardez-la à l'œil.

Il crut voir glisser un petit sourire supérieur sur les lèvres de Meteroa, mais n'eut pas le temps de le tancer. Une cloche venait de se mettre à sonner, et Meteroa lui donna une petite tape dans le dos.

— Le moment est venu, mon prince !

— Quand je pense que dans le temps les rois et les reines se mariaient comme tout le monde...

Jehal prit une profonde inspiration et se frotta les yeux. Il se sentait encore un peu embrouillé. Dans le ciel, les étoiles brillaient avec intensité. Un croissant de lune argenté était suspendu à l'horizon, au-dessus de l'océan et la brise soufflait depuis le port, apportant avec elle un déroutant mélange d'odeurs : celles de la mer, du poisson pourri et de l'ammoniac, mais aussi de la rose, de la myrrhe et du bois de santal s'élevant des brûleurs d'encens éparpillés dans les jardins du palais.

— Mais c'était bien avant les Sept Princes et la Guerre des Épines, lui dit Meteroa en le poussant vers la salle de banquet.

— Je sais, je sais… L'Orateur Vishmir a fait enfermer le prince Halim et la reine Lira dans la tour de l'Air en refusant de les laisser ressortir tant que Lira ne serait pas enceinte d'un héritier, je connais cette histoire. J'admire beaucoup l'approche pragmatique de Vishmir, mais je ne pense pas qu'il ait voulu que cette pratique se transforme en coutume.

— C'est important, les héritiers.

Pendant quelques instants, le visage de Meteroa redevint aussi neutre qu'un masque, puis il sourit poliment.

— Demandez à Hyram.

Jehal éclata de rire.

— C'est dangereux, les héritiers. Demandez à Aliphera ! Oh, attendez, vous ne pouvez pas ! Cette malheureuse est morte !

Il huma l'air à nouveau.

— Ceux qui ont disposé les brûleurs d'encens méritent le fouet. C'est déplorable. Au fait, avez-vous placé des vignes parfumées autour de la fenêtre de la chambre nuptiale qui donne sur l'est, comme je vous l'ai demandé ?

Meteroa hocha la tête et se remit à pousser Jehal vers la salle de banquet. Plus personne ne dansait. Tout le monde regardait la princesse Lystra debout au milieu de la piste, mais il n'eut pas le temps d'en voir davantage car un groupe de chevaliers se jeta sur lui. Ensuite, on le souleva à bout de bras et on le transporta ainsi au milieu des cris et des acclamations. En tendant le cou, Jehal entrevit la princesse Lystra escortée par deux reines, sa mère d'un côté et Zafir de l'autre.

Il ferma les yeux. Il n'était même pas encore sorti de la salle de banquet que des mains tâtonnantes commençaient déjà à lui arracher ses vêtements. Au milieu des blagues grivoises de ses écuyers, il entendit les éclats de rire de la reine Fyan. Il frissonna. Les femmes étaient toujours les plus lubriques.

Ses hommes le transportèrent au-dessus de leurs têtes en l'exhibant devant tous ceux qu'ils rencontraient. Ils se rendirent ainsi dans la tour du Soleil au centre du palais, et faillirent le laisser tomber en s'engageant dans l'étroit escalier en spirale. Apparemment ils étaient tout à fait prêts à prendre ce risque plutôt que de le laisser monter les marches à pied. Quand ils arrivèrent tout en haut, Jehal avait le vertige, mais il n'eut pas le temps de réfléchir à ce problème. Quelqu'un lui mettait déjà une coupe entre les mains. L'une des nièces de Silvallan. Comment s'appelait-elle, déjà ?

— Le Regret de la Vierge ! cria quelqu'un dans un chœur de rires. La Vierge ! La Vierge !

Il but d'une traite cette liqueur parce que c'était ce qu'on attendait de lui, tout en priant silencieusement pour que les écuyers qui l'entouraient ne soient pas aussi ivres qu'ils le semblaient. Il énuméra dans sa tête tous les rois et toutes les reines-dragons empoisonnés durant leur nuit de noces, puis se mit à décompter lentement les secondes qui le séparaient du moment où Regret de la Vierge établirait son emprise sur lui. Ce qui, dans son cas, prendrait plus de temps que pour la plupart, il avait pris soin de s'en assurer.

Ils terminèrent de le déshabiller et lui enfilèrent sa chemise de noces, une pièce de tissu inutile conçue pour se déchirer au moindre contact. Tout tournait autour de lui, à présent, mais il lui restait encore quelques minutes avant que la potion ne fasse complètement effet.

Un par un, les écuyers, les princes et les princesses s'approchèrent de lui pour lui prodiguer les conseils rituels, puis quittèrent la tour.

— Attention, le Regret de la Vierge délie les langues ! cria quelqu'un. *C'est exact*, pensa-t-il. *Comme la Fumée de Vérité que les alchimistes ont utilisée dans mon aire sur mes Écailleux et sur mes soldats. Quel gâchis ! Tous ces hommes et ces femmes laissés à moitié fous de désir !*

— Et ça ne délie pas que les langues ! ajouta quelqu'un d'autre. Des rires, encore.

Meteroa devait être hors de lui. Je dois écrire à Hyram pour le remercier au nom de toutes les putains de l'À-pic. Il éclata de rire.

— Est-ce que vous empoisonnez votre père ?

Jehal cligna les yeux. Cette question s'infiltra dans sa conscience comme du miel dégouttant d'une cuillère. Jaslyn ! C'était la voix de Jaslyn. La princesse Jaslyn. Le seigneur Meteroa lui avait bien dit qu'elle venait, non ? Et il ne l'avait pas encore vue.

Et pourquoi pas ? le pressa une voix intérieure. *Pourquoi pas ? Dis-lui la vérité et finissons-en. Tout le monde veut savoir. Ça la fera partir…*

Il ouvrit la bouche, mais une main la referma pour lui.

— Sortez d'ici, petite sorcière ! Comment osez-vous ! Filez ! Allez !

La main le relâcha.

— Vraiment désolée, mon neveu. Bien. Mes conseils, à présent : soyez gentil avec la jeune mariée, mais pas trop gentil. À mon avis, un peu de rudesse ne sera pas pour lui déplaire. La plupart des femmes aiment bien qu'on les malmène.

Jehal leva les yeux et sourit. La reine Fyan ! Mais elle partait déjà… Et qu'est-ce qu'il avait voulu dire quelques instants auparavant ? Il avait complètement oublié.

Ses chevaliers disparurent soudain en un clin d'œil. *Rien de plus normal. Le Regret de la Vierge joue avec ta perception de l'écoulement du temps. Son emprise sur toi va bientôt être totale. Très bientôt.*

Il y avait une porte. Voilà ce qu'il était supposé faire : franchir le seuil de cette porte. Et avant même d'avoir fini d'y penser, c'était fait, et il montait un autre escalier en spirale, la stupide chemise de noces tombait déjà, et il se retrouvait nu dans une pièce hexagonale, avec des fenêtres à chaque mur, toutes ouvertes, et un sol couvert d'oreillers, de couvertures et de matelas fourrés de toutes les matières imaginables, du duvet à la paille, et devant lui, Lystra, elle aussi bien partie sous l'effet de la

Vierge. Elle oscillait un peu, et ses yeux étaient noirs et immenses.

Il eut l'impression qu'une petite gouttelette de feu tombait en lui puis explosait délicatement. La princesse Lystra ouvrit la bouche et tendit la main vers lui. Il s'avança vers elle en vacillant.

Pas encore pas encore pas encore !

Il ne lui restait que quelques secondes avant de perdre tout contrôle. Avec le peu de volonté encore vivante en lui, il se mit à compter les fenêtres. *En partant de la porte, la deuxième à partir de la gauche donne sur l'est. C'est celle-ci…*

Il poussa la princesse Lystra vers la fenêtre en question.

— Les étoiles, murmura-t-il, regardez les étoiles…

Debout derrière elle, il l'entoura de ses bras et contempla dans la nuit une autre tour et une autre fenêtre. Une fenêtre complètement noire. La reine Shezira n'avait pas encore eu le temps de retourner à ses appartements. Quel dommage ! Il aurait tant voulu qu'elle le voie prendre sa fille. Comme une sorte de prélude à tout ce qu'il allait lui prendre. Hélas, la reine n'était pas là.

Puis la Vierge s'empara de lui, Lystra se frotta à lui, et il ne put plus attendre.

22. UNE TERRE ROUSSIE

Il leur fallut le reste de la journée et la plus grande partie du lendemain pour atteindre leur destination. Ils empruntèrent un chemin tortueux dans une vallée où glougloutaient dans une mer de rochers éparpillés et de filons de sable et de gravier des centaines de ruisselets. Les pentes abruptes de la vallée étaient boisées jusqu'aux sommets rocailleux. Il pleuvait sans interruption. De temps à autre, un écuyer glissait sur un rocher, et à la fin de la première journée de marche, tout le monde claudiquait.

Bien fait pour eux ! Quelle idée de se balader dans le coin en armure ! se dit Sollos.

Dans la soirée, Barbe frisée et les autres parias s'assirent à l'écart, l'air maussade, sous un arbre au feuillage épais pour s'abriter de la pluie du mieux qu'ils pouvaient. Quand ils regardaient les écuyers-dragons, leurs yeux scintillaient, trahissant un mélange d'avidité et de haine. De leur côté, les écuyers leur lançaient des regards sombres, et Sollos et Kemir décidèrent de faire des petits sommes à tour de rôle. Personne ne dormit beaucoup cette nuit-là. Bizarrement, le plus anxieux d'entre eux semblait être l'alchimiste.

Dès les premières lueurs de l'aube, Barbe frisée se leva d'un bond, déclarant qu'il était temps pour lui de repartir. Semian lui tendit l'or promis avec une grande répugnance, et le paria disparut vers l'aval avec trois de ses amis et un sac de pièces, laissant deux de ses hommes guider les chevaliers plus avant.

— Nous pouvons encore les rattraper en leur courant après, marmonna Kemir.

Au bout d'une heure ou deux à peine, les deux autres parias les abandonnèrent. Le premier s'éclipsa dans les bois quand l'un des écuyers tomba et se cassa la main. En constatant qu'il était tout seul, l'autre prit ses jambes à son cou parce qu'il avait le pied sûr et qu'il savait que les écuyers ne pourraient jamais le rattraper dans ces rochers. Cet homme était un traître et il fallait l'abattre, déclara Semian, mais quand Sollos eut enfin bandé son arc, le paria était déjà hors de portée. Le mercenaire tira deux flèches pour faire plaisir à Semian, puis fit mine de l'écouter quand l'écuyer lui expliqua quel mauvais tireur il était.

Seuls dans cette étrange contrée, sans les bêtes qui leur donnaient leur assurance, les chevaliers semblaient désemparés, Sollos s'en rendit compte lentement. En les voyant tergiverser ainsi, il envisagea de les abandonner à leur destin. Quel bénéfice pourrait-il en tirer ? Six écuyers et un alchimiste égarés dans les montagnes…

Il leva les yeux. Comme il fallait s'y attendre, il aperçut un point dans le ciel. Quelqu'un veillait sur eux.

— Hé, vous ! Le mercenaire !

Sollos crut que l'un des écuyers l'interpellait, puis il vit l'alchimiste un doigt pointé vers lui.

— Tiens ! Maître Huros ! Vous vous amusez bien ?

— Je, hum... Bien sûr que non. Bon, il va falloir que vous m'aidiez. Nous devons continuer notre route dans la même direction. Pourriez-vous l'expliquer à l'écuyer Semian, je vous prie ?

— Pourquoi ne le lui expliquez-vous pas vous-même, maître Huros ? lui suggéra Sollos en redressant la tête.

— Parce que dame Nastria nous a très clairement fait comprendre que vous connaissez bien ces montagnes.

L'alchimiste se racla la gorge.

— Hum. Il vous écoutera, vous, et nous devons nous hâter.

— Vraiment ? Je m'attendais à ce que nous retournions chez ces parias mal élevés pour incendier leur campement !

— Non, maître d'épée Sollos. Je vous le répète, nous devons nous hâter. Si, hum... Si ces hommes nous ont dit la vérité, nous ne sommes plus très loin du dragon. Revenir sur nos pas nous ferait perdre des journées entières. Il faut nous dépêcher, avant que...

L'alchimiste lui lança un regard irrité.

— Avant que quoi, maître alchimiste ?

— Hum. Cela ne vous regarde pas. Nous devons retrouver ce dragon au plus vite, c'est tout ce que je peux vous dire.

Sollos prit la peine de réfléchir à la question. Laisser les écuyers se débrouiller tous seuls ne lui rapporterait rien, mais ce qui le décida surtout, c'était cet alchimiste qui avait pris la peine de l'appeler par son nom. Avec un soupir, il se remit péniblement debout et repartit sans dire un mot aux écuyers et sans regarder derrière lui quand ils lui crièrent dessus. Il se contenta de leur faire signe de le suivre, et finalement, ils s'exécutèrent.

La pluie cessa à mi-journée, et pendant quelques heures, ils progressèrent sous un soleil éblouissant. À l'exception de ses pieds, Sollos se sentait presque sec. Soudain, Kemir s'arrêta et renifla autour de lui.

Le nez froncé, Sollos l'imita. Il y avait dans l'atmosphère… Une odeur… Une odeur légèrement familière.

— De la Poussière d'Âme, dit tout bas Kemir.

Les écuyers-dragons qui les suivaient à cinq toises derrière eux n'entendirent pas sa remarque.

— Non, Kemir. Cela y ressemble, mais ce n'est pas de la Poussière d'Âme. La Poussière n'a pas tout à fait cette odeur.

— Si, mais quand on la brûle.

— C'est impossible ! Personne ne brûle de la Poussière, voyons !

D'un geste de la main, il balaya le paysage désert.

— Tu vois quelqu'un qui brûle de la Poussière ?

Kemir lui lança un regard furieux.

— Non, bien sûr que non, parce que si c'était le cas, je serais en train de te montrer le type du doigt ! Mais ce n'est pas parce que tu ne vois pas la merde sur la semelle de ta botte qu'elle ne pue pas, et je te dis que c'est l'odeur de la Poussière qui brûle, cousin.

Cinq minutes plus tard, Sollos sentit la fumée.

Les mercenaires se dévisagèrent, puis Kemir partit en courant entre les rochers éparpillés. Les écuyers lui crièrent de s'arrêter, en vain. Sollos resta sur place assez longtemps pour leur beugler de les suivre à l'odeur, puis se précipita derrière Kemir. Les deux hommes s'arrêtèrent après une boucle du fleuve.

Kemir désigna une cicatrice roussie à l'orée de la forêt.

— Tu crois que c'est le fameux campement ?

Quelques morceaux de bois carbonisés se consumaient encore. Ce qui s'était dressé là avait été réduit en cendres, mais ce n'était pas cela qui retenait l'attention de Sollos.

— J'emmerde le campement, Kemir.

Il lui montra le fleuve.

Au premier coup d'œil, il avait cru voir un énorme rocher blanc, mais un rocher trop régulier, trop lisse. Sollos s'approcha un peu pour l'examiner le plus près. Le rocher lui rendit son regard, puis déploya lentement ses ailes et sa queue et se transforma en dragon.

Kemir poussa un petit cri de joie.

— Hourra ! À nous la prime !

— Attends, dit Sollos en touchant le bras de son cousin. Quelque chose ne tourne pas rond. Où est son écuyer ?

— Il est mort, voyons ! Je te rappelle que nous étions là quand ça s'est passé. Quand les dragons nous ont attaqués, je veux dire. Le feu, les hurlements, la fuite pour sauver notre peau… Ça t'évoque quelque chose ?

Sans quitter le monstre des yeux, Sollos remonta sur la berge et se dirigea résolument vers les arbres. Le dragon les observait, lui aussi, mais d'un air beaucoup trop intelligent pour le mercenaire.

— L'Écailleux non plus, nous ne l'avons pas retrouvé.

— Parce qu'il est mort, voyons !

— Pourquoi ce dragon s'est-il comporté ainsi ? insista Sollos en accélérant le pas. Les dragons ne crachent pas le feu si personne ne leur demande de le faire !

— Peut-être qu'il avait faim !

— Peut-être qu'il a toujours faim.

Le dragon remua. Sollos attrapa le bras de son cousin et prit ses jambes à son cou.

LE POURBOIRE À L'ECAILLEUX

Pendant les dix ans de la maturation du dragon, les cadeaux doivent se répéter souvent. Les écuyers qui ne se montrent pas assez généreux risquent de découvrir que leur dragon est peut-être un peu lent en vol, ou pas aussi vigoureux qu'ils s'y attendaient, ni très habile dans les virages serrés. Quand un dragon est enfin prêt, son futur écuyer se rend une dernière fois dans l'aire avec une ultime série de cadeaux. Le dragon et l'écuyer sont présentés l'un à l'autre, et désormais, le dragon lui appartient.

Avant le départ de l'écuyer, on attend de lui qu'il offre un petit cadeau à l'Écailleux, c'est-à-dire à la personne qui a nourri, abreuvé et élevé le dragon depuis sa sortie de l'œuf. Les princes-dragons appellent ce cadeau le pourboire à l'Écailleux.

23. NEIGE

Un torrent de flammes se déversa des cieux, les engloutissant dans sa fureur, elle et le petit être à côté d'elle. Les eaux du fleuve se transformèrent instantanément en vapeur, et la chaleur fissura les rochers.

Elle avait perçu la présence des autres dragons dans le ciel longtemps avant de les voir. Des esprits différents, des pensées différentes faites de couleurs et de sons variés, qui au début ne l'inquiétèrent pas. Elle était en permanence entourée de dragons, et les petits êtres semblaient ne jamais en avoir peur. Puis elle avait senti changer leurs pensées : les couleurs s'assombrirent, s'aiguisèrent et prirent feu. Et elle comprit ce qui allait se produire.

Quelques secondes avant que les flammes ne la frappent, elle déploya ses ailes au-dessus de sa tête et du petit être. Elle le fit d'instinct. Protéger ses yeux et le petit être. L'autre petit être, celui qui criait, qui était en colère, qui montait sur son dos et lui donnait des ordres, elle n'avait pas pu le sauver, il était trop loin. Quand les pensées de ce petit être s'éteignirent, elle se sentit un peu triste pour lui. Les petits êtres brûlaient si facilement.

Un second jet de flammes l'engloutit. Le feu la réchauffa, mais ne l'effraya pas. Par contre, le petit être avait peur. Il était soudain rempli de terreur. Tous les petits êtres présents avaient peur, mais particulièrement celui qui était à côté d'elle. Et il avait mal. Le petit être avait mal. Et il paniquait. Il était terrorisé. Les émotions du petit être déferlaient en elle, et elle ne savait pas quoi en faire. Elle n'avait jamais ressenti ce genre de choses auparavant. Des choses négatives qui lui donnaient envie de s'enfuir.

Les nouveaux dragons étaient toujours tout près. Elle percevait leurs pensées brûlantes et féroces. Ils tournaient en rond au-dessus d'eux, et ils voulaient revenir.

Après avoir délicatement saisi le petit être dans une de ses serres, elle se jeta dans le fleuve en prenant de la vitesse à chaque foulée. L'un des dragons piqua vers elle, et quand elle perçut ses pensées, elle serra le petit être tout contre elle. Le dragon la balaya de son feu.

Au moment où le dragon passait au-dessus d'elle, elle s'élança dans les airs et lui mordit la queue.

Elle serrait toujours le petit être contre son poitrail. Il semblait avoir avait perdu la raison ; il hurlait et se débattait. C'était la pagaille dans ses pensées, toutes déconcertantes et incohérentes. Elle se sentait bizarre. Quand un autre dragon piqua vers elle, elle le mordit aussi et le cingla de sa queue. Son congénère surpris vira de bord et s'éloigna.

Plus haut, plus haut, toujours plus haut. Plus vite, plus vite. Loin. Parfois, elle avait l'impression que le petit être lui disait de le lâcher, mais dans le chaos de ses pensées décousues, il n'arrêtait pas de se contredire. Trois des nouveaux dragons s'étaient lancés à sa poursuite. Plus imposants qu'elle, et plus âgés, aussi, ils transportaient des petits êtres qui leur disaient quoi faire. Elle ressentait leur détermination, leur hostilité.

Un autre dragon plongea des cieux, un dragon qu'elle connaissait bien, l'un des plus forts. Un dragon né de la même couvée qu'elle. Il piqua comme une flèche, s'écrasa sur son poursuivant immédiat, et tous deux chutèrent comme des pierres. Elle entendit résonner dans les vallées les cris perçants des autres dragons, puis ressentit leur surexcitation brutale. Plus aucun dragon ne la suivait ; ils descendaient tous ensemble en spirale en cherchant à mordre et à fouetter son compagnon de nichée.

Elle perçut le hurlement de terreur de l'un des petits êtres, qui disparut brutalement dans le néant. Puis tout s'évanouit ; ils étaient trop loin, désormais, et elle ne les entendait plus penser.

L'excitation s'envola. Le petit être qu'elle tenait dans sa serre s'était apaisé, et ses pensées à elle retrouvèrent une certaine cohérence. Elle avait envie de retourner là-bas pour jouer avec ces nouveaux dragons, mais les pensées du petit être étaient claires : il voulait partir. Loin, très loin. Il ne put lui dire où aller, et d'ailleurs il s'en moquait. Elle vola là où son regard la portait, entre les montagnes, au-dessus des lacs et des vallées. C'était la première fois qu'elle voyait ce pays et n'avait jamais rien contemplé de tel, toutes ces formes, ces couleurs étranges, cette eau étincelante et impétueuse. Elle laissait traîner le bout de sa queue dans des miroirs limpides, elle planait, piquait, s'amusait à mordre les cascades, elle tournait en spirale autour des montagnes en chevauchant les courants d'air ascendants.

Au bout d'un moment, la lumière déclina. Le soleil se coucha et les pensées du petit être l'imitèrent. La température corporelle de la dragonne augmentait progressivement, mais ce paysage était tout simplement trop nouveau et trop excitant, et elle continua son vol en jouant avec les éléments. Lorsque la chaleur en elle devint vraiment inconfortable, elle se posa près d'un lac. Elle allongea avec précaution le petit être par terre, en terrain découvert pour le garder à l'œil, puis bondit dans cette eau glaciale délicieuse. Elle barbota et joua sous les étoiles le temps de refroidir, et finalement, se pelotonna autour du petit être. Elle s'endormit.

Elle rêva. Loin, très loin, des choses se produisaient. Des choses immenses. Elle en faisait partie, plus ou moins, mais comme elles étaient trop loin d'elle, elle ne les voyait pas, ne les entendait pas, ne s'en souvenait pas. Elle voulut voler vers elles, mais elles n'arrêtaient pas de bouger, de lui échapper, de se ruer hors de sa portée même quand elle se jetait sur elles. Toutes les nuits, toujours les mêmes choses, et toujours si lointaines, toujours hors de portée…

Le soleil escalada les sommets environnants et revint brutalement dans le ciel. Elle bâilla, étira sa queue, fit le dos rond. Le petit être s'était réveillé. Il avait faim, elle le sentit dans ses pensées.

Oui. Faim. Elle aussi, elle avait faim. Elle regarda le petit être en lui montrant ses dents, comme elle le faisait toujours quand c'était l'heure de manger.

— Je suis désolé, Neige. Tu vas devoir trouver toute seule ton déjeuner.

Elle observa autour d'elle. Elle ne comprenait pas les bruits que les petits êtres faisaient avec leur bouche, mais parfois, leurs pensées lui suffisaient. Il n'avait rien à manger pour elle. Et il avait mal. Et il avait peur. Elle n'aimait pas ces pensées. Elles la rendaient anxieuse, alors elle cessa de les écouter. Elle se concentra sur sa faim. Le petit être allait forcément faire quelque chose pour la soulager ! Comme il ne bougeait pas, elle découvrit de nouveau ses dents.

— Chasser, lui dit-il. Tu dois chasser.

Chasser. Elle connaissait ce bruit. Il signifiait voler et pourchasser des proies, et aussi – oui ! – les attraper, les tuer et les manger.

Elle se dressa sur ses quatre pattes et baissa le cou, invitant le petit être à grimper sur son dos.

— Je ne peux pas, Neige. Je suis un Écailleux, pas un écuyer. Je n'ai pas le droit.

Ces bruits ne signifiaient rien pour elle. *Chasser*, cela voulait dire qu'un petit être s'asseyait sur son dos et lui disait où aller. Elle baissa le cou encore plus et le frotta contre les pierres au sol.

— Ils me mettraient à mort s'ils l'apprenaient.

Le petit être se mit à marcher en rond. Ses pensées étaient confuses, toujours mêlées de souffrance, toujours apeurées.

— Les écuyers et les nobles sont les seuls à chevaucher les dragons. C'est la loi. Nous devons repartir. Que s'est-il passé ? Nous avons été attaqués, n'est-ce pas ?

Il secoua la tête.

— Ah, si seulement tu pouvais parler... Et s'ils sont encore là ? La reine sera-t-elle déjà revenue ? Que faire, bon sang ? Je ne peux pas chevaucher avec toi, Neige. Tu n'as même pas de selle. Je tomberais. Mais nous ne pouvons pas rester ici, et tu ne retrouveras pas toute seule le chemin de notre aire. Je ne sais même pas où nous sommes ! Et toi, tu le sais ?

Elle se frotta de nouveau le cou par terre en lui montra les dents.

Chasser. Faim. Elle répéta les mêmes mouvements. La frustration l'envahissait, et les pensées du petit être ne faisaient qu'ajouter à sa confusion. Elle ne les comprenait pas.

— Je ne peux pas grimper sur ton dos, Neige. Il n'y a pas de harnais. Je n'y arriverai pas.

Soudain, le petit être marcha vers sa serre et tenta de la bouger. Qu'essayait-il de faire ? Soudain, elle intercepta une vision dans sa tête : c'était la nuit, elle volait, et elle le tenait.

Oui. Ils étaient venus comme cela. Elle se redressa avec précaution, sur ses postérieurs et tendit une serre. Le petit être hocha la tête et émit quelques bruits, et elle lut dans ses pensées qu'elle avait compris ce qu'il lui demandait. Il grimpa entre ses griffes, qu'elle referma délicatement autour de lui.

— Chasser ! s'exclama-t-il.

Chasser. Ce bruit-là, elle le comprenait.

24. SOUVENIR DE FLAMMES

Ils chassèrent. Elle mangea. Le petit être mangea aussi, puis ils retournèrent dans les cieux. Le petit être voulait aller quelque part, mais ne savait pas comment s'y rendre, alors elle repartit là où bon lui semblait, dans une région de parois à pic, de rochers fracassés et de blocs de pierre gros comme des châteaux. Elle voulut aussi chasser là, mais cette terre était stérile et déserte. Quand la nuit tomba, elle leur trouva un endroit où se poser et s'endormit. Les rêves revinrent, toujours aussi vagues.

Le jour suivant, ils volèrent de nouveau au-dessus des vallées et des fleuves. Il pleuvait. Elle aimait bien la pluie, elle aimait la sensation qu'elle lui procurait. Le petit être se mit à lui dire où aller. Elle comprenait ses pensées : *À gauche, tout droit, à droite, en haut, en bas.* Elle reconnaissait les bruits qu'il faisait, également, mais quand ils fonçaient à travers les airs, ces bruits se perdaient dans le vent, et elle devait extraire les pensées de la tête du petit être. Ce petit être était-il cassé ? Elle commençait à se le demander. Les pensées des autres petits êtres, ceux qui s'asseyaient sur son dos, étaient beaucoup plus claires.

— Je ne sais pas où nous sommes, lui dit le petit être.

Elle ne comprit pas, mais elle vit dans ses pensées qu'il était anxieux. Il était toujours anxieux, alors en général, elle empêchait ses pensées de l'atteindre.

Ils cherchaient des dragons, mais n'en trouvèrent aucun. Même chose le jour suivant, et encore le suivant. La nuit, par contre, quand elle dormait, quelque chose commençait à changer. Les rêves se rapprochaient. Elle ne le remarqua pas au début, mais après quelques jours, elle comprit une chose étrange. Elle voulait les rêves. Elle les voulait plus que n'importe quoi d'autre. Ils étaient importants. Plus importants que la nourriture, un abri ou même le petit être. Elle ignorait pourquoi. C'était ainsi, voilà tout. Avec cette première révélation en arriva une autre : elle rêverait tant qu'elle resterait ici, loin des autres, seule.

Le jour suivant, elle choisit elle-même son chemin. L'instinct la mena vers des endroits toujours plus hauts. Ce qui bouleversa le petit être, encore plus que d'habitude. Il lui cria dessus. Il était fâché contre elle, et du coup, elle se sentait vraiment mal. Elle était censée faire tout ce que voulaient les petits êtres, et ce petit être-là était son préféré, celui qui l'accompagnait depuis le jour où elle avait ouvert les yeux.

Cette nuit-là, les rêves se rapprochèrent encore plus. Elle parvint presque à les sentir, à les toucher. Ils étaient envahis par le feu, les cendres, la chair qui brûlait. Le lendemain matin, quand elle se réveilla, elle laissa le petit être derrière elle et partit chasser seule. Elle ressentit son angoisse et son désespoir quand il la vit s'envoler, et il était toujours là quand elle revint. Il devint joyeux quand elle revint, et fit beaucoup de bruit qu'elle ne comprit pas.

Elle s'endormit, et les rêves la laissèrent enfin les toucher…

… Elle était une minuscule partie d'un vaste ensemble. Elle ne voyait rien et n'entendait rien, mais elle ressentait les pensées de centaines de dragons, vives, éclatantes et limpides. Elle perçut également la présence d'autres entités, gigantesques et puissantes. Loin en-dessous d'eux bourdonnaient les pensées inférieures. Des petits êtres, comprit-elle avec surprise, ce qui n'avait aucun sens, parce que les petits êtres semblaient si lents et si bêtes comparés aux dragons de son rêve, et que la vérité qu'elle connaissait était tout autre…

Elle voulut s'emparer du rêve, le démêler, mais il s'éloigna d'elle en papillonnant, laissant la place à un nouveau rêve.

… Elle volait, entourée d'une multitude de dragons. Chaque dragon portait un écuyer vêtu d'argent. Elle tournoya, plongea et constata que le sol, loin sous elle, était vivant. Il grouillait, se soulevait, bougeait à perte de vue, couvert de petits êtres. Des centaines de milliers. Des centaines de millions…

… Des flèches. Elle ferma les yeux et les sentit marteler ses écailles…

Elle volait au-dessus d'eux comme elle aurait rasé les cimes d'une forêt. Des petits êtres, enveloppés dans leur grossière peau de métal. Des lances et flèches se fracassaient sur ses écailles. Elle ouvrit la bouche et laissa le feu jaillir d'elle, inondant le monde de hurlements et son cœur de joie. Partout, d'autres dragons faisaient de même. Elle ressentait le pouvoir de l'homme d'argent sur son dos, l'homme qui la conduisait et la pressait de tuer, TUE-LES ! TUE-LES !

Les petits êtres étaient si nombreux. Elle les brûlait par centaines et ils mouraient, et les morts étaient engloutis sous la horde comme s'ils n'avaient jamais vécu…

... Puis ils revenaient à la vie, carbonisés et brisés, et ils s'attaquaient aux vivants, les empoignant, les griffant. L'être d'argent sur son dos en était responsable. Il riait, et elle aussi...

Puis il se passa quelque chose. L'être d'argent sur son dos avait disparu, ses ailes ne battaient plus et elle ne pouvait plus ni bouger ni penser, comme si une serre géante s'était refermée sur son esprit et l'étouffait lentement.

Elle se rappela s'être écrasée au sol, dispersant des petits êtres autour d'elle, et les griffes dans son esprit s'enfoncèrent plus profondément, et tous ses souvenirs s'effacèrent...

... Non. Pas tous. Elle était de nouveau un œuf. Et une infime partie d'un vaste ensemble. Elle ne voyait rien et n'entendait rien, mais elle ressentait les pensées de centaines de dragons, vives, éclatantes et limpides...

Elle se réveilla. Il faisait encore nuit, malgré les traces furtives des premières lueurs de l'aube entre les sommets. Les rêves étaient toujours là, dans sa tête, des centaines de rêves. Mais s'agissait-il bien de rêves ? On aurait dit des souvenirs ! C'était impossible ! Le nid d'où elle provenait ne contenait même pas une centaine de dragons, alors ne parlons pas de milliers. Et les dragons qu'elle connaissait étaient différents de ceux de ses rêves. Les dragons de ses rêves avaient des pensées qui brillaient comme des diamants taillés. Les dragons de son nid étaient bêtes et lents.

En outre, elle n'avait jamais volé très loin de son nid, elle le savait. Elle ne s'était jamais rendue dans les endroits de ses rêves. Elle n'avait jamais ressenti la présence de ces hommes d'argent aux esprits ardents comme le soleil, ni volé au-dessus d'un océan de petits êtres qu'elle aurait incendiés...

Plus que tout le reste, c'est ce souvenir-là qui lui resta en tête. Elle avait aimé cette sensation. C'était même la chose la plus grisante qu'elle ait jamais accomplie.

Sauf qu'elle ne l'avait pas fait. Elle n'aurait pas pu. C'étaient des rêves, pas des souvenirs ; ils ne pouvaient être réels. Elle s'efforça de les comprendre mais c'était trop difficile, et elle avait de nouveau faim. Elle était tout le temps affamée, dans ces montagnes. Heureusement, il y avait quantité de proies disponibles, si l'on savait où regarder.

Au lever du soleil, elle s'élança dans le ciel, laissant une fois de plus le petit être derrière elle. En partant, elle perçut sa tristesse. Il n'aimait pas se retrouver tout seul. Elle ne comprenait pas pourquoi. Dans son nid, il y avait toujours d'autres dragons et d'autres petits êtres, et même la nuit dans le noir, elle ressentait la présence de leurs pensées. C'était la première fois qu'elle se retrouvait seule à ce point, mais bizarrement, elle se sentait merveilleusement bien.

Sans le petit être pour la ralentir, ses chasses la menaient très loin. Elle repérait les vallées fluviales puis les survolait en planant très haut. Elle observait, elle attendait les bêtes qui sortaient s'abreuver hors de la forêt, parfois des ours, parfois des cerfs ou des meutes de dentus... Elle devait faire très attention parce qu'ils ne s'éloignaient jamais de l'orée de la forêt, et dès qu'ils y retournaient, elle perdait leur trace, ou c'était tout comme. Elle prenait toujours le temps de s'assurer qu'ils venaient bien s'abreuver, puis repliait ses ailes et se laissait tomber vers eux. Si elle le pouvait, elle les saisissait dans ses serres et les décapitait d'un coup de dents. S'ils prenaient la fuite en la voyant arriver, elle les cinglait de sa queue qu'elle enroulait ensuite autour d'eux, ou les envoyait voler à travers les airs et attendait qu'ils retombent pour fondre sur des proies étourdies. S'il le fallait, elle les brûlait, mais ils avaient meilleur goût crus.

Aujourd'hui, le ciel était gris et la pluie tombait. La pluie et les nuages, elle aimait ça. Elle pouvait voler beaucoup plus bas sans que personne la remarque, et ses proies n'avaient pas le temps de fuir quand elle se laissait tomber sur elles. Elle mangea à sa faim, mais elle se sentait attirée de plus en plus loin dans les vallées, comme si quelque part, quelque chose était là pour elle.

Là ! Elle avait volé pendant la moitié de la journée sur une quarantaine de lieues quand elle sentit quelques pensées isolées la chatouiller. Des petits êtres ! Elle baissa les yeux mais ne vit que la forêt sans fin et la petite balafre du fleuve qui la traversait. Elle descendit en spirale vers les arbres et se posa dans le fleuve, d'où elle plongea le regard dans la pénombre de la forêt. Elle ne vit rien, mais elle savait. Ils étaient si proches que leurs pensées la martelaient, les pensées de chacun d'eux. Eux ne s'étaient pas encore rendu compte sa présence.

Elle se demanda quoi faire pendant quelques instants, puis s'élança encore une fois dans le ciel.

25. CENDRES ET SCORIES

Éclaboussant tout sur son passage, le dragon trotta dans le fleuve sur quelques foulées en envoyant valdinguer dans l'eau des rochers, puis s'arrêta net et les observa. L'air puait le charbon de bois humide. En courant s'abriter sous les arbres, Sollos dut enjamber des restes humains à moitié carbonisés. Des parias brûlés par un dragon. Cette vision le mit hors de lui ; elle faisait remonter trop de mauvais souvenirs.

— Saloperie de dragon, grogna Kemir.

— Il y a forcément un écuyer quelque part. Je te l'ai dit, les dragons ne crachent pas le feu tant qu'on ne leur en donne pas l'ordre, et ils ne brûlent pas leurs proies. La viande, ils l'aiment crue.

Ils risquèrent un coup d'œil entre les arbres.

— Nous devrions prévenir l'écuyer Bâton-dans-le-cul, non ? suggéra Kemir. Ou alors, on se cache ici et on regarde ce qui se passe ?

— Pas la peine, le dragon s'en va, lui dit Sollos avec un claquement de langue.

Il courut vers le fleuve juste à temps pour voir le monstre s'élever dans le ciel puis raser le fond de la vallée juste au-dessus de la cime des arbres et disparaître après une boucle du cours d'eau. *Il est parti vers le sud*, se dit le mercenaire.

Il se tourna vers l'aval. Les écuyers et leur alchimiste se frayaient un chemin au milieu des rochers.

— Sollos !

Il ne vit pas Kemir, toujours caché dans la forêt, mais perçut l'urgence de son appel. Il repartit en courant sous l'abri des arbres.

— Qu'y a-t-il, cousin ?

— J'ai découvert un survivant ! Enfin si l'on peut dire.

Sollos retrouva Kemir agenouillé près d'un arbre. Un paria était assis là, adossé au tronc. D'après l'aspect de ses brûlures, il aurait dû être mort.

— Ah merde ! Donne-lui à boire !

— C'est fait, grommela Kemir. Il ne va pas tarder à rendre l'âme. Il a déjà perdu l'esprit, il n'arrête pas de dire que le dragon lui a parlé.

L'homme gémit.

— Le dragon m'a parlé. Il a parlé dans ma tête…

— Je vois. Il est parti, conclut Kemir en haussant les épaules.

— Va chercher l'alchimiste ! Il pourra peut-être faire quelque chose.

— Vas-y toi-même.

— Va chercher l'alchimiste, je te dis !

Sollos écarta Kemir et s'assit à côté du mourant.

— Nous avons vu ce dragon, lui dit-il. Un dragon blanc, n'est-ce pas ? Il est parti quand nous sommes arrivés. C'est lui qui a fait ça ?

— Non, c'est un connard insouciant qui fumait la pipe. Pauvre type, marmonna Kemir.

Cette fois-ci, Sollos poussa violemment son cousin vers le fleuve en hurlant.

— Va chercher ce putain d'alchimiste !

Kemir partit au petit trot en ronchonnant. Sollos se rassit à côté de l'homme.

— Nous sommes allés chercher de l'aide. C'est le dragon blanc qui a fait tout ça ?

L'homme hocha la tête et chuchota tout bas quelque chose. Le mercenaire dut quasiment presser son oreille contre les lèvres du mourant.

— Il a parlé. Je l'ai entendu parler.

— Où est son écuyer ?

L'homme secoua la tête.

— Était-ce un chevalier-dragon ?

Nouveau signe de dénégation.

— Pas d'écuyer, souffla-t-il.

— Un autre homme, alors ? Pas un chevalier ? L'Écailleux ? Nous n'avons jamais retrouvé son corps.

Le paria secoua de nouveau la tête.

— Pas d'écuyer. Juste le dragon. Tout... seul...

Sollos n'avait jamais rien entendu de ce genre. Kemir avait sans doute raison. À en juger par ses brûlures, cet homme devait souffrir abominablement. Peut-être avait-il effectivement perdu l'esprit.

— Il m'a parlé...

L'homme poussa un soupir et ferma les yeux, et pendant quelques instants, Sollos crut qu'il était mort.

Puis ses lèvres remuèrent à nouveau.

— Il a parlé dans ma tête. Je l'ai entendu. Il est venu pour Maryk.

— Maryk ? C'est qui, ce Maryk ?

L'homme ne répondit pas. Sa poitrine s'élevait et retombait toujours, mais sa respiration était rapide, faible et rauque. Sollos se leva et regarda autour de lui en criant.

— Kemir ! *Où est ce maudit alchimiste*, bon sang *?*

Bien entendu, l'alchimiste arriva trop tard. La poitrine du mourant se souleva péniblement une dernière fois, puis se figea. Il était mort depuis quelques minutes quand Kemir revint enfin avec l'alchimiste et les écuyers-dragons.

— C'est trop tard, il est mort, dit Sollos.

Il regarda Kemir.

— Raconte-leur ce que nous avons vu.

— Je leur ai déjà expliqué qu'ils nous doivent un sac d'or.

— Tout ce que nous voyons, c'est qu'il y a eu un incendie, ricana Semian. Pour ce que j'en sais, vous mentez. Le dragon blanc n'est jamais venu ici.

— Si vous vous étiez un peu dépêchés, cet homme vous aurait raconté la même histoire qu'à nous, répliqua sèchement Sollos.

Kemir leva le doigt vers le ciel.

— Vos chevaliers-dragons ne l'ont pas vu, là-haut ? Il faut leur acheter des yeux neufs, ma parole !

— Hum. Depuis combien de temps cet homme est-il mort ? demanda l'alchimiste.

— Nos chevaliers-dragons sont ailleurs, comme vous l'avez remarqué, j'en suis persuadé. Et en ce qui concerne cet homme, je me demande si je ne devrais pas l'examiner de près au cas où vous lui auriez planté un couteau dans le corps pour vous assurer qu'il ne puisse pas vous contredire…, dit l'écuyer Semian d'un air goguenard.

— Donc, plus personne ne nous surveille ? s'exclama Kemir d'un ton menaçant.

L'alchimiste s'agenouilla à côté du mort.

— Mesurez bien vos paroles, mercenaire. Avant de lever la main sur moi, rappelez-vous que nous sommes six et que vous n'êtes que deux.

Kemir lança un regard mauvais à l'écuyer.

— Souiller mon couteau en l'utilisant contre vous ne me viendrait même pas à l'idée. Pourquoi agirais-je ainsi, alors qu'il me suffit d'attendre… ?

L'alchimiste prit le poignet du mort et porta sa main à sa joue.

— Vous êtes très loin de votre aire, écuyer, continua Kemir. Tout ce que j'ai à faire, c'est de vous regarder crever ici…

Sollos tira brutalement Kemir par le bras.

— Assez. Laisse-les tranquilles.

— Je ne demande pas mieux, répliqua son cousin.

— J'ai besoin d'un, hum, d'un assistant, dit l'alchimiste. Accroupi près du mort, il sortait des objets de sa besace.

— Vous aimeriez bien nous voir crever, hein ? ricana l'écuyer Semian. Alors séparons-nous. Après tout, vous ne nous êtes manifestement d'aucune utilité. Nous reprendrons nos recherches à dos de dragon. C'est nous qui vous regarderons !

— Votre, hum, votre aide, mercenaire.

L'alchimiste tendit à Sollos un couteau court et incurvé, du genre qu'on utilisait pour éplucher des fruits.

— Qu'est-ce que vous voulez ? lui demanda le mercenaire en s'emparant du couteau.

L'alchimiste déchira un carré de papier paraffiné contenant une sorte de poudre noire qu'il répandit dans une petite coupe d'argile.

— Prenez ça et rendez-moi le couteau.

Sollos s'exécuta. Avec une grimace, Huros s'entailla le bras.

— Recueillez mon sang dans la coupe.

L'alchimiste serra le poing. Le sang coula le long de son bras jusqu'à son coude et tomba dans la coupe. La poudre siffla.

— Que faites-vous ? dit Sollos en fronçant les sourcils.

— Cela ne vous, hum, regarde pas, mercenaire.

— Il fait de la sorcellerie, marmonna Kemir en s'écartant d'un pas.

Même les écuyers-dragons s'étaient tus.

— Mais cet homme est mort, dit Sollos. Les potions ne peuvent rien y faire. Si vous étiez arrivé plus tôt…

L'alchimiste lui lança un regard furieux.

— Hum ! Dites-moi, d'où vient votre nom, mercenaire ? Sollos, c'est un, euh… nom d'alchimiste, pas de soldat. Une erreur, manifestement. Ou alors, vous l'avez choisi vous-même.

Dans la coupe, la poudre et le sang mélangés formaient une pâte. L'alchimiste leva le bras et banda la plaie avec un linge blanc bien serré.

— Hum. Vous aviez raison quand vous nous avez dit qu'il était trop tard pour le sauver, mais il n'est pas trop tard pour l'écouter.

— Maître Huros ? l'interpella nerveusement Semian. Je n'aime pas ce que vous faites. La magie du sang est…

— Est quoi ?

— La reine n'approuve pas ces pratiques. Elles sont proscrites.

— Dans son, euh, royaume, peut-être, mais pas ici.

L'alchimiste poussa un petit soupir et ajouta :

— Sachez que si j'enduis sa langue avec cette pâte, il va parler. Hum. Mais si mes méthodes vous déplaisent, écuyer, vous m'en voyez vraiment navré.

Il prit la coupe des mains de Sollos.

— Vous n'avez qu'à la récupérer et la brûler, dans ce cas.

Semian s'agita. Au bout de quelques secondes, quand il devint évident que l'écuyer baissait les bras, l'alchimiste haussa les épaules, plongea un doigt dans la pâte et, avant que quiconque puisse l'en empêcher, l'étala dans la bouche du mort.

26. LE RÉVEIL

Jour après jour, Neige changeait, Kailin l'avait compris. Les dragons étaient censés se comporter comme des enfants en bas âge, mais il avait l'impression de la sentir grandir à toute allure. Elle l'effrayait, et pourtant, à sa vue, l'Écailleux émerveillé ressentait un étrange sentiment de fierté. Aucun dragon n'avait jamais égalé Neige, avec sa robe immaculée, sa silhouette élancée et parfaite. Mais elle se métamorphosait, et Kailin avait beau être son Écailleux, la nouvelle Neige le terrifiait souvent. Il avait attendu sa venue au monde dès la première fissure sur la coquille de son œuf et, depuis, l'accompagnait partout. Presque dix ans avec elle… Petit à petit, il comprit qu'ils avaient échangé leurs rôles. Il avait pris soin d'elle, l'avait nourrie, avait veillé sur elle, mais maintenant, c'était au tour du dragon de s'occuper de lui.

Une certaine routine s'installa. Tous les matins, quand le soleil se levait sur les sommets, Neige s'étirait puis s'élançait dans les airs. Kailin la regardait partir et scrutait les cieux bien après sa disparition. Ensuite, il s'asseyait près du feu, buvait un peu d'eau chaude, mangeait des restes de viande. Il n'avait plus grand-chose à faire. Il attendait le retour de Neige en se demandant si cette fois-ci, elle allait revenir... Il avait pris l'habitude d'aller chercher du bois dans le bosquet le plus proche en escaladant le flanc de montagne dans la neige, mais parfois, un vent glacial lui mettait la chair à vif, et dans ces cas-là, il se contentait d'attendre, blotti à l'abri de quelques rochers proches. Quand Neige revenait, elle savait toujours où le trouver. Elle était presque bouillante, mais sa chaleur faisait fondre la neige, séchait ses vêtements et son bois de chauffage et l'empêchait de geler la nuit. Tous les jours, elle lui rapportait de la nourriture, les restes décapités des animaux qu'elle avait capturés. Il les faisait cuire au-dessus de son feu, et elle le regardait faire. Quand il avait terminé, elle ne faisait qu'une bouchée de ce qui restait. Sans elle, il serait mort très vite de faim ou de froid.

Quand elle était là, il lui parlait. Il n'attendait aucune réponse de sa part, mais la montagne était si froide, si déserte... Le son de sa propre voix le réconfortait. Parfois, à la façon dont elle le regardait, il avait l'impression qu'elle l'écoutait vraiment.

Il en eut la confirmation le jour où il posa le pied sur une pierre branlante. La première chose qu'il sut, c'est que sa jambe se dérobait. Le monde culbuta cul par-dessus tête et le frappa à la tempe. Il termina étendu sur le flanc à moitié étourdi...

Mal ? lui demanda quelqu'un dans sa tête.

Il voulut bouger, mais pendant quelques instants, resta paralysé. *Oui,* se dit-il. *J'ai mal.*

Ensuite, il vit Neige penchée au-dessus de lui, le bout de son museau à quelques centimètres de son visage, masquant le ciel, son souffle brûlant le clouant presque au sol. Il lui fit signe de s'éloigner, et elle recula un peu.

Il gémit et s'assit. Sa tête commençait à cogner. Il la toucha. Ses doigts étaient pleins de sang. Il leva lentement les yeux vers Neige.

— Tu as parlé ?

Il se mit à rire, puis grimaça de douleur. Les dragons ne parlaient pas, excepté dans les mythes.

Sa tête est cassée. Est-ce qu'il va...

Est-ce que je vais quoi ? La dernière partie de la pensée qui s'était formée dans son crâne ne voulait rien dire. Quelque chose à voir avec le fait de devenir de plus en plus chaud puis de disparaître et de se réveiller bien emmitouflé dans un œuf...

Neige le fixa du regard et redressa la tête. *Mourir ?*

Kailin eut l'impression qu'une main géante venait de le gifler en pleine figure. Il était complètement hébété. La douleur dans sa tête disparut. Il se remit debout et s'éloigna de Neige en chancelant.

— Tu... Tu... Je t'entends penser...

Neige s'ébroua et secoua la tête, comme elle le faisait quand elle était excitée. *Il entend ! Il comprend !*

— Neige ! Tu me comprends !

Il tremblait de tout son corps.

Kailin ? Il perçut l'incompréhension du dragon.

— C'est mon nom.

Nom ? C'est quoi, un nom ?

Kailin ne sut que répondre, mais Neige ne parut pas s'en soucier. C'était comme si elle avait pêché ce nom dans la tête de son Écailleux.

Tous les petits êtres ont un nom. Est-ce que j'ai un nom, moi ?

— Neige.

Neige ? Pourquoi ?

Kailin ramassa une poignée de neige.

— Parce que tu es toute blanche.

Il tendit la main pour lui montrer la neige, puis la pressa contre la plaie à sa tête.

Mal ? Elle était tendue, il le sentait.

— Un peu.

Ils tentèrent de communiquer jusqu'à la tombée de la nuit et même longtemps après la disparition du soleil, sous les étoiles. La plupart du temps, Kailin ne comprenait pas les images qui lui traversaient l'esprit, mais Neige non plus ne semblait pas toujours le comprendre, même quand il pensait de toutes ses forces. Par moments, il sentait la frustration s'accumuler en elle, puis c'était comme si une bulle éclatait et leurs pensées s'alignaient… Cela ne durait que quelques secondes ou un peu plus. Ensuite, leurs pensées s'éloignaient de nouveau les unes des autres. Kailin finit par s'endormir, complètement épuisé. Il sombra dans le sommeil en sentant la dragonne plus éveillée que jamais, émerveillée, pleine de crainte respectueuse.

Par la suite, pendant des jours et des jours, des pensées très étranges et souvent incohérentes envahirent celles de l'Écailleux. Il demandait sans arrêt à Neige ce qu'elles exprimaient, mais le temps passant, elles devinrent de plus en plus vives, éclatantes et limpides. Il parlait à la dragonne chaque fois qu'elle était là et elle lui répondait. Tous les jours, elle se réveillait changée, comme enrichie de nouvelles découvertes. Plus lucide, s'exprimant plus facilement, plus intelligente que la veille. Une envie d'aventure et un étonnement dévorants affectaient désormais toutes ses pensées, et par conséquent, celles de Kailin également. Aucun Écailleux n'avait jamais assisté à ce genre de phénomène, à cet épanouissement.

C'est comme si chaque nuit, on levait un voile dans mon esprit, lui dit-elle un jour alors qu'elle s'apprêtait à partir chasser. Il passa le reste de la journée à se demander à quoi pouvait bien servir un voile pour un dragon, puis il comprit : elle n'écoutait plus les mots de son Écailleux, elle voyait dans son esprit. Et quand elle lui répondait, elle cherchait en lui les concepts qu'il pouvait comprendre.

— Nous devons rentrer, lui dit-il quand elle revint de sa chasse avec du sang frais sur les serres. Il faut absolument que je te montre aux autres.

Je suis différente. Pourquoi ?

— Je l'ignore, Neige. C'est un miracle !

Un miracle ? Il ressentit sa confusion. *Non. Petit être Kailin, j'ai l'impression d'avoir émergé d'un sommeil qui aurait duré une centaine d'existences. Je ne comprends pas comment je me suis réveillée et je ne comprends pas non plus comment j'ai pu sombrer dans ce sommeil abrutissant. Et j'ignore ce qu'il me reste à découvrir.*

— Rentrons chez nous. Demandons à maître Huros ou même au maître de l'aire Isentine. Ils possèdent sans doute toutes les réponses à nos questions.

NON ! lui répondit-elle violemment en faisant mine de le mordre.

Soudain terrifié, Kailin joua des pieds et des mains pour s'éloigner d'elle. Adoptant la posture du dragon qui exprime sa soumission, elle baissa la tête vers le sol. *Je ne voulais pas t'effrayer, petit être Kailin. Je ne te ferai pas de mal, mais je ne retournerai plus jamais là-bas.*

— Pourquoi ? lui demanda Kailin d'un air circonspect.

Dans le nid, mes frères et mes sœurs vivent en dormant. Je ne supporterais pas de me retrouver à nouveau dans cet état.

— Mais tous les dragons sont ainsi, sauf toi ! C'est toi, le miracle !

Non, petit être Kailin. Je ne pense pas. Je crois que, dans le temps, nous étions tous comme je le suis maintenant. Les rêves de mes nuits sont les souvenirs de mes autres vies. Des vies très, très nombreuses, vécues il y a bien longtemps. Je me rappelle mes congénères planant dans les cieux par centaines. Je me rappelle les dieux d'argent, la destruction de la terre elle-même, une centaine d'existences riches de pensées éclatantes et de vols en liberté… Ensuite, quelque chose a changé, petit être Kailin. Tout est devenu flou, un flou perpétuel, morne, impénétrable. Tout nous a échappé. Mes congénères vivent encore comme des somnambules, mais moi, on dirait que tu m'as réveillée. Comment, petit être Kailin ? Comment t'y es-tu pris pour me réveiller ? Je ne retournerai auprès des miens que lorsque j'aurai compris. Lorsque je pourrai leur transmettre ce savoir.

— J'ignore ce qui s'est passé !

Je sais. Tes pensées parlent pour elles-mêmes. Certains petits êtres possèdent bien plus de connaissances que toi, et ceux-là ont peut-être les réponses. Tu les connais. Tu souhaites m'amener à eux.

— Tu serais la merveille des merveilles de tous les royaumes !

Je n'en suis pas si sûre, petit être Kailin. Souhaites-tu voir les souvenirs que je conserve de tes congénères, les souvenirs de mes vies d'il y a bien longtemps ?

— Bien sûr !

Dans la tête de Kailin ce fut une explosion d'images. Il vit des armées entières, des centaines de milliers d'hommes, plus nombreux que tout ce qu'il pouvait imaginer. Il se posait parmi eux en fouettant l'air de sa queue, éparpillant comme des feuilles mortes les soldats par vingtaines, les réduisant en bouillie dans leur petite coquille de métal. Il sentait le feu enfler dans sa gorge et jaillir de sa gueule, l'air s'imprégner de la puanteur des chairs consumées. Et il sentait croître en lui une faim insatiable. Il en voulait encore, encore, encore…

Il poussa un hurlement. La vision cessa brutalement.

Tu comprends ? Dans mes rêves, tes congénères ne sont que des proies, et vos pensées suintent la terreur et le désespoir. Pourquoi voudrais-tu retourner dans un monde semblable ?

— Non, non, non ! Les dragons et les hommes vivent en bonne intelligence depuis des centaines d'années ! Nous vous avons aidés ! Votre espèce s'éteignait ! Nous avons veillé sur vous. Nous veillons sur vous, nous le faisons depuis toujours…

Il insista.

— Reviens avec moi dans notre aire, Neige ! Notre reine est bonne et sage, et elle saura quoi faire !

Le dragon pencha la tête.

Tu as vu ce que nous étions, et cette reine t'effraie davantage ? C'est curieux. Tu crois vraiment à tout ce que tu dis, je le vois bien. Peut-être…

Neige décolla sa tête du sol, se dressa sur ses postérieurs et battit une ou deux fois des ailes. Un signe d'avertissement.

Non. Je ne retournerai pas à l'endroit que tu appelles une aire, petit être Kailin. Pas encore.

27. LE BRÛLÉ

Le mort remua les lèvres et poussa un léger soupir. Les écuyers-dragons reculèrent, mal à l'aise. Sollos les entendait grommeler tout bas.

— Il est, hum, tout à vous, dit l'alchimiste. Mais je ne sais pas, hum… Combien de temps il va durer. Il n'est pas mort depuis longtemps, donc vous avez au moins, hum, une demi-heure, je pense.

L'écuyer Semian contemplait le mort avec un mélange d'horreur et de dégoût.

— Demandez-lui ce qui s'est passé ici.

— Vous pouvez le lui demander vous-même, si vous le souhaitez, écuyer.

— Non, maître Huros, répliqua Semian avec une moue dédaigneuse. C'est vous, l'auteur de cette abomination. Il est à vous. Les mercenaires vont monter la garde pour vous. Nous, nous retournons près du fleuve.

L'alchimiste haussa les épaules et reporta son attention sur le mort.

— Il n'a pas arrêté de nous dire que le dragon lui parlait, déclara Sollos quand les chevaliers furent partis. Il parlait bien du dragon blanc. Il nous a affirmé qu'il n'avait pas de dragonnier. Et il a aussi parlé d'un certain Maryk. Je ne sais pas de qui il s'agit.

— Laissez-moi seul avec lui, maître d'épée Sollos. Vous n'êtes pas censé entendre la suite.

— Vous avez écouté l'écuyer Bâton-dans-le-cul. Nous sommes chargés de veiller sur vous, rétorqua sèchement Sollos.

— C'est très gentil, mais ce n'est pas nécessaire.

— Maître Huros, il y a peu de chances qu'un dentu ou un loup se cache dans les parages après la visite d'un dragon, mais on ne sait jamais. Entendons-nous bien : que vous vous fassiez dévorer ne me préoccupe pas vraiment, mais je ne tiens pas à ce que l'écuyer Semian me demande des comptes à ce sujet.

L'alchimiste haussa les épaules.

— Très bien, restez, si vous le devez.

Il s'installa devant le paria mort.
— Hum. Comment t'appelles-tu, cadavre ?
— Biyr, répondit le mort.
Sollos frissonna. Ce cadavre s'exprimait tout à fait normalement. Il avait l'air en bien meilleure forme que quand il était encore vivant ; ses brûlures ne le tourmentaient plus.
— Alors, Biyr ? Que s'est-il passé ici ?
— Un dragon a surgi de nulle part. Nous n'avons eu aucun avertissement. Il nous a tous brûlés. J'avais quitté nos abris dans les arbres quand le feu s'est déversé sur nous.
— Tu as vu ce dragon ?
— Oui.
— Et, euh... De quelle couleur était-il ?
— Blanc.
L'alchimiste hocha la tête, satisfait.
— As-tu vu qui le montait ?
— Personne ne le montait.
— Mais... Il devait forcément y avoir un, hum, un dragonnier, protesta Huros en fronçant les sourcils. Tu l'as peut-être manqué ? Hum... Quand l'as-tu vu, ce dragon ? Était-il en l'air ? S'était-il posé ?
— Il s'est posé dans le fleuve après avoir craché le feu. C'est là que je l'ai vu, entre les arbres.
— L'as-tu vu en vol ?
— Non.
L'alchimiste hocha la tête.
— Eh bien tu vois ? Hum... Celui qui le montait avait déjà mis pied à terre, probablement. En outre, d'ici, on ne voit pas bien le fleuve. Tu ne pouvais pas manquer le, euh, dragon, vu sa taille, mais ça ne m'étonne pas que tu n'aies pas vu l'homme.
— Je n'ai vu personne grimper sur son dos avant qu'il reparte, fit calmement remarquer Sollos.
— Ça, c'est parce qu'il n'avait pas de harnais, grommela Kemir. Je n'arrête pas de te dire...
— Il parlait, chuchota le mort.
Huros secoua la tête.

— Les dragons ne parlent pas.

— Il a parlé dans ma tête. Je l'ai entendu. Il est venu pour Maryk...

— Hum, non. Tu dois faire erreur. C'est impossible. Les dragons ne parlent pas.

Sollos remarqua que les articulations de l'alchimiste étaient devenues exsangues.

— Qui est ce Maryk ? demanda le mercenaire.

— L'un de nous, précisa le mort. Le dragon le recherchait.

— Comment le sais-tu ?

— C'est ce qu'il m'a dit. Qu'il était venu pour Maryk. J'ai entendu sa voix en moi, pleine de haine et de fureur.

L'alchimiste s'agita et fronça les sourcils, mal à l'aise.

— Et ce Maryk, il était ici ? demanda Kemir.

— Oui, dans un des abris, dit le mort.

L'alchimiste leva la main.

— Assez. Hum... Mercenaire, allez chercher l'écuyer Semian.

— Donc Maryk est sûrement mort. Dommage, dit Sollos avec une grimace.

— Vous devriez partir, insista l'alchimiste.

— Je veux tout savoir sur ce Maryk, grommela Kemir. D'où venait-il ? Pourquoi le dragon voulait-il sa peau ?

— Je veux que vous, hum, que vous nous laissiez, mercenaire. Faites venir l'écuyer Semian. Hum, tout de suite !

Très agité, l'alchimiste se mastiquait la lèvre.

— Les morts peuvent-ils mentir ?

Huros tourna la tête vers Kemir. Les yeux de cet homme timide brillèrent soudain d'un éclat féroce. Il avait peur, également.

— À peu près autant que les vivants, mercenaire. J'ai dit partez !

Kemir leva les yeux au ciel.

— Je pose une question, c'est tout ! Quand notre ami Bâton-dans-le-cul sera revenu, vous pourriez peut-être demander à notre ami le Crispé ici présent si oui ou non nous l'avons poignardé. Juste pour vérifier.

— Il n'y a aucune, euh… blessure, déclara Huros entre ses dents. Il est tout à fait évident que vous ne l'avez pas tué. Et maintenant *partez* !

Sollos s'éloigna, en entraînant Kemir avec lui. Son cousin lâcha un petit rire.

— Eh ben dis donc, il n'avait pas l'air trop content.

— Tu es vraiment obligé de les faire tous tourner en bourrique ?

— Ah bon ? Je les fais tourner en bourrique ?

— Le soleil se lève-t-il le matin ? Tu devrais faire attention. Un jour, l'un de ces chevaliers-dragons va perdre son sang-froid.

Mais Kemir gloussait tout seul.

— Je lui planterai une flèche dans le corps. Il n'aura même pas le temps de se rappeler de quel côté il porte son épée.

— Oui, et que feras-tu des cinq autres ?

— Je prendrai mes jambes à mon cou !

Kemir éclata de rire et donna une grande tape dans le dos de Sollos.

— Je ne trouve pas ça drôle, Kemir.

Sollos fronça le nez et ses épaules s'affaissèrent.

— En tout cas, quelque chose ne tourne pas rond dans cette histoire.

— Tu n'arrêtes pas de dire ça. Si tu veux mon avis, ce qui ne tourne pas rond, c'est que nous aidons des chevaliers-dragons.

— Je te ferais remarquer que nous aidons des chevaliers-dragons depuis des mois !

— Alors disons que j'appréciais beaucoup plus ce travail quand nous aidions des chevaliers-dragons en tuant d'autres chevaliers-dragons. Ils sont si bêtes. Ils méritent tous de crever !

Sollos secoua la tête et prit de l'avance en marchant d'un pas vif vers le fleuve.

— C'est vrai, quoi ! Ils méritent tous de crever ! lui cria Kemir. Sans blessure visible ? C'est facile ! On oblige le gars à ouvrir la bouche, on plante une broche dans la partie molle de son palais, et on la remue un petit peu. Ou dans le nez, s'il ne se sent pas bien. Ou dans le cul, comme pour notre ami Bâton-dans-le-cul. Il faut prendre une broche un peu plus grosse, dans ce cas, bien entendu.

— Mais tu vas la fermer, oui ? hurla Sollos, exaspéré.

Lui non plus n'aimait pas du tout les chevaliers-dragons, mais une vendetta ouverte ne les aiderait en rien, et tôt ou tard il faudrait que Kemir le comprenne. Tôt, si possible. Sollos sortit du bois.

— Ah, le mercenaire !

L'écuyer Semian l'attendait, et Sollos poussa un soupir. Comme il ne pouvait se résoudre à s'incliner, il opta pour un léger hochement de tête.

— Écuyer… Maître Huros sollicite votre présence. J'imagine qu'il a obtenu des informations dont il souhaite vous faire part.

Semian le dévisagea avec méfiance. Sollos se prépara à l'inévitable tirade méprisante, mais rien ne vint.

— Très bien, mercenaire. Rendez-vous utile pendant mon absence. Allumez-moi un feu.

Sollos regarda les braises qui couvaient non loin.

— Cela ne devrait pas poser trop de problèmes.

Même pour un chevalier-dragon…

— Il me faut de la fumée, mercenaire, et beaucoup.

L'écuyer lui lança un grand sourire.

— Terminé, les marches à travers ces maudits lits de fleuve. Nous allons achever cette recherche comme nous aurions dû la commencer : à dos de dragon.

28. NADIRA

Les parias arrivèrent pendant que Neige chassait. Elle et Kailin étaient descendus plus bas, loin des neiges du flanc de montagne, dans la pluie et l'humidité constante des vallées. Il y avait de l'eau partout. Des ruisseaux minuscules dévalaient les pentes boisées pour se jeter dans des fleuves impétueux et de longs lacs immobiles.

Sur tout ce qui n'était pas un cours d'eau, un lac ou un rocher stérile, des arbres poussaient. Les plantes grimpantes s'accrochaient aux arbres et des touffes d'herbe aux plantes grimpantes. Tout bougeait et vivait.

Kailin prenait le soleil sur un rocher près d'une rivière quand il entendit quelqu'un hurler. Il leva les yeux et vit une femme qui traversait la rivière en titubant. Elle venait de son côté en sautant d'une pierre à la suivante. Il se redressa pour l'observer, et constata qu'elle n'était pas seule. Une demi-douzaine d'hommes arrivait, la talonnant de près.

— À l'aide ! lui cria-t-elle.

Incrédule, il la vit venir droit vers lui. Elle atteignit son rocher, tomba à genoux, lui empoigna la main. Elle avait l'air épuisé et terrifié.

— Je ne sais pas qui vous êtes, mais aidez-moi, je vous en supplie ! Ils vont me tuer.

Puis elle le regarda enfin, vit sa peau dure et squameuse, et hurla.

Kailin grimaça. Où était Neige ? Il ne perçut rien. Le dragon devait se trouver à des lieues de distance. Il se leva, paralysé. En s'approchant, les hommes ralentirent. Armés de massues et de couteaux, les six hommes ralentirent l'allure. Certains d'entre eux souriaient à pleines dents d'un air malveillant, en se délectant à l'idée de ce qu'ils allaient faire. Pétrifié, il leur retourna leurs regards.

L'un des hommes le considéra des pieds à la tête avec une répugnance évidente.

— Qu'est-ce que c'est que ce truc, putain ?

Puis il fit un bond en avant et abattit sa massue sur la tête de Kailin, qui leva les bras pour parer le coup. La massue ricocha sur son coude, une douleur fulgurante le transperça des doigts à l'épaule, et son bras s'engourdit. En l'entendant gémir, les autres se jetèrent sur lui, et il s'effondra sous leurs coups. Tout ce qui l'entourait sombra dans un océan de douleur.

— Bien joué, Maryk, dit l'un des hommes.

Il reprit progressivement conscience, à contrecœur. Il avait l'impression qu'on lui avait tordu les bras au point de les désarticuler. Ses côtes lui faisaient mal. Sa tête grondait de tonnerre et d'éclairs.

Il ouvrit les yeux. Il était suspendu à une branche par une corde nouée autour de ses poignets, à environ trois mètres du sol. Une épaisse voûte de feuillages et de branches lui masquait le ciel, transformant la lumière du soleil en pénombre lugubre. Comme il pendait face à la rivière, il voyait le rocher où ces hommes l'avaient roué de coups sans raison. Ils étaient toujours là, et prenaient la femme à tour de rôle. Elle avait le visage boursouflé, enflé, et son dos était couvert de cicatrices récentes. Ils l'insultaient, mais leurs jurons exprimaient une haine si virulente que Kailin les comprit à peine. *Espèce de sale pute ! Voleuse !* C'est tout ce qu'il parvint à saisir.

Quand ils en eurent enfin terminé avec elle, deux d'entre eux la maintinrent au sol pendant qu'un troisième sortait une certaine longueur de corde nouée à plusieurs endroits. Il s'en servit comme d'un fouet. Elle leur cracha dessus et tenta de leur décocher des coups de pied, mais ce combat inégal était perdu d'avance. Elle n'eut bientôt plus que ses hurlements pour riposter et, finalement, même eux se turent. Son dos ensanglanté était en triste état, mais l'homme à la corde ne s'arrêta que lorsque l'un de ses camarades posa une main sur son bras.

— Laisse-la, dit-il. Elle est déjà à moitié morte.

L'homme essuya sa corde, puis ils l'utilisèrent pour lui lier les quatre membres.

Quand il les vit se détourner d'elle et le regarder, Kailin ferma les yeux.

— Alors ? Ça t'a plu, l'infirme ? cria l'un d'eux.

— Hé, le voleur ! Réveille-toi !

Une pierre le frappa à l'estomac, puis un autre, cette fois-ci à l'épaule. Il parvint à mimer l'inconscience.

— Bah, laisse-le. Il est cuit, de toute façon.

— Regardez-moi ça ! Il est sacrément malade.

— Moi, je ne touche pas ce type !

— Tu crois vraiment que ça valait le coup, voleur ? Chose ? Quoi que tu sois ? Regarde ! Regarde ce que ça t'a rapporté ! Pas grand-chose, on dirait ! Voilà, tu peux l'avoir. N'oublie pas de donner sa part à ta pute. Elle a bien travaillé pour l'avoir !

Kailin n'avait pas la moindre idée de ce dont ils parlaient.

— Quand les dentus se pointeront, n'oublie pas de lever les pieds ! Ils pourront t'atteindre s'ils ont assez faim pour sauter. Ta pute ne leur suffira pas.

— Ils ne voudront sûrement pas le toucher. Regardez-le ! Il est malade, je vous dis !

Ils partirent en riant aux éclats. Avant d'ouvrir ses yeux, Kailin attendit que le son de leurs voix se soit évanoui depuis longtemps. La femme était toujours là, immobile, pieds et poings liés. L'Écailleux avait l'impression d'avoir les bras en feu.

— Hé oh ! Toi là-bas !

Elle ne répondit pas, mais il la vit bouger, très légèrement.

— Hé !

Au bout d'un moment, il abandonna. Il serra les dents pour combattre la douleur dans ses épaules et s'efforça de s'imaginer ailleurs. C'était peut-être pour cela que la femme ne lui répondait pas : elle faisait la même chose que lui. De toute façon, aucun des deux ne pouvait aider l'autre. Lui, tout ce qu'il pouvait faire, c'était attendre le retour de Neige.

Sa propre misère le consumait tant qu'il ne remarqua même pas l'arrivée du dragon avant qu'il ne se pose. Avant d'entendre les hurlements de la femme par-dessus ses propres geignements.

Petit être Kailin ! Neige s'abattit dans le fleuve puis courut vers lui sur ses postérieurs en battant des ailes pour gagner de la vitesse. Ailes déployées, elle faisait environ cinq toises d'envergure, et elle était presque aussi large que le fleuve.

Les cris perçants de la femme devinrent hystériques puis se muèrent en vagissement aigu.

Tu es blessé !

— Fais-moi descendre de cet arbre ! cria Kailin au dragon.

Comment est-ce arrivé ? Neige s'arrêta à grands coups d'ailes, en dérapant, éparpillant partout des pierres grosses comme des têtes. Elle tendit le cou vers son Écailleux, trancha la branche où il était pendu comme si c'était du beurre et le déposa doucement au sol. Avec un indescriptible soulagement, Kailin ramena ses bras sur sa poitrine.

Je ne peux pas défaire tes liens, dit Neige en scrutant Kailin. Elle tourna ensuite la tête vers la femme et renifla. *D'où sort-elle, celle-là ? Pourquoi est-elle attachée ? C'est de la nourriture pour moi ?*

La femme geignait, à présent.

— Laisse-la tranquille, Neige. Ne lui fais pas de mal. Elle est terrifiée.

Je sais. C'est agréable. Comme dans mes souvenirs.

— Parle-lui. Fais-lui savoir que tu n'as pas l'intention de lui faire du mal. Je vais chercher un couteau.

Kailin se remit debout avec difficulté et partit à travers les arbres.

Tu souffres beaucoup, petit être Kailin. Je le sens, mais je ne peux pas t'aider. Pourquoi as-tu fais ça ?

Il sentit que Neige était complètement perdue. Le dragon ne comprenait pas.

— Ce sont d'autres hommes qui nous ont fait ça, Neige. Des hommes malveillants. Je ne sais pas pourquoi.

Il inclina la tête vers la femme.

— Elle, elle le sait peut-être.

Il poussa un soupir et fit la grimace, puis s'éloigna avec précaution à la recherche d'un couteau. Quand il revint, la femme maintenant muette regardait Neige d'un air à la fois perplexe et terrorisé. Kailin coupa les liens de la prisonnière, puis lui passa le couteau. Elle le débarrassa enfin de la corde qui lui liait les poignets et il s'affaissa contre un rocher. En la voyant secouée de frissons violents, les genoux serrés contre elle, Kailin voulut lui prêter ses fourrures de vol, mais quand il s'approcha d'elle, elle recula. Il les déposa près d'elle, puis s'éloigna un peu. Le dos de la femme était en sang.

— Je m'appelle Kailin, dit-il. Et voici Neige, mon dragon.

La femme le regarda comme s'il était fou. Elle semblait avoir presque aussi peur de lui que du dragon.

Elle s'appelle Nadira. Tu la terrifies. Elle pense que tu veux lui faire du mal. Elle t'imagine en armure, avec une épée et une lance, comme en portent en général les hommes qui montent les dragons. Et elle pense que tu es malade.

Il s'assit sur un rocher et l'observa soigneusement.

— Je ne suis pas un écuyer, je suis un Écailleux. Tu sais ce que c'est ? Les Écailleux sont ceux qui veillent sur les dragons, qui s'occupent d'eux. Je la nourris et je l'entretiens. Je suis une sorte de palefrenier… Si j'ai cette apparence, c'est à cause de Neige. Quand les dragons sortent de l'œuf, ils sont porteurs d'une maladie, et elle me l'a transmise. Les potions des alchimistes ne peuvent rien y faire. Mais n'aie pas peur, cela s'est passé il y a longtemps, et la maladie est en sommeil, désormais. Jusqu'au prochain dragonneau qu'on me confiera. Au fait, je n'ai pas le droit de monter ce dragon. Neige dit que tu t'appelles Nadira. C'est vrai ?

Elle est perdue. Elle ne comprend pas ce que nous faisons ici. Elle croit toujours que nous voulons lui faire du mal.

— Nous nous sommes égarés, ajouta Kailin. Nous venons de l'aire de la reine Shezira. Tu as entendu parler d'elle, je suppose ?

Non.

— La fille de la reine Shezira va épouser le fils du roi Tyan. Neige et moi, nous étions les cadeaux de la reine au futur mari, mais nous avons été attaqués par des chevaliers-dragons. J'ignore qui ils servaient. Nous avons pu nous échapper et nous avons pris la fuite. Nous errons dans ces montagnes depuis des semaines. Je suppose que tu ne sais pas où nous sommes.

Kailin s'étira les épaules et grimaça.

La femme secoua très légèrement la tête.

Petit être Kailin, qu'est-ce que c'est, la Poussière d'Âme ?

— Je l'ignore, répondit-il.

Il se tourna vers la femme.

— Dis-moi, c'est quoi, la Poussière d'Âme ?

Elle tressaillit et détourna les yeux. Son regard se posa une seconde sur un objet perdu au milieu des cailloux, une minuscule bourse de cuir.

Les hommes qui fabriquent la Poussière d'Âme ont acheté cette femme avec cette drogue, pensa Neige. *Mais elle en a besoin comme nous de nourriture ou d'eau. Elle en a volé et s'est enfuie. Elle a été… punie. C'est une punition. Une vengeance. Un châtiment, oui, ça, c'est un concept que je comprends parfaitement.*

— Ils lui ont fait ça parce qu'elle les a volés ?

C'est ce que je vois dans son esprit. Un autre petit être. Maryk. C'est lui qui a fait ça. Je vois aussi ce nom dans tes pensées.

— Ils l'ont violée, battue et laissée pour morte. Moi aussi, ils m'ont laissé pour mort. Pourquoi ont-ils fait ça ?

Nous sommes pareils, toi et moi, murmura Neige. *Nos congénères nous manquent de la même façon. Ou plus exactement, c'est ce qu'ils pourraient être ou devraient être qui nous manque, pas ce qu'ils sont réellement. Je dois partir, petit être Kailin. Ma chasse de la journée n'est pas terminée. Je ne serais pas longue.*

Neige se détourna et s'élança vers l'aval, dans la même direction que les hommes qui les avaient malmenés. C'était peut-être une coïncidence, mais quelque chose dans les dernières pensées de Neige semblait le démentir. Elle partait à leur recherche, se dit Kailin. Elle s'envola sans un regard en arrière, et quand il se décida à se lever pour l'appeler, elle était déjà trop loin pour entendre les pensées de son Écailleux.

Il décida de lui expliquer dès son retour que c'était mal, ce qu'elle avait fait. Il n'en eut jamais l'occasion. Alors même que ces pensées se formaient dans sa tête, Neige revint s'écraser dans son esprit.

Des dragons arrivent !

29. CHASSEURS ET PROIES

Quand le dragon blanc revint, il les prit tous par surprise. Une grande ombre passa comme l'éclair au-dessus de Sollos au moment où il s'activait à lancer son feu. Tête penchée en arrière, yeux écarquillés, les chevaliers-dragons virent la bête tourner en rond au-dessus d'eux en serrant quelque chose dans sa serre. Soudain, elle déploya ses ailes et étira ses massives serres postérieures en plongeant vers eux comme un aigle. Elle se posa dans le lit de la rivière et fit quelques foulées qui semblèrent ébranler les montagnes pour retrouver son équilibre. Puis elle se figea, dressée sur ses postérieurs, les ailes presque repliées, la tête un peu redressée sur son long cou, sa queue massive étirée derrière elle en guise de balancier.

Sollos abandonna les premières flammes de son feu et recula lentement en direction des bois. Il avait déjà vu des dragons adopter cette posture. Les écuyers aussi, visiblement. Tout le monde se dispersa dans le lit du fleuve.

— Vos dragons, ils arrivent quand, écuyer Semian ? marmonna Sollos.

Semian étant absent, il ne put lui répondre, mais Sollos savait déjà tout ce qu'il y avait à savoir. *Pas avant un certain temps…*

Le dragon tendit lentement l'une de ses pattes avant et ouvrit sa serre. Un homme s'y trouvait, roulé en boule.

Mes aïeux, c'est l'Écailleux ! pensa Sollos quand l'homme se redressa. Il avait l'air en assez bon état. Un peu raide et meurtri peut-être, et il se déplaçait un peu gauchement, mais pour un homme coincé tout seul pendant un mois dans l'Épine du Monde, il semblait remarquablement vivant. *C'est peut-être parce qu'il a la peau dure, même si elle s'écaille comme de l'ardoise ?* se dit Sollos.

L'écuyer Semian et maître Huros sortirent du bois en courant, Kemir sur les talons. Le mercenaire s'arrêta juste derrière son cousin. Les deux autres hommes se dirigèrent droit vers le dragon en évitant l'Écailleux.

— Magnifique ! Voilà qui va grandement nous faciliter les choses ! s'exclama Kemir avec un grand sourire.

— Elle est drôlement tendue, dis donc.

— Qui ça ?

— La dragonne, espèce d'idiot ! Regarde-la !

— Prêt à détaler, cousin ? Tu crois qu'elle se souvient de ses chevaliers après tout ce temps ? Et comment sais-tu que c'est une fi... ?

Sollos lui fit signe de se taire. L'air pas du tout sûr de lui, l'Écailleux s'approchait des chevaliers-dragons.

— Ne bougez plus ! lui cria Semian, main levée, alors que l'Écailleux se trouvait encore à douze pieds de lui. L'alchimiste et un chevalier encadraient l'écuyer, et les autres se déployaient lentement, en se rapprochant tout doucement de l'orée des bois. Sollos décida de les imiter.

— Hum. Comment t'appelles-tu, l'Écailleux ? cria l'alchimiste.

L'homme lui répondit sur un ton normal, et Sollos ne put entendre sa réponse.

— Écailleux Kailin ! Nous, euh... Nous sommes ici pour vous ramener à la maison, toi et ton dragon !

— La reine Shezira te félicitera en personne ! ajouta l'écuyer Semian. Grâce à toi, son dragon est indemne ! Elle t'en sera extrêmement reconnaissante, et tu toucheras sans doute une récompense !

L'Écailleux dit quelque chose. Les yeux plissés comme si cela pouvait l'aider à entendre cet homme, Sollos se pencha légèrement vers lui.

Kemir posa soudain une main sur son épaule et l'entraîna vers la forêt.

— J'aime pas ça du tout.

— Qu'est-ce qu'il a dit ?

— Il a dit non.

Kemir avait raison de se faire du souci, comme le lui confirmèrent l'attitude de l'alchimiste et celle de l'écuyer.

— Ce n'est pas une suggestion, l'Écailleux ! C'est un ordre ! cria Semian.

Tout en bandant son arc, Kemir reculait vers les arbres.

Soudain, l'alchimiste alla rejoindre l'Écailleux et se mit à discuter avec lui. Sollos n'avait aucune idée de ce qu'ils se disaient, mais Huros avait l'air extrêmement résolu, alors que l'Écailleux semblait, comment dire... accablé. Consterné...

L'ambiance changeait, indéniablement, et Sollos sentit croître en lui une colère irrationnelle. L'Écailleux faisait frénétiquement signe à l'alchimiste de... De quoi ? De se taire ? Complètement immobile, le dragon était retombé sur ses quatre membres. Il irradiait la tension, se dit Sollos, qui la ressentait comme une succession de vagues de chaleur. Kemir posa de nouveau une main sur son épaule.

— Tu sais quoi ? À mon avis, nous devrions reculer encore un peu.

— Tu as raison. (Sollos fit un pas en arrière, puis un autre.) Reculons donc encore un peu.

Quand le dragon bougea, il le fit si vite que Sollos perçut à peine ses mouvements. La tête et le corps de l'animal restèrent exactement à la même place, mais sa queue de cent pieds cingla l'air comme un fouet. Elle passa comme l'éclair au-dessus du monstre et s'enroula autour de l'alchimiste, le soulevant de terre et l'approchant à quelques pouces seulement des dents dénudées du dragon. Pendant quelques secondes interminables, tout le monde se figea, sauf l'Écailleux, qui se laissa tomber à genoux, et enfouit sa tête dans ses bras. Tout le reste se passa d'un seul coup.

30. LE MAÎTRE DES MOTS

Blottie contre les montagnes de l'Éperon Pourpre et les chutes de la Cascade de Diamant, la Cité des Dragons se dressait derrière le Palais Adamantin. Une ville petite selon les critères du royaume, mais débordant de richesse, de joyaux, de chevaliers, de seigneurs et de dames. De chaque côté de la Cité et du Palais s'étalaient les eaux étincelantes des Lacs Miroirs. Au sud, la seule voie d'accès au domaine de l'Orateur traversait les plaines de la Montagne Affamée, grenier à blé fertile des royaumes du centre. Au Palais, du sommet de la tour de l'Air, on pouvait voir par temps limpide le défilé du fleuve Furie au-delà des plaines, à une cinquantaine de lieues au sud de la ville. Ce jour-là, cependant, la vue était masquée par une tour de bois provisoire très haute et assez proche des portes du Palais. De l'autre côté de cette tour de bois, l'air était gris et trouble. Il fallait des yeux perçants pour distinguer deux silhouettes tout en haut de la tour et deviner que la « brume » qui recouvrait les plaines était due à la poussière soulevée par les dix mille hommes en formation de marche de la Garde Adamantine se préparant aux cérémonies qui les attendaient dans les semaines à venir.

Il fallait par contre une vision vraiment hors du commun pour reconnaître les deux silhouettes, l'Orateur en personne, Hyram, et un maître alchimiste de l'Ordre des Écailleux, ou pour constater que le tremblement de l'Orateur semblait pire que d'habitude. Hyram était rouge, mais de rage plutôt que d'excitation, et le maître alchimiste semblait bien pâle.

— Qu… quoi ? R… rien ?

L'alchimiste n'était autre que le grand maître Jeiros, second seigneur de l'Ordre des Écailleux. Il allait sans doute devenir plus vite que prévu le premier seigneur de son Ordre, ce qui expliquait en grande partie son malaise. Il s'inclina aussi bas qu'il le pouvait sans tomber.

— Rien du tout, votre Sainteté. Maître Bellepheros a énoncé ses conclusions devant toute la cour du roi

Tyan. D'après lui, personne n'a touché à la monture de la reine Aliphera avant son départ et elle n'a pas été attaquée en vol. Si c'est un meurtre, personne dans l'aire du roi Tyan n'a pu le commettre.

— Et… Et c'est tout ?

— Le prince Jehal l'a interrogé durement devant de nombreux témoins. Maître Bellepheros n'a pas pu lui dire si la reine Aliphera avait été assassinée ou si sa mort n'était due qu'à la malchance, mais il a fait allusion à quelques rumeurs sournoises concernant la reine Aliphera et le frère de Tyan. Le prince Jehal en a été considérablement contrarié.

— Le frère de Tyan ? Meteroa, ce ch… ce châtré ? C'est absurde ! fulmina Hyram. Et… Et la rei… la reine Zafir ?

— Nous n'avons rien découvert qui puisse la compromettre.

— Et… Et ensuite Bell… Bellepheros se volatilise, grommela Hyram.

À nouveau, le second seigneur se courba très bas.

— Il a été enlevé, votre Sainteté. Tous les gardes du prince Jehal ont été retrouvés morts, la plupart avec la gorge tranchée. En ce qui concerne le maître lui-même…

Jeiros haussa les épaules.

— Enlevé ? C'est le pr… le prince Jehal qui le dit ! cracha Hyram. Ne croyez jamais un mot de ce que r… raconte cette Vipère !

— Votre Sainteté, maître Bellepheros a choisi ses mots avec le plus grand soin devant la cour du roi Tyan. Pour qui sait lire entre les lignes, toutes les implications possibles ont été abordées. Et il n'a aucunement affirmé que la mort de la reine Aliphera était accidentelle.

— Évi… évidemment qu'elle n'est pas accidentelle ! s'exclama Hyram en tapant du pied. F… faites ce que vous avez à faire pour déc… découvrir qui a enlevé Bellepheros, Jeiros. Et m… maintenant, que savez-vous, pour l'autre question ? Avez-vous… avez-vous compris le fin mot de l'affaire ? C… comment s'y prend Jehal pour assass… assassiner le roi Tyan ?

Jeiros s'agita, mal à l'aise.

— Votre Sainteté, nous n'avons toujours aucune preuve qu'il empoisonne le roi Tyan. Nous avons appris que… qu'il y a peut-être une part de vérité dans les rumeurs qui prétendent que le prince Jehal a découvert une substance améliorant la condition de son père. C'est un peu… (Il fronça les sourcils.) C'est un peu vague, votre Sainteté. Quelques indices nous laissent entendre qu'il aurait acquis une certaine potion.

— Si… si c'est une potion, elle… elle vient de l'un de vous. V… venez-en au fait ! répliqua sèchement Hiram.

— Eh bien justement, l'Ordre ne fabrique pas cette potion. Nous…

Il hésita, mais il ne pouvait plus faire marche arrière.

— Nous pensons qu'elle ne vient pas des royaumes.

Hyram s'assombrit, puis se mit à tousser. Ses tremblements semblèrent s'accentuer. Jeiros mit un petit moment à comprendre que l'Orateur se moquait de lui.

— V… vous avez complètement éch… échoué, maître Jeiros. V… vous ne m'apportez aucune réponse, et… et maintenant cela ? Bien, qu… qu'il en soit ainsi. Allez, maître Jeiros. Je vais convoquer la reine Zafir et le pr… le prince Jehal et c'est moi qui déc… découvrirai qui a assassiné Aliphera. Et… et ensuite, c'est moi qui vous… qui vous dirai qui est l'alchimiste qui fabrique les… les potions de Jehal.

L'alchimiste recula en faisant des courbettes. La route était longue jusqu'au pied de la tour, se dit Hyram. Il fallait emprunter un escalier étroit et quelques échelles branlantes. Ah, si seulement le second seigneur pouvait faire un faux pas et tomber… Ce serait bien mérité ! Un poignet cassé ou un autre problème du même genre ferait l'affaire. Malgré toutes les sornettes que Jeiros lui avait servies, l'Orateur préférait ne pas perdre son second seigneur comme il avait perdu le premier.

Heureux d'être enfin seul, il soupira, et laissa son regard dériver sur la plaine. Ses légions bien alignées, composées de vingt phalanges comprenant chacune cinq cents hommes, allaient effectuer des sorties quotidiennes jusqu'au jour où les rois et reines-dragons se réuniraient tous au Palais pour le voir transmettre sa pèlerine d'Orateur. La Garde Adamantine faisait partie du legs que chaque Orateur remettait à son successeur : dix mille soldats extrêmement bien entraînés, élevés pour le combat depuis leur naissance. Hyram trouva soudain étrange de voir tant d'hommes consacrer chaque minute de leur vie à une telle perfection, sans jamais avoir l'occasion de l'appliquer au combat. Absolue et inébranlable, leur loyauté à son égard était imprimée en eux dès qu'ils prononçaient leurs premiers mots. Leur force et leur intrépidité étaient totales, elles aussi, forgées pendant des années et des années d'un entraînement implacable et brutal, puis trempées dans des potions alchimiques qui débarrassaient les esprits de ces hommes des doutes pouvant y subsister. Dans leurs légendes, même les dragons ne pouvaient pas les arrêter. Mais ne le haïssaient-ils pas secrètement ? Ne le méprisaient-ils pas ? En contemplant leur propre puissance, en considérant sa faiblesse, ne se disaient-ils pas : *Mais qui est ce souverain sur le déclin ? Qui est-il pour nous tenir ainsi en laisse ?*

Il détourna le regard. Un an auparavant, de telles pensées l'auraient fait rire, mais un an auparavant, il n'était pas le même homme. Encore vigoureux à l'époque, il était alors persuadé qu'il avait vingt ans de moins. Il pensait voir son règne d'Orateur se poursuivre des années et des années, il rêvait de contraindre Shezira à l'épouser si elle voulait lui succéder. Ou alors, que les vieux traités et leurs parchemins poussiéreux maudits aillent au diable, d'épouser et de nommer Aliphera. De pouvoir à jamais coucher avec des femmes quand l'envie lui en prendrait, au lieu de rester allongé dans ses draps, impuissant, agressé par la puanteur de ses propres déjections après l'une de ses crises, hurlant pour que ses valets de chambre viennent le nettoyer.

Mais aujourd'hui Aliphera était morte, Shezira ne voulait pas de lui, et même ses valets s'enfuyaient sans arrêt. Dans un an ou deux, il aurait la bave aux lèvres, comme le roi Tyan, et ne servirait plus à rien. Quelle ironie !

Les deux ennemis de toujours, côte à côte, oubliés, chacun vautré dans sa mare de bave. Cette perspective l'horrifiait. Il préférait encore connaître une mort rapide. Qu'on le découpe en morceaux et qu'on en nourrisse ses propres dragons, comme les Orateurs d'autrefois, avant que l'Orateur Narammed ne coupe les ailes des prêtres-dragons…

Il entendit grincer les marches derrière lui et se retourna juste à temps pour voir émerger une tête des entrailles de la tour. Il ne restait pas beaucoup de cheveux sur cette tête, et les rescapés étaient blancs. Leur propriétaire semblait affligé et à bout de souffle.

— Vous m'avez fait appeler, votre Sainteté ?

— N… non, maître des mots Herlian.

— Alors je retourne à l'ombre, votre Sainteté, et vous devriez dire à notre cher second seigneur qu'un jour je le coincerai sur sa chaise pour lui taper les chevilles avec mon bâton. Je suis trop vieux pour escalader toutes ces marches. Il semblait penser que vous aviez besoin de moi pour rédiger une ou deux sommations.

— Oui, au… au prince J… Jehal et à la reine Z… Zafir, mais cela pouvait attendre. Bah, p… puisque vous êtes là, venez donc me rejoindre.

— Si tel est votre désir, votre Sainteté…

Le maître des mots se hissa difficilement sur le toit et ajouta :

— Mais vous allez devoir me décrire la vue. Mes yeux sont aussi vieux que le reste de la personne.

— J… Je veux savoir, m… maître des mots. Vos… vos livres, que d… diront-ils de moi ?

Le rire saccadé d'Herlian crépita comme de vieilles brindilles sèches dans un feu.

— Si je les écris un jour, ils diront que vous avez été un petit garçon odieux qui n'apprenait jamais ses leçons, qui n'écoutait pas un mot de ce que lui disaient ses aînés, et avait transformé la vie de son tuteur en un océan de misère.

Le maître des mots alla au bord de la tour et regarda en bas.

— Eh bien dites donc, c'est haut ! Hum. Je pourrais également mentionner ce jeune chevalier-dragon entêté ayant accepté d'assumer les devoirs qui auraient dû incomber à son frère. Je sais que vous n'aviez pas souhaité cette place. Ne vous méprenez pas, je ne parle pas de la fonction d'Orateur. Je parle du rôle de l'aîné.

— C'est de l'histoire ancienne, maître des mots.

— L'Histoire est ma raison d'être, jeune maître Hyram. Si vous recherchez la flatterie, trouvez-vous un flatteur qui accepte de grimper toutes ces marches. Je sais ce que vous pensez. Vous pensez à tous ces livres remplis des histoires de Vishmir et des Orateurs de jadis, hein ? Je n'ai pas oublié, voyez-vous. Je me rappelle vos yeux qui brillaient quand je consentais enfin à vous lire tout haut le récit de leurs hauts faits. Votre histoire sera beaucoup plus courte, votre Sainteté. Dix années de paix et de prospérité, au cours desquelles aucun événement de grande portée ne s'est produit dans les royaumes, au cours desquelles les petites gens ont pu vivre leur vie et devenir vieux et gras. C'est ainsi que devrait toujours se dérouler l'histoire d'un bon Orateur. C'est bien suffisant.

— Vr… vraiment ? Vous c… croyez ?

Herlian haussa les épaules.

— Ça l'est pour le commun des mortels. Si ça ne l'est pas pour vous, alors dites-moi ce que vous attendez. Je vous inventerai des guerres, si vous le souhaitez. De grandes victoires, des quêtes épiques, des flopées de princesses à vos pieds… Tout ce que vous voulez. Toute la gloire que vous voudrez.

— N… non, maître des mots, cela ne sera pas nécessaire.

Hyram secoua la tête. Il aurait voulu pouvoir rejeter le poids suffocant du désespoir qui l'oppressait ces jours-ci. *Voilà, c'est tout… Donc on se souviendra de moi comme d'un bon Orateur, parce que personne n'aura pris la peine d'écrire autre chose… Mais alors, qui voudra se souvenir de moi ?*

Il s'assit pour qu'Herlian se sente autorisé à l'imiter.

— Av… avez-vous pris votre pl… plume ? Commençons par une prem… première convocation, adressée au pr… prince Jehal. Que diriez-vous d'ajouter une jolie petite exécution en n… note de bas de page de mon règne ?

31. LE JARDIN DE LA REINE ALIPHERA

— J'ai un cadeau pour vous, dit Jehal, son plus beau sourire aux lèvres.

Zafir lui jeta un coup d'œil à travers ses cils baissés. Ils marchaient côte à côte au milieu des arbustes multicolores et des plates-bandes bariolées. Le soleil estival était chaud et aveuglant, et une faible brise portant d'étranges senteurs, mélange capiteux de parfums et d'épices, chatouillait les narines du prince.

— Vous aimez mes jardins ? lui demanda Zafir. C'est ma mère qui les a conçus…

Ils marchaient juste assez loin l'un de l'autre pour éviter tout contact, même par accident. Derrière eux, un petit groupe de dames de compagnie les suivait à une certaine distance, sans jamais les perdre de vue. Au cas où on aurait besoin d'elles pour certifier que rien de malséant ne s'était passé au cours de cette promenade.

— Beaucoup, votre Altesse. Il détestait ça, devoir l'appeler « son Altesse » juste parce qu'elle était devenue reine et qu'il n'était qu'un simple prince. Il faudrait que cela change.

— Les jardins de la reine Aliphera sont à juste titre réputés dans tous les royaumes. Même aussi loin au nord que…

Il laissa la fin de sa phrase en suspens.

— Comment ? Vous voulez dire que même cette chère princesse Lystra a entendu parler d'eux ? Voilà qui défie l'imagination ! Elle va bien, votre épouse ?

Les mots de Zafir étaient tranchants comme des rasoirs.

Jehal fit comme s'il n'avait pas remarqué son ton venimeux.

— Quand je suis parti, elle était l'image même de la santé et s'ennuyait mortellement.

— Vous auriez dû l'emmener avec vous, voyons ! J'aurais eu un immense plaisir à l'accueillir dans mes murs !

Oui, surtout depuis qu'elle porte mon héritier, hein ? Évidemment, Zafir ne le savait peut-être pas, et lui-même n'en était pas complètement sûr, mais certains signes ne trompaient pas. D'un autre côté, les espions de Zafir faisaient sans doute tout le nécessaire pour garder la jeune reine au moins aussi bien informée que lui. *Je devrais sans doute lui demander si c'est un garçon ou une fille.*

Il lui lança un nouveau sourire.

— Elle en aurait été transportée de joie, j'en suis persuadé, mais étant donné son état, je lui ai demandé de rester au palais. J'ai le souci de sa santé, voyez-vous. Le risque de fausse couche…

Zafir ne cilla pas. *Donc, j'avais raison. Elle sait.*

— On m'a raconté que ma mère volait encore trois jours avant ma naissance, lui fit remarquer Zafir avec un petit reniflement dédaigneux. Et la reine Shezira a probablement accouché de ses filles en selle.

Le risque de fausse couche, c'est si je vous laisse l'approcher.

— Très chère reine Zafir, vous devriez pourtant savoir que dès avant mon mariage, j'ai tout fait pour trouver le moyen d'enfermer mon épouse adorée. Me contesteriez-vous ma liberté ?

Pendant quelques instants, Zafir ne répondit pas, puis elle s'arrêta et se tourna vers lui. Son visage s'éclaira.

— Vous regrettez donc tant ce mariage ?

— Oui, profondément.

— Alors je vais vous aider à vous débarrasser d'elle, conclut-elle calmement. J'ai une dette envers vous, après tout.

— En temps utile, mon amour.

Jehal lança un coup d'œil aux demoiselles d'honneur qui les suivaient. Elles papotaient entre elles à une vingtaine de toises du couple, en jetant des regards occasionnels à leur reine. Trop loin pour les entendre, lui et Zafir.

— Pas avant qu'elle vous donne un héritier, je suppose ?

— Ce qui me permet de la garder à l'écart, ma douce.

— Vous pourriez imaginer un moyen de vous assurer qu'elle ne sera jamais mère. Si quelqu'un en est capable, c'est bien vous. La pauvre ! Quand je pense à toutes les tragédies qui l'attendent !

— En fait, je pensais la faire accoucher en secret puis envoyer les bébés chez les Taiytakei pour qu'ils les élèvent ni vus ni connus dans un lointain pays étranger.

— Et ils reviendraient vingt ans plus tard vous disputer votre trône ? lui fit-elle remarquer en souriant. Comme c'est romantique ! Et stupide. Débarrassez-vous d'eux, Jehal. D'eux, d'elle…

— Dès que je le pourrai, mon amour. Quand j'aurai découvert la potion adéquate.

Elle se rapprocha un peu, si près qu'ils se touchaient presque.

— Mais où les trouvez-vous ? Avez-vous un alchimiste à votre botte ? Il doit être excellent !

— Enfin voyons, je les fais moi-même, votre Altesse, répliqua-t-il avec une petite courbette.

— Je ne vous crois pas !

Elle éclata de rire.

— J'en ai une nouvelle, figurez-vous. Une potion qui fait reculer la maladie de mon père, du moins pour l'instant. J'en ai apporté quelques flacons pour les agiter sous le nez de l'Orateur Hyram. À mon avis, il veut encore une fois m'accuser du meurtre de votre mère, alors qu'il ne dispose pas du moindre début de preuve. Il ne va pas tarder à passer pour un imbécile. Bref, quand il aura terminé, je le laisserai tâter de mon salut en bouteille, pour qu'il sache qu'il pourrait aller beaucoup mieux, et je ne lui en fournirai plus jamais. Jamais, vous m'entendez ?

Il secoua la tête et se mit à rire lui aussi.

— Enfin, sauf s'il me nomme Orateur, mais je n'y crois pas trop, et vous ?

— Il préférerait se livrer aux prêtres-dragons, je pense.

— Je suis d'accord avec vous, dit Jehal en se grattant le menton. Mais préférerait-il perdre lentement la raison ? Je suppose que oui, cependant ce sera amusant de le découvrir.

— Faites-le souffrir ! Après mon couronnement, il m'a entraînée à l'écart pour me demander si c'était moi qui l'avais tuée. Je n'en ai pas cru mes oreilles. Ensuite, il a exigé que je lui dise si c'était vous.

Jehal fit la grimace.

— J'espère que vous lui avez répondu par la négative…

— Évidemment ! En tout cas, j'ai découvert qu'il désirait secrètement ma mère à un point que je ne soupçonnais pas.

— Ce n'était pas si secret que cela, vous savez. *Ce n'était pas secret du tout, c'était juste du désir non payé de retour.* Ne vous inquiétez pas, ma douce, c'est moi qu'il veut piéger, pas vous. Faites-lui un joli sourire et il va fondre comme du beurre.

— Comme ça ?

— Comme ça, exactement. Mon sang bout déjà dans mes veines.

Il jeta un coup d'œil aux courtisans qui les observaient et poussa un soupir.

— Y aurait-il moyen de… ?

Le sourire de Zafir s'évanouit, et la jeune reine secoua tristement la tête.

— Non. Pas avant que tout soit terminé. C'est vous qui me l'avez dit…

— Je sais, mais… (Il lui sourit de toutes ses dents.) Mais maintenant que je suis ici, le fait de ne pas pouvoir vous toucher provoque en moi une douleur physique.

Elle rougit et baissa les yeux.

— Vous aimez cette robe ?

— Sur vous, c'est la perfection.

— Elle appartenait à ma mère. Je crois qu'elle la portait le jour où elle a rencontré l'Orateur Hyram pour la première fois. J'ai fait faire quelques retouches, bien sûr. J'ai discuté avec certains des vieux serviteurs du palais, et ils m'ont expliqué comment elle se tenait, comment elle s'habillait, comment elle se coiffait. La prochaine fois qu'Hyram me verra, ce n'est pas moi qu'il verra, ce sera ma mère. Exactement comme elle était le jour où il est tombé amoureux d'elle. Je planterai le couteau bien profondément dans la plaie puis je le tournerai jusqu'à ce que la lame se brise.

— Comme vous êtes cruelle ! À nous deux, nous devrions arriver à lui tirer toutes les larmes de son corps ! s'exclama Jehal, visiblement enchanté.

— Ce chien a osé m'accuser juste après mon couronnement !

Le grand sourire de Jehal s'élargit encore.

— D'un autre côté, il avait raison, non ?

— Il suffit, lui dit-elle d'un air boudeur. Vous m'avez parlé d'un cadeau, puis vous vous êtes mis à digresser sur toutes sortes de sujets désagréables. Alors ce cadeau ? Il est joli ? Va-t-il me plaire ?

— Oh oui ! Vous allez beaucoup l'apprécier, je crois.

Elle le menaça du doigt.

— Nous nous sommes mis d'accord, vous vous en souvenez ?

— Je vous rassure, je ne suis pas le cadeau en question. Bon, j'en suis un, bien sûr, mais pas ici et maintenant. Quoique…

Il jeta un autre coup d'œil aux courtisans.

— Mon épée d'acier est aussi dure que celle que vous convoitez. Je pourrais les massacrer tous puis nous irions…

— Jehal !

— De toute façon, ils sont tous mortellement ennuyeux, j'imagine.

Zafir éclata de rire, et Jehal sentit la tension qui l'habitait s'apaiser, puis disparaître. Elle était toujours prête à se donner à lui, et c'était le principal. Malgré la haine qu'elle lui vouait parce qu'il avait épousé Lystra, elle était toujours prête à se donner à lui. Il lui tendit un bandeau de soie noire.

— Vous devrez mettre ceci sur vos yeux. Comme un bandeau. Non ! Pas ici !

Il baissa le ton pour s'assurer que personne ne pouvait les entendre.

— Ce n'est pas un bandeau, mon amour. Quand vous le mettrez, vous verrez des choses. Ne le dites à personne, et ne le mettez que quand vous êtes seule.

Il lui tendit une boîte, pas aussi belle que celle que les Taiytakei lui avaient offerte, mais plutôt jolie quand même. Celle-ci ne pouvait contenir qu'un seul petit dragon doré aux yeux de rubis.

Zafir caressa le bois sculpté. Il vit briller la convoitise dans les yeux de Zafir.

— Qu'est-ce que c'est ? lui demanda-t-elle.

— Mettez-le quand vous serez seule. Regardez bien ce qu'il y a dans la boîte, puis nouez le bandeau sur vos yeux. Alors, vous comprendrez. Je pourrais vous en dire beaucoup plus, mais où serait la surprise ?

Il lui lança un coup d'œil et reprit, encore plus bas :

— L'attente est souvent le plus grand des plaisirs.

— Oh, vraiment ? (Elle ronronnait presque.) Comptez-vous rester un moment dans la Cité des Dragons quand vous en aurez assez d'accabler de sarcasmes ce pauvre vieux Hyram ?

Elle brûlait de désir, c'était évident. *Quelle honte que nous ne puissions pas*... Il se mordit la lèvre. *Pas encore, pas encore. Pas tant qu'Hyram nous observera de si près*...

— Bien sûr. Mais personne ne le saura.

— Comment pouvez-vous en être sûr... ?

— Ayez confiance en moi. Me faites-vous confiance, mon amour ?

Comment interpréter le regard qu'elle lui lança ? Il décida de le considérer comme un oui prudent. Soudain, il sentit les poils se hérisser sur sa nuque. Ils avaient badiné trop longtemps, et les chaperons de la reine se rapprochaient. Lentement, prudemment, en annonçant largement leur venue, mais mus par le même genre de détermination implacable qu'une armée hostile.

Plus tard, à une heure où tous étaient censés dormir, Jehal, seul dans sa chambre à coucher gardée et observée de près, ouvrit les volets, sortit discrètement le deuxième bandeau de soie noire et le noua sur ses yeux.

Alors, mon amour, voyons où vous en êtes.

32. LA GARDE ADAMANTINE

Regarder Zafir s'amuser avec son nouveau jouet s'avéra divertissant au-delà de toutes ses attentes. Évidemment, la première chose qu'elle fit dès qu'elle eut découvert que le petit dragon pouvait voler, fut de l'envoyer espionner le prince par la fenêtre ouverte. Jehal ôta la soie noire et la laissa l'observer pendant quelques instants. Il s'agitait et se tournait dans son sommeil feint, puis il fit semblant de se réveiller. Le dragon minuscule s'éleva devant son visage, comme pour annoncer sa présence, et il s'efforça de prendre un air penaud.

— Vous êtes très méchante, et si vous étiez ici, je vous montrerais à quel point, chuchota-t-il à l'oreille du dragon.

Le monstre miniature dansa autour de lui comme pour le railler, puis se précipita vers la fenêtre.

— Zafir..., souffla-t-il.

Le dragon se mit à faire du sur-place.

— Lystra n'a jamais rien reçu d'approchant. Si vous en avez envie, envoyez-le nous espionner, et vous verrez.

Le dragon marqua une pause puis repartit. Jehal referma les volets derrière lui et remit la soie noire sur ses yeux. Tous deux se levèrent très tard le matin suivant, et lorsque Zafir partit à cheval avec lui pour se rendre dans son aire, elle semblait rayonner.

— Je suis sûre que vous en avez un autre, chuchota-t-elle à son oreille alors qu'il se préparait à monter son dragon, Spectre. Et si nous nous espionnions mutuellement quand nous sommes séparés ?

Ou alors, je pourrais lui parler de la deuxième soie, se dit-il. *Lui expliquer que je peux partager la vision de son petit espion avec elle, que je peux observer Zafir à travers ses yeux quand je veux si elle le garde près d'elle.*

C'était tentant, très tentant, mais il ne lui avait pas fait ce cadeau pour jouer.

— Attendez-moi, mon amour, lui dit-il d'un ton étouffé. Dès que nous en aurons tous deux terminé avec Hyram, je vous retrouverai.

— Mmmmm… Je vous le conseille, murmura-t-elle, les yeux étincelants.

Il se mit en selle et s'essuya le front. *Les Taiytakei peuvent peut-être m'en procurer d'autres.* Une pensée amusante, se dit-il en regardant Zafir et ses courtisans qui reculaient devant son dragon. *Pour ce que j'en sais, ce sont les deux seules créatures dans leur genre, et j'en demanderais plus, simplement pour pouvoir observer mon amante quand elle n'est pas dans mon lit ? Ils n'en sauraient rien, bien sûr, mais quand même…*

— Vole ! cria-t-il, et immédiatement, il sentit les muscles énormes du dragon se mouvoir sous lui. Spectre leva la tête, se dressa sur ses postérieurs et se mit à courir sur le sol plat. Jehal ferma les yeux. Il sentait la bête accélérer à chaque enjambée. Il savait précisément quand Spectre s'élancerait dans le ciel en déployant ses ailes. Le dragon prit de l'altitude et le poids du prince l'écrasa dans sa selle. Rien, absolument rien n'était comparable à ce moment, la seconde où il se libérait de la gravité, se dit-il en poussant un soupir. Quel dommage que cette sensation ne dure qu'un instant ! Tout ce qui suivait lui semblait insipide et plat. Il envisagea de sortir la soie noire et de laisser ses yeux chevaucher un dragon tandis que son corps en chevauchait un autre, mais tout ce qu'il aurait à y gagner, c'était de perdre le bandeau dans le vent. Il s'efforça de réfléchir au cas d'Hyram, mais Zafir n'arrêtait pas de s'interposer dans ses pensées.

Parfois, il regrettait de ne pas avoir repoussé la princesse Lystra pour épouser Zafir à la place, mais ce mariage aurait ruiné tous ses projets. Quel dommage ! Un jour, à cause de ce qu'il avait fait, Lystra deviendrait une gêne. Peut-être aurait-il dû les rejeter toutes les deux. Il en avait eu l'occasion. Il aurait pu annuler le mariage parce que la reine Shezira ne lui avait pas ramené le dragon blanc parfait qu'elle lui avait promis.

Il sourit. Au lieu de quoi, dans quelques jours, il allait se joindre aux recherches, alors qu'il était convaincu que le dragon était enfermé en lieu sûr dans une aire éloignée. Shezira jouait très bien la comédie. Elle le gardait depuis deux mois, et toutes sortes de petites rumeurs transpiraient à ce propos dans son camp.

Une autre pensée lui traversa l'esprit. Tout ceci était peut-être effectivement une ruse, mais pas seulement celle qu'il supputait. La reine avait lancé deux douzaines de dragons et une centaine d'écuyers à la recherche du dragon disparu, qui tous menaient leur tâche dans une région voisine du Palais Adamantin. En un coup d'ailes de dragon, ils pouvaient se rendre au Palais.

Intéressant, se dit-il. Cette idée méritait un examen plus poussé. Il laissa son esprit passer d'une possibilité à la suivante tandis que Spectre avalait les distances. Ils survolèrent pendant des heures des collines boisées moutonneuses, puis le sol s'affaissa, de plus en plus vite, de plus en plus abruptement, avant de plonger dans le défilé de la Furie, le fleuve qui séparait les royaumes. Au sud, c'était le domaine de la reine Zafir, au nord, celui de l'Orateur. Tout en continuant à réfléchir, Jehal fit descendre Spectre dans le défilé, et le dragon fonça au-dessus du fleuve rugissant. Jehal rasait la frontière entre les deux domaines, un nuage de gouttelettes dans son sillage : Spectre laissait traîner sa queue dans l'eau.

Il vola pendant une heure dans le défilé, puis reprit de l'altitude, virant vers le nord au-dessus de la morne plaine de la Montagne Affamée. Il demanda à Spectre de prendre de l'altitude. *Pas la peine d'effrayer les paysans.* Il somnola pendant un moment, puis vit les montagnes de l'Éperon Pourpre émerger lentement de la brume, et bientôt, aperçut le premier scintillement du Palais Adamantin. D'autres dragons volaient plus bas. Des dragons de chasse, d'après leur apparence, une demi-douzaine à peu près. Que faisaient-ils là ? Puis Jehal comprit que les légions d'Hyram étaient de sortie.

Ils se perfectionnent pour que l'Orateur puisse les exhiber avant de prendre sa retraite. Jehal poussa Spectre du coude pour obtenir de lui une spirale serrée, un plongeon en plein parmi les autres dragons, vers les hommes qui manœuvraient au sol. Quand ils le virent tomber vers eux, toutes les légions se regroupèrent, lui présentant un mur uni de boucliers miroitants, des boucliers en écailles de dragon assez grands pour cacher un homme. S'il avait ordonné à Spectre de cracher du feu, les flammes se seraient heurtées au mur de boucliers. Au moment où il passait juste au-dessus des soldats, les boucliers s'abaissèrent et une forêt de piques surgit à leur place. Chacune d'elles pouvait lancer un éclair de la taille d'un javelot et assez puissant pour transpercer les écailles d'un dragon, mais ce n'était pas le dragon que ces hommes visaient. C'était le dragonnier.

Jehal reprit de l'altitude et demanda à Spectre de les saluer d'un coup d'aile. *Montrons-nous aimables, cela vaut mieux. Un jour, ils seront à moi.*

Quand il se posa dans l'aire adamantine, il s'attendait un peu à voir l'Orateur Hyram le guetter avec un détachement de gardes prêts à le traîner droit aux cachots. Bah, le vieux bouc n'oserait jamais se comporter ainsi sans la moindre preuve. Pas depuis que Jehal avait épousé la fille de la prochaine Oratrice. *Ah, Lystra, tu vas m'être bien utile. Mais il faudra un jour que je me débarrasse de toi, hélas.*

Il se renfrogna. Ce genre de pensées le mettant étrangement mal à l'aise, il les écarta et se concentra sur ce qui l'entourait. Il ne vit pas l'escorte armée à laquelle il s'attendait. L'aire était presque déserte. Deux dragons de chasse déchiquetaient un tas de bétail abattu depuis peu et quelques Écailleux vaquaient à leurs occupations. L'un d'entre eux arriva en courant pour l'aider à mettre pied à terre et s'occuper de Spectre. Il y avait bien des soldats, mais en petit nombre. Rien de plus normal : presque toute la Garde Adamantine manœuvrait dans la plaine. En cas de besoin, Jehal s'était fait accompagner d'une douzaine d'écuyers et de six dragons à lui, mais à présent, vêtu comme il l'était, c'est-à-dire avec une certaine ostentation, il se sentait un peu bête. En voyant le maître de l'aire sortir en courant de sa petite tour, le prince eut l'impression très nette que personne n'avait été mis au courant de sa venue.

— Prince Jehal !

— Copas… L'Orateur ne vous a pas prévenu de mon arrivée ? lui demanda Jehal dans un sourire.

Cet homme avait l'air horrifié et complètement pris de court.

— Si, bien sûr que si, votre Altesse ! Mais nous ne vous attendions que demain !

Il mentait, et Jehal le savait. *Bizarre. Hyram a-t-il pensé que je ne tiendrais pas compte de sa convocation ? Croit-il qu'il me fait peur ?*

Si tel était le cas, l'Orateur allait passer dès le lendemain une fort mauvaise journée. Le sourire de Jehal s'élargit, dénudant quelques dents supplémentaires.

— Je ne puis m'empêcher de me demander pourquoi, dans la mesure où ce vol depuis l'embouchure de la Furie dure trois jours, pas un de moins et pas un de plus. La convocation de l'Orateur était pourtant très claire il me semble : « *Venez immédiatement.* »

Je ne devrais pas le reprocher à Copas. La plupart des hommes qui travaillent dans cette aire obéissent à l'Ordre, pas à Hyram. Un jour, Copas m'appartiendra lui aussi.

— Je suis confus, votre Altesse. Souhaitez-vous vous rendre directement au Palais ? Je peux vous fournir des appartements ici, si vous préférez.

— Vous voulez dire au cas où personne ne m'attende non plus au Palais ?

Jehal redressa la tête.

— Non. Merci, Copas. Que les hommes de l'Orateur aient omis de vous prévenir n'est guère votre faute. Je suis persuadé qu'ils n'auront pas commis deux fois la même erreur. Par contre, mes écuyers vont rester ici, si vous n'y voyez pas d'inconvénients. *Si Hyram a vraiment de mauvaises intentions à mon égard, ils ne m'apporteront rien de bon au Palais.*

Il regarda les Écailleux décharger ses dragons et transférer ses bagages dans deux charrettes. Allait-il devoir se percher à l'arrière de l'une d'elles ? Finalement, Copas lui amena l'un de ses chevaux.

— Je suis désolé, votre Altesse. Nous nous sommes couverts de honte, lui dit le maître de l'aire, tête baissée.

— Oui, Copas, effectivement. Ou plutôt, quelqu'un s'est couvert de honte à votre place. Je reste convaincu que ce n'est pas votre faute.

Au moins, le maître de l'aire avait réussi à envoyer discrètement un écuyer avertir le Palais de sa venue, si bien que ses portes étaient ouvertes quand Jehal y arriva, et que les serviteurs et les gardes purent feindre de n'avoir pas entièrement été pris par surprise. Les formalités durèrent beaucoup plus de temps qu'elles ne l'auraient dû, et quand le prince se retrouva enfin seul, il dut admettre que le jeu dément auquel se livrait Hyram commençait à fonctionner. Qu'est-ce qui, d'après Hyram, était censé empêcher sa venue ? *Quelque chose m'échappe, mais quoi ?*

En fait, Jehal ignorait deux choses. La première, c'est que l'un de ses précieux flacons manquait à l'appel, comme il le découvrit en déballant ses potions. La seconde, il l'apprit lorsque la Garde Adamantine défonça sa porte au milieu de la nuit.

33. L'ALCHIMISTE ET LE DRAGON

Kailin était terrifié. Il ne savait pas comment se comporter, il ne savait pas quoi dire. Devant lui se tenaient les chevaliers-dragons de l'aire de la reine Shezira. Certains de ces visages lui étaient familiers, mais il ne connaissait personne par son nom. Sauf l'alchimiste, bien entendu. Maître Huros. Tous allaient vouloir qu'il ramène Neige à la maison, et un Écailleux obéit toujours aux ordres. Il passe son existence à obéir. À s'occuper des dragons et à faire ce qu'on lui demande de faire. Sauf que derrière lui se dressait un dragon qui ne voulait pas du tout repartir dans son aire. L'Écailleux traversa donc les eaux impétueuses et peu profondes du fleuve comme s'il avait des fers aux pieds.

— Ne bougez plus !

L'écuyer-dragon debout à côté de maître Huros avait levé la main, et Kailin s'arrêta. Douze bons pieds les séparaient encore. Les autres écuyers se déployaient lentement, en se dirigeant vers les arbres.

Neige lui parla dans sa tête : *Fais-leur comprendre que je ne reviendrai pas. Pas encore. Qu'ils cessent de nous poursuivre.*

Kailin se crispa. *Je ne sais pas comment faire ! Ils ne m'écouteront pas.*

— Hum. Comment t'appelles-tu, l'Écailleux ? cria maître Huros.

Trop habitué à détourner les yeux de ses maîtres, Kailin regardait ses pieds.

— Kailin.

— Écailleux Kailin ! Nous, euh… Nous sommes ici pour vous ramener à la maison, toi et ton dragon !

— La reine Shezira te félicitera en personne ! ajouta l'écuyer d'une voix forte. Grâce à toi, son dragon est indemne ! Elle t'en sera extrêmement reconnaissante, et tu toucheras sans doute une récompense !

Kailin ne sut quoi dire. Il secoua la tête, mais les mots ne voulaient pas franchir ses lèvres. Dès qu'il parlerait, ils l'assommeraient. Ils le ramèneraient au Guet et le pendraient par les pieds pour faire de lui un exemple, puis l'exécuteraient très lentement : *Vous voyez ? C'est ce qui arrive aux Écailleux qui n'obéissent pas.*

C'est non ! Dis-leur !

Il tremblait. Il lança un coup d'œil à l'écuyer-dragon et à maître Huros en les suppliant du regard.

— Je ne peux pas… Je ne sais pas comment faire. Et si… Neige ne veut pas…

— Ce n'est pas une suggestion, l'Écailleux ! C'est un ordre ! lui cria le chevalier.

Soudain, maître Huros se dirigea droit vers Kailin et posa une main sur son épaule.

— Hum, écoute-moi, l'Écailleux. Peu importe ce qui s'est passé ici. Cela ne, hum, bref, aucune importance. Tu as chevauché le dragon ? Bah, ce n'est pas grave. Les crimes insignifiants que tu as commis ne nous intéressent pas, tu es tout pardonné. Les règles que nous respectons ne peuvent être appliquées dans le genre de situation que tu as connue. Tu as fait ton devoir et tu l'as fait avec compétence. Le dragon est indemne, et c'est le principal, mais, hum... Il faut absolument qu'il retourne tout de suite dans son aire.

Kailin n'arrivait toujours pas à croiser le regard de l'alchimiste.

— Je ne peux pas la forcer... Elle ne le fera...

C'est non ! Dis-leur, ou je me charge de le leur faire comprendre !

— Tu ne saisis pas, l'Écailleux. Il y a des choses que, hum... des choses que tu ignores. Neige doit retourner à son aire. Si elle ne le fait pas, elle va changer. Tu as peut-être même déjà remarqué des petites différences dans son comportement. Nous devons la ramener.

Comment cela, changer ?

Kailin sentit la curiosité de la dragonne croître dans son dos.

— Je n'aurais même pas dû t'en révéler autant, l'Écailleux. Il s'agit des secrets de notre Ordre, et tu dois me croire. Je te dis que sans les élixirs que les alchimistes de l'aire et moi nous allons lui préparer, elle... Elle va changer. Elle va se transformer en bête sauvage. Elle va devenir dangereuse, pas seulement pour toi, mais pour tout le monde.

Que veut-il dire ? Demande-lui ce qu'il veut dire !

Il perçut le tranchant des pensées de Neige, la suspicion, l'horreur, la fureur naissante. Elles le déchiraient.

— Non ! Arrêtez ! gémit-il.

Il ne savait pas très bien s'il s'adressait à maître Huros ou au dragon.

Soudain, l'alchimiste prit un air stupéfait.

— Oui, dit-il, oui, c'est exact. Plus intelligent. Plus indépendant. Ah… mais comment le sais-tu ?

Kailin se figea.

— Maître Huros… Je vous en prie…

Laisse-le parler !

— Comment le sais-tu, l'Écailleux ?

Le ton de l'alchimiste s'était réduit à un chuchotement et il jeta un coup d'œil aux chevaliers.

— Oui. Des souvenirs leur reviennent. Exactement, et on ne peut pas, on ne peut absolument pas le permettre ! Mais, mais… Tu ne devrais pas le savoir ! Comment le sais-tu, enfin ?

Quelque chose dans l'atmosphère commença à changer. La colère dans sa tête grandissait, rayonnait, se déversait en lui.

— Maître Huros, je vous en supplie ! Elle est dans votre tête ! Elle lit dans vos pensées ! Elle sait !

Il entrevit une terreur abjecte dans les yeux de l'alchimiste, puis Neige bougea, si vite que Kailin ne le vit même pas arriver. À un moment, l'alchimiste se tenait juste devant lui, et l'instant d'après il montait soudain en flèche, emporté par la queue de Neige enroulée autour de lui. Elle l'amena devant sa gueule, où il pendouilla, impuissant, en poussant des cris aigus, en hurlant, en suppliant. Tous les autres s'étaient figés, horrifiés. Des pensées égarées et tremblotantes passaient comme l'éclair dans l'esprit de Kailin, des pensées ne lui appartenant pas et fulminant d'une rage si démesurée qu'il tomba à genoux dans l'eau en se tenant la tête.

Des élixirs ? Des souvenirs ? Comment ? Depuis quand ? Depuis quand faites-vous cela ? Depuis quand ?

Il ne vit pas Neige contracter le nœud dans sa queue, extirpant toute vie de l'alchimiste et le coupant presque en deux. Mais il vit le corps traverser les airs à la façon d'une pierre propulsée par une catapulte et frapper l'un des écuyers avec tant de force que l'impact le souleva du sol. Tous deux s'étalèrent comme des poupées de chiffon désarticulées. Kailin sentit le ciel s'assombrir lorsque Neige bondit au-dessus de lui, et le sol trembla quand elle retomba à l'endroit où s'était tenu l'écuyer. Elle en rafla un autre dans ses griffes et l'écrabouilla, mettant un terme à ses hurlements. Kailin entendit les plaques de métal de l'armure ployer et rompre. Les autres chevaliers déguerpirent vers l'abri des arbres sans demander leur reste. Le dragon cingla de nouveau l'air de sa queue, projetant au hasard un rocher grand comme un homme qui s'écrasa sur un autre écuyer, l'expédiant dans la forêt. Il ne se releva pas.

Puis vint le feu. Le dragon arrosa les arbres d'un torrent de flammes. Les écuyers qui réagirent assez vite se tapirent derrière leurs boucliers en écailles de dragon, et la chaleur ne les toucha pas.

Mais s'ils se cachaient derrière leurs boucliers, cela voulait dire qu'ils ne couraient pas. Neige jaillit du fleuve et atterrit sur la berge, à l'orée de la forêt. Cette fois-ci, elle cracha son feu en fracassant les arbres avec sa queue. Elle extirpa du bois un premier malheureux et lui fit faire la roue à une trentaine de mètres en l'air, puis un autre, qui s'écrasa tête la première dans le lit rocailleux du fleuve. Kailin poussait des gémissements en se tenant la tête. C'était plus fort que lui, il ne pouvait pas regarder. Des hommes hurlaient, des branches craquaient, des troncs d'arbres ployaient et se rompaient...

Il entendit des pas précipités dans l'eau, et quelqu'un lui dit :

— Mais tu fais quoi, là ? Tu es fou, ma parole !

Des bras le tirèrent brutalement de son apathie et l'entraînèrent de force. De l'acier brut lui frôla la gorge.

— Dis à ce dragon d'arrêter, putain ! Vas-y !

— Kemir ! Éloigne-toi de lui, espèce de crétin !

L'homme qui avait posé le couteau contre sa gorge se tendit, comme s'il voulait la lui trancher.

— Bon d'accord, tu viens avec nous ! s'exclama-t-il enfin. Si cette bestiole veut nous cramer, elle te cramera aussi, espèce de bâtard !

Il entraîna Kailin sur la berge.

Ce type était condamné. Ils étaient tous condamnés, se dit Kailin. Il le sut dès qu'ils se mirent en mouvement. L'attention de Neige se tournait à nouveau vers lui, comme si elle avait perçu sa supplique. Elle n'en avait pas encore terminé avec les autres, mais dès que ce serait fait…

— Merde !

Ils avaient presque réussi à rejoindre le bois quand le dragon surgit de l'enfer de l'autre côté du fleuve, les arrosant de cendres, de braises et de branches enflammées. Les flammes jaillirent de nouveau, et l'autre homme, celui qui ne le tenait pas, poussa un hurlement.

— Sollos ! cria l'homme au couteau.

Il trébucha. Kailin et lui tombèrent ensemble dans l'herbe détrempé et l'homme roula sur le dos sans le lâcher. Kailin se retrouva allongé sur lui. Neige les regardait. Ses dents dégoulinaient de sang, ses yeux flamboyaient, et elle avait encore attrapé quelqu'un avec sa queue. Malgré la fumée et la terreur informe qui l'engourdissait, Kailin crut reconnaître l'un des mercenaires de la maréchale Nastria.

— Lâche-le ! rugit l'homme au couteau. Lâche-le ou bien je tue ton écuyer !

OÙ SONT LES ALCHIMISTES ? Cette pensée frappa Kailin comme un coup de marteau. *OÙ SONT-ILS ? JE VAIS TOUS LES BRÛLER ! JE VAIS TOUS LES BRÛLER !*

Je n'en sais rien ! Je n'en sais rien ! Mentalement, Kailin se recroquevilla en boule pour attendre la mort.

OÙ SONT LES AUTRES ? OÙ ?

— Je sais où ils sont, moi ! cria l'homme au couteau. Je sais où les trouver !

Le feu s'éteignit dans les yeux de Neige. Elle feula et lança son prisonnier près de Kailin. C'était bien l'un des mercenaires de la maréchale, Sollos. Comment s'appelait l'autre, déjà ?

DIS-MOI OÙ ILS SONT !

Kailin cligna les yeux. Haut dans le ciel, il lui semblait apercevoir un ou deux points noirs qui se déplaçaient sur fond de nuages.

34. LE REMÈDE DE JEHAL

Ils étaient sept ou huit, et tous portaient des voiles leur masquant le visage. Ils le tirèrent de son lit et l'entraînèrent à travers le Palais. Il cria et hurla mais ils firent mine de l'ignorer. Quand il se débattit, l'un d'eux le frappa si fort qu'il lui fendit la lèvre et lui déchaussa une dent. Ils traversèrent la cour, puis pénétrèrent dans la Cathédrale de Verre où ils empruntèrent un escalier interminable dissimulé derrière l'autel. En sous-sol, ils le traînèrent ensuite dans de sombres couloirs obscurcis par la fumée jusqu'à une pièce ténébreuse évoquant une caverne. À la lueur de quelques torches, il distingua les instruments de torture alignés le long des murs. Hyram était assis au milieu de la pièce, avec à coté de lui un petit brasero rougeoyant.

— Vous êtes fou, vieillard ! s'écria Jehal.

Les gardes voilés enchaînèrent Jehal à une roue, et Hyram les observa en silence.

— Vous allez vous mettre tous les royaumes à dos ! Narghon, Silvallan, Zafir… Même la reine Shezira et le roi Valgar ! Même les Syuss sortiront du sable pour vous menacer du poing !

Hyram, qui tremblait légèrement, conserva le silence. Les gardes voilés terminèrent leur travail et s'éclipsèrent. Jehal et Hyram étaient seuls.

— V… vous avez oublié quelqu'un.

— Oui, même le roi des Rochers va sauter de sa montagne quand il apprendra que vous avez emprisonné un prince-dragon !

— V… vous savez, je croyais v… vraiment que vous ne viendriez p… pas, lui dit Hyram en se levant douloureusement. J… je ne vous emprisonne pas, au fait. Je vous t… torture. Quand j'aurai terminé, v… vous pourrez p… partir.

Il claqua des doigts, et deux autres hommes voilés cachés dans les coins sortirent de l'ombre.

— J'ai re… reçu des lettres de la reine Zafir. Elle prétend que vous et la reine Aliphera étiez amants.

Le cœur de Jehal manqua un battement. *Des lettres de Zafir ? Mes aïeux ! Qu'a-t-elle fait ?*

Hyram allait et venait dans la pièce. Les deux hommes voilés attendaient patiemment ses ordres.

— Z… Zafir vous reproche la mort de sa mère. D'après elle, Al… Aliphera s'est suicidée parce que vous alliez é… épouser quelqu'un d'autre. Étiez-vous amants ?

— L'intérêt que vous portez à mon lit est-il dû au vide qui hante le vôtre, vieil homme ? cracha le prince.

— Étiez-vous a… amants, Jehal ?

— Cela ne vous regarde pas, Orateur, mais effectivement, je l'ai baisée de toutes les façons imaginables. Elle n'en avait jamais assez.

Malgré la pénombre, il vit Hyram se raidir. Sur un petit signe de lui, les deux bourreaux se mirent au travail. L'un d'eux tira la tête de Jehal en arrière pour l'empêcher de voir ce que faisait l'autre. Hélas, le prince ressentait parfaitement bien les supplices qu'ils lui infligeaient.

— Non ! hurla-t-il. J'ai menti ! Nous n'étions pas amants !

Hyram fit un nouveau signe aux bourreaux, qui le relâchèrent et s'éloignèrent. Jehal redressa la tête en reprenant lentement son souffle. La douleur s'évanouit. Il dégoulinait de sueur. Il ne savait même pas ce que lui avait fait le deuxième bourreau. *M'ont-ils marqué ? Balafré ? Si oui, je le lui ferai payer au centuple…*

— Bien sûr que non, vous n'étiez pas am… amants. La r… reine Aliphera était t… trop sage pour ne pas voir clair dans votre jeu, prince V… Vipère. Je v… veux savoir pourquoi vous l'avez f… fait assassiner. Et comment.

— Je n'ai pas commandité son meurtre !

Les bourreaux s'approchèrent à nouveau, mais cette fois-ci, ils s'appliquèrent un long moment. Jehal eut beau serrer les dents, il finit par hurler et sangloter comme n'importe qui d'autre. Il fallait qu'il s'accroche à cette vérité : *Je n'ai pas commandité son meurtre.*

Finalement, les tortures cessèrent. Les bourreaux s'éloignèrent à nouveau. Jehal s'affaissa, épuisé. Hyram baissa de nouveau les yeux vers lui.

— V… vous êtes toujours là, Vipère ?

Jehal n'eut aucune réaction. Il valait mieux feindre un évanouissement. Hyram le gifla.

— Ne f… faites pas le timide avec moi, mon garçon. Mes hommes c… connaissent leur travail. Je sais que vous m… m'entendez. Vous s… souhaitez peut-être faire une p… pause, Jehal ?

De ses mains tremblantes, Hyram tira le brasero vers la roue.

— Vous devriez vous faire aider, vieillard. Vous allez vous faire mal, souffla le prince.

— M… maître Bellepheros a fait passer toutes les personnes pr… présentes dans v… votre aire à la F… Fumée de V… Vérité.

— Maître Bellepheros s'est expliqué devant la cour de mon père, le roi Silvallan, la reine Shezira, le roi…

— Oui, bon. Il n'a rien t… trouvé, je sais. La r… reine Shezira non plus n'a rien trouvé. Elle a même en… envoyé sa fille vous poser des qu… questions pendant que v… vous étiez sous l'emprise du R… Regret de la Vierge, et elle n'a r… rien trouvé.

Ah. C'est donc cela.

— Elle n'a rien trouvé parce qu'il n'y a rien à trouver, vieillard.

Le brasero une fois installé à côté de Jehal, Hyram répandit une poudre sur le charbon. Des traînées de fumée blanche s'élevèrent en sinuant.

— Je vais l… leur montrer c… comment il faut s'y prendre. Maître Bellepheros n'a pas pu utiliser sa f… fumée sur vous. Ce n'est p… pas permis. Mais moi, je peux. Respirez pr… profondément, prince V… Vipère. La torture n'était qu'un am… amuse-gueule, un petit div… divertissement en mon hon… honneur. À présent, vous allez tout a… avouer, puis v… vous serez pendu. C'est moi qui g… gagne, Jehal.

Hyram s'éloigna d'un pas décidé.

— C'est une déclaration de guerre, Orateur. Tout le monde va se retourner contre vous. *Tout le monde !*

— N… non, ils ne le feront pas. Hyram parut amorcer un sourire, mais les muscles tremblotants de son visage se tordirent en une grimace méprisante.

— Même si j'ai tort. T… tout le monde se moque de ce que je f… fais, Jehal. Pourquoi s'en s… soucier ? Dans quelques mois, je s… serai parti, de toute façon.

— Si c'est de la Fumée de Vérité, vieil homme, posez-moi donc des questions sur la potion que j'ai apportée avec moi ! Vous savez ? Celle qui apaise la souffrance de mon père et qui pourrait guérir vos symptômes ? Allez-y, posez-moi des questions, espèce de vieil infirme croulant, et ensuite demandez-moi ce qu'il vous en coûterait ne serait-ce que pour la goûter. Demandez-moi ce que j'exigerais de vous. Vous êtes malade. Vous êtes mourant, et vous allez connaître la mort la plus lente et la plus dégradante qui existe. Je vais me délecter de chaque journée passée à vous regarder décliner. Allez-y, Hyram ! Posez-moi des questions !

L'Orateur lâcha ce qui ressemblait à un petit rire.

— Qu… qu'est-ce qui vous fait croire que j… j'ai besoin de v… vous pour l'avoir ?

Il quitta la pièce et Jehal se retrouva seul. La fumée qui s'élevait du brasero devenait de plus en plus épaisse et dégageait maintenant une odeur douceâtre, un parfum étrange et malsain. La Fumée de Vérité. Il connaissait cette odeur grâce aux alchimistes d'Hyram qui avaient envahi son aire.

Et maintenant ? La Fumée de Vérité n'était pas parfaite. Les alchimistes prétendaient le contraire, bien sûr, mais ils avaient tort. Un homme intelligent et déterminé pouvait très bien duper un interrogateur inepte. *Les alchimistes disent peut-être qu'elle est parfaite pour que nous les payions à effectuer nos recherches à notre place ? Bah, peu importe. Je suis intelligent. Je suis déterminé. Hyram est-il inepte ? Non. Lui aussi est intelligent. Mais si je… ? Je dois le rendre fou… Comment y parvenir ? Voyons voir…*

La Fumée commençait à faire effet. Sa tête tournait un peu, et il perdait petit à petit ses repères. *Je n'ai pas fait tuer Aliphera. Elle est tombée de son dragon. C'était un accident. Je n'étais pas là. J'étais malade, j'étais au lit…* Il s'interrompit. Il était en train de réfléchir à quelque chose, juste avant, mais à quoi ? Il y avait de nouveau quelqu'un d'autre dans la pièce. Il ne pouvait pas bouger, mais sans vraiment comprendre pourquoi. Et il était blessé. Ça non plus, il ne se rappelait pas comment c'était arrivé.

— Qu… qu'étiez-vous en train de m… marmonner ?

Jehal plissa les yeux. Ah oui. Hyram.

— Qu'est-ce que vous êtes vieux…

Il gloussa.

— On dit que les m… mots qu'on marmonne quand la F… Fumée fait effet sont les mensonges qu'on v… veut avouer. Qu'en p… pensez-vous ?

— Très ingénieux ! lui lança Jehal avec un grand sourire.

Quelque part au fond de lui, il savait exactement où il se trouvait et ce qui lui arrivait. C'était comme si on avait enfermé très loin cette partie de son être qui savait. Elle sautait et lui criait dessus, elle essayait de lui dire quelque chose, mais il n'entendait rien.

— Donc, c… commençons par ce que vous avez dit tout à l'heure. Vous n'avez pas fait tuer Aliphera. C'est… c'est vrai, ça ?

— Oui. Je ne l'ai pas *fait* tuer, j'étais là, lui dit Jehal en bâillant. Pourquoi je n'arrive pas à bouger les mains ?

La partie très lointaine de son être lui criait toujours quelque chose. En tendant l'oreille, il arrivait presque à comprendre ce qu'elle voulait lui dire.

— Parce qu'elles sont at… attachées à une roue. Vous étiez là ? Que voulez-vous d… dire ?

— J'étais avec elle… (Il fixait Hyram du regard.) Sur le dos de son dragon. J'étais avec elle quand elle est tombée. En fait, je n'étais pas malade, ce jour-là. Votre alchimiste s'est trouvé à deux doigts de tout comprendre. Elle a *effectivement* caché quelque chose quand elle a quitté l'À-pic, et le prince Meteroa aussi, quand il est revenu : moi. Elle et moi, nous nous sommes donné beaucoup de mal pour que personne ne sache que nous allions nous voir. Des semaines à réfléchir à notre rendez-vous. Et maintenant vous voilà, avec votre maudite Fumée. Voilà, vous savez tout.

— Vous étiez av… avec elle ?

— Vous faites une drôle de tête, Orateur Hyram. Vous vous sentez mal ? J'étais caché dans l'un de ses sacs de selle. Cela faisait des mois que je m'épuisais à la séduire. Par petites œillades, par petites touches. Elle me voulait, vieil homme. Elle brûlait de désir pour moi. Je n'avais qu'à la regarder pour qu'elle mouille. Elle m'a fait sortir clandestinement sur son dragon et nous nous sommes envolés pour aller baiser toute la journée sans que personne le sache…

Il lança un regard lubrique à Hyram.

— Non !

— Si, vieux roi.

— J… je vous ai demandé si vous étiez a… amants. Vous m'avez dit que n… non !

— C'était sous la torture. J'ai menti pour faire cesser le supplice. Vous auriez dû croire Zafir, mais comment admettre une telle chose ? Quelle petite salope retorse, cette Zafir !

Le tremblement d'Hyram empirait. Il serrait et desserrait les poings, il allait et venait devant le brasero. La voix lointaine dans la tête de Jehal lui criait toujours quelque chose. Quelque chose à propos de l'Orateur. Jehal fronça les sourcils et secoua la tête pour comprendre ce qu'elle lui disait.

— Vous avez l'air embêté, vieillard. Vous avez du chagrin ? *Vas-y, cherche-le ! Mets-le en colère !* Vous êtes furieux, visiblement !

Hyram le frappa.

— L'av… l'avez-vous tuée ?

Bien. Jehal sentit le sang dans sa bouche.

— C'est le sol qui l'a tuée, pas moi. Quand elle est tombée. Vous voulez savoir pourquoi elle est tombée ? Oui, bien sûr, vous voulez le savoir. Vous voulez savoir pourquoi elle n'était pas sanglée dans son harnais ? J'ai vraiment besoin de vous le dire ? Vous voulez savoir si elle était toute nue quand on a enfin retrouvé son corps ?

Hyram le frappa de nouveau.

— Est-elle tombée ou l'ai-je poussée ? C'est vraiment ça que vous voulez savoir ? En réalité, ce que vous voulez savoir, c'est si ça s'est passé avant ou après que je la baise...

Cette fois-ci, le coup d'Hyram le visa à l'estomac.

— Fermez-la !

— Combien de fois l'ai-je prise ? Allez-y, devinez !

— *Fermez-la !*

Jehal fut pris d'une quinte de toux.

— Pas question. Vous vouliez la vérité, vieux roi ? Vous allez l'avoir ? Nous étions amants et j'étais là quand elle est morte. Je voulais la prendre sur son dragon. Vous avez déjà baisé sur un dragon en vol, vieillard ? Le grand frisson, mais c'est stupide ! Il y a souvent des accidents.

Il redressa la tête. *Continue !*

— Je parie que vous voulez savoir comment baisait Aliphera... Vous voulez que j'imite ses gémissements quand elle jouissait ? Je vais vous dire ce qu'elle aimait le plus : qu'on la prenne par-derrière ! Vous le saviez ? Vous voulez savoir ce qu'elle me chuchotait à l'oreille quand je glissais mes doigts en elle ? Vous faites tout cela pour l'apprendre, hein ? Parce que vous n'auriez jamais pu l'avoir et que vous voulez savoir comment c'était ? Allez-y, posez-moi des questions, vieillard. Je vais *tout* vous dire.

Il n'alla pas plus loin. Pétrifié par la rage, Hyram lâcha un rugissement. Il insulta Jehal, lui hurla dessus, le roua de coups. Quand la raclée cessa, Jehal comprit vaguement que les hommes voilés venaient de traîner l'Orateur hors de la pièce. Pendant toute cette épreuve, le prince conserva un grand sourire.

C'est moi qui ai gagné.

35. KEMIR

Trempé, frigorifié, Kemir était allongé sur le dos. L'eau glaciale se ruait tout autour de lui, les pierres jonchant le lit du fleuve s'enfonçait dans ses chairs. Il tenait à sa merci un homme qu'il connaissait à peine, et un dragon enragé le regardait, tête baissée vers lui. Un dragon qui avait attrapé son cousin et l'écrabouillait dans sa queue. Les pensées de Kemir se figèrent. Il n'arrivait plus à réfléchir. Il allait mourir.

OÙ SONT LES ALCHIMISTES ? Ces mots lui arrivaient bien de quelque part, bon sang ! Kemir fixait la gueule qui n'allait pas tarder à l'engloutir dans les flammes. Cette gueule ne bougeait pas, mais les mots lui parvenaient quand même. *OÙ SONT-ILS ?* Des mots qui le saturaient, aussi gros que le dragon lui-même. *OÙ SONT LES AUTRES ? OÙ ?* Il crut que sa tête allait exploser. *LES ALCHIMISTES ! OÙ SONT-ILS ?*

La peau rugueuse de l'Écailleux était dure et friable comme du verre là où elle s'écaillait, mais toute douce en dessous. *Peut-on couper ça avec un couteau ?*

— Je sais où ils sont ! s'écria-t-il pour faire cesser le bruit dans sa tête. Je sais où les trouver !

Dans les yeux du dragon, la rage se transforma en colère frémissante. Il le fixa du regard, feula, projeta Sollos dans les airs et le rattrapa avec sa queue, tête en bas, à quelques centimètres seulement au-dessus de Kemir.

DIS-LE-MOI !

— Non, ne dis rien ! coassa Sollos, qui poussa un hurlement quand la queue se resserra autour de lui.

Kemir raffermit son étreinte sur la gorge de l'Écailleux.

— Si je te le dis et que je relâche ce type, tu vas me cramer…

Des montagnes. Je vois des montagnes dans ton esprit. Des montagnes toutes proches. Dis-moi où c'est ou bien je vous brûle tous les deux.

— Nous sommes entourés de montagnes, gros malin ! Si tu me brûles, tu ne sauras jamais de laquelle il s'agit !

Au-dessus de lui, Sollos grimaça de douleur ; le dragon venait de contracter sa queue à nouveau. Brusquement, le monstre leva les yeux, laissa tomber Sollos, s'élança dans le fleuve. Quelques secondes plus tard, il s'élevait dans les airs. Tout là-haut, Kemir vit deux points noirs se déplacer contre les nuages. À contrecœur, il relâcha l'Écailleux et courut rejoindre son cousin.

— Tu vas bien ?

Sollos s'assit, le visage en sang. Il avait une coupure superficielle au cuir chevelu et tenait sa main avec précaution.

— À peu près. Je m'en remettrai.

— Et tes jambes, elles fonctionnent ?

Kemir lança un coup d'œil par-dessus son épaule. L'Écailleux se relevait, hébété et perdu, nez en l'air. Sollos se mit debout à son tour.

— On dirait.

— Tant mieux ! Je vais attraper ce type. Il faut fuir.

— Attends ! Les écuyers !

Kemir fit la grimace.

— Quoi, les écuyers ? Ils sont tous morts !

— Non, pas tous.

Sollos lui désigna quelque chose. Au milieu du fleuve, une silhouette en armure se relevait en chancelant. Kemir eut un grand sourire. *Tiens, l'écuyer Semian ! Quelle chance !*

— Bah, on peut corriger ça très vite.

Il éleva le ton.

— Hé, l'écuyer Bâton-dans-le-cul ! Par ici !

— Attends…

— Ça ne nous prendra qu'une seconde. Nous serons partis avant le retour de ses copains.

— Attends !

Kemir grommela. L'écuyer Semian contournait les rochers en titubant, et il venait vers eux.

— Quoi encore ?

— Qui donnait des ordres au dragon blanc ?

— Personne, il me semble.

— C'est pas normal, Kemir.

Ce dernier haussa les épaules.

— Peut-être bien que oui, peut-être bien que non. J'y connais que dalle en dragons, sauf quand ils ont des écuyers sur le dos.

Il tripotait son couteau. Semian approchait, l'air désorienté, comme quelqu'un qui n'a pas la moindre idée de ce qui lui est arrivé. *Une proie facile…*

— Je vais lui parler.

Sollos s'engagea entre les pierres vers le chevalier-dragon hébété. Une série de cris à fendre le cœur retentirent dans le ciel et résonnèrent dans la vallée. Kemir se crispa.

— Écuyer ! Écuyer Semian ! Vous allez bien ? cria Sollos.

Semian ne répondit pas, l'air étrangement neutre à présent. Kemir senti les poils se dresser sur sa nuque : *Danger, danger !* Il fit un pas vers eux.

— Sollos !

Les deux hommes se rejoignirent. Semian avait la bouche ouverte, les yeux vides et perdus dans le vague, mais quand il bougea, ce fut avec une vitesse et une détermination brutales. En un clin d'œil, il tira son épée et la planta dans le corps de Sollos. Le mercenaire poussa un petit grognement, plié en deux. Quand Semian retira son épée, Sollos s'effondra dans le fleuve. Paralysé par l'horreur, Kemir hurla.

— Sollos !

Semian leva son épée et l'enfonça violemment dans la nuque de Sollos.

— *Sollos !*

Semian se tourna vers Kemir. Le regard vague avait disparu.

— Espèce de salaud ! gronda un Kemir hésitant.

La fureur et le désir de vengeance déferlèrent en lui, exigeant de lui un châtiment immédiat et sanglant. Mais Semian portait une armure. C'était un chevalier. Qui avait fait preuve d'une rapidité vraiment surprenante.

J'ai peur de lui. Une prise de conscience horrifiante, presque autant que la mort de Sollos. *Si je le combats, il peut gagner. J'ai peur de lui, mais lui, par contre, il n'a pas peur de moi.*

Semian venait lentement vers lui. Ses intentions ne faisaient plus aucun doute, à présent. Il savait exactement où il se trouvait et ce qu'il faisait.

— Toi et moi, mercenaire. C'est ce que tu voulais, tu te rappelles ?

— Sollos n'a même pas sorti son épée ! Il voulait vous aider ! Vous êtes une ordure ! Vous et tous ceux de votre espèce !

— Je comprends, maintenant, lui dit Semian, le regard fou. Vous là, les deux mercenaires, vous avez participé à tout ça. Vous vous êtes bien moqués de moi, mais je vais me rattraper avec ça.

Il fouetta l'air de son l'épée.

— Ma lame est tachée du sang exécrable d'un traître. Cette épée me dégoûte, mais je vais me forcer à la tenir encore le temps qu'il faudra. Dépêche-toi, bandit ! Je ne supporterai pas longtemps cette puanteur. Finissons-en ! Tue-moi si tu le peux, ou ajoute ton sang au sien.

Kemir recula d'un pas pour garder ses distances.

— Vous tuer séance tenante ? Ce serait bien trop rapide ! Je veux vous voir mourir lentement.

— Espèce de poltron ! Tu refuses donc de me combattre, mercenaire ?

La rage déferla de nouveau en Kemir, mais la peur la garda sous contrôle.

— Un jour, je vous attendrai dans l'ombre, dans une ruelle, avec mon arc bandé. Vous ne me verrez pas venir !

Kemir détala dans les eaux impétueuses et les rochers, bien décidé à mettre le plus de distance possible entre eux. Avec toutes les écailles de dragon qu'il avait sur le dos, l'écuyer ne pourrait jamais le rattraper. D'ailleurs, il n'essaya même pas. Il se contenta de le regarder battre en retraite.

— Espèce de lâche !

— Vous ne me verrez pas venir, vous m'entendez ?

Kemir reprit sa course. Quand il eut traversé le fleuve et atteint la limite des arbres, il se retourna. Semian était toujours debout au même endroit, pétrifié. Une cible parfaite. Lentement, Kemir fit glisser son arc de son épaule et le banda. *Je suis à environ quarante toises d'un homme en armure. S'il est assez bête pour rester là sans bouger, je l'atteindrai sans problème. Je le blesse, et ensuite je le tue lentement. Oui, c'est parfait.* Un autre cri perçant le surprit, si puissant et si proche qu'il faillit le renverser. Il avait presque oublié les dragons ! Quelques instants plus tard, le fleuve explosa. Deux dragons s'étaient écrasés au sol, agrippés l'un à l'autre, dents, griffes et queues étroitement imbriquées. L'eau et les pierres voltigeaient en tous sens. L'un des deux dragons était blanc et l'autre brun foncé, avec des touches de vert iridescent à l'intérieur des cuisses. Celui-là portait un écuyer, mais l'homme disparut très vite dans la bagarre. Les deux dragons roulèrent dans l'eau, et le combat ne cessa que lorsque le dragon blanc s'éloigna d'un bond en claudiquant. Le dragon brun se releva, flaira quelque chose dans les rochers et poussa un rugissement. L'une de ses ailes s'était brisée pendant la bagarre, mais il semblait avoir oublié la présence du dragon blanc.

Il lui cachait la vue, cependant, et Kemir courut à l'abri des arbres sans perdre le fleuve de vue. Hélas, l'écuyer Semian avait disparu.

En tout cas, l'Écailleux était toujours en vie. Enfin, plus ou moins. Il titubait à l'aveuglette au milieu des rochers. Le dragon blanc le prit dans sa serre avant de s'élancer dans les airs, et quelque chose se brisa en Kemir.

36. LA REINE-DRAGON

Ses pensées toujours tournées vers Jehal, Hyram sortit observer l'arrivée des dragons de Zafir sur l'aire adamantine. Après la débâcle de la Fumée de Vérité, il ne lui restait que trois choix assez simples. Il pouvait faire exécuter Jehal tant qu'il l'avait sous la main, au risque de déclencher une guerre. Le choix le plus séduisant, certes, mais le rôle de l'Orateur consistait justement à s'assurer qu'il n'y aurait plus jamais d'autres guerres entre rois-dragons. Le cachot présentait également un certain attrait, mais ne servirait pas à grand-chose. Lorsque Shezira lui succéderait, elle laisserait partir Jehal, et ceci même si elle le croyait coupable. Il valait mieux le libérer tout de suite, sans attendre, et observer sa réaction.

Sauf que le prince n'avait pas réagi comme il s'y était attendu, encore une fois. Au lieu de s'envoler vers le sud, où Hyram aurait pu le garder à l'œil, Jehal était parti vers l'est et le Haut de Drotan. De là, il avait pris la direction du nord, apparemment pour se joindre aux vaines et interminables recherches de la reine Shezira toujours à la poursuite de son dragon disparu. Hyram ne pouvait espérer infiltrer les écuyers de Shezira, car la reine connaissait trop bien ses hommes. Résultat, la Vipère était libre. Jehal réapparaîtrait tôt ou tard, mais le fait de ne pas savoir ce qu'il préparait mettait l'Orateur mal à l'aise. *Il veut me succéder. Il sait que je préférerais mourir plutôt que de trahir Shezira pour quelqu'un comme lui, donc il doit certainement réfléchir au moyen de la convaincre elle de le nommer après elle. À qui pense-t-elle pour l'instant ? Croit-il que son mariage avec Lystra lui vaudra cette nomination ? Elle désignera Valgar, je pense... S'il est toujours en vie...*

Les dragons de la reine Zafir se posèrent l'un après l'autre. Un spasme tenace se déclencha dans la joue d'Hyram. *Valgar vieillit. Dans dix ans, il sera aussi vieux que moi aujourd'hui, et Jehal aura l'âge qui convient. Est-ce là-dessus qu'il compte ?*

Avec tout ce qu'il avait appris ces derniers jours, comment se comporter avec la reine Zafir ? Aliphera et Jehal avaient été amants, lui avait-elle raconté, et il avait découvert que c'était vrai. D'après elle, Jehal n'avait sans doute pas assassiné sa mère, et là aussi, elle avait probablement raison. Il n'était même plus certain de vouloir apprendre la vérité. Aliphera s'était souillée avec la Vipère, elle, entre toutes les autres ! Elle méritait la mort. Si c'était un accident, Hyram ne regrettait qu'une chose : qu'elle n'ait pas entraîné Jehal avec elle. *Je devrais écarter cette femme de mes pensées. Jehal ne l'a peut-être pas tuée, mais il empoisonne son propre père ! On devrait le pendre pour cela. Il faut que j'oublie Aliphera. Pour toujours.*

Sauf qu'elle était là, en face de lui, exactement comme dans son souvenir, vingt ans auparavant, littéralement resplendissante, radieuse, d'une beauté sans pareille. Il se sentit bête et honteux. Et vieux, et infirme. Comment osait-il se tenir devant elle ?

— V… votre Altesse. Il s'inclina. *Ce n'est pas elle. Elle est morte, rappelle-toi. C'est sa fille. Comme elle lui ressemble ! Je ne m'étais jamais aperçu à quel point !*

La reine Zafir fit une courbette et embrassa son anneau.

— Orateur, vous me flattez…

Il ne pouvait plus détacher les yeux de cette femme. Elle était Aliphera au summum de sa beauté, avec ses cheveux rassemblés en haut de son crâne pour mettre en valeur les courbes de son cou, les mêmes vêtements d'un rouge profond, le même dragon sculpté dans l'ambre suspendu à sa gorge, les mêmes plis de fourrure rousse qui la gardaient au chaud et la préservaient du vent. Tout rayonnait en elle.

— V… vous portez les f… fourrures de votre mère.

— Quand elle est morte, j'ai décidé de toujours porter quelque chose lui ayant appartenu. Pour honorer sa mémoire. J'espère que cela ne vous offense pas, dit Zafir en baissant la tête.

— V… venez. Hyram lui offrit le bras, qu'elle prit avec un sourire. J… Je dois vous faire des excuses, reine Z… Zafir. À une époque, j'ai énormément aim… aimé votre mère. Je n'aurais jamais dû vous tenir de tel propos après votre couronnement.

Elle croisa tristement son regard.

— Effectivement, Orateur, vous n'auriez pas dû. C'est le prince Jehal qui a tué ma mère, et nous le savons tous les deux.

Il détourna les yeux et se mordit la lèvre.

— Je n'en suis p… pas si sûr. C'est peut-être un ac… accident.

— Je pense qu'il était avec elle sur son dragon quand elle est morte.

— Oui, j... je suis au c... courant.

Pendant quelques instants, Zafir se tendit.

— Vous êtes au courant ?

— Oui... Oui. Il... il me l'a dit. Mon... Mon comportement à son égard n'... n'a pas été très royal lors de son séjour ici, mais j'ai ap... appris énormément de choses.

— Je veux en savoir davantage ! lui lança-t-elle, toujours tendue.

Sans y accorder trop d'importance, Hyram se demanda ce qui causait cette tension.

— T... tout ce que vous m'avez appris était vrai, je le s... sais. J'aurais dû f... faire plus attention à vos l... lettres. J'ai été in... injuste à votre égard. J... je vous en prie, pardonnez-moi. Dites-moi, c... comment va votre famille ?

Elle sembla se détendre.

— Ma sœur pleure toujours ma mère. Notre oncle Kazalain a fait le serment de venger sa mort. Il tape du pied, il crie, il beugle à qui mieux mieux qu'il veut la guerre, alors qu'il ignore qui il doit combattre.

Elle lui lança un regard pensif.

— Le plus souvent, il décharge sa colère sur la reine Shezira. Il croit que vous avez songé à braver les anciens pactes en choisissant Aliphera au lieu d'elle pour vous succéder. Une idée stupide, n'est-ce pas ? Ses fils le soutiennent, mais c'est tout. Pour le reste, tout le royaume est accablé de tristesse.

Puis elle lui sourit, et il ne put se retenir.

— V... votre beauté est en t... tout point égale à celle de votre mère, reine Zafir. J'espère que vous en êtes c... consciente.

— Vous êtes trop bon, Orateur. Mais parlez-moi de Jehal. Je croyais avoir à répondre à vos questions et passer pour très intelligente à vos yeux avec mes quelques réponses, mais vous en savez déjà davantage que moi.

Il la conduisit en périphérie de l'aire, où une rangée de carrosses emmena Zafir et son entourage au Palais. C'est d'ailleurs au Palais qu'il la quitta, au milieu d'une centaine de serviteurs agités portant des caisses, des sacs et des boîtes aux quatre coins du Palais. Il lui avait encore une fois réservé la tour de l'Air. Il espérait qu'elle comprendrait qu'il souhaitait l'honorer. Quand il l'avait convoquée, c'était en partie pour l'accuser. Il avait même songé à la traiter comme il avait traité Jehal, en employant à petites doses la torture et la Fumée de Vérité. Cette pensée le consternait, à présent. Qu'est-ce qui lui avait pris ? La Vipère méritait son sort pour tout un tas de raisons, mais la reine Zafir ?

Elle était l'image même de sa mère dans les souvenirs du vieil homme. Ses vêtements, ses cheveux, ses bijoux, la façon dont elle parlait, dont elle se tenait… Il avait beau se dire que ce comportement était probablement délibéré, il s'en moquait.

Le soir venu, ils dînèrent dans le grand hall du Palais, parmi les têtes d'or sculptées des quarante-quatre Orateurs précédents, sous leurs regards pensifs. Entièrement vêtue des rouges profonds et des bruns automnaux qu'avait aimés sa mère, Zafir fit son entrée, suivie par une douzaine de chevaliers-dragons miroitants. Elle portait la robe préférée d'Aliphera, et à cette vue Hyram sentit les larmes lui monter aux yeux. *J'ai tant de regrets !*

Au cours du repas, il lui raconta en détail ce qu'il avait fait à Jehal pour lui tirer les vers du nez, et elle l'écouta tranquillement. Dans le regard de la jeune femme, il lut qu'il avait fait ce qu'il fallait.

C'est elle qui lança la conversation sur ce sujet.

— Peu importe qu'il l'ait poussée ou qu'elle soit tombée, lui dit-elle doucement. Il est responsable de sa mort, et je le hais. Je l'aimais bien, avant. Il y a une époque où… (Elle baissa les yeux.) Où j'ai espéré qu'il m'épouserait moi plutôt que la princesse Lystra. Mais Lystra peut se le garder. J'aurais dû commencer à vous écouter bien plus tôt, et ma mère aussi. Il n'y aura pas de guerre, Orateur, je vous le promets. Mais je vengerai ma mère, je vous en fais également le serment.

Hyram s'enivra, soi-disant parce que l'ivresse apaisait les symptômes de sa maladie. En réalité, ce n'était qu'un prétexte. Elle apaisait surtout l'amertume, les regrets et la souffrance, cette autre maladie qui le minait depuis longtemps. Ce soir-là, hélas, l'ivresse n'eut pas le même effet ; ce soir-là, elle empira son état. Il se répandit en soupirs larmoyants, et finalement révéla tout à Zafir. S'il ne le faisait pas, il allait fondre en larmes. Devant ses chevaliers et tous ceux de la reine, ses pleurs auraient certainement sonné la fin de son règne. Elle l'observa pendant toute sa confession, en silence, mais avec des yeux qui semblaient pleins de compassion. Elle allait forcément lui dire qu'il était stupide, que c'était un imbécile, que ce qu'il avait fait à Jehal menaçait la paix des royaumes, qu'il était bien bête de pleurer une femme qu'il avait à peine connue, qu'elle était morte et qu'on ne pouvait rien y faire, et qu'il pouvait s'estimer heureux de toutes les années qui lui avaient été accordées. Au lieu de quoi, quand il eut terminé, elle se pencha vers lui et lui chuchota à l'oreille.

— Je ne peux pas faire revenir ma mère, Hyram. Mais votre maladie, si c'est vraiment la même que celle du roi Tyan… Je crois être en mesure de vous aider.

— La V… Vipère prétend p… posséder une certaine p… potion, bredouilla Hyram. Les al… alchimistes ignorent t… tout à son sujet. Vous m'avez d… dit détenir d… des informations là-dessus. Dans v… votre lettre…

Elle s'appuya un peu contre lui.

— Il l'achète aux Taiytakei. Mais j'ai pour vous mieux que des informations.

Comme par magie, elle fit surgir une petite fiole.

— Il en a apporté un échantillon quand il est venu au Palais pour répondre à votre appel. Il voulait vous narguer avec, j'en suis persuadée. Je l'ai volé quand il a passé la nuit dans mon aire en route pour la vôtre, conclut-elle avec un gloussement.

Elle ôta le bouchon de la fiole et en versa quelques gouttes dans le vin de l'Orateur, puis dans le sien.

— J'ai d'abord voulu demander à mes alchimistes de quoi il s'agissait, mais vous savez comment ils sont.

Ils peuvent très bien revenir dans un an sans aucune réponse. Donc, je l'ai fait tester. Ce n'est pas du poison, en tout cas, dit-elle en levant sa coupe. C'est un peu...

Elle gloussa de nouveau.

— C'est un peu comme une dose bénigne de Regret de la Vierge. J'ignore si cette potion peut vraiment vous guérir, mais en tout cas, elle ne peut pas vous faire de mal. Vous pouvez croire Jehal quand il dit que cette potion ne guérit pas de cette maladie ; elle ne fait que la ralentir, tant qu'on la prend régulièrement. Quand on interrompt le traitement, la maladie revient.

Hyram fixa son verre de vin, le renifla.

— Elle a très mauvais goût. Et ne se marie pas bien avec le vin, non plus. C'est meilleur avec de l'eau de vie.

— V... vous l'avez essayée ?

Zafir haussa les épaules.

— Je voulais connaître ses effets avant de vous l'offrir. Évidemment, je ne l'ai essayée qu'après m'être assurée que ce n'était pas du poison.

— P... pourtant ça vient de la Vipère ! dit Hyram en secouant la tête. La pièce se brouillait devant ses yeux. Ce... cela pourrait être n... n'importe quoi !

Elle se rassit dans son siège en s'écartant de lui.

— Vous n'êtes pas obligé de la boire, Orateur. Mais si vous le faites, et qu'elle a un effet sur vous, je m'en procurerai davantage.

— En quelle qu... quantité ?

Elle éclata de rire.

— En quantité suffisante pour quelques mois. Assez pour vous permettre de mener jusqu'à son terme votre règne d'Orateur. Moi aussi, je sais où il se procure cette potion. Je peux vous le dire, si vous le souhaitez.

Elle s'appuya de nouveau contre lui.

— Videz donc votre verre, Hyram. Ne laissez pas Jehal remporter la mise. Soyez jeune et fort à nouveau, soyez tel que ma mère aurait aimé se souvenir de vous.

La proximité de la jeune femme, la chaleur qu'elle dégageait à travers ses vêtements le firent frissonner.

— Qu'avez-vous à perdre ?

Il fixait son verre de vin. Il le fixait toujours quand le festin prit mollement fin. Quand il partit se coucher en tanguant dans les couloirs, il emporta la coupe toujours à moitié pleine. *Demain matin*, se dit-il. *Demain matin, je lui demanderai une autre dose, et Jeiros la testera. Il me dira de quoi elle est composée. Il me dira si elle est sans danger. Demain matin.* Il posa le gobelet sur sa table de chevet et chercha le sommeil, en vain. La coupe semblait le fixer.

Si tu étais Antros, tu me boirais, lui disait-elle. *Si tu étais toi-même, tu me boirais aussi. Si tu ne le fais pas, qui es-tu donc, alors ? La reine Zafir a raison. Qu'as-tu à y perdre ?*

— Tout, chuchota-t-il. Il espérait que la coupe l'entendrait et le laisserait en paix, mais au contraire, il lui parut qu'elle éclatait de rire.

Tout ? Mais tu as déjà tout perdu ! Et me voici, je peux tout te rendre, et tu me rejettes ? Qui es-tu donc, pour me rejeter ? Qu'es-tu ? Es-tu déjà un fantôme ?

Il prit la coupe en tremblant. Elle en avait mis dans la sienne, n'est-ce pas ? Et l'avait avalée. Il l'avait vu boire tout son verre. Et elle avait raison, n'est-ce pas ?

Oui, elle a raison, murmura la coupe quand il la porta à ses lèvres. *Bois-moi. Sois un homme à nouveau. Sois un homme.*

Sois un homme.

37. LE COMPROMIS

Kemir sortit furtivement du bois. Au milieu du fleuve, le dragon blessé interrompit ses hurlements et se tourna vers lui. Le mercenaire repartit en hâte se cacher, mais le dragon ne semblait pas vraiment s'intéresser à lui. Et l'écuyer Semian avait bel et bien disparu.

Il a peut-être été écrasé dans la bagarre.

Il ne fallait pas trop y compter. Kemir courut dans les bois en longeant le fleuve, et dès qu'il se retrouva hors de vue du dragon, après un lacet, il retraversa le cours d'eau et retourna à l'abri des arbres. Toujours pas de Semian en vue. Le dragon, lui, n'avait pas bougé. Il l'observa pendant un moment, en rassemblant tout son courage pour repartir chercher Sollos dans l'eau.

Quand il le découvrit enfin, il se demanda pourquoi il avait pris cette peine. Sollos était mort, et Kemir l'avait su à l'instant où l'écuyer Semian avait planté son épée dans sa nuque. Il ramassa l'arc de Sollos, ses flèches et son paquetage.

— Adieu, cousin.

Il retourna Sollos et lui retira très délicatement l'amulette qu'il portait au cou. Il repartit dans la forêt sans un regard en arrière, enterra soigneusement l'amulette, et se mit à la recherche de l'écuyer Semian. En vain. Alors que soleil s'éclipsait derrière les sommets, il vit deux autres dragons plonger silencieusement dans la vallée et se poser dans le fleuve. Kemir banda son arc en s'approchant discrètement pour les observer de plus près. Les dragons pataugeaient dans l'eau pour se refroidir, pendant que leurs écuyers les attendaient, regroupés sur la berge. Quatre chevaliers-dragons, pas cinq.

Il serra les poings. Il venait de repérer Semian. Ce maudit écuyer était toujours en vie ! Kemir tendit l'oreille, et comme la brise soufflait dans sa direction, il parvint à saisir le sens général de la discussion.

— Nous avons vu Tempête en route. C'est Mias qui la montait, n'est-ce pas ? Aucun signe de lui. Que s'est-il passé ? demanda l'un des hommes.

À cette distance, Kemir ne put distinguer son visage.

— Nous avons retrouvé la Blanche, mais l'Écailleux qui l'accompagnait n'a pas voulu nous la rendre et l'a lâchée sur nous, lui expliqua Semian en secouant la tête. Tout le monde est mort, y compris l'alchimiste. Tout le monde sauf l'un des mercenaires. Ils étaient de mèche avec l'Écailleux, tous les deux.

Kemir encocha une flèche. L'odeur des dragons flottait dans la brise, un léger parfum de cendres et de charbon. Magnifique. S'il pouvait les sentir, c'était donc qu'eux ne le pouvait pas. *Tu mens, espèce de salopard ! Je vais te descendre sur place !*

— Mias et Arakir ont battu en retraite avant la fin. La Blanche les a attaqués dans les airs, et je ne sais pas ce qui est arrivé à Mias. Elle l'a sans doute désarçonné.

Semian jeta un coup d'œil vers le dragon à l'aile cassée.

— C'est Arakir qui montait Tourmente. Je les ai vus tomber dans le fleuve ensemble, lui et la Blanche. Arakir a été écrasé dans la bagarre. Tourmente a une aile cassée, et un pied aussi, si vous voulez mon avis. La Blanche a été blessée elle aussi, mais moins gravement. Elle est repartie vers l'amont. Elle boitait et je ne l'ai pas vue reprendre son envol. Elle a emporté l'Écailleux avec elle, et le mercenaire survivant s'est échappé lui aussi. Il ne s'est pas attardé dans le coin, j'imagine.

Tout faux, je suis là ! Kemir évalua du coin de l'œil la longueur de sa flèche. *Où vais-je te frapper, écuyer Bâton-dans-le-cul ? Au visage ? Dans la gorge, comme tu l'as fait à Sollos ? Pas dans le cœur, en tout cas, parce que tu n'en as pas.* Il abaissa lentement son arc. Semian pouvait mourir ici et maintenant. C'était bien trop facile. Kemir aurait accompli sa vengeance, mais elle ne ramènerait pas Sollos à la vie.

Il y avait également le léger problème des quatre autres chevaliers-dragons. Pas vraiment un problème, d'ailleurs, parce qu'ils portaient leurs armures. Kemir se serait éclipsé dans les bois avant qu'ils réagissent et tournent leurs dragons contre lui mais, réflexion faite, il ne pouvait se contenter d'une simple flèche pour régler le sort de Semian. Il voulait faire souffrir ce salaud d'écuyer. Il voulait une mort lente, une mort à petit feu.

— Nous aussi, nous avons aperçu la Blanche. Elle est à environ une demi-lieue en amont, précisa un autre écuyer. Nous avions repéré Tempête quand nous avons vu Tourmente. Mes aïeux ! Que devons-nous faire ? Repartir à la recherche de la Blanche ? Il commence à faire sombre !

Petit morceau par petit morceau. Kemir leva à nouveau son arc.

— Non, dit Semian avec une grimace. Oui. Non. Et Tempête, elle est blessée ?

— Difficile à dire.

— Allez vérifier. Si elle peut voler, prenez-la et retournez au campement. Dites aux autres ce qui s'est passé et expliquez-leur qu'il nous faut un nouvel alchimiste. Dites-leur que nous avons retrouvé la Blanche et que nous la ramenons ici. Quelqu'un va devoir rester sur place avec Tourmente. Les autres…

La première flèche frappa Semian à la jambe, juste au-dessus du genou. L'écuyer hurla, tituba en arrière et tomba dans l'eau. La seconde se planta dans le dos d'un autre écuyer, et la troisième frappa le dragon blessé à la nuque, ce qui ne provoqua en retour qu'un crachement et un claquement de mâchoires. Kemir estima qu'il en avait fait assez pour l'instant. Il s'enfonça un peu plus profondément dans les bois puis bifurqua à nouveau et longea le fleuve. Les chevaliers ne le suivraient pas sous les arbres, et les dragons ne le retrouveraient jamais de nuit. Ne pas achever Semian s'avérait immensément satisfaisant, découvrit-il en marchant. Il fallait ménager cet écuyer, car il ne pourrait s'offrir qu'une seule fois le plaisir de le tuer. Il s'accorda un grand sourire. *Et si je lui plantais de temps en temps des flèches dans les bras et les jambes, dès que l'envie m'en prend ?*

Il lui fallut une bonne partie de la nuit pour retrouver le dragon blanc et son Écailleux. Le dragon endormi était roulé en boule sur la berge, l'Écailleux blotti près de lui. Kemir s'approcha sans bruit et aperçut une autre personne qui ronflait tout bas à proximité. Il se glissa jusqu'à l'Écailleux endormi, s'accroupit en sortant un couteau et tira doucement sur le manteau de l'homme.

— Hé, l'Écailleux ! souffla-t-il en gardant le dragon à l'œil. L'Écailleux ! Tu m'entends ?

Il le secoua légèrement.

L'homme s'agita. La respiration du dragon resta égale.

— L'Écailleux, réveille-toi !

Il ouvrit enfin les yeux, et Kemir lui frôla les lèvres de la pointe de son couteau.

— Silence, l'Écailleux. Je ne te veux aucun mal, sinon je t'aurais déjà égorgé. Mais si tu réveilles ton dragon…

— Qui êtes-vous ? lui demanda l'Écailleux encore à moitié endormi, les yeux levés vers lui. Visiblement, il ne comprenait rien à ce qui lui arrivait.

— Je m'appelle Kemir. J'étais un mercenaire au service de ta reine, mais l'un de ses écuyers a assassiné mon cousin. J'ai donc décidé de t'aider.

L'Écailleux cligna les yeux et se frotta le visage. Il avait l'air terrifié, mais aussi vaguement surpris. Soudain, Kemir s'aperçut que l'homme ne le regardait pas, mais qu'il regardait quelque chose *derrière lui*. L'ex-mercenaire sentit un grand froid l'envahir. En se retournant, il entrevit du coin de l'œil la queue du dragon qui sinuait vers lui. Il poussa un juron et plongea pour l'éviter, mais ce dragon était bien trop rapide. Avant d'avoir eu le temps de réagir, Kemir se retrouva soulevé de terre.

— L'Écailleux ! Maudit sois-tu ! Retiens-la ! Je suis venu t'apporter mon aide !

Ton aide ? Que veux-tu dire ?

Cette pensée semblait lui avoir été envoyée de l'extérieur, mais c'était une idée ridicule et il la rejeta.

— L'un des chevaliers-dragons s'en est tiré, et il est allé chercher du renfort ! Ils arrivent ! J'ai essayé de les ralentir, mais ils vous pourchassent ! Rappelle ta bête !

Combien sont-ils ?

— Quatre ! Non, cinq ! Deux d'entre eux sont trop mal en point pour qu'on s'en préoccupe…

Cette fois-ci, il dut admettre qu'il se passait quelque chose d'anormal. Il avait entendu la question dans sa tête alors que l'Écailleux n'avait pas desserré les dents. Comment… ?

Le sol s'éloigna. Le dragon se redressait, soulevant le mercenaire par la même occasion. Suspendu dans le vide, impuissant, il écouta la bête s'ébrouer et grogner. Une bouffée d'air rance et chaud l'engloutit.

Combien de dragons en renfort ?

Très prudemment, Kemir baissa les yeux vers l'Écailleux debout sur la berge, à une vingtaine de pieds sous lui. La femme s'était réveillée et le regardait elle aussi. Au clair de lune, son teint semblait terreux et pâle, et elle tremblait.

— Hé, l'Écailleux ! J'ai l'impression que ton dragon me parle ! *Je deviens fou, ou quoi ?*

Non, tu n'es pas fou. Combien de dragons, alors ?

L'Écailleux se tordait les mains.

— Neige ! Je t'en prie, ne lui fais pas de mal. Plus jamais ça ! Je t'en supplie !

Les pensées se succédaient si vite dans la tête de Kemir qu'elles butaient les unes sur les autres. *Le dragon pense.* C'était déjà terrifiant. *Le dragon entend ce que je pense.* C'était pire. *Le dragon a tué une demi-douzaine de chevaliers.* C'était mieux. *Il l'a fait parce qu'il le voulait, pas parce que quelqu'un lui a demandé de le faire.* C'était soit magnifique et inespéré soit pire que tout. Il n'arrivait pas à se décider.

Il examina le dragon blanc. Une certaine sérénité l'envahit, mélange d'espoir et de résignation. De toute façon, dans l'immédiat, chier dans son froc ne lui serait d'aucune utilité.

— Il y a deux autres dragons. L'un doit partir à ta recherche pour te surveiller, et l'autre doit retourner chercher de l'aide. Demain, vers le milieu de la matinée, il devrait y avoir une douzaine de dragons lancés à ta poursuite. Tu veux t'enfuir, pas vrai ?

Je veux libérer ceux de ma race.

— Je m'appelle Kemir. Je veux t'aider.

Non, petit être Kemir, c'est faux. En toi, je ne vois que mort et vengeance. Tu veux tuer des chevaliers-dragons. Je ne suis que le moyen de parvenir à tes fins.

— Pas de chevaliers-dragons sans dragons.

La queue se resserra un petit peu trop autour de lui. *Ta peur a une saveur piquante, plaisante. Comment veux-tu m'aider, petit être ?*

Kemir se débattit. Le dragon ne lui avait pas immobilisé les bras, mais tous ses efforts pour se libérer furent vains. Il tenait toujours le couteau dont il avait menacé l'Écailleux. Et s'il poignardait cette queue ? Le dragon le lâcherait-il ? Il ne sentirait sans doute rien !

N'y pense même pas, petit être. Si tu m'embêtes avec ton couteau, je t'écrase en un clin d'œil. Encore une fois : comment veux-tu m'aider ?

— Je vais t'aider à tuer les chevaliers-dragons. Par tous les moyens possibles.

Je ne veux pas tuer des chevaliers-dragons. Je veux libérer les miens.

— Bon, les alchimistes alors, si tu préfères. Tu voulais savoir où ils sont. Je peux te le dire !

Le dragon le considéra un long moment avant de le déposer au sol, lentement. *Nous sommes donc parvenus à un compromis, petit être Kemir. Les alchimistes. Qu'il en soit ainsi.* Le dragon se retourna vers l'Écailleux, mais Kemir l'entendit quand même parler dans sa tête. *D'autres dragons arrivent, petit être. Nous devons nous envoler. Maintenant !*

38. LES LACS MIROIRS

Regroupés autour de la Cité des Dragons, les Lacs Miroirs passaient pour insondables et parfaitement circulaires. Leurs berges ne se dérobaient pas insensiblement sous l'eau, mais s'arrêtaient, purement et simplement. Dans leurs mythes, les prêtres-dragons racontaient que le Dragon Divin avait façonné le monde dans de l'argile plus tard durcie dans ses flammes. Si les prêtres avaient raison, les Lacs Miroirs devaient correspondre aux endroits où le dieu-dragon avait planté ses griffes dans l'argile pour la travailler et créer le monde, en avaient déduit les habitants pourtant pas spécialement religieux de la Cité des Dragons. On racontait que des créatures étranges et monstrueuses vivaient tout au fond, des créatures regagnant parfois la surface en pleine nuit pour engloutir les bateaux, cargaison et équipage compris, avant de se laisser couler à nouveau et de disparaître sans laisser de traces.

De l'endroit où se trouvait Jehal, tout en haut des chutes de la Cascade de Diamant, n'importe qui pouvait constater que ces lacs n'étaient pas parfaitement circulaires. Et ils avaient sans doute un fond et aucun monstre n'y vivait, se dit le prince, mais on n'avait jamais rien prouvé, ni dans un sens, ni dans l'autre. Les bateaux qui sombraient étaient probablement victimes des voleurs et, si des monstres vivaient dans le lac, ils devaient forcément appartenir au genre humain.

À travers la poussière d'eau projetée par la cascade, il contemplait aussi la Cité et le Palais Adamantin, à environ un quart de lieue sous lui.

Tout cela sera à moi un jour. À moi !

Derrière lui, Spectre pataugeait dans les eaux du fleuve Diamant. Une ombre passa dans le ciel et, quelques instants plus tard, un autre dragon se posa. Les deux bêtes s'examinèrent avec curiosité, puis le nouveau venu plongea dans le fleuve et se mit à boire. Ôtant son casque, son écuyère se dirigea d'un pas tranquille vers Jehal.

— Je me demandais si vous viendriez. Vous me devez quelques explications, lui dit Jehal.

Il lui fallait forcer le ton pour se faire entendre au-dessus du rugissement de la cascade.

Zafir lui sourit. Elle s'assit près de lui, muette, et regarda en bas de la cascade.

— Faites attention. Vous pourriez tomber, lui fit remarquer Jehal.

— Nous pourrions tomber tous les deux.

— Je vous ai vue quitter l'aire. Aucun écuyer ne vous accompagne. Personne ne sait où vous êtes. Personne ne sait avec qui vous êtes.

Elle posa une main sur le bras de Jehal.

— Et vous, avez-vous amené des écuyers, mon prince ?

— Bien sûr que non ! Des espions potentiels ? Sûrement pas !

— De quelle hauteur a basculé ma mère ?

Jehal haussa les épaules.

— De moins haut qu'ici. Vous m'avez volé les potions, et vous avez écrit à Hyram.

Elle évitait son regard.

— Et vous, avouez que vous êtes allé voir votre nouvelle famille ! Comment se porte la reine Shezira ?

— Vous vous sentez menacée, mon amour ?

— Pas du tout. Et vous ?

— Pas le moins du monde.

— Je n'ai pas volé vos potions. Je les ai prises parce que vous m'aviez dit de le faire.

— Vous ne deviez prendre qu'une seule fiole.

— Elles sont aux mains d'Hyram, à présent.

— Je le sais.

Elle le dévisagea, et l'ombre d'un sourire releva le coin de ses lèvres.

— Et je sais que vous le savez. J'ai aperçu votre dragon doré sur l'appui de fenêtre. Il nous observait de ses petits yeux-rubis malicieux. Vous en avez combien en tout ?

— Seulement celui dont vous parlez et celui que je vous ai offert. Les Taiytakei me les ont offerts en cadeau de mariage.

Zafir leva un sourcil.

— Ça valait presque la peine d'épouser votre charmant étourneau, si je comprends bien. Et que veulent-ils, ces Taiytakei ?

— Me voir prospérer, je suppose, répliqua-t-il en haussant les épaules.

— Cela ne leur ressemble pas du tout.

— Ils veulent ce qu'ils veulent depuis toujours et qu'ils n'auront jamais. Un dragonneau.

Pendant quelques secondes, Jehal plongea le regard dans le gouffre, vers la cité tout en bas. Assis avec les pieds qui pendaient dans le vide, il avait l'impression de voler. Sans dragon, lui tout seul. Comme ce serait facile… Se laisser aller, planer, se libérer de tout… Plus d'Hyram, plus de Shezira. Ne plus être forcé d'observer la reptation glaciale de son père vers la mort, ou de rivaliser d'intelligence avec les Taiytakei et tous ceux qui l'entouraient, tous ces gens qui lui demandaient des faveurs à plat ventre avec des dagues empoisonnées cachées dans leur dos. Plus de…

Plus de Zafir. Il se tourna vers elle et la regarda droit dans les yeux.

— Alors ?

— Alors quoi ?

— Hyram vous appris qu'il m'a torturé, je suppose ?

— Non. Il m'a juste dit qu'il ne s'était pas comporté de façon très royale à votre égard. Rien de bien nouveau de sa part, remarquez.

— Bah, il n'est pas roi, donc ce n'est pas étonnant. En tout cas, il ne fait pas un très bon bourreau. La prochaine fois, il faudra que je pense à lui en envoyer l'un des miens. En fait, il s'est montré si inepte que j'ai dû lui expliquer moi-même comment faire du bon travail. À présent, nous nous comprenons à demi-mot, lui et moi. Je pense que je vais devoir rassembler mes dragons quand je retournerai dans le sud.

Il secoua la tête.

— Je suis troublé. Je ne l'aurais jamais cru capable de se comporter aussi hardiment.

Il éclata de rire.

— Au point que j'ai failli ressentir une sorte de respect pour lui pendant quelques instants. Hélas, il m'a relâché. S'il m'avait tué proprement en assumant les conséquences de son acte, je l'aurais applaudi à deux mains, je crois. Mais depuis, je l'imagine en rut à vos basques après mon départ, et je n'ai qu'une envie : étaler son sang sur les murs du Palais !

— N'y songez pas ! lui dit une Zafir frissonnante. Il ne mérite même pas d'exister dans vos pensées !

Jehal prit la main de la jeune femme et l'embrassa.

— Vous êtes très gentille, mon amour.

Elle retira sa main.

— Ne me touchez pas. Je ne veux pas qu'on me touche. Quand je me suis offerte à lui, je me suis efforcée de penser à vous, mais maintenant, quand je pense à vous, je pense à lui. Et c'est horrible.

Elle frissonna encore.

— Il paraît qu'Antros était un amant d'exception. Hyram ne partage donc pas ses talents ? insista Jehal.

— Il était ivre, égoïste, ennuyeux et pathétique. J'ai dû tout faire. Vous n'avez donc rien vu, avec votre petit jouet taiytakei ?

— Je vous ai vue vous tortiller et frétiller sous lui. Je vous ai entendue couiner, également. Quelle comédie !

— Mais par bonheur, fort courte.

Elle fit la grimace.

— Si vous avez tout vu, ne me posez plus de questions là-dessus. Passons à autre chose : que manigance Shezira dans l'Éperon Pourpre ? Elle rend Hyram nerveux, et le fait que vous vous y soyez rendu vous aussi n'arrange pas les choses.

— Vraiment ? ricana Jehal. Ça alors, je n'y aurais jamais pensé ! Oui, un petit zeste de méfiance supplémentaire entre ces deux-là ne peut pas nous nuire. Hélas, j'ai bien peur que la reine Shezira ne soit déjà retournée dans son aire. J'ai dû me contenter de la présence de sa délicieuse fille.

— Almiri ?

— Non. Elle, elle est charmante. Je parle de l'intraitable, celle qui est faite de la même étoffe que sa mère. De celle qui croit être un dragon réincarné sous forme humaine par erreur : Jaslyn. Vous savez ? Celle qui a profité du moment où j'étais sous l'emprise du Regret de la Vierge pour me demander si j'empoisonnais mon père.

Il riait de plus belle.

— D'ailleurs, je vais devoir remercier la reine Fyan, qui m'a tiré de ce mauvais pas. Elle est plus rusée que je ne le pensais, celle-ci ! Bon, revenons-en à l'Éperon Pourpre : j'ai reçu un accueil glacial, pour ne pas dire plus. Je suppose que j'ai dit une ou deux choses déplacées. J'espère que Jaslyn a bien voulu mettre ces écarts sur le compte de mes efforts des jours précédents. Quand je suis arrivé, ils cherchaient toujours leur dragon manquant, sauf qu'ils en ont perdu un autre.

Zafir leva un sourcil.

— Ils avaient retrouvé la Blanche, mais apparemment, elle les a attaqués. La princesse de pierre a fait tout ce qu'elle a pu pour que je ne découvre rien, mais j'ai aperçu là-bas un dragon avec une aile cassée. Ils ont perdu un alchimiste et j'ai vu un écuyer en très mauvais état. Il avait reçu une flèche dans la jambe. J'en déduis que la Blanche ne vole pas toute seule au hasard.

Pas *ce* dragon blanc-là. *Son* dragon blanc.

— Quand je suis reparti, ils se demandaient comment mettre fin aux souffrances de leur dragon blessé.

Jehal se gratta le menton.

— Il y avait pas mal d'alchimistes là-bas, maintenant que j'y pense. En trop grand nombre, je dirais. En tout cas, je sais maintenant combien de dragons Shezira a envoyés là-bas, et je me suis fait une idée précise du nombre d'écuyers, également. Elle n'a pas apprécié que je m'intéresse à ce genre de chose.

Il haussa les épaules.

— Toujours est-il que je suis plutôt impressionné. Ils préparent quelque chose, et je n'ai toujours pas la moindre idée de ce dont il s'agit.

La reine Zafir secoua la tête et détourna le regard.

— C'est un vrai problème, prince Jehal. Ils rendent Hyram nerveux, et moi aussi, ils m'inquiètent : il y a bien trop de dragons dans les parages.

Elle s'interrompit et scruta la ville à ses pieds. Un dragon minuscule prit son envol sur l'aire adamantine et s'éleva dans les airs.

— Il va falloir que vous partiez, Jehal.

Elle se leva.

— Quel dommage ! J'espérais pouvoir profiter de votre compagnie un peu plus longtemps !

— J'en suis sûre.

Zafir poussa un sifflement, et son dragon, qui pataugeait toujours dans le fleuve avec Spectre, dirigea les yeux vers elle.

— À partir de maintenant, nous ne pouvons plus prendre le risque d'être aperçus ensemble. Vous devez partir avant que ce dragon et son écuyer ne voient nos dragons côte à côte.

À contrecœur, Jehal se mit debout à son tour. Il allait devoir faire comprendre à Spectre qu'il ne pourrait pas se jeter dans le précipice en déployant ses ailes. Le dragon allait devoir s'envoler de la plus difficile des façons. Le prince poussa un soupir et, à sa grande surprise, Zafir se précipita dans ses bras.

— Moi aussi, j'aurais aimé passer plus de temps avec vous, murmura-t-elle.

Jehal repoussa les cheveux du visage de son amante.

— J'avais pourtant cru comprendre que ma présence vous faisait désagréablement songer à Hyram…

Zafir fit la grimace.

— C'était le cas avant notre discussion. Maintenant, je ne pense plus qu'à vous sans vos vêtements.

Il l'embrassa et laissa ses mains s'égarer.

— Bientôt, mon amour, bientôt.

— Donnez-moi la force de ne pas l'assassiner dans son lit, Jehal.

— Donnez-moi la force de vous attendre.

— Moi, je dois mentir à un rustre infirme. Je ne peux pas m'empêcher de vous imaginer avec votre petite fiancée. Je brûle d'envie de trancher la gorge à ce vieillard, puis à votre jeune épouse, pour en finir une bonne fois pour toutes.

Jehal dut prendre sur lui pour la laisser partir.

— Gardez cette pensée tout contre votre cœur, ma reine, et consacrez-vous à Hyram.

— N'ayez crainte, lui répliqua-t-elle sèchement. Tant que je le supporterai, il ne pensera qu'à vos potions, au visage de ma mère et au trou entre mes jambes.

Jehal lui caressa une dernière fois la joue, puis se tourna vers Spectre. Il fit un petit signe à Zafir par-dessus son épaule.

— Quand il vous aura épousée et nommée Oratrice, vous pourrez trancher toutes les gorges que vous voudrez.

— Je vous prends au mot, Jehal ! s'écria-t-elle derrière lui. La première, ce sera la sienne ! Ensuite, à vous de choisir la deuxième : la vôtre ou celle de votre petite épouse !

39. LE RAVIN

Le dragon était blessé. Quand il avait pris son envol au milieu de la nuit, Kemir ne l'avait pas remarqué. En fait, cramponné à une griffe dans une serre de dragon et lancé à toute allure dans les airs, il n'avait pas remarqué grand-chose. Le sol défilait au clair de lune, à peu de distance mais assez loin pour le réduire en bouillie si le dragon le lâchait. Les battements d'ailes du monstre faisaient vibrer l'air comme le tonnerre et, pour la deuxième fois dans sa vie, Kemir pria.

Dans l'autre serre, l'Écailleux tenait la femme serrée contre lui, cette femme qui s'enrouait à force de hurler.

L'air se rafraîchit. Le dragon finit par se poser dans un champ de neige et tituba quelques instants dans un nuage de poudreuse. Kemir se dit pour la énième fois cette nuit-là que sa fin était venue. Le dragon les entraîna au bord d'un étroit ravin dans lequel il se jeta. Il se laissa planer jusqu'en bas dans une obscurité totale. Quand il atteignit le fond du ravin, il les relâcha tous les trois et s'endormit presque immédiatement. Complètement à bout de forces, Kemir se blottit contre le dragon délicieusement chaud et s'endormit lui aussi.

Quand il se réveilla, il sut que quelque chose ne tournait pas rond. Le dragon respirait péniblement, et l'Écailleux, assis près de sa tête, lui caressait le museau. De près, à la lumière du jour, ce monstre semblait encore plus grand que la nuit précédente. L'Écailleux avait l'air ridiculement petit à côté de cette tête énorme. Les yeux ambrés étaient plus grands qu'une main ouverte, et ses dents…

Kemir préférait ne pas penser à ses dents. Il leva le nez vers le haut du ravin. Un ravin abrupt et étroit, si étroit qu'il s'étonna qu'un dragon ait pu s'y engager. Comment allaient-ils bien pouvoir en ressortir ? En outre, il avait faim. Et sans le dragon, ils auraient froid très vite. L'Écailleux n'avait aucune fourrure de vol, et la femme n'avait que cela.

— Je vous ai déjà vu, dit-il à l'Écailleux. Comment vous appelez-vous ?

— Kailin, lui répondit l'homme sans daigner lever les yeux vers lui.

— Et elle ?

— C'est Nadira.

— Quel est son problème ?

Quand elle ne hurlait pas, elle avait l'air triste et perdu. Elle suait et frissonnait sans arrêt.

L'Écailleux ne répondit pas.

— Qui est cette femme ?

Comme il n'obtenait toujours pas de réponse, Kemir haussa les épaules.

— Et votre dragon, qu'est-ce qu'il a ?

— Elle s'appelle Neige. Elle est touchée.

— C'est grave ?

— Je l'ignore. Elle a dû se blesser quand elle est tombée dans le fleuve avec Tourmente. Je crois qu'elle lui a cassé une aile.

Kailin secoua tristement la tête et jeta un regard nerveux à Neige.

— Si c'est vrai, ils vont devoir l'abattre. Pauvre Tourmente.

Kemir se gratta la tête, perplexe.

— Pauvre Tourmente ? Et comment fait-on pour abattre un dragon ?

L'Écailleux lui lança un regard inquiet.

— Méfiez-vous. Elle dort, mais vous avez vu ce qui s'est produit près du fleuve ? J'ai entendu dire que, pour les achever, les alchimistes mettent quelque chose dans leur nourriture. Ils s'endorment puis se consument de l'intérieur.

— Ça, je connais. C'est ce qui se passe quand ils meurent, lui précisa Kemir avec un hochement de tête.

— Je l'ignorais. Je n'ai jamais vu mourir un dragon.

— Je peux vous dire que si le vôtre meurt nous n'aurons pas à nous inquiéter pour le chauffage pendant un bon moment.

Il leva les yeux vers les parois du ravin. *Non. Le seul problème, c'est la nourriture.*

— Je suppose que vous n'avez pas la moindre idée de l'endroit où nous sommes ?

L'Écailleux secoua la tête. Kemir découvrit très vite que Kailin n'avait ni eau ni nourriture ni abri ni vêtement de rechange ou autres objets de première nécessité permettant de survivre en montagne. Mais il avait un dragon, et apparemment cela suffisait.

Le mercenaire abandonna ses deux compagnons près du monstre et partit vers l'aval en suivant le filet d'eau qui glougloutait au fond du ravin. Ponctuées d'innombrables grottes, les parois se rapprochaient, de plus en plus abruptes au fur et à mesure de sa progression. *Ça, c'est bien l'Épine du Monde, hein ? Truffée de trous comme un nid d'abeilles. Des cavernes béantes assez grandes pour toute une armée et des trous minuscules à peine suffisants pour qu'un homme s'y faufile.* Des arbres le surplombaient, projetant une ombre envahissante. Les parois se rapprochèrent encore, et le filet d'eau se transforma en rivière impétueuse de plus en plus rapide et profonde à chaque courbe. Au bout d'un moment, les falaises de chaque côté s'abaissèrent brusquement et, soudain, Kemir émergea au milieu d'une forêt aux pentes abruptes. Comme il était maintenant possible d'escalader la pente, Kemir ne s'en priva pas. Il s'assit tout au bord et regarda de l'autre côté de la trouée dans les arbres. Il se trouvait sur le flanc d'une vallée d'altitude exactement semblable à toutes les autres.

Génial. Très joli. Ça nous avance beaucoup. Quand je pense qu'on va peut-être devoir rentrer chez nous à pied…

Il resta assis là un long moment, à regarder autour de lui, puis il marmonna quelque chose. Comme Sollos ne lui répondait pas, l'évidence le frappa de plein fouet : son cousin avait disparu pour toujours. Ils avaient passé la moitié de leurs vies tout seuls, avec l'autre pour unique compagnie. Il n'en avait pas toujours été ainsi, pourtant. Ils avaient sillonné les royaumes en vendant leurs épées, mais c'était ici qu'ils étaient nés, ici, dans l'Épine du Monde. Ils avaient tué une douzaine de chevaliers-dragons à eux deux, mais seulement parce que d'autres les avaient payés pour le faire.

Sollos avait disparu pour toujours. Le contrat avec dame Nastria, la maréchale des chevaliers, était rompu, et Kemir se retrouvait là où tout avait commencé. Il avait son arc, ses couteaux et sa ruse ; il pouvait survivre dans ces vallées. Et il ne devait rien aux pauvres imbéciles qu'il avait laissés dans le ravin. Il était complètement libre d'agir comme bon lui semblait.

Et complètement piégé. Il ne pouvait pas rejeter ce que Sollos et lui avaient été. Il en était incapable. Pas tant que l'écuyer Bâton-dans-le-cul vivrait. Et puis il y avait ce dragon, et la faible lueur d'une possibilité qu'il ne pouvait ignorer, quand bien même elle risquait de ne jamais porter ses fruits. Il était piégé. Totalement piégé. Il voulait se venger. Et pas seulement pour Sollos, mais pour tous les autres, pour tous ces parias qu'on exterminait sans pitié. Il devait donc suivre le dragon, l'Écailleux et la femme.

Il devait les garder en vie.

— Conneries !

Son cri résonna dans la vallée puis s'évanouit, solitaire et sans réponse. Kemir poussa un soupir. Il redescendit à quatre pattes de son perchoir rocailleux et banda son arc. Il lui fallut environ deux heures pour abattre une proie convenable et une autre pour l'écorcher et la dépecer. Remonter le ravin lui prit deux fois plus longtemps qu'à l'aller. Quand il arriva, il était épuisé et affamé. Il était parti depuis près de dix heures, et apparemment les deux autres n'avaient pas bougé. La femme avait peut-être changé de position, mais c'était tout. Il se jeta au sol et ferma les yeux.

— Ton dragon pourrait-il nous allumer un feu ?

L'Écailleux secoua la tête.

— Elle est en léthargie. Ils font ça quand ils sont blessés. Elle va dormir jusqu'à ce qu'elle aille mieux.

— Combien de temps, à ton avis ?

— Si elle s'est cassé une côte, deux ou trois semaines.

Kemir ouvrit les yeux et contempla le ciel encadré par les parois du ravin. Il éclata de rire.

— Deux ou trois semaines ?

— Oui.

— Alors pendant tout ce temps, nous n'avons qu'à nous cacher des écuyers de la reine Shezira et ne pas mourir de faim ? Ah, et nous ne pouvons pas quitter cet endroit parce que, si nous le faisons, c'est le froid qui vous tuerait, vous deux.

Il referma les yeux et secoua la tête.

— Foutu dragon ! Et vous aussi, je vous maudis !

Et il se démena pour les garder en vie.

L'Écailleux passait son temps à caresser les écailles de son dragon. Il n'était bon à rien. La femme restait assise, le regard dans le vague, sans expression, la bouche ouverte. Ou alors, elle frissonnait, tremblait et hurlait des choses sans queue ni tête. *C'est une sorte de fièvre*, se dit Kemir, une fièvre qui dura si longtemps qu'il crut qu'elle allait y laisser la peau. Et pourtant, elle survécut et, progressivement, la fièvre disparut. Au moins, quand elle fut rétablie, elle lui donna quelques idées pour améliorer leurs chances de survie. Au bout de quelques jours, elle prit l'habitude de l'accompagner. Elle n'avait même pas de bottes, et elle escaladait les pierres et la mousse pieds nus mais semblait s'en moquer. Tous les jours, elle le suivait jusqu'au bout du ravin puis l'attendait pendant qu'il chassait. Quand il avait terminé, il allumait un feu, et ils restaient là, à observer les flammes. Ils ne se parlaient pas, mais ils avaient l'impression de partager quelque chose : la survie, quel qu'en fût le prix. Tous les jours, il lui offrait le meilleur morceau du gibier, puis ils s'allongeaient côte à côte et somnolaient. Elle ne disait pas grand-chose et semblait souvent dériver, comme perdue quelque part, très loin de cette vallée. Ou alors, une de ses crises se déclenchait et elle hurlait. En tout cas, elle semblait deviner quand il voulait être seul. Parfois, il la touchait, et elle tressaillait et se figeait. Et parfois, quand il pensait à Sollos, il voyait dans les yeux de Nadira la même soif de vengeance féroce que celle qu'il ressentait.

Il l'aimait bien, décida-t-il. Devoir l'aider à survivre ne le dérangeait pas.

Dès que la nuit s'annonçait, ils revenaient lentement sur leurs pas, en mâchant des bouts de viande crue. L'Écailleux était toujours là quand ils revenaient, toujours là à les attendre. Tous les jours, ils revenaient plus tard que le précédent, mais il ne le leur reprochait jamais. D'ailleurs, il ne mangeait pas grand-chose. Il dépérissait lentement, pendant que son dragon errait dans les limbes où il se trouvait.

Deux fois, Kemir aperçut d'autres dragons dans le ciel, et il observa ces petits points jusqu'à ce qu'ils disparaissent. Les autres dragons ne découvrirent jamais le ravin de Neige.

Le dragon blanc dormit quatre semaines, pas deux. L'Écailleux n'avait plus que la peau sur les os. Ce matin-là, Kemir et Nadira le laissèrent comme ils le faisaient tous les jours, mais quand ils revinrent, après la tombée de la nuit, l'Écailleux avait disparu et le dragon s'était réveillé. L'aire sentait le sang répandu.

Viande !

Kemir se figea un instant, puis poussa Nadira dans la direction d'où ils étaient venus.

— Cours ! Allez !

Il déposa par terre les restes du sanglier qu'il avait tué. Le dragon avait faim, une faim qui le rendait presque fou, Kemir le sentait dans sa tête. Et le dragon le reluquait.

— Les alchimistes, lui dit Kemir d'une voix forte. Je dois te guider jusqu'aux alchimistes, rappelle-toi. Si tu me manges, tu ne les trouveras jamais.

Il s'éloigna du sanglier. Le dragon allongea brutalement le cou et ne fit qu'une bouchée du gibier.

Faim ! Manger ! Il y avait un peu de colère dans cette pensée. Pour le moment, le dragon ne faisait que se pourlécher.

— Où est Kailin ?

Neige se contracta légèrement. Kemir ressentit chez elle un sentiment qui ressemblait à de la honte.

Petit être Kemir, je suis partie pendant longtemps, dit plus calmement le dragon dans sa tête. *Je suis affamée.*

Il faut que je mange, et je ne pourrai pas chasser avant le lever du soleil. Il vaut mieux que tu t'en ailles.

Kemir se retira dans le ravin et passa la nuit à frissonner, blotti contre Nadira pour trouver un peu de chaleur. Loin du dragon, les nuits dans la montagne, même à l'abri du vent, étaient très froides.

Le lendemain matin, le dragon avait disparu. Ils cherchèrent un peu l'Écailleux, mais il s'était volatilisé, et Kemir n'avait pas vraiment le cœur à cette recherche. Quand le dragon revint, tard dans l'après-midi, son museau et ses griffes étaient tachés de sang et son haleine empestait. Il s'était un peu remplumé, se dit Kemir.

Neige s'envola vers le nord, parce que les alchimistes se terraient dans le nord. Elle ne leur raconta jamais ce qui était arrivé à l'Écailleux, et Kemir ne lui posa jamais la question.

LA DIME DU ROI-DRAGON

Si l'Or du Dragonneau lui a gagné la faveur qu'il espérait, l'écuyer doit en général se rendre à l'aire bien des fois avant l'éclosion d'un dragon convenable. À chaque visite, l'écuyer doit amener un présent pour le maître de l'aire, ces présents étant de la plus grande importance, car leur qualité et leur générosité vont déterminer le soin avec lequel on va élever le dragon choisi. Quand un bon dragon éclot enfin, le chevalier-dragon lui-même en propose un prix. Ce prix s'appelle la Dîme du roi-dragon.

En général, la Dîme est convenue longtemps à l'avance, mais tant qu'elle n'est pas versée, elle peut varier. Parfois la Dîme comprend tout ce que possède le cavalier. Parfois, elle n'est rien du tout.

40. LA SÉPARATION

Jehal se réveilla d'un sommeil agité. Dans ses rêves troublés, il n'avait fait que courir, espionné, poursuivi, toujours contraint de regarder par-dessus son épaule, et partout où il courait, les murs, les arbres, et même les fleuves s'enflammaient et fondaient, la chaleur le poussant à reprendre la fuite.

Il quitta son lit et alla tout doucement à la fenêtre. Avachi sur son tabouret, Kazah, son valet, ronflait énergiquement. Jehal ouvrit les volets pour laisser entrer la lumière, mais Kazah n'eut aucune réaction. C'est ce que Jehal préférait chez ce garçon. Non seulement ce sourd-muet faisait preuve à l'égard de son maître d'une loyauté qui ferait honte à ses chiens de chasse, mais il dormait aussi d'un sommeil de plomb. Jehal pouvait se livrer à une nuit de débauche sans que le garçon remue un cil.

À l'extérieur, le soleil grimpait au-dessus de l'horizon. Des bateaux dansaient sur l'eau dans l'estuaire du fleuve Furie. Par endroits, l'eau semblait en feu, consumée par le soleil de l'aube. Jehal frissonna et se détourna. Cette vision lui rappelait trop ses rêves. Il n'y avait pas de petit dragon doré aux yeux de rubis perché sur l'appui de fenêtre extérieur, et c'était tout ce qu'il voulait savoir.

Il retourna sans bruit s'asseoir dans son lit et tira une bande de soie blanche de sous son oreiller. Dès qu'il l'eut placée sur ses yeux, sa vue se brouilla, chatoya et se déplaça, puis il se retrouva ailleurs. Il était dans la tour de l'Air du Palais Adamantin. Dans la chambre à coucher de Zafir, plus exactement, caché sous le lit.

Il écouta. Il percevait une respiration. Sa respiration. Détendue et tranquille, comme si elle dormait. Pas de ronflement. Si Hyram s'était trouvé au lit avec elle, il l'aurait entendu ronfler. L'Orateur venait rarement chez elle et, quand il le faisait, il ne restait pas, en général. D'habitude, c'était Zafir qui se rendait dans ses appartements puis s'esquivait dès qu'il s'était endormi pour retrouver son propre lit. Parfois, quand elle revenait dans sa chambre au milieu de la nuit, les pieds nus, ses vêtements serrés contre elle, elle avait l'air triste, désespéré. D'autres fois, c'était la colère qui l'habitait. Et d'autres fois encore, elle cherchait dans toute la pièce le petit dragon doré du prince, se mettait devant lui complètement nue et lui soufflait un baiser, ou bien mimait des spasmes de dégoût, ou faisait semblant de trancher la gorge à quelqu'un. Celle de Jehal ou celle d'Hyram ? Comment savoir ?

De temps à autre, le matin, elle le cherchait elle aussi, et s'ils étaient seuls tous les deux, ils se chuchotaient des choses par l'intermédiaire des minces oreilles dorées et se regardaient avec leurs petits yeux rubis.

Aujourd'hui, cela allait devoir attendre. Il était beaucoup trop tôt pour Zafir. Sous son lit, le petit dragon doré tourna la tête et s'agita sur le plancher. Ses ailes remuèrent et battirent bientôt si vite qu'elles disparurent dans un flou. Le petit dragon alla se poser sur la tête du lit, à quelques centimètres du visage de Zafir, et s'immobilisa complètement. Jehal prit une longue inspiration. La jeune femme était profondément endormie. Parfois, quand elle dormait, elle était à couper le souffle. Il aurait pu la contempler ainsi pendant des heures.

Il se secoua, ôta la soie blanche de ses yeux et la glissa de nouveau sous son oreiller. Puis il noua l'autre soie, la noire.

Très bien, mon amour. Voyons qui vous avez espionné aujourd'hui.

La réponse ne le surprit pas vraiment. Comme d'habitude, le dragon taiytakei de Zafir s'était caché dans la chambre de Lystra. Visiblement, Zafir n'avait rien de mieux à faire que compter le nombre de fois où il partageait le lit de son épouse. Une constatation agréable et sans surprise. Jehal sourit intérieurement et donna un coup de pied dans le tabouret de Kazah. Le problème avec la jalousie de Zafir, c'était qu'il la considérait comme un défi. Combien de fois pouvait-il coucher avec Lystra sans que son amante ou son dragon espion les surprennent ?

Il y arrivait avec une facilité déprimante, mais si la tâche s'était avérée plus difficile, il se serait probablement donné encore plus de mal.

Il décocha un deuxième coup de pied dans le tabouret de Kazah. Le valet tressaillit et tomba de côté, puis sauta sur ses pieds, raide comme un piquet.

Un message pour ma femme. Jehal et Kazah partageaient leur propre petit langage des signes, mélange hybride des signaux utilisés par les chevaliers-dragons quand ils volaient ensemble, du langage des signes de certains voleurs et de quelques gestes qu'ils avaient inventés eux-mêmes. Jehal veillait à ce que le garçon apprenne également à lire et à écrire, mais l'élève était si lent que l'un d'eux aurait probablement rendu l'âme avant qu'il y parvienne.

Kazah hocha la tête. L'un des effets secondaires plaisants de leur langage secret, c'était que personne ne pouvait deviner ce que Jehal demandait à Kazah. Il avait plusieurs fois envoyé Kazah à Lystra pour arranger un rendez-vous, en sachant très bien que Zafir l'observait, lui.

Réveille-la. Je veux qu'elle me rejoigne dans mon lit. Dis-lui que j'ai envie d'elle. Kazah lui lança un petit sourire affecté et Jehal lui en retourna un grand. Ce geste-là n'était pas particulièrement difficile à comprendre. *Dis-lui de fermer d'abord toutes les fenêtres et toutes les portes. Dis-lui qu'on la surveille*. Il décocha un coup de pied à Kazah et le garçon quitta précipitamment la pièce. Puis le prince referma les volets pour arrêter la lumière de l'aube, s'allongea sur son lit et poussa un soupir.

Il n'eut pas longtemps à attendre. Il entendit des pas à l'extérieur, puis des gloussements, et Kazah se faufila dans sa chambre avec Lystra à sa suite, toujours en vêtements de nuit.

— Personne ne vous a vus, j'espère ? leur demanda Jehal avec un grand sourire.

Kazah secoua la tête, et Lystra également.

— Seulement le garde que tu as placé à ma porte.

Elle se jeta à son cou et posa sa tête contre sa poitrine. Il tressaillit, comme à chaque fois qu'elle se comportait ainsi. Un jour, hélas, il allait devoir laisser Zafir obtenir ce qu'elle désirait…

Mais pas encore. Il repoussa doucement sa femme et posa une main sur son ventre. Elle portait son héritier, ce qui pour l'instant faisait d'elle la personne la mieux gardée au monde. Le bébé ne bougerait pas avant deux mois, lui avait-on expliqué, mais il laissa quand même sa main sur ce ventre. Après cette matinée, ils ne se verraient sans doute plus pendant un moment.

Elle immobilisa une seconde la main de son époux là où elle se trouvait, puis la porta à sa poitrine.

— Je ne comprends toujours pas pourquoi tu ne veux pas que je vienne.

Bien sûr que non, tu ne comprends pas. Il lui sourit.

— Tu dois conserver toutes tes forces.

— Mais enfin, je le sens à peine !

— Tu es malade tous les jours. Ne va pas prétendre le contraire !

— Ce n'est rien du tout, lui dit-elle avec une grimace.

— En outre, tu es plus en sécurité ici.

— Mais pourquoi ? Je serais bien entourée au Palais ! Toi, ma mère, mes sœurs, et tous vos écuyers !

Il éclata de rire.

— Tu connais la réponse. Il y a sans doute des gens qui préféreraient ne pas voir ta mère succéder à Hyram. *Moi, par exemple.*

Tout le problème était là. Lystra n'arrivait pas à comprendre qu'il pouvait toujours se passer quelque chose, que certaines personnes ne tenaient pas leur parole, que les rois et les reines-dragons n'étaient pas tous liés par une solide amitié, qu'ils ne travaillaient pas forcément main dans la main pour le bien de tous. Du coup, il avait parfois beaucoup de mal à la regarder dans les yeux. Si elle avait vraiment cru qu'un péril la menaçait, elle aurait insisté soit pour être aux côtés de sa mère, soit pour que lui ne parte pas, afin de ne pas s'exposer lui-même au danger. Lystra n'insistait pas très souvent, mais quand elle insistait, Jehal se rappelait opportunément qu'elle était bien la fille de Shezira.

Il déposa un léger baiser sur sa joue.

— Je ne veux pas que tu t'inquiètes.

— Tu sais ce que je pense ? Je crois que tu commences à t'ennuyer avec moi.

Jehal leva mentalement les yeux au ciel. Encore cette vieille remarque usée ! Il l'avait entendue tant de fois... Prononcée par tant de femmes différentes...

— Si tu m'ennuyais, mon amour, me serais-je levé à l'aube pour te faire venir dans mon lit une dernière fois avant mon départ ?

Elle afficha une petite moue puis lui prit l'autre main et la posa aussi sur sa poitrine.

— Je suppose que non, répondit-elle en souriant.

Elle s'approcha si près que la chaleur qu'elle irradiait le submergea. Jehal déglutit. Il regarda Kazah et lui désigna la porte d'un petit mouvement de la main. Ce garçon était assez malin pour deviner quand il devait s'éclipser.

— Je pars pour l'À-pic en milieu de matinée, dit-il d'une voix étouffée. Tous mes bagages sont prêts. J'en ai pour...

Lystra posa un doigt sur ses lèvres.

— Je sais, mon cher époux, je sais.

Elle l'appelait souvent ainsi. Pour une raison ou une autre, chaque fois qu'elle prononçait ces mots, les pensées de Jehal se brouillaient.

— Il te faudra quatre jours pour rejoindre le Palais, où tu resteras une semaine l'invité de l'Orateur Hyram, puis une semaine supplémentaire dès que ma mère lui aura succédé. Ensuite, quatre autres jours pour revenir à l'À-pic et encore un pour revenir ici. Un mois. Je sais tout par cœur, mon prince. Je sais où tu seras et ce que tu feras chaque jour. Ce mois va être interminable et sinistre. Je pourrais venir t'attendre à l'À-pic...

— Ce n'est pas une bonne idée.

— Certes, mais tu ne seras pas là pour me dire quoi faire.

Elle se serra de nouveau contre lui et l'embrassa. Il l'allongea sur le lit.

— Tu ne peux pas savoir à quel point tu vas me manquer, lui dit-il, en constatant avec surprise qu'il était sincère.

— Tu me manqueras encore plus...

Il l'entraîna sur lui et ses lèvres la firent taire. Il valait mieux ne pas lui laisser dire autre chose. Parfois, quand ils étaient seuls tous les deux, il se découvrait capable de tout remettre en question, tous ses projets, et cela l'effrayait un peu. Il entreprit de s'assurer qu'elle penserait vraiment à lui chaque jour de son absence. Ensemble, pendant une heure environ, ils arrêtèrent le temps.

Quand ils se sentirent tous deux repus, elle s'endormit dans ses bras, ce qu'elle faisait toujours s'il lui en laissait l'occasion. À sa grande surprise, il s'endormit lui aussi, et quand il se réveilla, le seigneur Meteroa cognait à la porte.

— Il est temps d'y aller ! lui criait-il.

Lystra s'étira en bâillant puis se leva et le regarda, un vague sourire sur les lèvres.

— Dois-je quitter tes appartements ?

— J'en ai bien peur.

Jehal demanda à Meteroa de les laisser seuls un moment et partit à la recherche de ses vêtements.

— Ne retourne pas tout de suite dans tes quartiers. Va faire une balade à cheval. Ou bien rends-toi aux bains. Envoie quelqu'un aérer ta chambre pendant ton absence.

— Pourquoi ?

— Parce que je te demande de le faire.

— Mais je voulais porter...

Il la regarda d'un œil pénétrant.

— Fais-moi plaisir. Accorde-moi cette faveur, en échange de l'heure que je t'ai donnée.

Pendant quelques instants, il eut l'impression de l'avoir poignardée tant elle avait l'air blessé, puis elle lui sourit.

— Très bien, si c'est vraiment ce que tu veux.

— C'est ce que je veux, mon amour. Et maintenant, écoute-moi bien, lui dit-il en lui prenant le visage. Pendant mon absence, repose-toi sur Meteroa. Méfie-toi de la princesse Jesska, du prince Iskan, du prince Mazmamir et de tous les membres de leur clan. Nous avons peut-être le même sang, mais nous partageons également la même ambition. Tu peux faire confiance à la reine Fyan mais pas à ses fils. Je pense à Tyrin, en particulier.

Après le départ de Lystra, il demanda au maître de l'aire de venir l'aider à s'habiller.

— Protégez-la en mon absence, Meteroa. S'il lui arrive quelque chose, la même chose vous arrivera également. C'est bien compris ?

Meteroa lui lança un coup d'œil sceptique.

— Parfaitement. Je vais donc manger et engraisser pour vous, mais je vous en supplie, revenez avant l'accouchement, messire.

— Il se peut que je ne revienne pas, vous le savez bien.

Meteroa redressa la tête.

— Auquel cas je n'aurais plus à me préoccuper d'elle. Dites-moi, messire, laquelle des deux vous donne le plus de plaisir ? Votre femme ou la reine Zafir ?

Jehal sentit sa poitrine se serrer.

— Dehors ! gronda-t-il.

— Messire…

— J'ai dit dehors ! Avant que je ne mette la main sur un objet pointu !

Une fois seul, il prit son temps pour terminer de s'habiller. Meteroa dépassait de plus en plus souvent la mesure. À son retour, Jehal allait devoir le remettre à sa place.

Et pourtant, il a raison. Cette question exige une réponse, et je n'en ai aucune.

Juste avant de quitter ses appartements, il prit sous son oreiller les deux bandeaux de soie noire et blanche et les noua autour de ses poignets. Les chevaliers du sud nouaient souvent des bandes de tissu à leurs bras.

Au bras gauche, elles signalaient les conquêtes, et au bras droit, les engagements. Un moyen facile et innocent de garder les soies taiytakei à portée de main. En général, Jehal portait la noire au bras gauche et la blanche au bras droit. Ce qui lui semblait logique, d'une certaine façon.

Après réflexion, il dénoua la soie noire et la plaça sur ses yeux. Le petit dragon doré se trouvait toujours dans la chambre de Lystra, où il voletait dans tous les sens en bourdonnant sauvagement. Il cherchait en vain le moyen de sortir.

Jehal sourit et quitta la pièce en sifflotant.

41. LES ARTS DE LA GUERRE

Jaslyn demanda à Silence de prendre un virage serré et plongea. Cinq des écuyers de la reine Shezira, qui volaient en formation à ses côtés, se dispersèrent soudain, apparemment au hasard. Le sol se précipitait à sa rencontre. Au centre de sa vision, un groupe de soldats dressèrent leurs boucliers en écailles de dragon. Silence cracha du feu sur eux puis déploya ses ailes, arrêtant son piqué. Une main immense plaqua Jaslyn sur la nuque du dragon, lui coupant brutalement le souffle. Elle n'eut pas l'occasion de constater si le feu avait eu l'effet escompté, mais c'était peu probable. Elle affrontait une demi-légion de la Garde Adamantine et ils avaient eu tout le temps nécessaire pour assembler leurs boucliers. De plus, le but de ce plongeon n'était pas de les brûler, mais de détourner leur attention pour offrir une ouverture à ses chevaliers, pour les mener à la bataille sans se faire tuer elle-même.

Derrière elle, ses cinq chevaliers mitraillèrent les soldats sous cinq angles différents, puis tournoyèrent et s'éloignèrent. Ils avaient passé des années à perfectionner cette manœuvre rien qu'en prévision de ce jour.

Une fois à distance suffisante des soldats au sol et de leurs armes vicieuses, Jaslyn laissa Silence prendre un peu de hauteur et se retourna pour chercher ses écuyers du regard. Trois d'entre eux la suivaient, mais les autres étaient déjà au sol. Ce qui signifiait que les soldats avaient réussi à les atteindre après leur manœuvre. Autrement dit, au cours d'une véritable guerre, ils seraient morts.

— Deux ? s'exclama Jaslyn en flattant le cou de Silence. Ils en ont eu deux ! Tu as vu ça ? Ma mère ne va pas être contente du tout !

Elle sourit intérieurement. Silence retourna survoler les soldats et s'inclina pour les saluer.

— Notre plan si malin est tombé à l'eau, hein ? Nous en avons eu quelques-uns, au moins ?

De là-haut, il était difficile de dire si le feu de Silence avait touché certains des soldats. Même sans leurs boucliers, leurs armures en écailles de dragon pouvaient dévier les flammes les plus ardentes.

Dispersées dans les plaines de la Montagne Affamée, d'autres légions de la garde subissaient des attaques. Les rois et les reines-dragons les mettaient à l'épreuve. Jaslyn les observa un moment au cas où l'un d'eux aurait mis au point une manœuvre originale, mais apparemment, ce n'était pas le cas. Elle vit au loin un groupe de chevaliers tenter exactement le même coup qu'elle, mais pas sur le bon rythme. Quand le premier chevalier lâcha son feu et fit remonter son dragon, les cinq autres auraient déjà dû être là pour prendre le relais. Ils échouèrent de peu, de quelques secondes à peine, mais largement le temps pour la légion de former son mur de boucliers et de dévier les flammes. Cent soixante ans auparavant, lorsque le prince Lai, maître dans l'art de la guerre, avait pour la première fois utilisé cette technique, il avait laissé derrière lui une centaine de morts et de blessés.

Jaslyn poussa un soupir. Pour chaque type d'agression, les légions disposaient d'une riposte, et rien ne variait jamais. C'était presque comme une danse rituelle ; tout le monde connaissait les mouvements par cœur. Selon les historiens, le prince Lai avait inventé quatre des quinze stratégies reconnues, et les onze autres étaient encore plus anciennes.

Elle éloigna Silence du champ de bataille et descendit en spirale vers la haute tour de bois. L'Orateur l'avait fait construire pour permettre aux rois et reines-dragons qui ne participaient pas aux combats simulés d'observer les attaques. Sa mère s'y trouvait en compagnie d'Hyram, de même qu'Almiri. Lystra était restée dans le sud, où elle prenait lentement du poids. En passant près de la tour, Jaslyn chercha le prince Tichane du regard sans parvenir à le repérer. Chaque fois qu'elle pensait à l'ambassadeur du roi des Rochers, une étrange sensation l'envahissait, une sensation qu'elle n'éprouvait d'habitude qu'auprès de ses dragons.

Elle écarta ces réflexions et demanda à Silence de se poser au pied de la tour. Elle confia son dragon aux alchimistes et aux Écailleux qui avaient aménagé là une aire improvisée, puis grimpa l'escalier quatre à quatre. Tout là-bas, au-dessus de la plaine, la plupart des dragons tournaient en rond pour observer ceux qui s'entraînaient encore avec les légions.

— Tu as perdu deux de mes écuyers, lui dit la reine Shezira en la voyant arriver.

— La figure des Feuilles d'Automne, mise au point par le prince Lai… Ambitieux. Difficile à exécuter correctement, ajouta l'Orateur Hyram en lui lançant un sourire.

— Tellement difficile que tu as échoué, conclut Shezira.

Jaslyn serra les dents.

— Que voulez-vous dire ?

— Ton enchaînement était mauvais et les chevaliers qui te suivaient trop lents. La légion a eu tout le temps de viser.

Shezira secoua la tête.

— Ne sois pas trop déçue. Quelqu'un d'autre a essayé la même figure que toi et l'a également sabotée.

— Le prince Jehal, cracha Hyram. Votre exécution était meilleure, Jaslyn.

— Je ne suis pas d'accord, protesta la reine. Ils se sont montrés aussi médiocres l'un que l'autre.

Jaslyn scruta tous ceux qui l'entouraient : deux hommes qu'elle n'avait jamais rencontrés, cousins de l'Orateur, un groupe de ses conseillers, et à côté de sa mère, la maréchale Nastria, regard braqué vers les plaines, visiblement absente. Derrière elle, le roi Tyan tremblait et dodelinait de la tête dans son fauteuil, la langue pendante, les yeux levés vers le ciel. Elle reconnut également quelques personnes aperçues aux noces de Lystra : la reine Fyan, qui lui sourit, les yeux remplis de dagues, et bien entendu Valgar et Almiri.

Sa sœur l'attrapa par le bras.

— Les messagers du champ de bataille nous ont fait savoir avec leurs fanions que sept hommes ont été blessés pendant ton attaque. Leur mur de bouclier n'était pas parfait.

— Et le prince Jehal ?

— Quatre.

Pour une raison ou une autre, Jaslyn se sentit mieux.

— Brûler pour m'amuser des hommes que je ne connais pas, je trouve cela étrange. J'espère que personne n'a été tué.

— On ne nous a signalé que quelques blessures.

— Qui a gagné ? demanda Jaslyn d'un ton désinvolte, comme si la réponse lui importait peu.

Almiri éclata de rire.

— Pas toi, ma chère sœur ! La reine Zafir. Six morts et trente blessés.

— *Quoi ?*

— Elle a perdu ses cinq écuyers dans la manœuvre. Elle a chargé la légion. Au sol.

— Elle a fait quoi ?

— Elle a donné l'ordre à ses cinq chevaliers de se poser, et ils ont chargé la légion à dos de dragon, comme une cavalerie. Ils ont foncé droit dedans. Des hommes éparpillés partout. Ça a complètement démoli leur mur de boucliers. Ensuite, elle les a brûlés très facilement. Tous les hommes sont tombés, mais elle, ils n'ont pas réussi à l'atteindre.

— Mais c'est de la triche !

— Pas d'après l'Orateur. Il a accepté la manœuvre.

Jaslyn serra les poings et grinça des dents.

— Mais les traditions, alors ? Aucun contact n'est permis ! Personne ne poserait son dragon pour attaquer un véritable ennemi ! On serait tué sur-le-champ ! On ne peut pas faire ça !

— Les écuyers qui ont chargé au sol seraient tous morts. L'Orateur a décidé que, comme c'est le dragon de la reine Zafir qui a causé tous les dommages, et comme elle en est ressortie indemne, le résultat est valable.

Almiri lui passa un bras autour des épaules et l'entraîna vers le bord le plus éloigné du toit de la tour, loin des oreilles qui traînaient.

— Si tu veux mon avis, ne dis rien.

— C'est de la *triche*, répéta Jaslyn, écœurée.

Almiri la força à s'asseoir.

— Ce n'est de la triche que si l'Orateur en décide ainsi, et l'Orateur n'en a pas décidé ainsi. Quand as-tu vu Hyram pour la dernière fois ? Avant notre séjour actuel, je veux dire.

Jaslyn cracha en bas de la tour avant de lui répondre.

— Pendant notre voyage vers le sud pour les noces de Lystra. Lorsque mère a pour ainsi dire provoqué le vol de notre dragon blanc.

Elle fronça les sourcils.

— Si le prince Jehal arrive à faire tenir le roi Tyan sur le dos d'un dragon, pourquoi n'a-t-il pas amené Lystra avec lui ? Ce n'est pas juste !

Almiri ignora cette réflexion.

— Tu n'as pas relevé quelque chose de bizarre, chez l'Orateur ?

— Pas vraiment, non, dit Jaslyn en haussant les épaules.

— Tu n'as pas noté qu'il ne tremble plus et qu'il ne bégaie plus ?

Jaslyn jeta un coup d'œil à Hyram.

— Oh. Parce qu'avant il tremblait et il bégayait ?

— Petite sœur, t'arrive-t-il parfois de remarquer quelque chose ? lui dit Almiri en riant. Depuis un an, l'Orateur Hyram meurt à petit feu. De la maladie des alchimistes. Tu sais ce que c'est ?

Jaslyn secoua la tête.

— Le roi Tyan en est également atteint. Jette-lui un coup d'œil.

— Pas la peine. Je sais qu'il est malade.

— Ça commence par des tremblements, des spasmes. Au fil des ans, on perd lentement toutes ses facultés. On en meurt sans doute à la fin, mais en général les gens meurent d'abord de faim parce qu'ils ne peuvent plus se nourrir eux-mêmes, ou alors parce que leur famille les jette dehors sans état d'âme. Le roi Tyan est victime de cette maladie depuis presque une décennie.

Almiri frissonna et reprit :

— Quoi qu'il en soit, ce que j'essaie de te dire, c'est que l'Orateur Hyram a été malade, qu'il va beaucoup mieux, et que c'est la reine Zafir qui lui a procuré le remède. Et j'ai entendu beaucoup d'autres rumeurs à leur propos, donc si j'étais toi, je ne lui dirais surtout rien en face.

— C'est de la triche, point, répliqua Jaslyn avec un reniflement de dédain.

Almiri lui prit le bras et le serra durement.

— Écoute-moi, petite sœur. Ne fais rien qui puisse ennuyer l'Orateur. Ne dis pas un mot sur la reine Zafir. Tu comprends ?

— Mais pourquoi ?

— Parce que si tu dis un mot, mère t'arrachera la tête ! Elle est très inquiète. Cela fait longtemps que je ne l'ai pas vue dans cet état. Elle pense qu'Hyram pourrait changer d'avis quant au choix du prochain Orateur.

— Mais il ne peut pas…

La poigne d'Almiri se durcit, jusqu'à faire mal à Jaslyn.

— Mais si, il peut. C'est l'Orateur.

— Et notre pacte, alors ?

— Il peut être rompu, comme tous les pactes !

— Mais…

Almiri la relâcha, amusée.

— Petite Jaslyn, ce sont des rois et des reines, pas des dragons. Ils ne feront pas ce que tu as envie qu'ils fassent.

42. ROIS ET REINES

Hyram posa sa coupe et se leva. Il balaya du regard l'immense table à dix côtés où trônaient les rois et les reines, les chevaliers, les seigneurs, les maîtres alchimistes, les prêtres. Cela faisait bien longtemps qu'il ne s'était pas senti aussi jeune, fort et puissant. Les potions de Zafir avaient quelques effets secondaires, elles l'énervaient, le rendaient hyperactif et quasi priapique, sa tête bourdonnait sans arrêt, mais le principal, c'était que le tremblement et le bégaiement s'étaient évanouis. Revêtu de la robe de l'Orateur, la lance de l'Orateur à la main, il sentait le pouvoir des potions courir en lui. Oui, cela faisait bien longtemps qu'il ne s'était pas senti aussi fort.

Autour de la table, les maîtres et les maîtresses des Neuf Royaumes ne le quittaient pas des yeux. Chacun d'eux occupait l'un des côtés de la table. À côté d'Hyram siégeait Sirion, le cousin loyal qui avait hérité de sa couronne et de son trône quand Hyram était devenu Orateur. En face d'Hyram se tenaient les grands maîtres alchimistes et les prêtres-dragons qui allaient oindre son successeur. Un seul des côtés était presque inoccupé, car comme prévu le roi des Rochers n'avait pas daigné se joindre à eux.

Il frappa la table de sa coupe et se racla la gorge.

— Il y a certains mots qu'on ne prononce qu'une fois tous les dix ans. Ces mots, vous allez les entendre aujourd'hui. Certains d'entre vous les ont déjà entendus, une fois, deux fois, voire trois. Ce sont des mots anciens, des mots sages. Ce ne sont pas mes mots, ce sont ceux de tous les Orateurs, façonnés et affinés pendant des décennies. Vous allez les entendre aujourd'hui, puis vous ne les entendrez plus pendant dix ans. Je vous prie donc de les écouter attentivement et de les garder en mémoire.

Son regard se posa à tour de rôle sur les visages tournés vers lui. Certains l'écoutaient, d'autres faisaient semblant. Ce qui n'avait pas la moindre importance. Il parlait d'une voix forte, et il se demanda si quelqu'un autour de cette table pouvait comprendre la joie que lui procurait le simple fait de pouvoir s'exprimer correctement, d'entendre des mots parfaits et entiers sortir de sa bouche, plutôt que des paroles abîmées ou détruites par les convulsions qui le tourmentaient encore peu de temps auparavant. Il dévisagea le roi Tyan, son vieil ami, son ennemi de toujours. Ce roi-là ne feignait même pas de l'écouter. Tyan dormait. Il tremblait un peu, mais à peine.

Assis à côté de Tyan, le prince Jehal croisa le regard d'Hyram et redressa la tête. Hyram découvrit ses dents et reprit son discours.

— Nous savons tout de nos dragons.

Il hocha la tête vers les alchimistes, au bout de la table.

— Nous savons où ils sont nés, et qui sont leurs géniteurs et leurs génitrices. Nous les élevons pour nous servir, mais écoutez-moi bien : cela ne fut pas toujours le cas. Au temps jadis, les dragons étaient des créatures sauvages, mais aucune archive datant de cette époque n'est arrivée jusqu'à nous. Non pas parce qu'il n'y avait pas d'encre, non pas parce qu'il n'y avait pas de papier, mais parce qu'elles ont toutes été brûlées. Nous n'avons retrouvé aucune cité datant de cette époque, non pas parce qu'il n'y avait pas de briques, non pas parce qu'il n'y avait pas de mortier, mais parce qu'elles ont toutes été brûlées. Il y eut peut-être des rois et des armées, mais nous les avons oubliés, parce qu'ils ont tous été brûlés. À cette époque, nous nous cachions dans la forêt pour échapper aux dragons. Nous vivions comme les parias d'aujourd'hui, sales et affamés.

À nouveau, il laissa son regard errer sur tous ces visages, puis frappa une seconde fois la table avec sa coupe. Cette fois-ci, les rois et les reines l'imitèrent.

— Puis les alchimistes sont arrivés.

Hyram leva sa coupe vers l'autre bout de la table, où Jeiros lui consentit un hochement de tête embarrassé.

— Depuis, les dragons sont apprivoisés et nous sommes leurs maîtres fragiles. Vous, rois et reines des Neuf Royaumes, *vous* êtes leurs maîtres. Vous ne manquez de rien et vous n'avez à rendre de comptes à personne. À personne, sauf à…

C'était le moment. Il ôta de son majeur l'anneau de l'Orateur en forme de dragon assoupi, et le déposa doucement sur la table. Son doigt nu, quelle sensation étrange ! Il plaça ensuite la lance adamantine à côté de l'anneau.

— Sauf à ceci, dit-il.

Étrange. Il s'était souvent vu accomplir ces quelques gestes en rêve, et chaque fois, c'était comme s'ils marquaient la fin de son existence, comme si c'était l'anneau et la lance qui le tenaient en un seul morceau. En rêve, il commençait à s'effacer dès qu'il ôtait l'anneau et déposait la lance. Maintenant que le moment était venu, il se sentait tout léger. Il avait l'impression de vivre un commencement, pas une fin.

Il reprit l'anneau et le leva pour que tous puissent le contempler.

— Sauf à ceci ! Cet anneau vous engage tous ! Il vous engage à respecter les pactes immémoriaux établis par nos aïeux. Tous les dix ans, vous choisissez entre vous celui qui occupera ce Palais pour juger vos actions et arbitrer vos disputes. Il y a dix ans, vous m'avez choisi, vous et vos aïeux. Mon règne s'achève. Dans une semaine, vous choisirez quelqu'un d'autre. Je vous guiderai dans votre choix, mais ce choix, en fin de compte, ce sera le vôtre.

Voilà. C'était fait. Le discours qu'ils avaient déjà tous entendu, le discours que chaque Orateur déclamait depuis le commencement des temps. Son dernier devoir. L'Orateur Hyram n'était plus. Il n'était même plus *votre Sainteté.* Il était redevenu un simple seigneur-dragon, assis à la table de l'Orateur. Il reposa l'anneau et, une dernière fois, frappa la table avec sa coupe.

Quelqu'un se mit à applaudir. Très lentement. Jehal, évidemment.

— Quel beau discours ! s'exclama la Vipère, qui affichait à son intention un petit sourire supérieur. Mais hélas, je l'avais déjà entendu ! En tout cas, il était d'une clarté surprenante. Je dois vous avouer que je redoutais cet instant. L'in… ins… insup… insupportable a… at… attente pour chaque p… parole prononcée. Vraiment, les potions que votre bien-aimée m'a volées font merveille !

Autour de la table, chacun se figea. Certains ne marquèrent qu'une courte pause avant de reprendre leur repas, mais d'autres se pétrifièrent, dans l'expectative. Personne ne disait mot. Tous les regards restaient braqués sur Hyram. C'était son banquet, son hall, son Palais. On attendait de lui qu'il admoneste le malappris. L'insulte lui était bien sûr personnellement adressée, mais en se montrant aussi direct, Jehal se moquait de tout le monde.

Hyram se rassit lentement, sourire aux lèvres. Il croisa les bras.

— Vous pensiez recevoir quelque chose en échange ?

Il se sentait fort, suffisamment pour provoquer Jehal en duel à l'épée et à la hache. Il en avait à nouveau le droit. L'un des petits avantages à être redevenu un simple chevalier-dragon. L'autre avantage étant qu'il n'avait plus à se montrer diplomate. Ce n'était plus à lui de maintenir l'ordre parmi tous ces gens.

— Bah, peu importe. Rentrez chez vous Jehal. Retournez empoisonner votre père.

Je peux enfin le dire. En public. Devant tout le monde.

Ces quelques mots stupéfièrent toute l'assistance. Même Zafir, même Shezira, qui avaient fait semblant de ne pas écouter Jehal, même elles ne pouvaient prétendre ne pas avoir entendu ce que venait de dire Hyram. Tous le fixaient du regard, horrifiés, muets. Tous sauf la Vipère, bien entendu, la Vipère dont la bouche vomirait sans doute encore sa bile infâme longtemps après la disparition du reste de sa personne.

— Oh non, j'en serais bien incapable ! Puisque vous semblez devoir vivre plus longtemps que prévu, je ne redoute plus l'ennui, soudain. Je n'oublierai jamais votre hospitalité, Hyram. J'aurai peut-être l'occasion de vous rendre la pareille un jour, qui sait ?

Jehal se tourna vers son père pour lui caresser la tête.

— Ou peut-être pas. Les potions n'ont pas beaucoup d'effet sur le roi Tyan. Il est malade depuis trop longtemps. À votre avis, combien de temps vous reste-t-il avant que vous ne suiviez son exemple ?

— Peut-être se porterait-il mieux si vous arrêtiez de l'empoisonner, vous ne croyez pas ?

Cette fois-ci, Jehal se leva lentement, et plusieurs autres rois et reines l'imitèrent, Narghon, Shezira, deux de ses propres cousins. Les autres étaient trop abasourdis pour remuer un cil. Jehal se pencha au-dessus de la table.

— Si vous m'insultez encore une fois, vieillard, je vous traîne sur le terrain de duel. Je ne vous tuerai pas, mais vous regretterez de ne pas être mort.

— Ah bon ? Je vous insulte ? N'est-ce pas la vérité, plutôt ?

Hyram s'était lui aussi levé.

— Si c'est la vérité, où sont vos preuves ? Ces honorables seigneurs et dames ne demandent qu'à les voir. Oh ! (Jehal se frappa le front.) Suis-je bête ! Bien sûr ! Vous n'en avez aucune. Pas le moindre petit début de preuve.

— Très bien, provoquez-moi en duel. Je le relève bien volontiers. La hache et l'épée. Oui, s'il vous plaît, petite Vipère, allons jouer !

Quelqu'un flanqua un coup de poing sur la table. Hyram mit un moment à comprendre qu'il s'agissait de Shezira.

— Assez, vous deux ! Ne soyez pas stupide, Hyram ! Et vous, prince Jehal, c'est vous qui avez commencé ces enfantillages ! Je vous suggère de quitter cette table !

Jehal lança à Shezira un regard de pure haine.

— Bien sûr, *votre Sainteté !* C'est très grossier de ma part d'être victime d'une telle accusation !

Il fit un pas en arrière et s'inclina.

— Roi Narghon, roi Silvallan, roi Valgar, je vous souhaite une très bonne soirée, à vous et aux vôtres. Tous les autres peuvent s'étrangler.

L'assemblée muette le regarda quitter la pièce, suivi de ses écuyers et du roi Tyan. La porte claqua, et la reine Shezira se rassit. Le roi Narghon était toujours debout. Il secoua la tête, ce qui fit trembler ses bajoues.

— Seigneur Hyram, le prince Jehal a raison. Soit vous avez des preuves, soit vous tenez votre langue. Et vous, reine Shezira, pourquoi exiger du prince Jehal qu'il sorte alors que c'est à lui qu'on a fait du tort ?

— Parce que nous savons tous que j'ai raison, sauf ceux d'entre vous qui choisissent de rester aveugles, cracha Hyram.

Shezira pianota sur la table.

— Roi Narghon, tant que personne parmi nous ne portera cet anneau, c'est encore le hall d'Hyram. Il ne peut être renvoyé de son propre hall, n'est-ce pas ? Et l'un des deux devait partir. Hyram, vous avez peut-être raison, et nous sommes quelques-uns à soupçonner Jehal autour de cette table. Mais vous n'avez aucune preuve. Moi par exemple, je suis à peu près certaine de savoir qui a volé mon dragon blanc…

— Oui, le roi des Rochers. Quel dommage qu'il n'ait pas pris la peine de venir ! Où est Tichane pour répondre en son nom, hein ? Il est absent, lui aussi ! s'exclama Hyram avec un petit sourire suffisant destiné à Shezira.

Avec les potions et le vin, il avait la tête légère, mais pour une fois, il s'en moquait. Il n'était plus obligé de se contenir.

— Est-il déjà venu ? s'enquit le roi Valgar.

— Je ne suis même pas sûr qu'il soit encore en vie. Comment savoir ?

— Dès que j'aurai des preuves, reprit Shezira en se raclant la gorge, je les poursuivrai, qui qu'ils soient. (Elle lança un regard furibond à Hyram.) Et jusqu'au bout du monde, s'il le faut. En attendant, je me tairai, et je vous suggère de faire de même.

— J'en ai assez de me taire...

Il s'interrompit en croisant le regard de Zafir, qui se penchait vers lui.

— Le vin vous fait commettre des imprudences. Et les potions aussi, lui dit-elle d'un ton si calme que la plupart des autres ne l'entendirent pas.

Hyram cilla et se leva.

— La reine Zafir parle avec bon sens. Je me suis couvert de ridicule. C'est peut-être le privilège de tout homme déchargé d'un tel fardeau, mais le roi Narghon a raison. Si la Vipère a insulté mes hôtes et tous ceux qui sont assis à ma table, c'est comme si c'était moi qui l'avais fait. Reine Shezira, c'est moi que vous auriez dû renvoyer, pas le prince Jehal.

Shezira pinça ses lèvres, sans lui répondre.

— Eh bien moi, je pense que vous auriez dû rester tous les deux, dit aimablement Zafir. J'avais hâte de vous voir répandre le sang de ce meurtrier !

Narghon se leva de nouveau d'un bond.

— Quoi, encore ? Je ne supporte plus ces accusations !

Zafir leva un sourcil.

— Le prince Jehal était avec ma mère quand elle est morte. Vous ne le saviez pas ? Tous deux se sont esquivés pour un petit rendez-vous amoureux, et un seul en est revenu. J'en ai tiré mes propres conclusions. Vous devriez m'imiter.

Le front de la jeune femme se rida.

— Soit elle est tombée, soit on l'a poussée. Qui sait ? En tout cas, c'est lui le responsable. Dans un cas comme dans l'autre, le prince Jehal a le sang de ma mère sur les mains. S'il l'a poussée, je dois tenter de comprendre pourquoi. Pourquoi commettre un tel acte ? Si Aliphera s'était trouvée ici à ma place, que se serait-il passé ? Le seigneur Hyram aurait-il pu rompre le pacte de son frère ? Bien sûr que non ! Donc je ne puis m'empêcher de me demander quelle folie passe par la tête de ceux qui suggèrent que le prince Jehal aurait tué Aliphera pour écarter un autre successeur possible.

Elle regarda Shezira droit dans les yeux.

— Ou pour se garantir une fiancée. Ou pour s'assurer que lui aussi sera un jour Orateur.

L'atmosphère devint glaciale. Hyram eut besoin d'une seconde ou deux pour démêler les propos de Zafir. Quand il eut enfin compris, Shezira était déjà cramoisie.

— Qui ose insinuer de telles inepties ? siffla-t-elle.

Zafir secoua la tête.

— N'est-ce pas ? C'est d'une bêtise absolue. Donc Aliphera est sans doute tombée, tout simplement, mais pour moi, Jehal reste un...

Elle fut saisie d'une quinte de toux, puis d'un haut-le-cœur.

— C'est un...

Elle voulut se lever, glissa et s'étala à terre en se tenant la gorge. Les rois et les reines-dragons ne surent jamais quel terme elle allait employer pour décrire Jehal.

43. POISON ET MENSONGES

L'aire adamantine grouillait littéralement de monde. On avait dressé des enclos improvisés qui contenaient les troupeaux de bétail dont on nourrissait les dragons. L'Orateur avait fait installer un village de tentes pour abriter tous les travailleurs recrutés pour l'occasion. Certains seigneurs-dragons avaient emmené quelques hommes à eux, d'autres non. Et avec ceux qui s'occupaient de l'aire, avec les conducteurs et les charretiers étaient arrivés les parasites, les commerçants, les diseuses de bonne aventure, les chercheurs de trésors, les voleurs, les pick-pockets et les désespérés, tous aspirés hors de leur campagne, attirés là par les dragons et les richesses qu allaient avec. Le village de tentes s'était mué en une ville de tentes longtemps avant l'arrivée du dernier dragon. Dans ce chaos délirant, un visage sur deux appartenait à un étranger.

Pour deux écuyers menant une affaire très privée, c'était un environnement idéal. Ils n'avaient pas l'air d'écuyers, d'ailleurs. Ils ressemblaient à de simples soldats, à des mercenaires peut-être, ou à deux fines lames de la Garde Adamantine en congé. Certains que personne ne les reconnaîtrait ou ne se souviendrait d'eux, ils se dirigeaient résolument vers le cœur de la ville improvisée au milieu des étals et des commerçants.

Ils avaient tort. Dans un manteau brun terne, un jeune homme au visage sale, pas encore un adulte d'après sa taille, les suivaient depuis un certain temps déjà, la tête baissée, furtivement. Les écuyers ne se doutaient de rien, pas encore.

Non loin du centre du marché, les deux hommes s'arrêtèrent devant une petite table dressée à l'entrée d'une tente minuscule à peine assez grande pour un seul homme. Et il y avait bien un homme à l'intérieur, un type étrange à la peau singulièrement sombre. Ses vêtements défraîchis et en loques avaient jadis été luxueux et surchargés d'ornements. L'or et les joyaux ayant disparu depuis longtemps, ne restait qu'un aveuglant arc-en-ciel de plumes bariolées. Les écuyers ne parurent aucunement impressionnés par cet accoutrement étrange mais, un peu en retrait, le jeune garçon les observa tous les trois d'un air perplexe.

Une bourse changea de mains. Une bourse pesante, d'après son apparence. L'homme à la peau sombre s'évanouit dans sa tente et réapparut un moment plus tard, une sacoche de cuir à la main. Le plus grand s'en empara, et les deux hommes s'éloignèrent rapidement. Comme des gens qui avaient quelque chose à se reprocher… Le jeune garçon les suivit jusqu'à la limite du marché, où ils entrèrent dans une grande tente brasserie. On était à mi-journée, et il n'y avait pas foule à l'intérieur. Après un coup d'œil aux écuyers, le jeune garçon foula à pas feutrés le sol poisseux couvert de paille pour aller s'asseoir à une table.

— File ! Fous le camp !

Le garçon mit un moment à comprendre que cet ordre lui était destiné. Sans lever les yeux, il pêcha dans sa poche une pièce d'argent qu'il posa sur la table devant lui. Il observait toujours discrètement les deux hommes qu'il avait suivis. Le plus grand des deux plongea la main dans la sacoche, en sortit quelque chose et le fourra dans son manteau.

— Comment as-tu pu mettre tes mains crasseuses sur un sou d'argent comme celui-là, petit morveux ?

Le garçon se refusait à lever les yeux. À la table voisine, la sacoche était passée au plus petit des deux hommes.

— Tu l'as volé, c'est ça ? Tu l'as piqué dans la poche d'un riche couillon, je me trompe ?

Le plus grand des deux se leva pour partir, et le jeune garçon se figea.

— Bah, et puis qu'est-ce que j'en ai à faire !

Une chope pleine d'un liquide à l'odeur âcre atterrit devant le garçon en éclaboussant toute la table. Il la but à petites gorgées, jusqu'au moment où l'autre écuyer se leva et partit lui aussi. L'adolescent l'imita, mais cette fois-ci, suivit l'homme de plus près. Il s'avança à petits pas dans son ombre, jusqu'à se retrouver juste à côté de lui, puis il attendit le moment parfait pour agir.

Il empoigna la sacoche qui pendait à l'épaule de l'écuyer, plongea dans une trouée étroite entre les tentes et prit ses jambes à son cou en bondissant par-dessus les cordes retenant les bâches. L'homme se lança à sa poursuite en hurlant au scandale. L'adolescent était agile, mais l'écuyer, rapide et fort, ne se laissa pas semer. L'adolescent l'entraîna au milieu des enclos à bétail qui cernaient la ville de tentes.

Quand ils eurent laissé la foule derrière eux, le garçon s'arrêta juste après un coin, se tapit dans l'ombre et attendit. Quelques instants plus tard, l'écuyer tourna au même endroit à fond de train, et le garçon se releva derrière lui.

Tout se passa en un instant. L'homme hésita sur la direction à prendre, et une lame qu'on avait noircie pour ne pas refléter la lumière du soleil jaillit soudain de la manche de l'adolescent qui l'enfonça dans le flanc de son poursuivant en un seul geste fluide. Quand le garçon reprit sa course, l'homme ne s'était pas encore aperçu qu'il avait été poignardé.

L'écuyer se lança à sa poursuite. Au bout de quelques pas, il porta la main à son flanc et s'arrêta. Il regarda cette main, puis le sang qui ruisselait de sa blessure. Il avait soudain l'impression de se consumer de l'intérieur. Il n'arrivait plus à parler. La douleur enfla, l'envahissant de la moelle épinière au bout de ses doigts et de ses orteils, mais il ne pouvait plus parler, ni bouger, ni même crier. Par bonheur, quand la douleur atteignit son cerveau, tout devint blanc, puis noir.

L'adolescent laissa tomber le couteau et l'écarta d'un coup de pied. Pour plus de prudence, il se déplaça en zigzag dans le dédale des enclos en bois, mais aucun cri ne s'éleva dans son dos. Il se remit à courir. Il avait choisi soigneusement l'endroit où il avait assassiné l'écuyer, mais à présent, le temps jouait contre lui. Il courut aussi vite que possible à la limite des enclos, où un autre homme, entièrement recouvert d'écailles de dragon, celui-ci, l'attendait avec deux chevaux. C'était l'écuyer Semian, et quand il vit le jeune garçon, il hocha la tête et se mit en selle.

— C'est fait ?

Le garçon lui fit un brusque hochement de tête en se mettant en selle à son tour.

— Et le deuxième ?

— C'est aussi un homme de Jehal.

Le garçon ôta son capuchon et de longs cheveux sombres se répandirent sur ses épaules, puis il s'essuya le visage, laissant soudain la place à dame Nastria, maréchale de la reine du Nord.

— Allons le chercher ! Nous devons faire vite ! s'exclama-t-elle.

Nastria fit volter sa bête et la lança sur les sentiers boueux qui séparaient les enclos. En s'approchant du chevalier-dragon mort, ils aperçurent deux vieilles femmes qui se redressèrent et s'enfuirent à leur vue. Des voleuses, mais qui n'avaient eu le temps de prendre que la bourse du mort, et Nastria ne la leur disputa pas. L'écuyer et elle mirent pied à terre et fixèrent le corps sur le cheval de Nastria, puis ils repartirent au galop vers le Palais Adamantin et la Cité des Dragons. Non loin de leur destination, Nastria redescendit de cheval, remit son manteau et son chapeau de paysan et prit les rênes des deux chevaux pour les conduire à pied vers les portes du Palais.

— Écuyer Semian, au service de la reine Shezira, déclara le chevalier. Les gardes le regardèrent des pieds à la tête, examinèrent le corps sur l'autre cheval, puis le laissèrent passer d'un signe du menton. Nastria regardait timidement ses bottes. Les gardes s'aperçurent à peine de sa présence.

Ils rejoignirent la tour de la Poussière, dans le mur ouest. Le Palais Adamantin était hérissé de tours, chacune d'elles assignée à un roi-dragon ou à une reine-dragon pour l'élection du prochain Orateur. La reine Zafir résidait dans la tour de l'Air, le roi Valgar s'était vu attribuer la tour de l'Aube, à l'est, le roi Tyan occupait la plus petite d'entre elles, la tour Modeste, et les rois Narghon et Silvallan séjournaient dans la tour de l'Eau et la tour de la Cité dans la zone nord du Palais. La tour de la Poussière, elle, était réservée à l'usage exclusif de la reine Shezira. Nastria mena les chevaux devant la porte, et Semian et elle entrèrent dans la tour en traînant entre eux le corps de l'écuyer mort.

À l'intérieur les attendaient d'autres hommes de la reine Shezira. Dès que les battants se furent refermés, Nastria se débarrassa à nouveau de son déguisement. Elle désigna le corps.

— Descendez cette chose à la cave. Où est la reine ?

— Elle est avec l'Orateur.

Dame Nastria bouscula les écuyers qui s'écartèrent pour lui laisser le passage puis ramassèrent le corps par les bras et les jambes, un peu à contrecœur.

— Madame, cet homme n'est pas mort ! s'exclama l'un d'eux.

Dame Nastria s'arrêta brièvement et fronça les sourcils.

— Faites ce que je vous dis ! Jetez-le en bas ! Maître Kithyr n'a qu'à se rendre utile, pour une fois !

Les chevaliers échangèrent des regards nerveux, et dame Nastria les chassa d'un geste vers l'escalier. Dans l'une des caves où l'on gardait le vin et les victuailles, ils débarrassèrent une lourde table de bois pour y allonger le corps. Ils avaient raison, se dit Nastria en se penchant au-dessus de lui. Ce type n'était pas mort, finalement.

Elle le gifla.

— Hé, le traître ! Tu m'entends ?

Comme l'homme ne bougeait pas, Nastria fit le tour de la table et enfonça un doigt dans la blessure qu'il avait au flanc. Cette fois-ci, il gémit et ouvrit les yeux.

— Ça fait mal, hein ?

Elle enfonça son doigt encore plus profondément. L'homme hurla et ses traits se tordirent.

— Écuyer Tiachas… Il y a quelques mois, tu t'es envolé du Guet sur ton dragon avec deux autres frères en traîtrise. Vous aviez rendez-vous avec des parias à l'orée des bois de Barnan. Tes deux camarades étaient là pour leur acheter quelque chose. Tu les as donc déposés à l'orée des bois et ils n'en sont jamais ressortis. Tu sais ce qui leur est arrivé ? Non ? Ils ont été tués. J'ai chargé deux mercenaires de les assassiner. Je me demande ce qui t'est passé à l'esprit quand tu ne les as pas vus revenir. Tu as eu peur ? Ensuite, au fil des semaines et des mois, comme personne ne venait rien te demander, tu as progressivement repris espoir. Un espoir absurde et inutile, mon pauvre Tiachas, parce que depuis le début quelqu'un t'observait. Tu m'entends ?

Elle remua le doigt et regarda piailler l'écuyer.

— Tu vas me dire qui t'a corrompu. J'étais présente, tout à l'heure, quand tu as acheté le poison à ce clown de Taiytakei. Je t'ai vu avec l'un des hommes du prince Jehal. C'est Jehal, hein ?

Elle lui ouvrit les yeux de force et lui montra la sacoche.

— Qu'est-ce que c'est, Tiachas ? Une sorte de poison ? Jehal t'a-t-il payé pour assassiner notre reine ?

Langue pendante, Tiachas tournait sans arrêt la tête. Le sang qui coulait de nouveau abondamment de la blessure formait une flaque sous la table. Il émit quelques gargouillis, mais si c'étaient des mots, ils n'avaient ni queue ni tête.

— Qu'est-ce que tu veux me dire ? Que j'ai tort, peut-être ?

Nastria tira un couteau de sa ceinture et se mit à le tripoter.

— À mon avis, je ferais mieux de ne pas y ajouter foi. Mais peu importe. Tu veux me faire croire qu'il te reste encore un peu de courage et d'honneur ? C'est bien ! Je te ménagerai, alors. Dis-moi juste une chose, Tiachas : qui t'a acheté ?

Le mouvement de tête s'intensifia.

— Je vais te torturer pour de bon, Tiachas, et tu vas me répondre. Et quand tu m'auras répondu, j'exhiberai tes restes dans toutes les cours royales puis je te ferai pendre. Je vais détruire ta famille, racines et branches comprises. Les tiens vont perdre tout ce qu'ils ont, mais c'est toi qu'ils haïront, parce que c'est toi le traître qui leur aura valu ces malheurs. Tu m'entends ?

Tiachas lui allongea un coup de poing, mais il était faible et lent, et dame Nastria l'évita facilement. Il faillit tomber, mais deux écuyers le rattrapèrent et le plaquèrent sur la table.

Nastria se détourna.

— Lâchez-le et partez. Et s'il vous plaît, dites à maître Kithyr de se hâter.

Les écuyers lâchèrent Tiachas et quittèrent lentement la pièce, à contrecœur, mal à l'aise. Nastria les regarda partir.

— Tu sais ce qui les embête, hein, Tiachas ? Non, tu n'es peut-être pas au courant. Maître Kithyr n'est pas un bourreau, c'est un mage du sang. Je te conseille de me dire ce que je veux savoir. Si tu espères mourir avant, j'ai bien peur de te décevoir encore.

Quand ils se retrouvèrent seuls, Nastria fit lentement le tour de la cave. Tout ce qui s'y trouvait avait été entassé là par les intendants de l'Orateur Hyram pour le séjour de la reine Shezira et de ses chevaliers, et ils avaient sans doute fait de même dans toutes les tours. Il aurait été si simple pour Hyram d'empoisonner tout un clan !

Elle repoussa cette pensée. En deux cents ans, aucun Orateur n'avait fait assassiner l'un de ses invités, roi ou reine, et elle ne voyait pas Hyram déroger à cette règle. Elle prit une bouteille de vin dans le chai et s'en versa une rasade. Au bout d'un moment, elle entendit enfin les pas sourds de Kithyr sur les pavés, mais elle ne se retourna pas pour assister à son entrée dans la pièce.

— Tiachas n'est qu'un outil, lui dit-elle doucement. Je veux savoir qui est l'artisan.

Il fallut une heure au sorcier. Il n'y eut pas de hurlements, mais les choses se passaient toujours ainsi avec maître Kithyr. Dans le calme. Pendant tout l'interrogatoire, Nastria resta tournée vers le mur. Immobile comme une statue, elle sirota son vin, et à la fin de la séance, la bouteille était vide. Elle ne se sentait même pas un peu ivre. Au contraire, elle avait froid. La magie du sang. Un autre mal nécessaire. Comme les mercenaires.

Quand le mage du sang en eut terminé, il s'approcha d'elle à pas feutrés.

— Alors ? J'avais raison ? C'était Jehal ?

— Non, chuchota le sorcier. Les Taiytakei.

Elle réfléchit à la question pendant quelques instants. Le mage ne bougeait pas.

— L'un d'eux lui a donné quelque chose, reprit dame Nastria au bout d'un instant. Une fiole. Remplie d'un liquide argenté. Comme l'autre. Je veux toujours savoir ce que c'est et à quoi ça sert.

— Demandez à vos alchimistes. Vous n'en manquez pas, lui répondit le mage avec mépris. Il n'y a qu'un seul liquide qui m'intéresse, et il n'a pas la couleur de l'argent.

— Chaque fois que je le demande à un alchimiste, je le perds ! Huros, Bellepheros…

Le silence flotta entre eux.

— Que dois-je faire du corps ? s'enquit finalement le sorcier. Dois-je le laisser ici ?

— Non, maître Kithyr. Faites-le disparaître. Il ne faut pas qu'on le retrouve.

Elle poussa un soupir, et le sorcier commença son travail. Quel dommage ! Elle n'exhiberait pas le traître en public. L'impact n'était pas le même quand tout ce qu'on avait à montrer, c'étaient des petits bouts de viande.

44. UNE FISSURE DANS LA PIERRE

Loin au-dessus de la Cité, sur un plateau rocheux minuscule surplombant la vallée de la Cascade de Diamant, Hyram et la reine Shezira observaient la chute d'eau qui retombait à des centaines de pieds sous eux.

— La reine Zafir… Comment va-t-elle ?

Shezira se tenait tout près du bord, mais Hyram la battait : le bout de ses bottes dépassait carrément dans le vide. Une bonne poussée dans le dos et c'en serait fait d'eux.

— Elle se remet bien.

— J'en suis heureuse. A-t-elle été empoisonnée, à votre avis ?

— Non. Elle est juste un peu souffrante.

Shezira redressa la tête.

— Un peu ? Enfin, Hyram ! Quand elle s'est effondrée, tout le monde a cru qu'elle était morte !

— Elle s'est étranglée, voilà tout.

— Quel dommage alors qu'elle ait ruiné la suite de votre banquet de bienvenue !

Hyram éclata de rire.

— Nous savons tous les deux qu'il était déjà gâché. Quand la reine Zafir s'est évanouie, vous vous êtes dépêchés de quitter mon hall, du moins la plupart d'entre vous. Elle vous a fait une faveur : elle vous a fourni une excuse pour partir poliment.

— Très gentil de sa part, vraiment !

Une rafale de vent siffla dans la vallée, et Shezira se balança légèrement.

— J'aimerais retourner dans le pavillon, si vous n'y voyez pas d'inconvénient.

Hyram ne fit pas mine de bouger.

— Cet endroit est depuis toujours l'un de mes préférés. Depuis ma jeunesse ! D'ici, la vue s'étend jusqu'à l'autre bout des royaumes.

— Je préfère le dos de mon dragon.

— Je sais. Mais ce lieu nous rappelle que les gens de notre espèce peuvent tomber de très haut. Un seul faux pas et nous plongeons vers la mort. Je ne suis pas venu ici depuis plus de deux ans, vous savez. Je ne pouvais plus tenir debout quand j'étais malade. Je serais tombé très vite.

— Hyram, quand nous montons nos dragons, nous portons des harnais et des cordes qui nous maintiennent sur le dos de nos bêtes pour nous empêcher de glisser. Et c'est ce que font les dragons qui compte. Une fois attachés sur leur dos, nous pouvons nous agiter comme des déments, parce que nos dragons nous ramèneront toujours sains et saufs à la maison.

— Ils n'ont pas sauvé Aliphera. Ni Antros.

— Ils ne peuvent sauver quelqu'un qui refuse de porter un harnais.

Shezira se détourna.

— Si vous restez au bord de ce gouffre pendant assez longtemps, vous dégringolerez forcément, Hyram. C'est ce que m'a appris l'erreur de votre frère.

Environ deux cents ans auparavant, l'Orateur Mehmit avait fait construire un pavillon un peu à l'écart du précipice. Les montagnes de l'Éperon Pourpre étaient semées de petites folies dans ce genre, mais la plupart tombaient en ruine. Par contre, celle-ci jouissait depuis toujours d'une grande popularité auprès des successeurs de Mehmit. Du pied de la falaise, elle était invisible, et même du ciel elle était presque impossible à repérer, sauf si l'on en connaissait déjà l'existence. Les Orateurs se transmettaient donc ce petit secret. C'était également le lieu idéal pour espionner la Cascade de Diamant que fréquentaient les seigneurs-dragons et les dames-dragons qui brûlaient de s'éloigner des regards de la cour.

Shezira entra dans le pavillon. Il était vraiment modeste : une seule pièce ouverte à tous vents, avec des arches à l'emplacement des fenêtres. Au fond, deux grandes alcôves débordaient de fourrures luxueuses et de coussins moelleux. Il n'était pas difficile de deviner quel usage lui réservaient les Orateurs.

A-t-il déjà amené la reine Zafir ici ? Shezira pinça ses lèvres. Bien sûr qu'il l'avait fait.

Hyram entra derrière elle, et elle se retourna.

— Je suis enchantée de vous voir en si bonne santé.

— Personne n'en est aussi heureux que moi, vous pouvez me croire.

— Alors ? Vous allez l'épouser ?

Le vieil homme s'arrêta et resta figé pendant un instant.

— À mon avis, la reine Zafir a volé le secret des potions de la Vipère rien que pour l'embêter, finit-il par dire. Elle sait ce que je pense de lui.

— Tout le monde sait ce que vous pensez de lui, répliqua Shezira en redressant la tête. Mais je ne suis pas sûre de comprendre le sens de vos propos.

— Il empoisonne son propre père.

— Vraiment ? En êtes-vous bien sûr ?

— J'en suis certain, insista Hyram en fronçant les sourcils. Vous ne le sentez pas ? Sa froideur ? Il n'est pas humain, contrairement à nous. Il est vicieux, dur, arrogant, égocentrique…

— Cette description pourrait s'appliquer à chacun de nous, dit Shezira, un vague sourire aux lèvres.

— Vous ne comprenez pas, on dirait. Demandez à la reine Zafir. Elle comprend très bien ce que je veux dire, et elle pourra peut-être vous expliquer les choses plus efficacement que moi.

Le sourire de Shezira s'évanouit.

— Je vois. Donc, vous allez l'épouser.

Hyram, lui, ne souriait pas.

— Oui, Shezira. Je vais l'épouser.

— Et comptez-vous la nommer Oratrice, pour pouvoir continuer votre règne dans le rôle de son éminence grise ?

Cette fois-ci, il garda le silence.

— A-t-elle compris qu'elle devra abandonner son trône et sa couronne ? A-t-elle un héritier prêt à assumer ces fardeaux ?

Cette réflexion le fit rire.

— Vous pouvez parler ! Vous en avez un, vous ?

— Vous oubliez le pacte, Hyram. Si vous nommez Zafir plutôt que moi, je la défierai, vous pouvez en être sûr. Et vous vous serez fait une ennemie implacable. Jehal ne vous suffit pas ?

Il la dévisagea, se détourna.

— Je crois que je ferais mieux de partir.

Shezira le dépassa et ressortit d'un pas énergique. Elle fit signe aux chevaliers-dragons qui tournaient en rond en l'attendant de la ramener au Palais. Presque immédiatement, un dragon la salua d'un coup d'ailes, se laissa presque tomber, et se posa sans une anicroche sur la zone rocheuse unie à l'extérieur du pavillon. Sans se lever de sa selle, le dragonnier jeta une échelle de corde à la reine. Shezira fronça les sourcils. Ses écuyers connaissaient leur travail, pourtant ! Il aurait dû se déplacer pour céder les rênes à sa maîtresse !

Comme la reine ne bougeait pas, le dragonnier souleva son casque.

— Vous venez ou pas, mère ? Décidez-vous

Shezira poussa un soupir. Malheur, c'était Jaslyn. La reine escalada l'échelle et se carra derrière sa fille.

— Je voudrais faire voler Silence jusqu'au Palais, si tu n'y vois pas d'inconvénient.

Jaslyn la regarda comme si elle était folle, sans faire le moindre geste. Shezira ravala son irritation et se boucla dans le second harnais. La jeune fille claqua la langue à l'intention de Silence, qui courut vers le bord du précipice et s'y jeta paresseusement ; il descendit en planant vers la vallée de la Cascade de Diamant, puis les chutes, puis les cieux immenses surplombant la Cité des Dragons.

— Vous êtes bouleversée, mère ! lui cria Jaslyn.

Shezira serrait les lèvres. *Bouleversée ? Bouleversée ? ! Je suis furieuse, oui, mon idiote de fille ! J'enrage, et tu devrais enrager aussi. Si tu avais la moindre ambition, tu serais en train de bouillir de rage, tu aurais des envies de meurtre !* Mais il était inutile de mettre Jaslyn au courant de ce qui venait de se produire. *Je devrais être soulagée qu'elle ait remarqué quelque chose, j'imagine.*

— Mère, vous rendez Silence nerveux !

Pendant quelques instants, Shezira vit rouge et se tortilla en selle. Elle mourait d'envie de se jeter sur Jaslyn pour lui tordre le cou, mais se raidit, bien déterminée à garder le contrôle. Sous elle, elle sentit le dragon s'agiter lui aussi. Il fit soudain une embardée vers l'avant.

— Mère !

Shezira serra les poings. Jaslyn avait compris que quelque chose ne tournait pas rond parce que son dragon le lui avait fait comprendre. Voilà qui ressemblait davantage à sa fille !

— Ramène-moi directement au Palais ! lui lança-t-elle sèchement.

Jaslyn demanda un piqué à Silence. Le dragon rabattit ses ailes contre lui et se laissa choir droit vers le sol, tête la première, la queue étirée derrière lui. Ils tombèrent ainsi à la verticale sur près d'un quart de lieue. Dans ce vent déchaîné, inutile d'essayer de prononcer un mot. À la fin, tandis que le Palais grandissait à toute vitesse sous leurs yeux, il était même presque impossible de ressentir quoi que ce soit excepté ce vent furieux qui les avalait et la terreur féroce énergiquement tenue à distance, parce qu'elles allaient trop vite, parce que le dragon ne pourrait jamais s'arrêter à temps…

Silence déploya ses ailes, et Shezira fut projetée vers l'avant, complètement impuissante. En ralentissant brutalement, le dragon lui coupa le souffle. Elle dut perdre quelques instants connaissance, parce qu'à un moment elle sentit un poids écrasant sur son dos et que tout devint gris, et que l'instant d'après, le poids avait disparu. Déjà plus bas que les tours du Palais, le dragon termina sa descente en décrivant des cercles. Dès qu'il se fut posé, Jaslyn jeta l'échelle de corde, et Shezira en descendit lentement, prudemment. Elle tremblait de tout son corps. Quand elle toucha le sol, elle s'aperçut que Jaslyn la regardait avec un grand sourire.

Shezira, elle, ne souriait pas.

— Hyram va nommer la reine Zafir pour lui succéder. Je te suggère de lui proposer une de tes revigorantes petites balades à dos de dragon. Avec un peu de chance, c'est avec *elle* que tu t'écraseras !

Elle partit d'un bon pas vers la tour de la Poussière sans un regard pour sa fille.

45. SEMIAN

La jambe de l'écuyer Semian restait douloureuse. En apparence, la plaie semblait guérie depuis des semaines, mais en réalité, elle lui faisait toujours aussi mal. S'il essayait de courir, la douleur empirait. Grimper les marches de la tour de la Poussière était un vrai supplice, et il arrivait en haut trempé de sueur. Même quand il restait debout sans bouger, la douleur augmentait lentement d'intensité, jusqu'à le contraindre à s'asseoir. La flèche du mercenaire avait frappé l'os de sa cuisse. Ébréché ou fracturé, il ne s'était pas bien remis et ne serait plus jamais droit. L'écuyer s'efforçait de cacher son malaise aux autres chevaliers-dragons, mais ils prenaient peu à peu conscience que leur camarade était devenu un infirme.

Quand dame Nastria s'extirpa péniblement des caves, il était raide comme un piquet. Il lui trouva l'air très fatigué ; il ne l'avait même jamais vue épuisée à ce point. Une étrange odeur remontait des caves derrière elle. Une odeur âcre et mordante. Puis les bruits commencèrent. D'abord, des petits bruits de déchirement, puis des os qui craquaient. Il frissonna, s'efforça de ne pas y penser.

Au moment même où dame Nastria émergeait du sous-sol, un dragon se posa devant la tour. Semian le reconnut immédiatement : Silence ! Des écuyers se précipitèrent pour ouvrir la porte à la reine qui franchit le seuil de son pas énergique, visiblement courroucée et secouée.

— Votre Altesse..., dit dame Nastria en s'avançant à sa rencontre. J'ai découvert...

La reine Shezira l'éloigna d'un geste.

— Hyram va nommer la reine Zafir pour lui succéder.

Dans la pièce, tout s'arrêta. Les gens se figèrent. Les chuchotements s'éteignirent. Tout le monde regardait la reine.

Shezira redressa la tête et dévisagea dame Nastria.

— Vous disiez ?

Nastria s'inclina profondément.

— L'un de vos chevaliers vous a trahie. Il a été acheté...

— Ah. Une autre histoire de poison, maréchale ?

— Je le crois, Altesse. J'ai le poison en question. Je pars au fort des alchimistes pour leur demander de l'identifier.

— Hors de question ! s'écria Shezira en secouant la tête. Maintenant qu'Hyram a rompu notre pacte, j'ai besoin de vous à mes côtés. Je vais contester sa décision, et je dois m'assurer de l'appui d'un nombre suffisant de seigneurs-dragons. Il ne faut surtout pas que cet incident déclenche une guerre.

Elle s'interrompit et médita quelques instants.

— Envoyez la princesse Jaslyn à votre place, tiens, dit-elle soudain, un vague sourire aux lèvres. Elle n'a qu'à s'en charger. Oui. C'est peut-être une bonne idée de l'éloigner d'ici en attendant que les choses se calment.

Posté près de la porte, l'écuyer Jostan se précipita dans la cour en faisant de grands signes à Silence pour le retenir au sol, mais il était déjà trop tard. La princesse et son dragon avaient repris leur envol. Semian observait l'expression de la maréchale. Elle avait l'air pour le moins contrariée. Mais si elle avait des doutes, elle les ravala et s'inclina à nouveau.

— Très bien, Altesse. Si vous n'y voyez pas d'inconvénient, je vais lui adjoindre une escorte.

Shezira fronça les sourcils.

— Inutile, nous avons encore un campement dans l'Éperon, et ce n'est qu'à quelques heures de vol du Palais.

Cette fois-ci, Nastria lui tint tête.

— J'insiste, Altesse.

— Bon, très bien, soupira la reine. Deux écuyers, pas plus. Qu'ils nous renvoient deux de ceux qui sont encore au campement.

Ces deux-là seraient certainement ravis d'apprendre la nouvelle, se dit Semian, désabusé. Depuis le jour où le mercenaire l'avait pris pour cible, le dragon blanc et l'Écailleux qui l'accompagnait s'étaient comme volatilisés. À coup sûr, ils étaient loin depuis longtemps, et cette recherche se résumait à une perte de temps absolue. Comme personne n'osait le faire remarquer à la reine, ils continuaient.

Shezira plissa le nez.

— Quelle est cette odeur atroce ?

Dame Nastria blêmit.

— Quelque chose a pourri en sous-sol, votre Altesse. Je le ferai ôter sous peu.

— J'espère que l'odeur disparaîtra aussi, dit Shezira en abordant la volée de marche en spirale qui s'élevait au centre de la tour. Je veux donner une réception ce soir. Que quelqu'un prévienne mon intendant. Et envoyez une invitation à Jehal. J'ai envie de passer un peu de temps avec mon beau-fils pour savoir quelle impression lui a laissée Lystra. Qu'il vienne quand il le voudra. Maréchale, suivez-moi. Vous avez l'air d'une paysanne, et je vous veux sur votre trente et un. Et comme nous recevons ce soir, cette odeur doit absolument disparaître…

La reine s'éclipsa dans une courbe de l'escalier, dame Nastria sur les talons, mais avant de partir, celle-ci avait eu le temps de fourrer quelque chose dans les mains de Semian.

— Partez remettre ceci à la princesse Jaslyn et prévenez-la. Faites vite !

Semian en resta bouche bée. *C'est une princesse, voyons ! Je ne peux pas lui dire quoi faire !*

— Allez-y avec l'écuyer Jostan. La princesse vous connaît tous les deux.

Et la maréchale lui fit un clin d'œil, ce qui le laissa encore plus sans voix.

Jostan et lui partirent au galop vers l'aire adamantine. En chemin, sa jambe se réveilla et lui fit un mal de chien. Quand ils arrivèrent, la princesse, qui s'apprêtait à quitter l'aire, se dirigeait d'un pas majestueux vers l'un des carrosses de la reine.

— Votre Altesse !

Semian sauta de cheval, et dans sa hâte sa jambe faillit se dérober sous lui. Jaslyn lui lança un regard glacial. Certainement pas le genre de regard dont la maréchale lui avait parlé.

— Semian ? Que voulez-vous ?

Elle ne daigna même pas ralentir.

— Votre Altesse, votre mère vous ordonne de vous rendre au fort des alchimistes.

Jaslyn rejeta sa tête en arrière et aboya un rire, tout en ouvrant la porte du carrosse.

— Votre Altesse ! Dame Nastria a fait exécuter l'écuyer Tiachas pour trahison ! Il était impliqué dans un complot visant à empoisonner la reine !

Jaslyn grimpa dans la voiture et faillit refermer la portière.

— Le prince Jehal est également impliqué !

Elle suspendit son geste. À bout de souffle, Semian lui expliqua quels étaient les ordres de la reine. Jaslyn se renfrogna.

— Ma mère m'éloigne, si je comprends bien.

Elle cracha. Ses yeux lançaient des éclairs.

— À votre avis, si j'obéis, parviendrons-nous à mettre un terme aux méfaits de Jehal, écuyer Semian ?

— Je l'ignore, votre Altesse, répondit-il, les yeux baissés.

La princesse renifla avec dédain, et redescendit lentement de la voiture.

— Pourquoi veut-elle que j'y aille, écuyer Semian ? Pourquoi pas vous ? Faire les courses, n'est-ce pas plutôt de votre ressort ?

Semian garda prudemment le silence.

— Ou du vôtre, Jostan.

Nouvel éclat de rire tranchant.

— La maréchale Nastria voulait le faire elle-même, votre Altesse. C'est la reine qui en a décidé autrement, lui fit calmement remarquer Jostan.

— Bien sûr.

Jaslyn leur montra ses dents, puis, sans ajouter un mot, retourna dans l'aire d'un bon pas.

Quand ils prirent leur envol, le soleil sombrait déjà vers l'horizon. Les dragons devinrent nerveux dans l'obscurité, mais Jaslyn les menaient à une vitesse impitoyable. Ils avaient tous passé des mois à écumer les vallées de l'Éperon Pourpre à la recherche du dragon blanc et Semian avait l'impression de pouvoir les survoler les yeux fermés en étant presque sûr d'arriver à destination.

Une douzaine de dragons, trois fois plus d'écuyers, plusieurs alchimistes et des suiveurs par vingtaines campaient toujours dans l'Épine du Monde. Au fil des mois, les tentes avaient disparu, remplacées par une rangée ordonnée de cabanes en rondins alignées le long du fleuve. Des sections entières de la forêt étaient toujours en cours de défrichement, pour faire de la place au bétail remonté des vallées proches du royaume du roi Valgar. Allumé en permanence au point le plus haut du campement, un grand feu les guidait. Les dragons nerveux tournèrent en rond dans les cieux en crachant quelques rafales de feu pour s'annoncer puis se laissèrent descendre nerveusement en planant, le long du fleuve, en cherchant le sol à tâtons du bout de leur queue. Dès qu'ils touchèrent l'eau, ils reprirent un peu de hauteur, déployèrent leurs ailes et s'arrêtèrent net en l'air, puis se laissèrent tomber sur les six derniers mètres dans les rochers du fleuve. Le dragon de Semian fit une embardée de côté et faillit s'affaler. Semian grimaça et ferma les yeux, mais Matanuska retrouva son équilibre et corrigea sa trajectoire. Quand l'écuyer posa pied à terre, la princesse Jaslyn était déjà partie, disparaissant dans la cabine où elle avait vécu une grande partie ces deux derniers mois. Semian et Jostan se dévisagèrent, haussèrent les épaules et allèrent se coucher.

Dès les premières lueurs du jour, ils reprirent leur envol, et se dirigèrent vers le nord. En longeant ainsi l'Épine du Monde, ils survolaient le royaume du roi Valgar. Dans l'après-midi, ils atteignirent un champ converti en aire de fortune où se dressait un petit manoir fortifié. Semian le prit d'abord pour le foyer rustique de quelque baron campagnard, une bonne idée pour faire étape. Il comprit très vite qu'il se trompait. Dirigé par l'Ordre des Écailleux, le manoir disposait de ses propres alchimistes, en certain nombre, mais également des soldats, et pas n'importe lesquels : des Gardes Adamantins. Les soldats de l'Orateur.

En écoutant la discussion de la princesse et des alchimistes, Semian comprit lentement. À quelques kilomètres à l'est commençait une antique route secrète qui s'enfonçait profondément dans l'Épine du Monde. Tout au bout se dressait la forteresse cachée des alchimistes, source de leur puissance. À une journée de voyage à dos de dragon, mais à une semaine voire davantage à pied, ou dans les chariots à bœufs qui transportaient les tonneaux remplis des potions des alchimistes. Chaque semaine, intempéries ou pas, un nouveau convoi de chariots quittait le village pour approvisionner les aires royales. À quoi servaient ces potions ? Ce précieux secret, jalousement gardé par l'Ordre, n'était connu que des rois et des reines-dragons et Semian était trop malin pour chercher à en apprendre davantage. Tout ce qu'il savait, c'est qu'elles intervenaient dans le dressage des dragons. *Cela*, tout le monde le savait.

Des nuages de tempête pesaient en permanence sur les épaules de la princesse Jaslyn, et les alchimistes, eux, étaient taciturnes et méfiants. Semian fut heureux de quitter ces lieux. En outre, il s'ennuyait. Accompagner la princesse pouvait être considéré comme un honneur, et c'était une occupation plus agréable que de partager une tour avec un mage du sang, certes, mais au bout d'un moment, toutes les montagnes se ressemblaient. Là-bas, au Palais, les tournois et les jeux allaient bientôt commencer. Il y aurait de la gloire à récolter, et de l'or… Ici, il n'y avait rien. Rien à faire et rien à voir. Rien du tout.

46. LA PISTE DE VALEFORT

Neige plongea, laissant le soleil derrière elle. Elle avait repéré cinq chariots s'étirant dans l'ombre le long du sentier de montagne, avec deux hommes à cheval à l'avant et peut-être une douzaine de soldats à l'arrière.

— Brûle les soldats en premier ! lui hurla Kemir, qui espérait se faire entendre malgré le vent.

Il avait une selle désormais, et lui et Nadira volaient sur le dos de Neige ; bien plus confortable que les serres.

— Pas la peine de hurler ! cria Nadira à son oreille.

Kemir ferma les yeux. Ah oui, Neige lisait dans son esprit, arrachait les pensées dans sa tête. *Je devrais le savoir, après deux mois avec elle…*

Non, pas eux d'abord. Neige négligea les soldats. Elle réserva sa première rafale de feu aux écuyers, à l'avant. Ils durent sentir la bourrasque qu'elle souleva sur son passage, parce que Kemir crut en voir un se tourner, les yeux levés, juste au moment où Neige lâchait son feu. Une bouffée d'air chaud le frappa au visage et il s'agrippa au cou du dragon.

Ils t'ont entendu, petit être Kemir.

Neige se posa. L'air sentait le brûlé. En se redressant, Kemir constata que le dragon était à califourchon sur une piste de montagne, bloquant le passage au convoi. Le premier chariot brûlait, et de chaque côté de la piste, de la fumée s'élevait des buissons de bruyères et d'ajoncs qui se consumaient sans flamme. Neige se laissa tomber à quatre pattes, exposant Kemir et Nadira. Le dragon cracha une deuxième rafale de feu sur les autres chariots en visant les soldats, puis ramassa vivement l'un des chevaux morts et le coupa en deux d'un coup de dents. Il ne fit qu'une bouchée de son arrière-train.

Allez savoir comment, l'un des écuyers avait survécu. Il se releva en chancelant et se mit à hurler. Ses vêtements avaient brûlé jusqu'à sa peau, et tout son corps était carbonisé ou à vif. Et manifestement, il ne voyait plus rien. Kemir l'acheva d'une flèche.

La fumée et les flammes de la seconde rafale s'éteignirent. Tous les chariots flambaient. À l'arrière, les soldats s'étaient regroupés derrière un mur de boucliers entrecroisés, et Kemir les vit se baisser un instant. Derrière les boucliers, les soldats manipulaient une arbalète. Une grosse.

Qu'ils pointaient vers lui.

— Merde !

Le mercenaire se jeta à plat ventre sur le cou du dragon, mais c'est Neige elle-même qui le sauva. Elle leva la tête au moment où l'arbalète lâchait son trait et, au lieu de frapper Kemir, le carreau long comme le bras se planta dans l'épaule du dragon. Kemir perçut le choc, la surprise, la douleur inattendue. Cette arbalète était assez puissante pour perforer les écailles d'un dragon. Le carreau était à moitié enfoncé dans la chair de Neige.

Alors surgit la rage. Elle jaillit des profondeurs ramassée sur elle-même comme une boule dense et bouillonnante et se déploya dans toutes les pensées de Neige ; et en se diffusant dans le dragon, elle se diffusa également en Kemir. Alors qu'il commençait à déboucler son harnais pour aller massacrer du soldat, Neige fit un bond en avant, écrasa les cinq chariots, les réduisit en pièces en progressant vers l'arrière, rejeta loin dans la vallée leurs débris enflammés. Les soldats se dispersèrent, certains se débattant parmi les ajoncs de chaque côté de la piste, la plupart en courant sur celle-ci. Quelques-uns réussirent à passer entre les jambes de Neige, qui fouettait l'air de sa queue. Elle envoya un nouveau jet de feu sur la piste, devant elle, et Kemir jeta un coup d'œil par-dessus son épaule. Un soldat avait été projeté dans les airs. Un autre semblait s'en être tiré en plongeant dans les ajoncs. Un troisième avait réussi à éviter la queue du dragon en se pliant en deux, mais Neige le tua au moment où il s'enfuyait. Elle abattit si violemment le bout de sa queue sur la tempe du fuyard que Kemir vit son cou se rompre.

Derrière lui, Nadira lâcha un hurlement d'une violence surnaturelle. Les doigts de Kemir s'acharnèrent maladroitement sur le harnais, arrachant les sangles qui le retenaient sur le dos de Neige. Il ressentait une fureur démesurée. Il *devait* se battre.

Neige se dressa sur ses postérieurs et avança lourdement sur la piste, en attrapant les soldats au fur et à mesure. Elle écrasa le premier, expédia le deuxième dans les airs et balança le troisième dans sa gueule. Elle le mordit si fort que son armure se fracassa. Enfin libéré du harnais, Kemir se laissa glisser le long d'une aile puis du postérieur et l'atterrissage fut rude. Lui-même faillit se faire piétiner et dut plonger hors de portée du fouet caudal. Bah, il s'en moquait. La rage d'un dragon le possédait et il ne ressentait rien d'autre. Il sauta dans les ajoncs à la poursuite de l'un des soldats en fuite. Son arc était resté attaché à la selle et c'était très bien ainsi. Il ne voulait pas abattre ces hommes de loin. Il voulait ressentir la joie de planter ses couteaux dans leurs os.

Courir parmi les ajoncs était difficile, et les soldats portaient de lourdes armures. L'homme qu'il avait repéré trébucha. Kemir se jeta sur lui en poussant un rugissement, le plaqua au sol, le taillada à coups de couteau. Le soldat portait des plaques en écailles de dragon qui pouvaient dévier ses armes quelle que soit la force de ses frappes, mais toutes les armures avaient des points faibles, des failles. À l'entrecuisse, derrière les genoux et les coudes, au cou… Le soldat se redressa à moitié, le bras levé pour écarter les coups de Kemir, et s'empara de son épée. Kemir trouva l'aisselle du soldat avec son premier couteau, et remonta dans son épaule. Sous le choc, l'homme ouvrit la bouche, et Kemir lui planta son deuxième couteau dans la gorge. Il retira les deux lames au moment où le soldat s'effondrait, hurla son exultation et chercha du regard un autre homme à tuer. Neige se tenait maintenant à quelques centaines de mètres plus bas sur le sentier. Elle s'était arrêtée et arrosait les buissons de flammes.

Kemir se rappela qu'un soldat avait plongé dans les ajoncs pour échapper à la queue de Neige.

Vivant ! Il nous en faut un vivant ! Avec cette brume sanguinaire qui flottait dans sa tête, difficile de s'en souvenir.

Nadira était elle aussi descendue du dragon. Il l'aperçut dans les ajoncs. Elle soulevait une lourde pierre et la jetait au sol. Il ne vit pas ce qu'elle écrasait.

La tête de quelqu'un, probablement. Plus aucun soldat n'était visible. Ils avaient tous disparu, éparpillés parmi les buissons épineux, pour la plupart réduit en pièces ou carbonisés par le courroux de Neige. Si certains avaient survécu, ils se cachaient. Mais on ne pouvait semer un dragon.

— Elle entend vos pensées, cria-t-il à la ronde. Vous ne pouvez pas vous cacher d'elle !

Une fois le massacre achevé, le dragon revint lourdement sur la piste en faisant trembler le sol, passa devant Kemir et retourna aux débris des chariots en feu.

LES ALCHIMISTES. OÙ SONT-ILS ? Neige n'émettait aucun son, mais cette pensée retentit avec tant de force dans la tête de Kemir qu'elle le fit grimacer. Il repartit vers les chariots. Neige fouillait dans les buissons en rejetant les corps à moitié carbonisés des conducteurs du convoi, ces hommes ordinaires qui s'étaient retrouvés sur sa route par hasard. Elle leur accordait à peine un coup d'œil, puis les lançait en l'air.

Mort.

Quand les corps retombaient, elle les attrapait dans sa gueule et les engloutissait d'un coup.

Mort.

Nadira sortit en titubant des ajoncs, les mains en sang, à la fois euphorique et choquée. Elle rejoignit Kemir, les yeux complètement écarquillés.

Mort.

— J'en ai tué un ! lui dit-elle d'un air surpris. Je n'avais jamais tué personne ! Je lui ai écrasé la tête avec un rocher !

Mort.

La soif de sang était toujours là, toujours forte, mais elle avait perdu de son implacabilité. Kemir prit les mains de la jeune femme.

— Sais-tu qui étaient ces soldats ?

Elle secoua la tête.

— Des gardes adamantins. Les hommes de l'Orateur. Les meilleurs soldats des royaumes, du moins c'est ce qu'on dit. Ils s'entraînent à combattre les dragons, figure-toi.

Mort.

Il considéra un instant le carnage et éclata de rire. Tant pis pour la Garde… Mais enfin, à quoi pensaient ces types ? Y avait-il quelqu'un qui réfléchissait parmi eux ? Comment pouvait-on prétendre combattre un dragon ? Comment une armée d'hommes pouvait-elle prétendre combattre un dragon ?

Mort.

Il quitta Nadira pour aller examiner les corps en espérant mettre la main sur quelque babiole de valeur, puis partit étudier l'arme qu'ils avaient utilisée contre lui. Neige l'ayant écrasée en courant vers les soldats, elle était réduite en mille morceaux, mais ce qu'il en restait permit à Kemir de se faire une idée de sa nature. Il avait raison, c'était bien une arbalète, la plus grosse qu'il eût jamais vue. Il fallait probablement deux hommes rien que pour la transporter. Le mécanisme d'armement avait volé en éclats, mais Kemir supposa qu'il s'agissait d'une sorte de manivelle. En fait, trois ou quatre soldats étaient sans doute assignés au maniement de cette arme. Le fait qu'ils se soient quand même montrés assez rapides pour l'utiliser l'impressionna plus qu'il ne l'aurait voulu…

Il est vivant ! J'en ai trouvé un vivant, Kemir ! Demande-lui ! Oblige-le à te dire où sont les alchimistes !

Un hurlement aigu résonna dans la montagne, et une forme sombre tomba du ciel dans leur direction. Le cœur de Kemir manqua un battement.

Merde, voilà Cendre.

47. CENDRE

Quand il était parti avec Neige à la recherche des alchimistes, Kemir avait très vite compris qu'en fait, il ignorait où ils vivaient. Il savait juste que les mages du sang, les hommes qui avaient dompté les dragons, avaient vécu quelque part au nord de l'Épine du Monde, et que les alchimistes avaient construit leur forteresse au même endroit. Malheureusement, il découvrit vite que l'Épine du Monde était beaucoup plus étendue qu'il ne le pensait. Ils avaient cherché pendant des jours, mais les montagnes s'étiraient sans fin dans toutes les directions, et les jours s'étaient transformés en semaines. Tout ce qu'ils avaient trouvé, c'étaient de mornes sommets enneigés, des vallées boisées luxuriantes, et quand ils s'égaraient non loin des royaumes-dragons, les occasionnels campements de parias.

Tu m'as menti. Tu ne sais pas où vivent les alchimistes.

Il était bien obligé de la laisser lire ses pensées, il n'avait pas le choix, et elle se rendit compte qu'il n'avait jamais eu l'intention de la tromper. Il avait toujours cru que le peu qu'il savait leur suffirait à retrouver les alchimistes. Parfois, quand elle se mettait en colère contre lui, elle devenait terrifiante. Vivre avec une créature qui pouvait l'anéantir si facilement n'était pas chose facile, et il lui arrivait de se sentir complètement impuissant.

Mes congénères sont tous impuissants par la faute de tes alchimistes, avait-elle répliqué.

Il s'était rendu dans deux campements de parias avec quelques-unes des armes et de l'argent volés aux chevaliers-dragons de la reine Shezira. Dans le premier campement, on l'avait accueilli avec circonspection, on avait accepté ses cadeaux, mais ces gens ne lui avaient rien appris sur les alchimistes. Dans le second, on l'avait fait prisonnier et on l'aurait sans doute aussi tué sans l'intervention de Neige. Elle avait détruit le village et tous ceux qui ne s'étaient pas montrés assez rapides pour s'enfuir dans les bois. Elle était sans pitié. Hommes, femmes ou enfants, si cela bougeait, si cela pensait, cela brûlait. Certains d'entre eux réussirent pourtant à lui échapper et Kemir dut presque la supplier de ne pas se lancer à leur poursuite. Neige lui avait dardé un regard curieux, mélange d'incompréhension et d'indifférence, avait-il fini par comprendre. Elle avait laissé partir les survivants, certes, mais ce souvenir le faisait frissonner. C'était quand même des hommes, ces parias, donc des camarades, même de loin. Et Neige… Neige s'en moquait éperdument. Elle les avait écrabouillés avec la compassion d'un enfant écrasant des fourmis.

Ensuite, toujours à la recherche des alchimistes, ils étaient repartis vers le sud en s'enfonçant dans l'Épine du Monde, et un jour, Neige avait repéré au loin un dragon solitaire. Kemir finit par distinguer un minuscule point noir dans le ciel, à des lieues de distance.

Il y a un autre dragon, Kemir. Et il est seul.

— Quand il y a un dragon, il y a un écuyer. Cet homme-là saura peut-être où se cachent les alchimistes.

Neige s'éleva dans les airs et se rua vers son congénère. Le chevalier-dragon les vit arriver, mais il n'eut pas l'air de s'en préoccuper outre mesure. Neige vira vers lui, arriva par-derrière sur le dos du deuxième dragon, et arracha le chevalier de sa selle. L'autre dragon poussa un cri aigu et réagit comme ils le faisaient toujours dans ces cas-là : il plongea vers le sol en cherchant du regard son écuyer désarçonné. Neige se lança à sa poursuite dans une spirale serrée. Plus petit que Neige, mais plus lourd, plus trapu et compact, c'était manifestement un dragon de guerre. Et pas un bon, se dit Kemir. Il avait les écailles ternes, gris foncé, presque noires par endroits, à peine luisantes.

LES ALCHIMISTES ! OÙ SONT LES ALCHIMISTES ?

Kemir mit quelques instants à comprendre que Neige s'adressait à l'écuyer qu'elle tenait. Les deux dragons tournoyaient toujours vers le sol, et le mercenaire s'agrippait de toutes ses forces aux écailles de Neige. Les bras de Nadira lui serraient la taille comme un étau, expulsant l'air de ses poumons, le vent lui coupait le souffle... Nadira hurlait peut-être, mais il n'entendait rien, il ne ressentait que les vibrations dans son corps.

OÙ SONT-ILS ?

Son cœur faillit cesser de battre quand il vit le sol se précipiter vers lui. Il crut même que Neige était si déterminée à obtenir sa réponse qu'elle ne faisait plus attention à rien, mais comme toujours, au dernier moment, elle déploya ses ailes et il faillit tomber, puis ils se retrouvèrent au sol, sur le dos d'un dragon chancelant.

Le dragon presque noir les contemplait d'un air lugubre. Neige lui jeta son écuyer et il renifla le corps, puis se mit en boule autour de lui, la tête dressée, vigilant. Il ne clignait jamais les yeux, remarqua Kemir.

Les petits êtres sont trop fragiles, grommela Neige.

— As-tu découvert quelle direction prendre ? lui demanda un Kemir tremblant. Nadira sanglotait. Le mercenaire brûlait d'envie de descendre du dos de Neige pour sentir la terre ferme sous ses pieds, mais à la vue de l'autre dragon, il préféra rester où il était. Pour ce qu'il en savait, Neige pouvait très bien reprendre son envol en l'abandonnant derrière lui.

Tu as raison. Tu ne m'es pas très utile.

Kemir fit comme s'il n'avait rien entendu.

— Alors, il t'a dit quelque chose, ou pas ?

Non. Il avait mal et il avait peur et ensuite, il est mort. J'ai vu un endroit dans son esprit, très brièvement. Quelque part dans le royaume de l'un des tiens, celui que tu appelles Valgar.

— Le roi Valgar.

Tu connais cet homme ?

Kemir ne put s'empêcher de rire.

— C'est un roi, dragon ! Il ne prendrait même pas la peine de cracher sur ma tombe, alors me connaître… Je sais où le trouver, par contre. C'est encore au nord. Nous avons déjà cherché dans cette direction.

Nous allons recommencer, alors.

Kemir poussa un soupir. Neige allait vouloir reprendre son vol immédiatement, convaincue de pouvoir découvrir les alchimistes avant le coucher du soleil. Et quand elle s'apercevrait de son erreur, elle entrerait dans une colère noire, et Nadira et lui se recroquevilleraient dans un coin en priant tous les dieux susceptibles de mater un dragon vindicatif. Kemir regretterait l'absence de son cousin, parce que Sollos savait toujours quoi faire…

— Je me demande pourquoi je ne m'enfuis pas, marmonna-t-il.

Je ne te laisserais pas t'enfuir, Kemir. Plus maintenant.

Au lieu de repartir, cependant, Neige s'approcha prudemment de l'autre dragon.

Partez vous cacher quelque temps dans les bois. Une rage plus profonde que la mienne couve en ce dragon.

Ce jour-là, ils ne reprirent pas les airs, ni le suivant, ni le surlendemain. Neige resta pendant un mois avec l'autre dragon. Parfois, elle disparaissait plusieurs jours de suite. Elle partait chasser seule. Elle ramenait à manger à l'autre dragon sans se préoccuper des humains. Kemir, de son côté, chassait avec son arc. Grâce à ses prises, Nadira et lui survécurent. Dans ces vallées de montagnes froides, humides et traîtres, les gens ordinaires mouraient très vite, mais eux ne manquaient ni d'eau ni de nourriture, et ils trouvaient toujours un abri. Il suffisait de savoir où regarder.

À la fin, Kemir en eut assez. Cela faisait quatre jours que Neige se montrait à peine, et les deux dragons volaient désormais de concert.

— Ils n'ont plus besoin de nous, dit-il à Nadira. Ils nous ont oubliés, et quand ils se souviendront de notre existence, ils nous mangeront.

Ils empaquetèrent leurs maigres possessions et se mirent en route vers l'ouest. Kemir ignorait où ils se trouvaient, mais l'Épine du Monde s'étendant du nord au sud, ils arriveraient tôt ou tard dans les royaumes s'ils se dirigeaient vers l'ouest.

Neige les rattrapa trois jours plus tard et se posa aussi près d'eux que possible. L'autre dragon tournait en cercle au-dessus d'eux.

Nous sommes deux, désormais. Neige n'était pas en colère, mais Kemir perçut sa résolution.

— Ah bon ? Un dragon pour chaque, alors ? ricana-t-il, parce que c'était plus fort que lui.

Il n'y a qu'un seul harnais, et vous porter tous les deux ne me dérange pas.

— Et si je ne veux pas, moi ?

Cendre te carbonisera sur place.

— Cendre ?

Kemir leva le nez. D'en dessous, le dragon de guerre semblait uniformément noir.

Oui, Cendre. C'est le nom dont l'ont baptisé les tiens. Il s'est réveillé, et il a faim de vengeance, tout comme moi. Alors, tu vas voler avec nous, Kemir ?

— Ai-je vraiment le choix ?

Tu peux choisir de mourir.

Kemir grimpa péniblement sur le dos de Neige. Il lui fallut une demi-journée pour adapter convenablement le harnais de Cendre au dos du dragon blanc. Il ne fallait pas que ce machin les lâche chaque fois que Neige s'élancerait dans les airs. Ils repartirent donc vers le nord, avec Cendre à leur côté. Ce dragon noir donnait la chair de poule à Kemir. L'indifférence de Neige était déjà bien assez désagréable, mais pour Cendre, Kemir et Nadira n'existaient pas, tout simplement. Toutes ses pensées l'exprimaient lorsqu'il s'adressait à Neige. À ses yeux, les êtres humains n'étaient que des proies.

Ils reprirent leurs recherches. Une première journée infructueuse s'écoula, puis une autre, et la troisième, Neige repéra un convoi de chariots roulant sur une piste secrète traversant cette région désertique.

Au milieu des débris en feu, Neige se dressa sur ses postérieurs en brandissant un corps dans sa serre.

Il est vivant ! J'en ai trouvé un vivant, Kemir ! Demande-lui ! Oblige-le à te dire où sont les alchimistes !

Kemir poussa un soupir.

— Dépose-le avant de le casser ! lui cria-t-il en agitant le bras. Et tandis qu'il marchait vers Neige, Cendre piqua au-dessus de la piste.

FAIM !

Neige enroula sa queue autour de l'un des corps à moitié carbonisés et le lança en l'air. Cendre le goba au vol.

Tu aurais pu m'attendre, pensa-t-il d'un ton plein de reproches. *L'odeur de cette chair qui se consume m'a mis en appétit, mais tu ne m'as rien laissé pour l'assouvir ! Du moins, rien qui respire encore et que je puisse chasser !*

Kemir frissonna.

Bientôt. Neige redressa la tête en voyant Kemir s'approcher, et posa délicatement devant lui le corps d'un soldat agité de convulsions.

— Je t'avais demandé de ne pas le casser, grommela Kemir. Quand tu veux soutirer des informations à un être humain, tu n'as qu'à ramasser quelqu'un et crier dans sa tête. Dès que ses hurlements de terreur cesseront, il te dira tout de suite tout ce que tu veux savoir, et s'il te ment, tu le sauras. Ce qu'il faut éviter, c'est d'écraser sa cage thoracique tant qu'il chie encore dans son froc.

Il contempla le soldat et poussa un juron.

— Ma parole, tu es aussi maladroite qu'un mioche de deux ans !

Neige lui montra les dents. *Ce n'est pas vrai ! J'ai éclos il y a sept ans, Kemir !*

— Tu es aussi maladroite qu'un *humain* de deux ans ! Tu dois attendre que la personne que tu as attrapée comprenne ce qu'il risque. Ensuite et ensuite seulement, tu lui poses tes questions !

Il se détourna d'elle et alla s'agenouiller près du soldat. Si Neige avait décidé que le moment était venu de le manger, il ne voulait rien voir venir.

— Tu n'en as pas d'autre ? Celui-ci se fout de tout, désormais.

Non. Oblige-le à te dire ce que je veux savoir !

Le soldat toussait une écume sanglante. Neige lui avait défoncé la cage thoracique. Un vrai miracle qu'il soit encore en vie.

— Hé, soldat !

Kemir se mit à quatre pattes pour parler à l'oreille de l'homme.

— Soldat ! Tu m'entends ? Comment t'appelles-tu ?

Le soldat marmonna quelques mots incompréhensibles.

Iyan. Il s'appelle Iyan, de la maison de Liahn.

Cendre s'approcha pour observer la scène. Le dragon de guerre avait l'air perplexe. Puis il sembla sourire d'un air moqueur et reporta son attention sur le carreau encastré dans l'épaule de Neige.

— Iyan ? Écoute-moi bien. Ces dragons sont devenus leurs propres maîtres. Ils veulent brûler les alchimistes. Tous les alchimistes. Ils vont les contraindre à cesser la fabrication de leurs potions. Tous les dragons seront libres. Ils nous brûleront tous jusqu'au dernier, hommes, femmes et enfants. Nous ne devons surtout pas laisser ces deux dragons apprendre où vivent les alchimistes. Tu m'entends ? Si tu sais où ils sont, tu ne dois surtout pas y penser…

Une serre s'abattit, celle de Cendre qui planta le carreau de Neige dans la poitrine du soldat, le clouant au sol. L'homme poussa un soupir et se figea.

Tu es rusé, petit être. Très rusé.

— J'espère qu'il a eu le temps de penser à tout ce que tu veux savoir *avant* que tu ne l'embroches.

Kemir s'éloigna à reculons du soldat mort. C'était la première fois qu'il voyait Cendre réagir à sa présence.

Quand nous aurons obtenu ce que nous voulions de toi, je t'embrocherai toi aussi. Le dragon agita une aile vers la piste. *Il faut aller par là. J'ai vu un endroit dans son esprit.*

Cendre ne prit pas la peine de les attendre mais ils le rattraperaient vite, car en vol, il était plus lent que Neige. Pendant que Nadira et Kemir se sanglaient dans le harnais récupéré sur Cendre, Neige s'adressa à Kemir.

Quand tu as parlé à l'homme cassé, quand tu lui as raconté ce qui allait se passer, quand tu lui as dit qu'il ne fallait pas qu'il nous apprenne ce qu'il savait ou qu'il nous aide, je n'ai pas réussi à savoir si tu ne lui racontais ça que pour le piéger ou si tu pensais chacune de tes paroles. Alors, Kemir ?

Le mercenaire grommela.

— Je n'en sais rien, Neige. Je n'en suis pas sûr moi-même.

48. ALLIANCE ET TRAHISON

— Le problème, c'est que je ne suis pas assez important..., dit le prince Jehal d'une voix traînante.

Affalé contre le parapet au sommet de la tour de la Poussière, il savourait le moment. L'air de la nuit était frais et limpide. En regardant par-dessus la rambarde, il pouvait repérer à la lueur de leurs lanternes les patrouilles de nuit dans la Cité des Dragons. À l'autre bout de la ville, la lune brillait dans le ciel et dans les Lacs Miroirs, puis l'Éperon Pourpre se dressait comme un mur de ténèbres, s'élevant furtivement depuis l'horizon et mangeant les étoiles en chemin. Le banquet de la reine Shezira avait été sublime, bien plus réussi que celui de l'Orateur Hyram. Jehal se sentait repu, serein et détendu. Et l'agitation de Shezira améliorait grandement son humeur déjà bonne. Elle faisait les cent pas au sommet de la tour, avec sur le visage un masque sévère et désapprobateur.

— Hyram est une fripouille, ajouta-t-il en souriant. Il m'a convoqué il y a quelque temps eu Palais au sujet de la reine Aliphera, vous le saviez ? J'ai docilement répondu à son appel, et tenez-vous bien, il m'a torturé ! À l'époque, je pensais qu'il allait connaître une mort lente et pénible, et j'avais décidé de tirer un trait là-dessus. Je ne pouvais pas faire davantage que ce que la nature accomplissait. Mais maintenant…

Il secoua la tête et poussa un soupir.

— Hélas, mon appui n'y changerait rien. Hyram et les siens vont relever votre défi, et Zafir également, avec Narghon et Silvallan. D'ailleurs, il serait logique que je me joigne à eux. Il n'y a pas eu depuis très longtemps d'Orateur originaire du sud, et je n'ai aucune raison de désavouer la reine Zafir. Comme je vous l'ai dit, le problème, c'est que je ne suis pas assez important…

La reine Shezira s'arrêta et le regarda droit dans les yeux. Ils étaient seuls sur les remparts parce qu'elle avait insisté. Personne ne devait entendre ce que tous deux allaient se dire, lui avait-elle expliqué. Même les pièces sous le toit avaient été évacuées, et ses écuyers les plus loyaux montaient la garde dans l'escalier. Ainsi qu'un des écuyers de Jehal, pour qu'ils puissent se surveiller mutuellement.

— Vous êtes bien assez important. J'ai déjà le soutien du roi Valgar et d'une autre personne. Valmeyan sera absent, donc n'aura pas son mot à dire. Les Syuss non plus. En fait, ce que je dois savoir, c'est ce que vous, vous voulez.

Le sourire de Jehal s'élargit.

— Je vous l'ai dit, douce reine. Le problème, c'est que je ne suis pas assez *important*.

Il croisa son regard. Si elle était trop bête pour comprendre ce qu'il voulait dire, elle ne méritait pas son aide.

Mais elle n'était pas stupide et, lentement, elle hocha la tête.

— L'anneau de l'Orateur. Vous voulez me succéder quand mon règne sera terminé.

— C'est une perspective des plus alléchantes.

— Et c'était évident. D'accord.

— Et si vous désigniez Lystra pour vous succéder sur votre trône ? Elle prendrait votre couronne quand vous enfileriez l'anneau d'Hyram et n'aurait plus à s'inquiéter de la foule de mes demi-cousins qui reniflent le trône de mon père…

— Pourquoi pas, dit Shezira, lèvres pincées. Si vous me donnez votre parole que vous transmettrez l'anneau de l'Orateur à Lystra quand votre temps sera fini, et laisserez Almiri devenir reine du Nord à sa place.

Jehal hocha la tête, puis s'évertua à prendre un air soucieux.

— Une seconde… J'implore votre indulgence, votre Altesse, mais n'est-ce pas exactement le genre de promesse qu'Hyram vous a faite ? « Je vous donne ma parole », blablabla…

— Vous me traitez de menteuse, Jehal ?

Il croisa les bras.

— Disons seulement que je suis encore un peu agacé par le fait que vous m'ayez congédié de la table d'Hyram avant-hier. Certains ont pu en conclure qu'Hyram a raison, que j'empoisonne vraiment le roi Tyan. Peut-être que je l'empoisonne aussi, d'ailleurs, qui sait ? En tout cas, si vous, vous y croyez, je dois m'interroger sur la nature de vos promesses. Votre parole donnée à un prince vous engage sans l'ombre d'un doute, mais votre parole donnée à un empoisonneur ? Je pense qu'elle ne compte pas beaucoup à vos yeux.

— Si je croyais que les soupçons d'Hyram comprenaient la moindre parcelle de vérité, je ne vous aurais jamais offert la main de ma fille, Jehal.

Une sensation de chaleur naquit en lui et se répandit dans tout son corps.

— Merci, votre Altesse, dit-il avec un franc sourire. Je ne peux pas vous exprimer à quel point je vous suis reconnaissant de m'avoir appris ceci. Vous me déclarerez votre successeur quand vous formulerez votre défi ? Devant tout le monde ?

— Oui.

Jehal s'inclina.

— Alors le vote du roi Tyan vous est acquis.

— Bien. Nous en avons donc terminé. Retournons au banquet, si vous le voulez bien.

— Accordez-moi quelques instants de solitude, Altesse. Je déborde d'idées sur la façon de retourner Silvallan et Narghon contre Hyram et Zafir, et je voudrais y réfléchir. Assurément, votre victoire serait encore plus plaisante si ces deux-là demeuraient sans appui. Je vous rejoindrai très vite, votre Altesse.

Shezira hésita, puis hocha la tête. Jehal la regarda partir. Elle disparut lentement dans l'escalier et s'enfonça dans les entrailles de la tour. Dès que le prince se retrouva seul, son regard se porta de l'autre côté du toit, vers le Palais et la haute tour de l'Air qui dominait tout le reste. Il souriait.

— Orateur… Enfin… Vraiment désolé, Zafir. Ni voyez rien de personnel.

Puis il se retourna, se pencha au-dessus du parapet et contempla les montagnes, en se demandant ce qu'il ressentirait quand tout ce qu'il voyait lui appartiendrait.

Il ne baissa pas les yeux. S'il l'avait fait, il aurait aperçu deux petits rubis scintillants.

49. L'AIRE DES ALCHIMISTES

La princesse Jaslyn fut la première à apercevoir la fumée. Telle une brume légère souillant l'atmosphère, elle était suspendue à une lieue devant eux. Elle fit signe à Semian et la lui désigna, et il la repéra aussi. Ils survolèrent des restes de chariots, avec ici ou là le reflet des épées et des armures fracassées.

Les trois dragons se séparèrent en douceur. Semian et Jostan plongèrent vers le sol, tandis que Silence, au milieu, se propulsait vers le haut. La princesse et son dragon se mirent à tourner en rond très haut dans le ciel tandis que les deux écuyers piquaient sur le lieu de la bataille sous des angles opposés. Ils effectuèrent un second passage et remontèrent vers la princesse Jaslyn.

— Cinq chariots et quelques soldats ! Tous morts ! Une attaque de dragons ! lui cria l'écuyer Semian aussi fort qu'il le pouvait. Il n'était pas du tout sûr qu'elle l'avait entendu. Il se résigna à employer malgré ses limites le langage des signes grossier qu'apprenaient tous ceux qui chevauchaient des dragons : *Amis. Morts. Piste : dragon.*

Jaslyn lui répondit, mais tous ses mots furent emportés par le vent. Elle lui demanda par signes : *Quand ?*

Une heure.

— C'est tout récent ! cria-t-il.

Danger ?

Non.

— Les responsables ont disparu !

Ou du moins il l'espérait. Rien ne bougeait au sol. Ceux qui s'en étaient pris à ces hommes étaient déjà à des lieues de là.

Elle lui fit signe de se poser et l'imita. Jostan resta en l'air. Après avoir mis pied à terre, tous deux se frayèrent un chemin dans les débris, restes noircis de chariots avec quelques morceaux intacts, des essieux et des roues. La plus grande partie du convoi était réduite à l'état de charbon et de cendres parfois si brûlantes qu'on ne pouvait les toucher. Et ils virent beaucoup de cadavres. *Non. De bouts de cadavres. De cadavres de soldats.*

— Ce sont des soldats de l'Orateur, constata Jaslyn.

Elle a raison, se dit Semian. Il frissonna. Des gardes adamantins. Mangés, pour la plupart ; il n'en restait que des morceaux, mains, bras, jambes, pièces d'armures écrasées, mâchées puis recrachées. Les rares cadavres encore entiers étaient carbonisés ou écrabouillés. L'un d'eux avait été empalé au sol par l'un de leurs propres carreaux d'arbalète.

— Ils sont tous morts, princesse, s'exclama Semian. Qui a fait ça ? Devons-nous partir à leur recherche ? Ils ne peuvent pas être bien loin ! Ils sont peut-être en train de se reposer ou de laisser chasser leurs dragons.

— Ou ils sont déjà loin, dit Jaslyn en secouant la tête. Reprenons notre route. Nous rapporterons cette attaque aux alchimistes quand nous serons arrivés. Dès que ma mère sera Oratrice, elle mettra un terme à tous ces outrages.

Elle retourna auprès de Silence et remonta sur son dos.

— À partir de maintenant, nous nous déplaçons sur trois niveaux.

Semian hocha la tête. L'un d'eux allait raser le sol et les deux autres voler beaucoup plus haut, séparés par des centaines de pieds de distance. De cette manière, il devenait impossible de les surprendre tous les trois à la fois. Jaslyn les croyait donc en danger ? Ils reprirent leur envol. Jostan resta en altitude, Semian partit au plus près du sol et la princesse Jaslyn se plaça entre les deux, ce qui la mettait dans la position la plus sûre au sein de la formation, mais impliquait également que les deux hommes devaient se reposer sur elle pour repérer tous les dangers. Semian s'efforça d'écarter cette pensée, et concentra son attention sur la piste truffée d'ornières qui les mènerait aux alchimistes. En de nombreux points, elle devenait presque invisible. Elle disparaissait dans les vallons boisés, serpentait sur des dalles rocheuses plates, se dérobait sous les parois, comme délibérément conçue pour être difficile à repérer et presque impraticable.

Tard dans l'après-midi, la piste mena Semian au-dessus d'une passe élevée puis redescendit dans une vallée d'un vert luxuriant. Niché contre la berge d'un fleuve impétueux, entouré de champs et de bétail, un village s'étala sous ses yeux. La piste longeant le fleuve se poursuivit après le village et s'enfonça dans un bois. La vallée se fit de plus en plus escarpée, ses pentes se rapprochèrent, et bientôt, Semian volait entre deux parois rocheuses abruptes séparées par quelques centaines de pieds seulement. Les falaises trouées de fissures étaient striées de noir et de vert foncé. De minuscules filets d'eau écumante glougloutaient sur les parois et se dissolvaient en nuages de gouttelettes. Dans toutes les fentes disponibles, des arbres et des buissons rachitiques luttaient pour survivre.

Les falaises se rapprochèrent encore, et Semian perçut le malaise de son dragon. Matanuska n'aimait pas voler dans ce genre d'endroits confinés.

Les falaises se rejoignirent brutalement. À leur pied, là où elles se soudaient, quelques bâtisses de pierre dispersées chevauchaient les rochers, et entre elles Semian repéra plusieurs entrées de grottes, des puits de ténèbres disparaissant sous terre. Le fleuve s'esquiva dans l'un d'eux. À côté de cette ouverture se dressait une aire, petite mais impossible à manquer. Pas de dragon en vue.

Matanuska reprit brutalement de l'altitude, à la verticale. Elle n'avait plus la place de voler. Les murs de roche tournoyèrent autour de son écuyer, puis le dragon vira dans la direction inverse et plongea vers la vallée. Semian serra les dents, agrippé à son harnais. Dès que Matanuska eut la place de déployer ses ailes, elle retrouva son équilibre, ses griffes rasant le sol à quelques pieds seulement.

— Descends, lui ordonna-t-il. Il la sentit presque reconnaissante. Elle avait envie de se poser et de reprendre son souffle. Il resta en selle et la dirigea lentement vers l'aire, au bout de la vallée. Quand il y arriva enfin, plusieurs alchimistes l'attendaient. Il vit aussi quelques soldats, qui pointaient leurs armes dans sa direction. Il mit pied à terre prudemment et lança un coup d'œil en l'air pour repérer Jostan et la princesse Jaslyn. Aucun des deux n'était en vue. Pris entre les murs de roc, il ne voyait pas grand-chose du ciel, de toute façon.

— Écuyer Semian, au service de la reine Shezira, s'écria-t-il en se laissant glisser de l'épaule de Matanuska.

Les soldats se détendirent. Il s'éloigna de son dragon, et l'un des alchimistes vint à sa rencontre.

— Je suis Keitos, supérieur des alchimistes, dit l'homme en s'inclinant. Toutes nos excuses, écuyer. Nous n'avons pas été avertis de votre arrivée, et nous vivons des temps troublés.

Que voulait-il dire par là ? Semian préféra garder cette question pour lui, et ils s'éloignèrent de Matanuska.

— J'escorte la princesse Jaslyn, avec un autre chevalier-dragon : l'écuyer Jostan. Ils devraient arriver incessamment sous peu.

Puis, avec un sourire forcé :

— Atterrissage intéressant, je trouve.

Keitos hocha gravement la tête.

— Votre approche était effectivement inhabituelle. J'en déduis que vous n'êtes jamais venu ici. Les dragons n'aiment pas cet endroit, ce qui explique pourquoi nous l'avons jadis transformé en forteresse, avant que notre Ordre ne se rende maître de ces créatures.

À l'époque où vous étiez encore des mages du sang. Mais rappeler à l'alchimiste les origines sinistres de son Ordre aurait été fort grossier de la part d'un hôte, si bien que Semian tint sa langue. On entraîna Matanuska à l'écart, et les deux hommes attendirent au bord de l'aire les compagnons de Semian. Au bout d'un moment, l'écuyer vit enfin Jaslyn et Jostan descendre vers eux dans la vallée. Manifestement, ils n'avaient pas perdu une miette des manœuvres périlleuses de Semian, et même Jaslyn opta pour une approche lente, à basse altitude. Ils se posèrent gracieusement l'un derrière l'autre, et Keitos alla les accueillir. Lorsque l'alchimiste revint avec Jostan et la princesse Jaslyn, il avait l'air lugubre. Jaslyn lui racontait ce qu'ils avaient survolé en chemin.

— Tout le monde a été tué. C'est une attaque de dragons, manifestement.

Elle regarda Semian.

— Vous êtes d'accord, écuyer ?

Il hocha la tête.

— Et les chariots, ma dame ? demanda Keitos.

— Tout a été détruit. Vous savez déjà, du moins je l'espère, que plusieurs des chevaliers de ma mère ont été attaqués il y a quelques mois.

— Tout à fait, ma dame. L'un de vos dragons n'a jamais été retrouvé.

— Une Blanche parfaite. Nous la recherchons toujours.

Keitos hocha vigoureusement la tête. Il les mena dans une maison longue en pierre croulante. Le toit fuyait, et tout ici suintait l'humidité.

— Nous n'avons pas grand-chose à vous offrir en guise de logement. Il y a bien quelques chambres, mais…

Jaslyn le fit taire d'un geste.

— Nous ne resterons pas très longtemps, maître Keitos. J'ai une sorte de mystère à vous soumettre. Dès que vous m'aurez dit de quoi il retourne, nous repartirons. Dès les premières lueurs de l'aube, j'espère.

— Un mystère ?

Les yeux brillants, Keitos marqua une pause, puis reprit :

— C'est inhabituel. Je suis sûr que vous serez reçue au mieux. Pardonnez-moi cette question, mais comme beaucoup de nos maîtres les plus expérimentés sont en ce moment les hôtes de l'Orateur pour l'avènement de la reine Shezira, puis-je vous demander pourquoi vous êtes venue ? Je suis persuadé que leurs connaissances des potions auraient suffi…

— Il ne s'agit pas d'une potion, maître Keitos, mais plutôt d'un métal liquide.

— Alors nous ferons de notre mieux, ma dame, dit Keitos en s'inclinant.

— Bien. Et vous le ferez aujourd'hui, puis je repartirai au matin avec toutes les preuves nécessaires pour mettre un terme une bonne fois pour toutes aux exactions du prince Jehal.

Pour la première fois depuis qu'ils avaient quitté le Palais, Semian vit quelque chose qui ressemblait vaguement à un sourire sur le visage de la jeune princesse.

50. LES PRÊTRES-DRAGONS

Debout à la fenêtre de la tour de l'Air, Hyram ne vit d'abord que deux silhouettes sur les remparts de la tour de la Poussière, et rien d'autre. Puis Zafir noua le bandeau de soie noire sur ses yeux et il se retrouva là-bas, agrippant la maçonnerie à quelques pieds de Jehal. Il ne vit pas grand-chose de la discussion, jusqu'au moment où Jehal se pencha pour contempler la Cité des Dragons. Mais il s'en moquait, car il entendit tout. Le moindre mot. Même quand le prince repartit dans la tour et qu'il n'y eut plus rien à voir sauf les étoiles dans le ciel et plus rien à entendre sauf le vent, Hyram resta là, silencieux, immobile. Comme si son cœur s'était transformé en pierre. Très lentement, il ôta le bandeau.

— Elle va nommer la Vipère pour lui succéder après elle, dit-il.

Il avait du mal à croire ce qu'il disait. Shezira faisait presque partie de sa famille. Qu'elle agisse ainsi était impensable. Et pourtant, il avait tout vu. Ou plutôt tout entendu…

— Elle complote contre vous. Je vous l'avais bien dit…

Les doux doigts de Zafir se posèrent sur les siens et elle lui enleva le bandeau des mains.

— Mais la Vipère… Comment Shezira peut-elle…

Il secouait la tête, incrédule.

Zafir était si près de lui qu'il sentait sa chaleur. Elle portait une mince robe fourreau qui se collait à elle dans la brise.

— Votre famille lui a donné sa parole qu'elle vous succéderait. Et c'est une reine orgueilleuse et opiniâtre. Vous avez vu tout ce qu'elle est prête à lui céder pour obtenir ce qu'elle veut ? Elle va presque en faire le suzerain de son propre royaume pendant qu'il attend son tour !

— Je me serais arrangé pour que l'une de ses filles vous succède comme Oratrice. Ou peut-être même elle, si elle avait été encore saine de corps et d'esprit à la fin de votre règne.

Hyram se tordit les mains.

— Pourquoi ? Pourquoi a-t-il fallu qu'elle me trahisse ainsi ? Avec la Vipère…

— Peu importe, mon amour. Quelle que soit la décision que vous prendrez, je vous appuierai, et vous pouvez également compter sur le soutien de votre propre clan. Quels sont les appuis de Shezira ? Le roi Valgar et le roi Tyan ? Ce n'est pas suffisant !

— Jehal parviendra à convaincre Silvallan et Narghon.

Hyram secouait la tête. Si Zafir ne l'avait pas retenu, il se serait mis à faire les cent pas. Il aurait dû prévoir ce mauvais coup. Quelle idiotie de montrer si tôt ses cartes à Shezira ! Il allait devoir en payer le prix.

— Non, il n'y parviendra pas, lui chuchota Zafir à l'oreille en lui serrant les épaules. Je peux vous promettre que l'un des deux refusera, si ce n'est les deux.

— Comment cela ?

Aucune décision définitive n'avait été prise, après tout. Il pouvait encore nommer Shezira, comme il en avait d'abord eu l'intention. Il épouserait Zafir et finirait ses jours avec une couronne sur la tête. Une perspective pas si désagréable.

— Faites-moi confiance, Orateur Hyram, ajouta Zafir en nouant à son tour le bandeau. Pardonnez-moi, je dois faire revenir mon petit espion.

Elle passa devant lui pour se placer devant la fenêtre, et s'appuya légèrement contre lui.

— Tenez-moi, lui souffla-t-elle. Je perds parfois mes repères quand je fais ça. Empêchez-moi de glisser.

— Oui, bien sûr.

Avec une bonne poussée, Zafir tomberait au pied de la tour. Comme ils se trouvaient à environ cent pieds du sol, elle serait réduite en bouillie. *Exactement comme Aliphera.*

Non. Il ne pouvait pas laisser gagner Jehal. Il ne pouvait pas changer d'avis. Plus maintenant.

— Tenez-moi plus fort, murmura Zafir, plaquée contre lui. Elle oscillait et se frottait contre son aine. Qu'elle le fasse exprès ou pas, il se sentit réagir. Il passa les bras autour d'elle, l'attira encore plus fort contre lui, lui caressa la peau à travers la gaze de sa robe. Elle frissonnait.

— Vous avez froid ?

— Non.

Elle lui prit une main et la remonta lentement sur son corps jusqu'à sa gorge, où elle l'immobilisa.

— Si vous contrariez le prince Jehal, vous deviendrez son obsession. Toute sa vie tournera autour de la haine qu'il éprouvera à votre égard.

Hyram fourra son nez dans l'oreille de la jeune reine et chuchota :

— Sa vie ne durera pas très longtemps, car vous le ferez pendre, cet assassin.

— Vraiment ? Je lui vole les potions qui font de vous un homme, mais n'oubliez pas qu'il est le seul à savoir de quoi elles sont faites et d'où elles viennent. Dites-moi, Orateur, qu'est-ce qui compte le plus à vos yeux ? Moi ? Jehal ? Les potions ? Vous arrêteriez de les prendre pour vous venger de lui ? Il en vaut la peine, à vos yeux ?

Hyram garda le silence. Dix ans auparavant, il lui aurait certainement affirmé que ce qui comptait le plus, c'était Jehal et la vengeance. Vingt ans auparavant, ç'aurait été Zafir et l'odeur de sa peau. Mais maintenant... Il ferma les yeux. Les potions. Les potions, c'étaient elles qui comptaient le plus.

Zafir le serra très fort contre elle.

— Je sais. Je comprends. Rappelez-vous seulement que nous pourrions encore avoir besoin de Jehal, du moins jusqu'à ce que nous découvrions où il se les procure.

Tandis qu'elle prononçait ces mots, un petit dragon doré voleta par la fenêtre en battant de ses ailes métalliques et alla se poser sur le pied de lit. Zafir descendit la main d'Hyram sur ses seins.

— Fermez les volets. Ce qui est fait est fait. La reine Fyan cherche à convaincre Narghon d'apporter son soutien à Jehal. Fyan est sa tante, voyez-vous, mais je peux m'en arranger. Vous, occupez-vous de Silvallan et de vos cousins. Leur appui suffira à faire pencher la barque en notre faveur.

Hyram voulut dénouer le bandeau de soie noire qu'elle portait encore, mais la jeune reine lui échappa adroitement. Elle lui prit les mains.

— Je veux garder le bandeau sur les yeux. Je veux voir avec les yeux du dragon.

Elle l'attira dans le lit. Il releva sa robe, s'enfonça en elle, oublia Jehal et les potions. En cet instant, elle seule comptait. Avec ce bandeau sur les yeux de sa jeune amante, il lui était encore plus facile de s'imaginer le visage d'Aliphera en train de haleter sous lui.

Il voulut s'éclipser au milieu de la nuit, mais Zafir l'attira encore une fois à elle et il oublia tout jusqu'à l'aube. Elle finit par s'endormir, et Hyram, les yeux écarquillés, fixa les deux paires de rubis qui les contemplaient, perchés sur le pied de lit. La nuit d'avant, il avait cru n'apercevoir qu'un seul dragon mécanique… Il essaya en vain de retrouver le deuxième dans ses souvenirs, puis regarda ses mains, et s'aperçut qu'elles tremblaient. Pas beaucoup, certes, mais assez pour qu'il s'en rende compte. La peur s'empara de lui. La potion ! Il avait déjà besoin d'en reprendre !

Il s'habilla rapidement et retourna en hâte dans ses appartements. La potion l'attendait toujours là où il l'avait laissée. Il en avala une gorgée. Lentement et sûrement, la quantité diminuait. Il devait en boire de plus en plus pour maintenir la maladie à distance.

Mieux valait ne pas y penser. Lorsque tout serait terminé, lorsque Zafir porterait l'anneau, il pourrait consacrer toute son énergie aux alchimistes et découvrir d'où provenaient ces potions et ce qui entrait dans leur composition. Il en ferait alors fabriquer autant qu'il lui en faudrait. Oui ! Voilà comment les choses se passeraient. Et il devait nommer Zafir Oratrice parce que, s'il ne le faisait pas, que se passerait-il ? Désormais, perdre Zafir, c'était tout perdre.

Les effets de la potion ne se firent pas attendre. Le tremblement cessa. De nouveau, il se sentait invincible. Il se vêtit convenablement et se rendit d'un bon pas dans la Cathédrale de Verre, où il s'avança jusqu'à l'autel. Il repoussa le souvenir de sa rencontre avec Shezira, ici même, quelques mois auparavant, alors qu'il se sentait au plus mal. Shezira le dominant de toute sa taille, froide comme la glace et dure comme la pierre.

— Seigneur Hyram…

Les prêtres-dragons surgirent d'un recoin sombre, s'avancèrent vers lui en file indienne, l'encerclèrent et s'inclinèrent tous en même temps. Ils ne lui en avaient jamais parlé une seule fois, mais Hyram perçut la faim qui les habitait, cette faim lui intimant de quitter sa fonction à la façon des Orateurs de jadis, c'est-à-dire sur un bûcher enflammé par un dragon, ses restes carbonisés ensuite livrés en pâture aux bêtes…

— Grand prêtre Auruch…

Hyram ne s'inclina pas. En tant qu'Orateur, il était tenu de respecter les traditions de la Cathédrale de Verre, mais il n'était plus qu'un simple seigneur, et il pouvait les traiter avec le mépris qu'ils méritaient.

— Je ne suis pas venu pour être reforgé, si c'est ce que vous espérez.

Auruch conserva une immobilité totale.

— Votre seigneurie était si proche des mystères ultimes, finit-il par chuchoter. Si proche… Plus proche que tous les autres depuis le règne de Narammed. Vous avez échoué, seigneur Hyram. Vous avez échoué par la faute d'une femme. C'est tragique. Quand je pense que vous auriez pu ne faire qu'un avec nous…

— Ah je vous en prie, tout sauf ça ! Je préfère encore que vous me découpiez vivant pour servir d'amuse-gueule aux dragons !

— Vos mots sont choisis pour faire mal, mais vous ne pouvez transpercer nos écailles, seigneur Hyram. Nous vous plaignons, et nous vous plaindrons à jamais.

— Vous pourriez faire une dernière chose pour moi, Auruch ? Si vous avez un peu de temps libre, je veux dire. J'ai l'intention d'épouser la femme que vous méprisez tant.

— Nous sommes au courant. Et nous ne méprisons pas la reine Zafir. Nous ne méprisons personne. Chacun est bienvenu dans nos murs. Toujours.

— Justement ! Il y aura bientôt beaucoup de monde dans vos murs, et plus vite que vous ne le pensez. Je veux que mon mariage ait lieu demain. À l'aube. Tous mes invités sont déjà au Palais, alors autant en profiter.

Il agissait sur une impulsion, mais il était convaincu

que c'était la bonne. Mieux valait anticiper, même d'un jour seulement. Que tout le monde soit au courant de ses intentions. Que tous les pions se mettent en place. Que tous ses ennemis se découvrent. Antros aurait agi de même, et Shezira aussi. *Qu'il en soit ainsi.* Il quitta le cercle des prêtres agenouillés.

— Il arrive même qu'on trouve la consolation en ce lieu. Vous vous souvenez ? chuchota Auruch quand Hyram passa près de lui.

— Certains peut-être, mais d'autres pas. Ce sera intéressant à voir, vous ne croyez pas ?

— Que votre volonté soit faite, seigneur Hyram. Que votre volonté soit faite.

En partant, il entendit les prêtres se relever en silence et retourner dans leurs ombres.

51. RENAISSANCE

Ils laissèrent derrière eux les chariots en feu et les soldats morts et désarticulés. Nadira les vit rapetisser puis disparaître dans le néant, puis le voile de fumée lui-même finit par s'évanouir. Nadira était une survivante et elle en tirait une certaine fierté. Elle avait eu un mari, quatre enfants, la syphilis, elle s'était perdue dans la Poussière d'Âme, elle avait été attaquée par des dragons et violée par leurs écuyers, mais elle avait survécu à tout. Elle s'abandonna à ses souvenirs pendant un long moment sur le dos d'un dragon en vol. Et repensa au soldat qu'elle avait tué en lui écrasant la tête avec une pierre au point de la réduire en bouillie. Ce geste lui laissait une impression étrange, comme un flottement, un vide qu'elle ne comprenait pas.

Elle n'avait plus aucune idée de l'endroit où ils se trouvaient, sauf qu'ils étaient toujours perdus quelque part dans l'Épine du Monde. Mais les montagnes qu'elle connaissait étaient des choses très hautes et menaçantes qui se lançaient des regards furibonds et gardaient leurs distances, séparées par des vallées larges et profondes, alors qu'ici, tout était entassé. Les montagnes se serraient les unes contre les autres, et parfois les unes sur les autres. Les vallées étaient plutôt des ravins. Personne ne pouvait vivre en ce lieu. C'est du moins ce qu'elle se disait, jusqu'à ce qu'elle aperçoive le village.

Les dragons le survolèrent puis virèrent de bord et s'éloignèrent en planant. Elle perçut leur excitation. Ils ne disaient jamais rien, mais elle sut qu'ils avaient trouvé ce qu'ils cherchaient.

Ils passèrent le reste de la journée à chasser. Ils s'empiffrèrent, et quand ils eurent terminé, se roulèrent en boule pour la nuit sur un plateau minuscule. Nadira s'adossa prudemment aux écailles de Neige. À cette altitude, l'air glacial mordait les chairs, mais par endroits le dragon était presque trop chaud pour qu'on le touche. Kemir se leva, banda son arc et partit. Elle comprenait les hommes comme Kemir. Il était fort. Il ramenait à manger. Elle survivait grâce à lui et avec lui, elle se sentait en sécurité. Et en échange, elle restait près de lui. Comme ça, quand il le lui demanderait, elle s'offrirait à lui. Elle fermerait les yeux et s'imaginerait ailleurs. Pour ce qu'en savait Nadira, c'était ce que le monde avait à offrir de mieux aux femmes comme elle. Elle pouvait s'estimer heureuse.

Kemir revint une heure plus tard, les mains vides. Il la regarda et haussa les épaules comme pour s'excuser, puis repartit. Au bout d'un moment, elle se leva et partit à sa recherche. Il se tenait au bord d'un précipice et contemplait les sommets. Loin des dragons, l'air froid traversa rapidement les vêtements de la femme, la glaçant jusqu'à la moelle. Elle frissonna et se blottit contre Kemir.

— Il n'y a rien à manger dans le coin, dit-il. Nous allons avoir faim, ce soir.

Il ne parlait pas beaucoup, et d'habitude, Nadira s'en accommodait très bien. Les dragons parlaient encore moins. Le blanc lui disait parfois des choses, mais le noir l'ignorait complètement. Au début, les entendre dans sa tête la terrifiait, mais maintenant, quand ils explosaient de rage, elle faisait comme eux, et tout allait bien. En dehors de ces crises, elle les remarquait à peine. C'étaient des compagnons tranquilles, et en général, elle appréciait ce comportement. Mais pas ce soir-là.

— J'ai déjà connu la faim. C'est terminé, n'est-ce pas ? Ils ont trouvé ce qu'ils cherchaient ?

Kemir hocha la tête.

— Tant mieux, conclut-elle.

Cette nouvelle aurait dû la terroriser, mais ce n'était pas le cas. Bien au contraire, elle ressentait une pointe d'impatience.

— Peut-être bien que oui, peut-être bien que non, dit Kemir en haussant les épaules. Quand ils auront fait ce qu'ils sont venus faire, je ne sais pas ce qui nous arrivera. Ils nous abandonneront peut-être, ou ils nous mangeront.

— Je ne crois pas. Nous trouverons un moyen de nous rendre utiles.

— Nous pourrions nous enfuir. Avec un peu de chance, ils ne nous poursuivront pas, cette fois-ci.

Nadira passa ses bras autour des épaules de son compagnon.

— Retournons près des dragons. J'ai froid.

Les rares fois où Kemir lui parlait, c'était presque toujours pour lui proposer de fuir. Mais en avait-il vraiment l'intention ? Elle n'en était pas convaincue. Pour l'instant, ils ne l'avaient tenté qu'une seule fois.

Il repoussa la femme, qui repartit seule auprès des deux dragons et se pelotonna près d'eux. Quelques minutes plus tard, Kemir revint s'allonger à côté d'elle. Il fixait les étoiles du regard, bien réveillé.

— Je suis né dans un campement, lui dit-il. J'y ai vécu jusqu'à mes quinze ans. Puis le roi des Rochers est venu. Ce n'était qu'un prince à l'époque. Moi, je n'étais pas au campement. J'aurais dû, mais j'étais parti m'amuser avec l'un de mes cousins. Quand nous sommes revenus, tout avait disparu. Il ne restait plus que des cendres. Mon cousin n'avait plus que moi et je n'avais plus que lui. Le jour où tu m'as vu pour la première fois, c'est celui où ils l'ont tué, lui aussi. Je ne peux pas m'enfuir. Plus maintenant. Je veux tout voir brûler. Neige et Cendre le savent très bien. Ils savent que je vais rester.

Cendre se mit à ronfler. Un bruit si grave que Nadira le percevait plus qu'elle ne l'entendait, et qui secouait doucement le flanc de la montagne.

— Il m'est arrivé la même chose, lui dit-elle calmement. Des écuyers sont venus dans notre campement, au cœur de la forêt. Tout le monde s'y croyait en sécurité. Il y avait des arbres partout et aucun dragon ne pouvait se poser à proximité. Mais cela n'a pas servi à grand-chose. Les arbres n'étaient pas assez hauts. Ils nous ont repérés et nous ont carbonisés à travers les trouées dans les branches, puis les dragons se sont écrasés sur ce qui restait. Ils ont tout aplati. Ensuite, les écuyers ont pourchassé les survivants, ceux d'entre nous qui avaient échappé aux flammes. Ils en ont tué certains et réduit les autres en esclavage. Je n'étais pas assez bien pour être vendue comme esclave. Trop vieille, trop laide, trop tout. Ils m'ont pris mes garçons, ceux qu'ils n'avaient pas tués. Je les ai vus.

Ses yeux étincelaient. Elle se raccrochait à ce seul souvenir, la vision de ses deux fils, l'un de huit ans, l'autre de dix, presque un homme, emmenés de force, tremblants, en sanglots. D'une certaine façon, c'était un bon souvenir, parce que ces deux-là au moins étaient peut-être toujours en vie, même enchaînés aux rames d'une galère taiytakei, quelque part.

— Ils nous ont fait ce qu'ils font toujours, reprit-elle doucement.

Le regard vide, Kemir fixait le ciel. Elle s'allongea contre lui puis se força à poser sa tête sur la poitrine du mercenaire et à passer ses doigts dans ses cheveux.

— Quand ils en ont eu fini avec nous, ils ont tué toutes les femmes trop vieilles pour être vendues. Toutes, sauf moi. Ils m'ont ramenée dans leur château. Ils me prenaient chaque fois que ça leur chantait. Au bout de quelques jours, j'ai commencé à les ennuyer, je pense. Ils m'ont ramenée là où ils m'avaient trouvée et m'ont abandonnée dans les cendres froides. Les autres étaient toujours là, leurs cadavres déjà mastiqués jusqu'aux os. Ils se disaient sûrement qu'un dentu allait me dévorer avant que je rejoigne un autre campement.

Kemir marmonna quelque chose et passa un bras autour des épaules de la femme.

— Eh bien pas du tout, soupira-t-elle. Les dentus devaient avoir mangé tout leur content. Ensuite, tout s'est mal passé pour moi.

Mal, parce qu'elle était inutile. Elle était trop vieille et personne ne voulait d'elle. Dans un campement, les femmes seules n'avaient pas le choix. Alors elle s'était déplacée d'un endroit à l'autre sans jamais s'attarder, en vendant son corps pour rester en vie, en volant quand elle le pouvait, jusqu'au jour où on la coinça la main dans le sac et où ils la vendirent à des trafiquants de Poussière. Elle ne se rappelait plus trop la suite des événements après cela, sauf qu'elle faisait tout ce qu'on lui demandait, absolument tout.

— J'étais prête à tout pour trouver de la Poussière, souffla-t-elle.

Elle sentit soudain le tiraillement du manque. Il lui suffisait d'y penser, même après tout ce temps…

— Eux aussi ont fini par en avoir assez de moi, et eux aussi m'ont abandonnée aux dentus. Aux dentus ou au froid.

Elle éclata d'un rire amer.

— Je crois que les dentus ne m'aiment pas. Trop maigre. Rien de bon à manger. Ensuite, j'ai cru avoir des visions. Un énorme dragon blanc, puis Kailin l'Écailleux, puis toi. Kailin l'Écailleux est parti, mais moi j'étais toujours en vie, et la Poussière d'Âme aussi a disparu, pour autant que ce soit possible.

Elle avait survécu.

La poitrine de Kemir s'élevait et s'abaissait doucement. Il dormait. Elle roula de côté et resta étendue près de lui, à regarder les étoiles. De l'autre côté, le dragon assoupi lui diffusait sa chaleur. Elle passa la main sur les écailles de Neige. Ils auraient dû s'enfuir, ils le savaient tous les deux. En fait, ils auraient dû partir le jour où Neige avait ramené Cendre. Tout de suite, quand les dragons étaient trop préoccupés pour prendre garde à leur disparition. Ils avaient attendu trop longtemps. Les dragons ne les laisseraient plus jamais partir, mais cela ne l'ennuyait pas du tout. Bien au contraire, elle se sentait spéciale. Il y avait des endroits bien pires.

Neige était toujours délicieusement chaude. Nadira ressentait pleinement la résolution des deux dragons, résolution qui émanait d'eux alors même qu'ils dormaient. Ils ne la manifestaient pas la veille, et elle était contagieuse. Nadira voulait agir. Comment ? Elle n'en avait aucune idée. Elle n'avait jamais eu de but dans la vie, parce que jusqu'alors, elle n'avait jamais eu le temps. Ne pas crever de faim, ne pas être mangée, ne pas mourir de froid et d'épuisement, c'était bien suffisant, non ? Soudain, elle n'avait plus à s'en préoccuper.

Kemir avait un but. Les dragons avaient un but.

Elle y avait pensé toute la journée, tandis que les montagnes rapetissaient, se faisaient plus abruptes, plus pointues et se serraient encore plus les unes contre les autres.

— Je vais vous aider à tuer les chevaliers-dragons, souffla-t-elle dans la nuit.

S'adressait-elle à Kemir, à Neige, au vent ?

— Tous, ajouta-t-elle. Je veux les tuer tous.

Cette constatation la surprit. Tel était donc le but qu'elle se fixait ? Elle ne s'y attendait pas. D'ailleurs, ce n'était peut-être pas le sien. Peut-être que les dragons déteignaient sur elle, tout comme ils lui transmettaient leur colère. Ou alors Kemir. Mais en fin de compte, quelle importance ?

Nadira se roula en boule et ferma les yeux. Nichée contre Neige, elle se fit toute petite. Les dragons rêvaient et, grâce à leurs rêves, elle savait exactement ce qui allait se passer.

Oui, il y avait bien pire comme endroit.

LE RETOUR DES CENDRES

Et maintenant, voici l'ultime prix que doit payer l'écuyer. Quand le dragon meurt, il se consume de l'intérieur, si bien que tout ce qui reste sous les écailles n'est plus que charbon et cendres. Les écailles, elles, subsistent. Elles sont légères et solides, et surtout font barrière au feu et à la chaleur. Elles sont donc extrêmement recherchées pour la fabrication des armures. Lorsqu'un dragon meurt, l'écuyer doit rassembler ses écailles et les rapporter dans l'aire du roi-dragon d'où elles proviennent. De cette manière, le dragon retourne à l'endroit où il a vu le jour. Un nouveau dragon ne renaît que des cendres, disent les alchimistes.

52. LES ALCHIMISTES

Jaslyn avait déjà séjourné une fois dans le fort des alchimistes. Elle avait treize ans à l'époque, Lystra onze et Almiri seize, Almiri qui n'allait pas tarder à épouser le roi Valgar. Elles étaient venues avec leur mère, dame Nastria et deux dragons, tous deux morts depuis longtemps. Jaslyn se rappelait très bien les cavernes gigantesques, les vieillards fripés, les pierres humides et l'insupportable Almiri. Leur mère les avait entraînées dans des tunnels sans fin jusqu'à un endroit qui n'avait jamais connu le soleil, chichement éclairé par quelques lampes. Le bruit d'un fleuve souterrain résonnait partout. Elles avaient abouti dans une caverne gigantesque, et leur mère leur avait montré des taches pourpres sur les parois.

Voilà de quoi nous tirons notre pouvoir, leur avait-elle expliqué. *De ces petites plantes minuscules. Les alchimistes en font des potions, les Écailleux les font boire à nos dragons et les dragons font ce que nous leur ordonnons. Sans ces petites plantes, nous ne sommes rien. Ne l'oubliez jamais.*

Jaslyn avait détesté chaque minute passée en ce lieu, mais ce qu'elle avait détesté le plus, c'était de se dire que ses dragons faisaient ce qu'elle leur demandait à cause d'une petite plante. Ils étaient censés le faire pour *elle*. Pour l'amour qu'ils lui portaient à elle.

Elle était plus âgée et plus sage, mais la sensation, toujours présente, la frappa au creux de l'estomac dès l'instant où elle se posa. *Je hais cet endroit.* Elle frissonna en apercevant les entrées de grottes, et ce fut un soulagement lorsque Keitos les mena parmi le fouillis des maisons de pierre. Il s'inclina, hocha la tête, marmonna des platitudes auxquelles elle prêta à peine attention, puis il les emmena dans une petite hutte sordide où un vieil homme assis sur un banc louchait sur une feuille à travers un morceau de verre coloré. Ils attendirent sur le seuil, mais le vieil homme parut ne pas remarquer leur présence. Il examinait sa feuille, voilà tout. Il était d'une pâleur mortelle, et il ne restait de sa chevelure que quelques mèches blanches et folles.

Au bout d'un moment, Keitos toussa.

— Je sais que vous êtes là, maître Keitos, dit le vieil homme sans lever les yeux. Je sais aussi que vous avez des visiteurs. Trois écuyers-dragons. Je les ai sentis se poser. Qui que vous soyez, vous allez devoir attendre !

— Je vous présente la princesse Jaslyn, maître Feronos. La fille de la reine Shezira, notre prochaine Oratrice. Notre prochaine maîtresse, donc. Elle est escortée par l'écuyer Semian, lui aussi au service de la reine Shezira.

Jostan était resté dans l'aire pour veiller à ce qu'on s'occupe bien de leurs dragons.

Le vieillard poussa un soupir, fixa sa feuille pendant quelques secondes supplémentaires puis la posa et les regarda.

— La princesse Jaslyn ! Oui. Vous êtes déjà venue une fois, avec votre mère. Il y a cinq ans, en hiver, quand la neige recouvrait tout. Oui, oui. Je m'en souviens.

Il ne se leva pas, ne s'inclina pas, ne fit aucune des choses auxquelles Jaslyn était accoutumée.

— Que faites-vous ici ? Vous devriez être au Palais, non ?

Jaslyn le dévisagea, muette.

— Maître Feronos est celui d'entre nous qui s'y connait le mieux en pierres et en métaux, lui expliqua Keitos avec nervosité. Il piétina sur place puis fit un pas dans la pièce.

— La princesse Jaslyn nous a apporté une substance mystérieuse, maître. Un liquide qui ressemble à du métal.

— Un liquide qui ressemble à du métal ou un liquide qui *est* un métal ?

— Le prince Jehal utilise peut-être ce liquide pour empoisonner l'Orateur Hyram ou le roi Tyan. Si cela se trouve, il les empoisonne tous les deux, d'ailleurs. Et quelqu'un a cherché à s'en servir contre ma mère, lui précisa sèchement Jaslyn.

Elle écarta Keitos de son chemin et tendit d'un geste brusque le pot en argile toujours scellé à la cire sous le nez du vénérable alchimiste. Chaque fois qu'elle tenait cet objet, elle était surprise de le trouver aussi lourd.

L'alchimiste s'en empara d'une main noueuse et tremblante. Lui non plus ne s'attendait pas à un tel poids. Il laissa échapper le pot, que Jaslyn rattrapa de justesse avant qu'il ne s'écrase au sol.

— Aaaahhh, dit le vieil homme en hochant la tête. Je sais ce que c'est. Cela fait très, très longtemps que je n'en ai pas vu. Que vous ignoriez de quoi il s'agit ne me surprend aucunement, car rares sont ceux qui le savent. Il faut être aussi vieux que moi pour se souvenir…

— Vous ne l'avez pas ouvert, vieil homme ! s'exclama Jaslyn en serrant les poings. Comment pouvez-vous savoir de quoi il s'agit alors que vous ne l'avez même pas ouvert ?

Feronos posa le pot sur sa table, brisa le scellé, puis, avec beaucoup de précaution, ôta le bouchon de cire.

— Un métal qui brille comme de l'argent et qui coule comme de l'eau… Très lourd…. Unique en son genre… Très difficile à trouver…

— Ça, je suis au courant ! D'où provient ce liquide ? Qui le fabrique ? insista Jaslyn en tapant du pied.

— Personne ne le fabrique, jeune fille. On ne peut pas le fabriquer. Et quant à sa provenance…

Il haussa les épaules.

— Il ne provient pas de nos royaumes, ça, je peux vous le dire. Nous en avons possédé, à une époque. Il avait traversé les océans, il me semble… (Son front se plissa.) Oh, attendez… Qui le conservait, déjà ? Pas ici. Quelque part dans l'Ouest. Le vieil Irios en avait un peu à Shazal Dahn, mais il est mort depuis longtemps. Depuis longtemps…

Les pensées du vieil homme semblèrent dériver dans un ailleurs très éloigné et Jaslyn échangea un regard avec Semian. Keitos se mordit la lèvre.

— C'est notre forteresse dans les déserts de l'Ouest, précisa-t-il à contrecœur. Nous souhaitons garder son existence secrète.

— Mais c'est… (La princesse dévisagea Semian.) C'est dans le royaume de l'Orateur Hyram !

— C'était il y a bien longtemps, chuchota le vieil homme.

Jaslyn se retourna vers lui.

— Mais c'est du poison, n'est-ce pas ? C'est du poison, oui ou non ?

Il haussa les épaules.

— Si vous en buvez trop, vous tomberez malade. Comme pour beaucoup de choses, d'ailleurs. Irios aimait travailler avec cette substance, mais il est tombé malade. On raconte que c'est ce métal liquide qui l'a tué. Des marins lui en rapportaient souvent. On appelle ça « la maladie des alchimistes ». Moi, je crois plutôt que c'est le vieil âge. Irios ne pouvait plus s'arrêter de trembler, alors à la fin, il est parti dans le désert pour ne plus jamais revenir, ou du moins, c'est ce qu'on m'a raconté. Ce sont les vapeurs dans l'air qui causent cette maladie, mais le liquide lui-même n'est pas un poison. Sauf si l'on parle d'un poison qui mettrait dix ans à faire effet. Il est plus rapide de laisser la vieillesse prélever son dû, vous ne trouvez pas ?

Jaslyn agrippa la table, prise de vertige. Tout tournait autour d'elle.

— C'est du poison ! s'exclama-t-elle. La maladie de l'alchimiste ! Almiri m'en a parlé, elle aussi. Et le roi Tyan, oui, cela fait presque dix ans qu'il en meurt, et Hyram, il est malade depuis plus d'un an ! Et son état empire lentement. C'est un poison, je vous dis ! C'est Jehal !

Elle frappa ses poings l'un contre l'autre.

— Il les tue si lentement qu'ils ne savent même pas qu'on les assassine ! Hyram a raison, et personne ne le croit !

Maître Feronos scella le pot avec soin avant de le poser par terre. Il semblait vaguement déçu. Jaslyn ressortit vivement de la hutte et respira l'air frais à pleins poumons.

— Ma dame !

— Écuyer Jostan !

Elle le regarda, surprise.

— Vous n'étiez pas censé rester dans l'aire pour veiller à ce qu'on s'occupe de Silence exactement comme je l'ai exigé ?

— Il y a d'autres dragons dans les parages ! Dont la Blanche !

Jaslyn cilla.

— Quoi ? Ici ? Chez les alchimistes ?

— Non, ma dame ! Mais deux dragons ont été aperçus non loin du village quelques heures avant notre arrivée ! Un dragon de guerre noir et un chasseur blanc. Ce sont forcément les nôtres ! Il n'existe qu'un seul dragon blanc !

— Qui vous a dit ça, écuyer Jostan ? Un paysan un peu gris ? Un fermier ? L'idiot du village, peut-être ?

— Je tiens cette information d'un capitaine de la Garde Adamantine. Une de leurs légions est affectée au fort des alchimistes.

— Je n'ai jamais entendu parler de ça. Et je n'ai vu aucun soldat quand nous sommes arrivés.

— Ils campent dans la forêt, sous le couvert des arbres.

Jaslyn secoua la tête.

— Peu importe. Il faut retourner au Palais ! Qu'on nous prépare nos dragons ! La reine Shezira s'apprête à conclure un pacte avec le prince Jehal, et nous devons être de retour avant la nomination du prochain Orateur ! Nous devons partir tout de suite !

Jostan avait l'air soucieux.

— Ma dame, le temps de nourrir et de préparer les dragons et le soleil sera presque couché. Je vous conjure de renoncer à camper cette nuit en pleine montagne avec ces dragons qui rôdent dans le secteur. Nous ne savons pas s'ils sont amis ou ennemis, ni quelles sont leurs intentions, et si l'un des deux est la Blanche... Restez en lieu sûr pour la nuit. Nous repartirons aux premières lueurs de l'aube et nous serrons de retour à temps.

— L'écuyer Jostan a raison, intervint Semian derrière elle. S'il le faut vraiment, nous volerons à vos côtés, nous sommes prêts à donner notre vie pour sauver la vôtre, mais je crois qu'il n'est pas raisonnable de partir dans une telle hâte.

Jaslyn grommela, les poings serrés ; ils avaient raison et elle le savait. Elle retourna bruyamment dans la cabane et s'empara d'un geste vif du pot qui contenait le poison de Jehal. *Le venin de la Vipère...*

— Très bien ! Dès les premières lueurs de l'aube, mais pas plus tard !

Elle ramassa son manteau et s'éloigna dignement, à grands pas, sans trop savoir où elle allait. *C'est Nastria qui aurait dû venir ! Bien trop de mystères pour moi. Une seconde... nous ferions mieux de partir tout de suite, j'en suis sûre ! Je devrais être près de ma mère. Et d'abord, quel intérêt pour Jehal de l'empoisonner pendant dix ans ? Pourquoi ferait-il une chose pareille ?*

Et pourquoi la Blanche est-elle ici ?

53. PREMIÈRES LUEURS

Un bourdonnement monotone avait envahi la Cathédrale de Verre. De chaque côté de l'autel, Hyram et la reine Zafir portaient des masques de dragon ornés de pierres précieuses et de longues robes composées de feuilles d'or et d'argent qui semblaient couler sur leur corps et se répandre sur le sol. Ils étaient censés rester absolument immobiles comme des statues pendant le lever du soleil, jusqu'au moment où les premières lueurs du jour se déverseraient par les fenêtres de l'Aurore.

Shezira les observait avec attention. Elle avait traversé la même épreuve quand elle avait épousé Antros. Elle avait dû rester figée pendant près d'une demi-heure, et en dehors de ses accouchements, c'était la chose la plus difficile qu'elle ait jamais accomplie. Bien entendu, Antros n'avait pas pu tenir en place. Aujourd'hui, Zafir était figée au point qu'on aurait pu la croire sculptée dans la pierre. Mais Hyram tremblait très légèrement, constata-t-elle.

Le bourdonnement des prêtres gagna un tout petit peu en intensité. Le soleil effleurait presque la fenêtre. Shezira lança un coup d'œil par-dessus son épaule ; Jehal était assis quelque part au fond, avec le roi Tyan. Ce dernier venait d'entrer dans l'une de ses phases de gémissements, au point qu'elle l'entendait malgré les psalmodies des prêtres. S'il essayait de dire quelque chose, il avait depuis longtemps dépassé le stade où quelqu'un pouvait le comprendre.

Avant le mariage, elle avait tenu à rendre visite au roi Tyan et à passer un peu de temps avec lui. Il semblait la reconnaître. Il ne pouvait pas parler, ni vraiment se mouvoir, et quand il le faisait, il tremblait si violemment qu'il projetait en tous sens ce qui se présentait autour de lui. Et pourtant elle ne pouvait se débarrasser de l'impression, quand elle le regardait dans les yeux, qu'il était toujours là, quelque part, désespérément seul, fou de désespoir. Elle avait ensuite trouvé difficile de se remettre en colère contre Hyram. Elle avait même suggéré à Jehal de donner lui-même de bon cœur quelques-unes de ses potions secrètes et de faire la paix avec lui, mais le prince s'était contenté de secouer la tête.

— Jamais, avait-il chuchoté.

Il remuait ciel et terre pour découvrir comment la reine Zafir les avait volées. C'était elle, la cause de leurs problèmes. Elle avait en elle une dureté de fer. C'était une vraie reine-dragon.

Shezira la contempla de l'autre côté de l'autel, en tentant de percevoir en elle cette dureté dont parlait Jehal, mais elle ne parvint pas à faire abstraction de sa jeunesse. *Trop jeune pour être Oratrice.*

Finalement, les premières lueurs du jour se répandirent dans l'édifice et illuminèrent l'autel. Les prêtres cessèrent leurs prières et s'approchèrent d'Hyram et de Zafir en levant et en baissant les bras, pour toucher le ciel depuis la terre et ainsi de suite. Seuls les prêtres-dragons devaient comprendre le symbolisme de tous ces rituels, se dit Shezira. Plus personne ne s'en souciait, à part eux.

Ils reculèrent et se prosternèrent au sol, laissant seuls Hyram et la reine Zafir dans la clarté orange de l'aube. Tous deux avaient ôté leurs masques. Ils se tendirent la main, leurs doigts se touchèrent, et tout fut terminé. Unis dans la Cathédrale de Verre, ils étaient liés l'un à l'autre, et plus rien ne pourrait jamais les séparer. Hyram était redevenu roi.

Tandis que les rois et les reines traversaient la foule surabondante des princes insignifiants pour se rendre au petit déjeuner pantagruélique qui les attendait, Almiri rejoignit sa mère.

— Le roi Valgar va bien ? lui demanda Shezira. Elles savaient toutes deux que la reine se moquait de l'état de santé de son gendre.

— Il est très déterminé. Et le roi Tyan ?

— Dans notre poche.

— Et le roi Narghon ?

— Il fera ce que Fyan lui dit de faire, et Fyan a toujours été folle de son neveu. Silvallan sera plus difficile à convaincre. Il a des raisons de se montrer amical à la fois envers Hyram et Zafir. Mais si les cousins d'Hyram se retournent contre lui, Silvallan suivra le courant. Que disent-ils, ceux-là ?

Almiri pinça les lèvres.

— Ils ne m'ont pas révélé grand-chose.

— Ça ne m'étonne pas.

Shezira fixa d'un air maussade le dos d'Hyram, à quelques mètres devant elles.

— Il les a mis dans une position difficile. Il était leur roi avant de devenir Orateur, et il se comporte comme s'il l'était toujours. Mais ce n'est pas lui qui va souffrir. S'il s'en tient à ce qu'il a décidé et nomme Zafir Oratrice, il va rester au Palais. Sirion conservera le trône et la couronne, mais l'ombre d'Hyram le hantera toujours. Que va-t-il faire ? C'est un homme honorable, je le sais. Hyram rompt un pacte que leur grand-père a établi. Il doit comprendre que je gagnerai sans lui et sans Silvallan, s'il le faut. Mais ce serait tellement mieux si les seigneurs-dragons montraient un front uni !

— Hyram n'est plus lui-même. Dix ans de paix et d'harmonie ne devraient pas pouvoir être ruinés par une seule erreur de jugement. Mais laissons donc Zafir se comporter comme l'infâme sorcière qu'elle est. Qui sait ce qu'elle met dans les potions qu'elle lui verse ? Elle prétend qu'elle les vole au prince Jehal, mais en est-on bien sûr ?

— Et on ne peut pas dire que les potions de Jehal fassent beaucoup d'effet au roi Tyan, n'est-ce pas ?

Le roi Valgar les observait, et Shezira donna un coup de coude à sa fille.

— On a retrouvé ton mari, ma chère.

— Une dernière chose, mère.

— Oui ?

— Il faut une fiancée au prince Dyalt. Je sais qu'il y a un an ou deux, Hyram avait pensé à Lystra.

— Oui, et je lui ai dit que Lystra était déjà prise. Je croyais que Dyalt devait épouser une certaine princesse syuss…

— C'est vrai, mais elle est morte. Elle s'est noyée dans un lac. Vous savez comment sont les Syuss dès qu'ils voient de l'eau. De plus, Dyalt est le plus jeune fils du roi, donc pas si éloigné du trône. Son père pense qu'il mérite mieux qu'une Syuss.

— Mais leurs familles sont de même lignée !

— Vous devriez leur proposer la main de Jaslyn.

— Qu'est-ce qui te dit qu'il l'accepterait ? Je suis contente d'avoir éloigné Jaslyn, en tout cas !

— Vous avez acheté Valgar avec moi et Jehal avec Lystra. Jaslyn est votre fille et votre héritière la plus probable. Dyalt pourrait épouser votre trône et, si c'est vous qui devenez Oratrice, lui et les siens se demanderont laquelle d'entre nous vous succédera.

— Vraiment ?

Shezira tentait de contenir un rire.

— Bah, ils peuvent toujours espérer. Ils accepteront, mère.

— Mais Dyalt a quatorze ans, voyons ! Jaslyn est trop vieille pour lui !

Almiri éclata de rire et secoua la tête.

— Et quel âge a Hyram ? Quel âge a Zafir ? Faites-leur cette offre, mère !

— Pas question.

Shezira secoua la tête.

— Non, je ne peux pas faire ça.

— Mais pourquoi, mère ?

— Parce que ce serait une manœuvre bien trop évidente et qu'Hyram s'en rendrait compte tout de suite, pour commencer.

Elle grimaça.

— Mais vas-y, toi. Fais-leur cette offre. Je n'ai pas encore décidé du nom de celle qui me succédera, mais certainement, bonne idée, faisons-leur croire que ce sera Jaslyn. Pour la paix des royaumes. S'ils respectent le pacte, et seulement s'ils respectent le pacte.

Les yeux d'Almiri étincelaient, et elle partit rejoindre son époux avec un sourire aux lèvres. Shezira continua seule vers la salle de banquet. Parfois, ses filles l'étonnaient vraiment. N'étaient-elles que ce qu'elles semblaient être ou bien parvenaient-elles à dissimuler même à leur mère une partie de leur personnalité ? Offrir Jaslyn a Dyalt était une excellente ruse. Jaslyn ne lui adresserait probablement plus jamais la parole, mais Dyalt pourrait difficilement refuser.

Mon héritière la plus probable ? Elle lâcha un petit rire. *Il faudra d'abord vous débarrasser de moi, les filles.*

54. LE FEU INTÉRIEUR

Les dragons reprirent leur vol dès que le ciel fut assez clair pour le leur permettre. Les sommets flamboyaient comme s'ils étaient en feu, mais les pentes qu'ils dominaient demeuraient dans l'ombre. Contrairement à Kemir, Neige et Cendre savaient exactement où ils allaient. Le mercenaire s'efforça de repérer la vallée des alchimistes, mais il n'en eut enfin un premier aperçu que lorsque Neige plongea à la verticale après être passée entre deux montagnes et au sommet d'une falaise étroite.

Les parois rocheuses défilèrent à toute vitesse. Kemir aurait bien aimé respirer, mais le vent glacial arrachait l'air de ses poumons et le faisait pleurer. Il vit le sol se précipiter vers lui et des formes brouillées se ruer dans sa direction, puis un spasme secoua Neige. Kemir ferma les yeux à l'instant où le vent retombait soudain et où l'air devenait brûlant. Neige rasa le sol en déversant son feu sur toute chose. Les bâtiments en pierre délabrés, les arbres, les petites cours, les hommes qui couraient en hurlant qu'il fallait s'enfuir, les flammes engloutirent tout.

Il y avait d'autres dragons. Neige vira abruptement sur l'aile pour se diriger droit vers eux. Trois silhouettes se jetèrent à plat ventre quand elle les survola en roussissant le sol autour d'eux. Neige et Cendre crachèrent en même temps des flammes sur les trois dragons au sol abrités sous leurs ailes.

— Est-ce qu'on peut brûler un dragon ?

Seuls nos yeux brûlent. Bientôt, trois autres d'entre nous seront libres ! Cendre se posa dans la petite aire, fracassa les bâtiments à coups de queue et brûla tout ce qui en sortait. Alertes, méfiants mais figés, les trois dragons harnachés observaient la scène. Neige, toujours en l'air, tournait en rond au-dessus de l'aire.

J'ai connu ces dragons avant de me réveiller. Je me souviens d'eux.

Kemir leur lança un coup d'œil quand Neige les survola à nouveau. C'étaient des dragons de chasse, même lui pouvait le dire. À part cela, ils se ressemblaient tous. Des écailles gris foncé ou noires avec d'occasionnels éclairs de bleus et de verts métalliques profonds, tous les trois. Ils ressemblaient aux dragons du campement dans les montagnes.

Soudain interloqué, il repéra les trois silhouettes plaquées au sol. Au lieu de rester immobiles à se consumer par terre comme tout bon cadavre l'aurait fait, elles se levèrent et prirent leurs jambes à leur cou. L'une d'elles semblait affligée d'un léger boitement.

— C'est impossible…

Neige les arrosa de nouveau, et de nouveau, ils se jetèrent au sol. Cette fois-ci, Kemir les vit mieux. C'étaient des écuyers, tous les trois. Revêtus de leurs armures en écailles de dragon, ce qui expliquait pourquoi le feu de Neige ne les anéantissait pas. Deux d'entre eux portaient de grands boucliers qu'ils levaient pour dévier le plus gros des flammes. Kemir garda les yeux fixés sur eux quand Neige repassa au-dessus d'eux. Dès que le dragon reprit de l'altitude, les trois écuyers se relevèrent et repartirent en courant.

— L'écuyer Bâton-dans-le-cul ! haleta Kemir, le souffle coupé. La chance est avec moi ! Laisse-moi descendre, Neige ! Laisse-moi descendre ! *Maintenant !*

Non. Le dragon blanc repassa au-dessus des bâtiments. La plus grande partie de ce qui pouvait brûler était déjà en feu. Kemir s'efforça de suivre du regard les trois écuyers. En bas, au milieu des débris, des hommes couraient toujours en tous sens, la plupart d'entre eux se ruant vers quelques grandes grottes. Neige se posa et Kemir perdit de vue les écuyers derrière un nuage de fumée. Il n'avait d'autre choix que de tenir bon pendant que le dragon blanc se dressait sur ses postérieurs, se fendait vers l'avant, cinglait l'air de sa queue et brûlait tout ce qui se trouvait devant lui. Et finalement, plus rien ne bougea.

— Maintenant, laisse-moi descendre !

Neige ignora sa demande. Elle trotta vers la plus grande des cavernes, où une rivière s'écoulait hors de la falaise. Elle pénétra lentement à l'intérieur en pataugeant dans l'eau. L'entrée était assez grande pour elle, mais la caverne se rétrécit rapidement. Neige s'enfonça aussi loin qu'elle le put et cracha du feu dans les profondeurs.

Des esprits. Je perçois des esprits là-bas. Beaucoup d'esprits. Beaucoup se sont échappés. Beaucoup sont toujours en vie.

Ils doivent tous brûler. C'était Cendre. Le sol trembla lorsqu'il les rejoignit en courant. Les deux dragons examinèrent toutes les cavernes, puis les arrosèrent de flammes, l'une après l'autre.

Ils sont toujours là. Je les sens. Cendre griffait le sol. *Faisons-leur goûter notre feu !*

Je n'arrive pas à les atteindre (Neige).

Alors nous attendrons, et tôt ou tard, ils vont mourir de faim (Cendre).

— Laisse-moi descendre ! Je les ferai sortir pour vous !

La dernière fois qu'il avait aperçu les trois écuyers, ils se dirigeaient vers la grotte la plus proche de l'aire. Il ne voyait pas leurs corps, ce qui signifiait qu'ils avaient dû y entrer. Ou alors, que Cendre les avait mangés, tout bonnement.

Neige tapait du pied, frustrée. Elle s'installa à quatre pattes pour laisser Kemir mettre pied à terre. Nadira resta où elle était et le regarda en fronçant les sourcils, comme si elle désapprouvait ce qu'il s'apprêtait à faire. Il grimaça un sourire, puis courut vers la grotte des trois écuyers. Il entra en hésitant un peu. Trois contre un. Un combat inégal.

Il se déplaçait furtivement. Maintenant à son zénith, le soleil touchait enfin le sol, mais dans la grotte, l'obscurité s'épaissit très rapidement. Kemir se dirigeait à présent au toucher. Chauffée par le souffle de Neige, la roche des parois était tiède et sèche. Il saurait jusqu'où le feu du dragon avait porté, mais tous ceux que la grotte abritait le sauraient également et partiraient se cacher encore plus profondément.

À cent mètres environ, la caverne devint trop étroite pour permettre le passage d'un dragon. Cent mètres plus loin, les parois n'étaient même plus chaudes. Un noir d'encre régnait partout, à l'exception du cercle de lumière de l'entrée, derrière Kemir. Et pourtant, quand il plissa les yeux, il crut voir de la lumière devant lui. De faibles pointillés de lumière blanche, qui évoquaient plus les étoiles que des lampes ou des flambeaux. Le mercenaire progressait lentement, silencieusement, comme un voleur, en tâtant le sol du pied. Les pointillés devinrent progressivement plus brillants. C'étaient bien des lumières, décidément. Du coup, il se demanda combien d'autres personnes se cachaient dans cette grotte avec les écuyers.

La lumière la plus proche bougea, et Kemir aperçut vaguement un visage. Il leva son arc, mais il ne vit pas les reflets d'une armure de chevalier. Le visage disparut et la lumière s'éloigna en dansant.

Toujours à tâtons, Kemir accéléra le mouvement. Il s'approcha silencieusement de l'homme à la lumière, qui s'arrêta près de la lumière suivante et la ramassa également. Ainsi que la suivante, et la suivante. Kemir était maintenant assez près pour constater que ces éclairages étaient effectivement des petites lampes, mais avec une flamme d'un blanc glacial qui ne dégageait aucune odeur de fumée ou d'huile. L'homme qui les portait n'était pas un soldat et ne portait apparemment aucune arme. Kemir tira un couteau de sa gaine, puis courut sur la dizaine de mètres qui les séparaient. L'homme ne l'entendit pas arriver. Il se retourna au moment où Kemir lui rentrait dedans, le plaquant au sol et envoyant valdinguer les loupiotes, et un instant plus tard, il sentit la lame d'un couteau contre sa gorge.

— Pitié, pitié..., sanglotait l'homme terrorisé.

Il sentait mauvais.

— Trois chevaliers-dragons sont partis dans cette direction. Je me trompe ?

— Non, non ! J'ignore qui ils sont ! Je vous en prie, ne me tuez pas, pitié.

— Où sont-ils allés ?

— Je ne sais pas !

Kemir appuya plus fort la lame contre la peau de l'homme, qui couina.

— Ils sont descendus plus loin, je ne sais pas, moi ! Pour rejoindre le corps de garde !

— Le corps de garde ?

Kemir sentit un froid soudain l'envahir.

— Combien sont-ils, là-bas ?

— Je l'ignore !

— Essaie de deviner.

— Je ne sais pas, je vous jure… Je ne suis qu'un serviteur… Pitié…

— Un ? Deux ? Dix ? Une centaine ?

— Une centaine, peut-être ! Ou plus ? Je ne sais pas. Pitié…

Une centaine ? Kemir écarquilla les yeux et retira lentement son couteau.

— Ce sont des soldats ?

— Oui.

— Combien sont-ils ?

— Je l'ignore. Une centaine ? Une légion ? Je ne sais pas !

Une légion ? Dans ces grottes ? Mais c'est impossible !

Une douzaine, voire même une demi-douzaine, lui auraient largement suffi. Kemir agrippa l'homme par le col et le remit debout.

— L'un des chevaliers-dragons s'appelle Semian. Dis-lui que Kemir le mercenaire, celui qui lui a démoli la jambe, l'attend dehors.

Il laissa partir l'homme, ramassa l'une des petites lampes pour voir où il allait, et repartit vers l'entrée de la grotte. Il ne courut pas. En fait, il n'était pas vraiment sûr de vouloir retourner auprès des dragons. Ils n'allaient pas aimer ça. S'ils avaient cru pouvoir affamer toute cette bande, ils risquaient d'attendre un bon moment. Et jusqu'à présent, ils ne l'avaient pas impressionné par leur patience.

55. LES DEUX ORATRICES

Au centre de la table à dix côtés étaient posés l'anneau et la lance de l'Orateur. Tout le monde regardait Hyram, debout, immobile, parce que tout le monde attendait qu'il s'assoie. Certains semblaient s'ennuyer ferme, d'autres s'impatientaient, d'autres désapprouvaient le temps qu'il mettait à s'asseoir. Ce matin, il tremblait de nouveau. Oh, un tout petit peu, mais Shezira s'en était aperçue. Soit les potions qui lui avaient permis de repousser la maladie perdaient de leur efficacité, soit il arrivait au bout de ses flacons.

Face à Hyram se tenaient le grand maître suppléant Jeiros et le grand prêtre Auruch. Chaque autre côté était occupé par un roi-dragon ou une reine-dragon assistés par un écuyer. C'était tout. Deux des côtés étaient vides : celui des Syuss, qui possédaient peu de dragons et n'avaient été invités au Palais que par courtoisie, et celui du roi des Rochers, qui évitait ces réunions depuis plus d'une génération.

Shezira ne pouvait s'empêcher de fixer l'anneau. *Nous sommes donc sept à nous prononcer.* Elle agrippait la table. Elle attendait ce jour depuis dix ans. Elle avait tout fait dans les règles, et même ces bêtises avec la reine Zafir semblaient n'être qu'une ultime épreuve pour vérifier qu'elle était vraiment digne de porter cet anneau. Tandis qu'elle le fixait, assise à la table, elle arrivait presque à se convaincre que c'était un test et rien de plus, et que Zafir n'était même pas réelle.

Hyram s'assit enfin. Jeiros se leva et leur fit un discours, imité ensuite par Auruch. Les mêmes discours que dix ans auparavant… Jeiros parla des responsabilités et du fardeau de l'Orateur. Shezira connaissait ces paroles par cœur, mais maintenant qu'elles lui étaient destinées, elle les buvait comme un nectar. Une dizaine d'années plus tôt, elles lui avaient semblé mortellement assommantes, mais aujourd'hui, Shezira avait la chair de poule. Quand Auruch parla d'humilité et de la grâce du dieu-dragon, elle ne leva pas les yeux au ciel, contrairement à Jeiros, mais se demanda : *Est-ce possible ? Ce sont donc les prêtres qui contrôlent les dragons ? Les potions ne sont-elles efficaces que parce que les prêtres le veulent ?*

Ces pensées stupides dont elle aurait ri n'importe quel autre jour lui semblaient soudain très profondes.

Elle se pinça. *Tu es la reine du Nord, pas une petite princesse idiote qui voit son premier dragon.*

Quand ce fut de nouveau au tour d'Hyram de prendre la parole, il énonça tout ce qu'il avait réalisé pendant son règne au Palais. Il parla de paix et de prospérité, de la force insurpassable de la Garde Adamantine, de la valeur de la continuité. Puis, du ton qu'il aurait adopté pour dresser l'inventaire de l'armurerie, il nomma la reine Zafir son successeur déclaré et s'assit. Shezira mit une seconde à comprendre ce qui venait de se passer. Ce n'était pas une épreuve, finalement. Hyram venait de rompre leur pacte.

Sirion me soutiendra, Valgar aussi, ainsi que Jehal et le roi Narghon. Et Silvallan, s'il sait que la cause de Zafir est perdue. Le silence dura une seconde, puis une autre. Tout le monde la dévisageait. Hyram aussi, bouche entrouverte, les yeux brillants d'impatience. Elle se reprit en sursaut. À l'autre bout de la table, Jeiros contemplait ses pieds. Deux rouleaux étaient posés devant lui, et il fit mine d'en prendre un.

— Non, dit-elle.

Il lui fallut encore une seconde supplémentaire pour retrouver entièrement l'usage de la parole. Quand ce fut fait, elle se leva. Elle ne leur montrerait ni précipitation ni colère. Quand elle parlerait, ce serait d'un ton calme, presque doux. Comme pour gronder un enfant égaré. Jeiros la regarda, le rouleau à la main, prêt à prononcer les mots qui sacreraient le prochain Orateur. Elle croisa son regard et secoua la tête.

Jeiros reposa avec un soupir le rouleau qu'il tenait et ramassa l'autre, et Auruch se leva à côté de lui. Ils avaient l'air fatigués, se dit Shezira. Presque accablés d'ennui. Parce que tout le monde savait d'avance ce qui allait se produire, comprit-elle. Comme s'ils avaient répété cette scène. D'une certaine façon, n'était-ce pas ce qu'ils avaient fait pendant les quelques journées précédentes ?

— Y a-t-il d'autres défis ? demanda Jeiros à la ronde.

Comme personne ne répondait, il reprit :

— Sept fois le sacrement d'un Orateur a été défié. À trois occasions, le défi a échoué. Des quatre qui ont réussi, trois ont jeté les royaumes dans une grande agitation. Reine Shezira, acceptez-vous de retirer votre défi pour le bien des royaumes ?

— Non, grand maître, je refuse.

— Dans ce cas, quel est votre défi, votre Altesse ?

— Hyram, nos deux clans ont signé un pacte il y a plusieurs générations. En le violant, vous nous salissez tous. Des hommes et des femmes plus sages que moi ont décidé il y a longtemps que seul un roi ou une reine en exercice pouvait accepter la charge d'Orateur. Ils l'ont décidé parce qu'ils avaient compris que, pour gouverner les Neuf Royaumes, un Orateur doit d'abord prouver sa valeur. La reine Zafir est effectivement assise sur un trône. La reine Zafir ferait peut-être une excellente Oratrice. Mais dans vingt ans, quand elle aura fait ses preuves. Je vous demande instamment d'honorer le pacte entre nos clans et de me nommer votre successeur.

— Et qui serait le vôtre, Shezira ? grinça Hyram en fixant le prince Jehal du regard.

Jehal lui retourna un grand sourire.

— Une personne sage et compétente, Hyram, une personne qui ne se contente pas d'écarter les jambes pour mériter cet honneur.

Hyram bondit sur ses pieds.

— Espèce de vipère !

Shezira les dévisagea tous les deux.

— Prince Jehal ! C'est un moment sacré ! Montrez-vous plus respectueux !

Jehal pencha la tête.

— Et pourquoi, je vous prie ?

Pendant les quelques instants de silence qui suivirent, Jeiros étala hâtivement le rouleau et se mit à le lire.

— Comme il fut écrit au temps de Narammed, la parole de l'Orateur a été défiée dans les règles devant l'assemblée des rois et des reines des Neuf Royaumes. Ce conseil va donc se dissoudre et se reformer à l'aube du prochain jour. Un nouvel Orateur sera alors choisi, soit par l'Orateur précédent, comme il est de coutume, soit, si le défi devait être maintenu, par le vote des rois et des reines des Neuf Royaumes.

Jehal poussa un gémissement et s'effondra sur la table. Alarmée, Shezira le crut victime d'un empoisonnement, mais il redressa la tête.

— Faut-il vraiment en passer par là ? Encore une journée à se comporter comme des lapins effrayés ? À ne rien oser manger, à éviter les endroits élevés, à nous déplacer constamment entourés de nos chevaliers-dragons en armure ?

Il s'inclina devant Shezira.

— Comme vous l'avez dit, votre Altesse, c'est un moment sacré, et je vous présente mes plus plates excuses pour les propos tenus précédemment. Mais je vous en prie, terminons-en vite, pendant que nous sommes encore là, bien en vie ! Plus d'enfantillages ! Nous savons tous où vont nos préférences !

Shezira se renfrogna.

— Je compatis, mais il y a un cérémonial à respecter, prince Jehal.

Dame Nastria se pencha vers elle et lui chuchota.

— Vous devriez accepter, votre Altesse.

Shezira la regarda en redressant la tête. *Pourquoi ?*

Nastria se rapprocha encore. Elle lui parla si bas que Shezira l'entendit à peine.

— Parce que la princesse Jaslyn va revenir d'un moment à l'autre de sa visite chez les alchimistes, et que quand elle sera là, c'en sera terminé du prince Jehal. Servez-vous de lui maintenant, Altesse, et ensuite jetez-le.

— Vous êtes certaine de ce que vous avancez ? lui demanda Shezira du bout des lèvres.

— Autant qu'on peut l'être, Altesse.

Nastria se raidit et reporta son attention sur l'assemblée.

Shezira l'imita. *Parfait.* Elle avait du mal à ne pas sourire. Elle regarda Hyram, puis Jeiros.

— J'accepte la proposition de Jehal.

— Non. Je vous dis que nous attendrons, répliqua Hyram en lui rendant son sourire.

Mais Jeiros ne regardait pas Hyram, il regardait la reine Zafir. Et Zafir donna son assentiment par un hochement de tête. L'air mal à l'aise, Jeiros s'adressa à Hyram.

— Mes excuses, seigneur Hyram, mais cette affaire ne concerne que les rois et les reines des Neuf Royaumes. Vous n'avez plus votre mot à dire. Quelqu'un a-t-il d'autres objections à émettre ? conclut-il en détournant le regard.

Comme tout le monde se taisait, il poussa un soupir.

— Très bien. Reine Shezira, reine Zafir, vous allez à tour de rôle solliciter le soutien d'un roi ou d'une reine. Celle que les rois et les reines auront désignée à la majorité sera nommée Oratrice.

Au moment où il terminait sa phrase, Shezira lança un coup d'œil à Zafir. *C'est ta dernière chance de mettre fin à tout ceci. Tu vas te couvrir de ridicule.* Mais le visage de Zafir était un masque. Elle croisa le regard de Shezira et le soutint pendant un instant, cependant son expression ne changea pas le moins du monde.

Elle alla lentement se placer à côté d'Hyram, et Shezira s'installa près de l'alchimiste et du prêtre.

Jeiros s'inclina vers elle.

— Reine Shezira, vous avez lancé ce défi. Quel roi ou quelle reine appelez-vous à vos côtés ?

— J'appelle le roi Valgar.

Valgar ne prit même pas la peine de dire quoi que ce soit. Il se leva et alla rejoindre Shezira, qui se pencha au-dessus de la table.

— Quel roi ou quelle reine appelez-vous à vos côtés, reine Zafir ?

Zafir garda le silence ; c'était à Hyram de répondre.

— Le roi Sirion, mon cousin.

Sirion était assis à droite d'Hyram, ce qui signifiait que ce dernier ne pouvait pas voir ce que voyait Shezira. Il ne pouvait pas voir l'expression tendue de Sirion, ses articulations exsangues.

Comme son cousin ne disait rien, Hyram se tourna lentement vers lui et le dévisagea.

— Je suis désolé, mon cousin. J'ai toujours eu la sensation que cette couronne ne m'appartenait pas vraiment, que j'en prenais soin en votre nom en attendant ce jour. Mais un pacte est un pacte. Je me vois obligé de prendre le parti de la reine Shezira.

Shezira sentit la chaleur de la victoire s'épanouir au creux de son estomac. Trois contre trois. Tout ce à quoi elle avait travaillé allait porter ses fruits. Hyram avait l'air consterné, figé d'horreur. Même Jeiros semblait stupéfait. En fait, la seule autour de la table qui n'avait pas l'air surpris le moins du monde était la reine Zafir. *Merci, ma petite Jaslyn. Pour une fois, tu t'es rendue utile.*

— J'appelle le roi Tyan, dit-elle d'un ton légèrement triomphal qu'elle aurait préféré neutre.

Jeiros inclina vers le prince Jehal.

— En tant que régent du roi Tyan, vous avez le droit de parler en son nom.

— Oui, je sais.

Jehal souriait de toutes ses dents. Il se leva, se pencha au-dessus de la table et regarda Hyram droit dans les yeux.

— Vous m'avez calomnié, vieillard. Vous m'avez même torturé. Rien ne me ferait plus plaisir que de voir réduit en cendres tout ce à quoi vous tenez.

Il jeta un coup d'œil à Shezira.

— Votre Altesse, allez-vous en contrepartie nommer votre successeur séance tenante ? Établir un pacte, comme celui qu'Hyram ici présent cherche à briser ? Dans la mesure où l'on peut s'y fier, bien entendu.

— Oui, prince Jehal. Je vous nomme mon successeur.

Ces mots lui laissèrent un goût amer. *Mais si Nastria a raison, je vais pouvoir m'affranchir de cette obligation. Quand je partirai, Valgar héritera de l'anneau, Almiri occupera son trône, et Jaslyn et Lystra auront encore des chances d'être reines… Antros, si tu me regardes, j'espère que tu souris.*

Jehal, lui, souriait toujours, et quand il regardait Hyram, son sourire était si large qu'il lui fendait presque le visage en deux.

— Cela vous satisfait-il ? Sans votre traîtrise, je n'aurais jamais obtenu cette assurance. Vous avez trahi vos alliés. Vos propres cousins se sont retournés contre vous. Quelle raison pourrais-je bien avoir de vous soutenir ? Réfléchissez-y un moment. Car à présent, voici mon vote. Je choisis la reine Zafir.

Shezira ne bougea pas un muscle. Elle en était incapable. Les paroles de Jehal l'avaient pétrifiée. Elle entendit le roi Silvallan se déclarer lui aussi pour Zafir, puis le roi Narghon, mais de si loin qu'elle comprit à peine leurs paroles. Elle n'arrivait plus à raisonner et pendant quelques instants, le monde sembla s'évanouir complètement. Quand il réapparut enfin, Jeiros avait déjà entamé un autre discours. Il avait étalé le deuxième rouleau, et Zafir était l'Oratrice des royaumes.

56. ANNULÉ

Quand il eut terminé, Jeiros prit l'anneau posé au centre de la table, s'inclina devant Zafir et le lui passa au doigt. Un par un, les rois et les reines s'agenouillèrent devant la nouvelle Oratrice et embrassèrent l'anneau.

Nastria regarda sa reine s'agenouiller et l'embrasser comme tous les autres. Avec calme et dignité, comme une reine le devait. C'était la chose la plus exaltante qu'elle eût jamais vue. *Se montrer si noble, même dans la défaite !*

Plus noble qu'elle ne le serait jamais.

Il allait devoir payer pour cela, se dit-elle. Peu importait ce que sa reine lui ordonnerait de faire, il allait devoir payer. Si Nastria avait été un homme, avec la force d'un homme, elle aurait peut-être tenté de tuer le prince Jehal à mains nues, ici et maintenant. Mais puisqu'elle n'était qu'une femme, il faudrait qu'elle agisse de façon plus subtile.

Pendant un court instant, elle se demanda si ce qu'elle avait déduit des relations entre Jehal et Hyram était exact, ou bien si leur haine réciproque n'avait été qu'un leurre élaboré pour ce seul moment de traîtrise. Difficile à croire, certes, mais d'un autre côté, chaque fois qu'Hyram en avait l'occasion, il faisait allusion au roi Antros et à son décès malheureux. Était-ce le fin mot de l'histoire ? La raison pour laquelle il avait trahi le pacte entre leurs clans ?

Pendant les heures interminables qui s'écoulèrent ensuite, la reine Shezira ne laissa rien voir de sa déception. Nastria aurait aimé pouvoir l'entraîner à l'écart et lui chuchoter à l'oreille : *Tout peut être annulé ! Zafir a été nommée, mais elle n'est pas encore couronnée ! Tant que le grand prêtre Auruch ne lui aura pas remis la lance adamantine dans la Cathédrale de Verre, devant l'assemblée des chevaliers-dragons au complet, tout peut être annulé !* Mais elle n'en eut pas l'occasion. Elles n'étaient jamais seules. Elle passa donc le temps en observant le prince Jehal et la reine Zafir. Il y eut des jeux et des divertissements, une démonstration de la Garde Adamantine censée leur prouver son courage et son habileté, des tournois à cheval pour les chevaliers subalternes et des tournois de dextérité aérienne pour les écuyers-dragons. La reine Zafir y assista avec le même masque neutre que celui qu'elle avait affiché dans le hall des Orateurs. De son côté, Jehal semblait agité, excité, ivre de sa victoire. Leurs regards ne se croisaient jamais, constata Nastria. Pas une seule fois ils ne se lancèrent un coup d'œil.

Jaslyn. La princesse Jaslyn détenait la clé de toute cette affaire. Grâce à la fiole d'argent liquéfié. Elle allait revenir de l'Épine du Monde avec dans ses bagages les paroles accablantes des maîtres alchimistes du fort : oui, ce métal liquide, c'était bien du poison ! Et Nastria retrouverait le chevalier-dragon de Jehal qu'elle avait observé en compagnie de Tiachas. Elle le ramènerait à maître Kithyr, et là, tous découvriraient enfin l'effroyable infamie de Jehal. Et la reine serait bien obligée de la croire, elle aussi.

Puis Nastria vit Jehal passer près de la reine Zafir et lui chuchoter quelque chose à l'oreille. Le masque de l'Oratrice se fissura une fraction de seconde, et ses yeux étincelèrent, comme traversés par la foudre. Cela ne dura qu'un instant, et Jehal n'eut pas le temps de lui dire grand-chose, mais Nastria n'observait pas sa bouche, elle observait ses mains ; et pendant cet instant, dans la cohue des chevaliers et des seigneurs, la main de Jehal posée sur la cuisse de Zafir s'attarda un peu trop longtemps. Soudain, Nastria comprit tout. Et en particulier qu'Hyram était le dindon de la farce.

Elle sourit. Il lui restait quatre jours avant la cérémonie de la Cathédrale de Verre. Ce serait bien assez. Toujours en souriant, elle décida de suivre partout le prince Jehal.

57. LES GROTTES

Au fond du ravin, l'aube se manifesta tardivement, et quand ce fut le cas, une pluie de feu s'abattit sur eux. Incrédule, stupéfaite, Jaslyn vit le fort exploser autour d'elle. Elle eut le temps d'apercevoir deux dragons, l'un presque noir et l'autre d'un blanc immaculé, oui, *sa* Blanche parfaite, puis l'écuyer Semian la jeta au sol et se coucha sur elle. L'air s'enflamma brusquement. Elle ne pensait qu'au dragon blanc, qu'elle cherchait depuis si longtemps… Une chaleur aveuglante lui dessécha le visage. Son armure en écailles de dragon lui sauva la vie, et quand elle rouvrit les yeux, elle constata qu'elle avait gardé la vue. Et qu'elle voyait les deux dragons incendier l'aire des alchimistes. Et engloutir leurs trois dragons dans des nuages de feu.

Silence !

Elle voulut courir vers eux, se jeter entre eux et son précieux Silence, tenter le tout pour le tout... Mais déjà, l'écuyer Semian l'entraînait vers le fort.

— Les grottes ! s'entendit-elle crier. Allons dans les grottes !

Tout en courant, elle jeta un coup d'œil en arrière. Silence était toujours là, complètement impassible, la tête abritée sous une aile. Tant que les attaquants ne descendraient pas plus bas, c'était tout ce qu'il pourrait faire. Jaslyn voulait de toutes ses forces les voir descendre, elle voulait qu'ils arrivent à portée des dents, des griffes et des queues des dragons au sol. Et là, Silence leur montrerait de quoi il était capable !

Le dragon blanc emmenait un dragonnier. Non, deux. Jaslyn plissa les yeux, pour tenter de les distinguer. Elle fronça les sourcils. Le dragon presque noir semblait n'en porter aucun. Impossible ! Elle devait faire erreur.

Ils revinrent, et cette fois-ci, Jaslyn se jeta toute seule au sol en se couvrant le visage. Pour la deuxième fois, le feu les balaya. Dès que les dragons s'éloignèrent, ils se relevèrent, et se remirent à courir jusqu'à la caverne la plus proche.

— Il faut nous enfoncer le plus loin possible, haleta-t-elle. Il y aura des marques sur la paroi pour nous signaler quand nous serrons en sécurité. Et des lampes. Des lampes alchimiques.

Elle trébuchait dans l'obscurité, en cherchant les parois à tâtons. Le sol de la caverne était inégal et traître, mais finalement, ils arrivèrent dans un goulot étroit, et un peu plus loin, Jaslyn sentit les marques : ils n'avaient plus rien à craindre. Toujours à tâtons, elle découvrit une caisse remplie de petites lampes. Elle en prit une, lui assena une bonne secousse et la loupiote se mit à diffuser progressivement une froide lumière blanche. Elle en tendit une à Semian, puis en prit une pour Jostan et une autre pour elle.

— C'était notre dragon blanc, dit-elle, quand ils eurent retrouvé leurs repères. Le dragon blanc prévu pour les noces de Lystra. Que fait-il ici ?

Elle regarda ses deux chevaliers comme si elle attendait une réponse de leur part, mais ils semblaient perplexes.

— Et l'autre ? Ce n'est pas l'un des nôtres. À qui appartient-il ?

Toujours pas de réponse.

— Et qui les montaient ? Qui était sur le dos du noir ? J'ai vu deux dragonniers sur le blanc, mais personne sur le noir. Qui était-ce ?

— La dernière fois que quelqu'un a vu le dragon blanc, il était avec son Écailleux, marmonna Semian.

— Un Écailleux n'attaquerait pas son Ordre, voyons !

Jaslyn leva sa lampe et plongea le regard dans l'obscurité. À ce moment précis, le tunnel qui conduisait vers l'entrée de la grotte s'illumina d'une lueur orange et une rafale de vent chaud les frappa.

— Nous devons ressortir ! Il faut retourner auprès de Silence, Matanuska et Levantin ! Nous sommes trois contre deux. Nous tuerons leurs dragonniers et forcerons les dragons à se poser !

— Ma dame, si nous ressortons, c'est la mort assurée, lui répondit Jostan d'un ton plat.

— Espèce de lâche !

Furieuse, Jaslyn fit un pas vers lui.

— L'écuyer Jostan a raison.

Au moins, Semian eut la bonne grâce de détourner le regard. Il reprit.

— Les alchimistes disposent de leurs propres défenses. Si nous ressortons seuls, les dragons vont nous tuer avant que nous puissions rejoindre nos montures.

— Mais ils s'en prenaient à Silence !

— Ils ont brûlé les selles et harnais pour nous empêcher de les monter, ma dame. Silence n'a pas été blessé. Il est trop précieux.

Pendant un long moment, Jaslyn fixa du regard l'entrée de la caverne. Des bruits leur arrivaient de l'extérieur, mais ils semblaient très lointains, comme si les dragons s'affairaient ailleurs. Ils avaient sûrement une bonne chance d'y arriver… Jaslyn tenta d'estimer la distance qu'ils auraient à parcourir entre la grotte et l'aire. Même ralentis par leurs armures, ils pouvaient y arriver !

Mais leurs efforts seraient inutiles si leurs selles et leurs harnais étaient détruits, et Semian avait sans doute raison à ce sujet. Si c'était elle qui avait mené cette attaque, elle aurait agi de même. Elle laissa échapper un long soupir et se retourna vers les écuyers.

— Très bien. Continuons. Les grottes se rejoignent toutes. Plus loin, nous retrouverons les alchimistes et les soldats qui vivent ici. *Je suis sûre que c'est le prince Jehal qui a tout organisé*, se dit-elle. *Il doit savoir pourquoi je suis ici. Il sait ce que j'ai découvert à propos de ses poisons. Je m'arrangerai pour que le monde entier sache ce qu'il mijote, et ensuite, plus personne ne le soutiendra. Ma mère sera nommée Oratrice. Elle le détruira, et Lystra reviendra chez nous.*

Leur progression était lente et fastidieuse. Les lampes dispensaient à peine assez de lumière pour leur permettre d'apercevoir leurs pieds, et malgré l'usure qui avait lissé le sol et les parois, les tunnels grimpaient par endroits en pente raide. À un moment, la grotte se transforma même en cheminée verticale. De vieux barreaux de métal avaient été scellés dans la roche, mais avec leurs écailles de dragon, les escalader s'avéra particulièrement ardu. Jostan laissa tomber sa lampe, qui termina en miettes. Ils atteignirent enfin un passage si étroit qu'ils durent abandonner la plus grande partie de leurs armures. Jaslyn se demanda de quoi elle avait l'air, avec ses gantelets, son heaume et ses bottes, et pour le reste, de la peau de daim et le visage barré de rouge vif à l'endroit où le feu du dragon avait traversé sa visière.

Ils eurent l'impression d'errer une bonne demi-journée dans cette caverne, mais finalement, quand ils s'arrêtèrent pour tendre l'oreille, ils entendirent couler de l'eau quelque part devant eux. Jaslyn comprit qu'ils étaient presque arrivés. Quelques courbes plus loin, ils virent de la lumière, puis le bruit de l'eau monta en puissance, et l'instant d'après, la jeune fille faillit basculer dans un gouffre. La main de Semian sur son épaule la retint juste à temps.

Elle savait que les alchimistes avaient construit leurs tunnels le long de la rivière souterraine. Elle se mit à quatre pattes, tâtonna par-dessus le rebord du gouffre et finit par découvrir ce qu'elle cherchait : une échelle, fixée dans la pierre. L'eau coulait à plus de cent pieds en contrebas, et la crevasse dans la roche était si étroite que quand elle s'engagea sur l'échelle, ses doigts touchèrent presque l'autre bord.

Au fond, une passerelle en bois surplombait la rivière déchaînée. Des petites niches avaient été taillées dans les parois, et après dix minutes de marche, les lampes refirent leur apparition, inondant le gouffre de leur lumière blanche et spectrale. L'écuyer Jostan s'empara de la première qu'il croisa.

— Quelqu'un a dû venir les allumer, dit-il. Nous devons être tout près du but. Puis il fronça le nez.

— Vous ne sentez pas quelque chose ?

Jaslyn et Semian s'arrêtèrent et reniflèrent à leur tour.

— Si, ça sent la fumée, dirent-ils en même temps.

Que fallait-il en déduire ? S'il y avait de la fumée, il y avait du feu. Elle pensa d'abord aux dragons, mais après une marche aussi longue, ils ne pouvaient pas se trouver aussi près des entrées de grottes...

Elle pensa ensuite à un feu de cuisine. Elle avait faim.

À un endroit où la crevasse se rétrécissait, un peu plus loin devant eux, ils découvrirent enfin les alchimistes. Les lampes disparurent, la passerelle en bois se termina brutalement, et une voix tombant des ténèbres les interpella.

— Qui êtes-vous ?

— L'écuyer Semian, l'écuyer Jostan et la princesse Jaslyn, au service de la reine Shezira ! cria Semian en soulevant des échos.

— Levez vos lampes, que je voie vos visages.

Jaslyn s'exécuta. Sa langue se crispa car elle mourait d'envie de fustiger tous ces idiots qui se mettaient en travers de son chemin, mais elle parvint à se contenir. Elle était fatiguée, affamée, couverte de contusions et d'égratignures. Elle avait trébuché à maintes reprises, elle était tombée encore plus souvent, et la brûlure sur son visage était douloureuse.

L'odeur de fumée se renforçait.

Au bout d'un moment, des lumières apparurent au-dessus d'eux, et elle aperçut un groupe de soldats en armure sur une plate-forme de bois. Ils leur lancèrent une échelle de corde. En arrivant en haut, Jaslyn, impressionnée, constata qu'elle avait affaire à des gardes adamantins.

— Ma dame, la salua leur capitaine en s'inclinant dans les règles. Je vais envoyer un homme devant vous pour qu'il n'y ait pas risque de confusion.

Pour que tout le monde sache qu'elle arrivait, plus exactement.

— Combien êtes-vous dans ces grottes ? lui demanda-t-elle.

Le capitaine s'inclina à nouveau.

— Avant l'attaque, nous étions presque une centaine, ma dame. Maintenant, je n'en suis plus si sûr.

— *Une centaine ?* Alors pourquoi êtes-vous ici et pas dehors, à vous occuper de ces dragons ? Ils ne sont que deux !

— Nous les avons combattus, mais le dragonnier du dragon blanc s'est montré trop rusé, et le dragon noir…

Il prit une profonde inspiration.

— Le dragon de guerre ne portait aucun dragonnier, ma dame. Nous avons formé des murs de boucliers pour dévier leurs feux, mais ils se sont posés. Le noir a fracassé nos remparts. Il a massacré nos hommes à coups de dents, de griffes et de cette queue meurtrière. Nous en avons perdu entre un tiers et la moitié.

— Il y a trois dragons à moi, là dehors.

Le capitaine secoua la tête. Il resta muet, mais elle lut dans ses yeux que ces dragons étaient perdus pour elle.

— Qu'y a-t-il, capitaine ?

Le soldat poussa un soupir.

— Ma dame, vos dragons ont rejoint les autres, maintenant. Et ils cherchent à nous faire sortir en nous enfumant.

Parfois, Jehal avait l'impression qu'il était sur le point d'exploser, tant son intelligence lui semblait écrasante. Hyram, Shezira, il s'était joué des deux, et ils n'avaient même pas encore compris comment.

Il s'habilla avec soin. Deux couches de vêtements. Dehors, il aurait l'air de l'un des gardes du Palais, avec son lourd manteau matelassé et son casque aux couleurs de l'Orateur. Mais quand il les ôterait, il passerait pour un valet dans la pénombre. La nuit, les valets couraient dans tous les sens. Il le savait parce qu'il lui arrivait fréquemment d'envoyer Kazah leur tenir compagnie.

La lune n'allait pas tarder à se coucher. Il ignorait quelle heure il était, mais il était sûr d'avoir patienté plus de la moitié de la nuit. S'il attendait plus longtemps, il n'aurait pas le temps de faire ce qu'il projetait puis de revenir avant l'aube.

Il noua une dernière fois la soie blanche sur ses yeux et contempla Zafir qui dormait à travers les minuscules yeux rubis de son dragon taiytakei. Elle était seule. Parfait.

Oh et puis non. Il la contempla encore quelques instants, puis se déshabilla lentement. C'était trop risqué. Il attendrait après-demain. Il attendrait le départ des autres rois et reines. Il ne retira pas la soie, même quand il se retrouva nu. Au contraire, il demanda au petit dragon métallique d'aller se poser à côté de la tête de la jeune femme, puis de lui becqueter délicatement le visage. Elle remua et lui sourit.

— Vous savez quelle heure il est, mon ami ?

Le dragon hocha la tête. Zafir prit sous l'oreiller son propre bandeau de soie, et Jehal jeta un coup d'œil par-dessus son épaule. Deux yeux rubis luisaient dans le noir.

— Vous êtes nu, chuchota-t-elle.

— Si seulement vous l'étiez aussi…

— Si seulement je pouvais vous toucher…

Jehal poussa un soupir.

— Bientôt, mon amour. Dès que nous aurons écarté Hyram.

Le sourire disparut du visage de la jeune reine.

— L'effet des potions s'amenuise déjà.

Il fonça les sourcils.

— Ce n'est pas normal. Il était censé en avoir assez pour rester en bonne condition pendant un mois encore.

— C'est vrai. Comme vous lui en avez donné trop, je lui en ai volé un peu et j'ai dilué le reste avec de l'eau.

— *Quoi ?*

Zafir leva les yeux au ciel.

— Je veux en finir une bonne fois pour toutes, Jehal.

Le prince se mit à faire les cent pas.

— Pourquoi avez-vous fait cela ? Il ne devait pas retomber malade avant que tout soit terminé !

— Vous me demandez pourquoi ? s'exclama Zafir, indignée. Avez-vous la moindre idée de ce que je ressens ? Je me sens sale ! Parfois, quand il en a terminé avec moi et retourne à son lit, je me force à vomir pour faire passer la nausée !

— Mais aujourd'hui, vous êtes l'Oratrice. Sauf si vous foutez tout en l'air dans les deux jours qui viennent. N'est-ce pas ce que vous vouliez, devenir Oratrice ?

— Non, Jehal ! C'est ce que vous, vous vouliez ! Moi, je ne voulais que vous, rappelez-vous ! Hyram me dégoûte, et je dois me tortiller et gémir et l'appeler le roi de mon lit quand je n'ai qu'une envie, lui briser le cou. Et il se doute de quelque chose, maintenant. J'ignore comment ou depuis quand, mais il se doute de quelque chose.

Elle se renfrogna.

— Quelque chose qu'il ignorait encore ce matin. Il m'a posé des questions.

— Quel genre de questions ?

— Des questions sur vous ! Quelqu'un lui a mis dans la tête que nous pourrions être amants, Jehal. Bien sûr, il n'y croit pas, mais malgré tout, il va garder les yeux ouverts. Il a mis des hommes devant ma porte. C'était déjà un raseur avant, mais maintenant il est insupportable. Débarrassez-moi de lui, mon prince ! J'en ai assez ! Vous avez obtenu ce que vous vouliez, alors maintenant, donnez-moi ce que *je* veux.

Jehal lança un regard paillard aux petits yeux rubis qui l'observaient depuis l'angle de son lit.

— Rien ne me ferait plus plaisir, mon amour. Rien, je vous assure. Rien que d'y penser... Il baissa un instant les yeux.

— D'ailleurs, vous pouvez le constater par vous-même.

— N'aimeriez-vous pas être ici ? Tout près de moi, contre ma peau ?

— Encore plus près de vous, mon amour.

— Vous glisser avec moi entre des draps de soie ?

— Oh, vous savez combien je le veux.

— Alors venez ! Maintenant !

Elle repoussa lentement ses couvertures. Quand elle se fut entièrement dévoilée, elle se rallongea et se caressa langoureusement du cou aux poils qui ornaient son entrejambe.

— Dois-je vraiment vous montrer comment faire ? lui souffla-t-elle.

Le dragon de Jehal se mit à voleter d'une façon désordonnée pour obtenir une meilleure vue et elle éclata de rire.

— Nous devons attendre, mon amour. Un peu de patience. Ne prenons pas de risque.

— Non !

Soudain, Zafir s'assit, attrapa le dragon mécanique de Jehal et lui lança un baiser. Et tout devint noir et assourdi.

— Que faites-vous ?

— Si je ne peux pas vous avoir, vous ne pourrez pas m'avoir non plus. Ça suffit. Je suis en train de ligoter votre petit jouet, puis je le mettrai sous mon oreiller. Puis je vais ôter cette soie de mes yeux et me rendormir. Si vous voulez revoir ce que vous avez vu cette nuit, débarrassez-vous d'Hyram et de votre stupide petite épouse. Et faites-le vite, mon bel amant, ou je m'en chargerai moi-même.

Jehal attendit un moment, mais il n'entendait plus que la respiration de Zafir. Il retira la soie et prit une grande inspiration. Son cœur battait la chamade, il avait la tête qui tournait, mais était-ce le désir ou la fureur ?

« Débarrassez-vous d'Hyram. » *Elle n'est vraiment pas patiente.*

Comment faire ? *Si elle s'en charge elle-même, elle va tout bousiller et j'aurais manigancé tout ça pour rien.*

Comment faire ?

Il retourna dans son lit et chercha le sommeil, mais ses pensées se déchaînaient. Elles s'épanouissaient et mouraient plus vite qu'il ne pouvait les compter. Comment faire ?

C'est alors que lui vint la réponse, et il comprit que c'était possible, et quelques instants plus tard, il dormait.

59. PATIENCE

Non loin de Nadira qui faisait les cent pas, Kemir taillait tranquillement un bâton pour en faire un trait de flèche. Même de l'endroit où il se trouvait, il ressentait la détermination farouche des dragons. Ils se concentraient parfois tant sur leur tâche qu'ils en devenaient effrayants, mais le mercenaire avait fini par comprendre que les humains étaient exactement comme eux. Plus petits, certes, mais tout aussi déments.

Quand les alchimistes s'étaient rués dans les grottes, les dragons furieux avaient d'abord tout démoli, fracassant les quelques bâtiments encore debout, puis explorant en vol la paroi de la falaise en espérant découvrir d'autres accès vers l'intérieur. Au bout d'un moment, ils s'étaient calmés. Ils avaient construit d'énormes bûchers à l'entrée de chaque caverne et y avaient mis le feu. Depuis, ils envoyaient méthodiquement la fumée dans les tunnels. L'aspect effrayant de la chose, c'est que tous les cinq s'activaient depuis deux jours sans jamais s'arrêter pour reprendre leur souffle. Deux des nouveaux dragons se déplaçaient de feu en feu pour souffler la fumée dans les grottes, et les trois autres faisaient des allés et retours entre les bois et la falaise avec les arbres qu'ils déracinaient pour alimenter le feu. Neige s'envolait de temps à autre et parfois, Kemir et Nadira l'accompagnaient. Ils survolaient le ravin et les bois environnants. Dès que Neige trouvait une traînée de fumée s'élevant d'une fissure dans le sol, elle l'obturait, puis elle tournait en rond pendant des heures, pour en dégoter d'autres. Kemir avait très vite compris ce qu'elle faisait parce qu'il lui arrivait de faire pareil, sauf que ses victimes à lui étaient des rats et des lapins.

Cendre passa pesamment près de lui en traînant avec sa queue un arbre de quinze mètres. Le dragon le regarda goulûment. *Kemir. J'ai faim. Lequel d'entre vous est le plus charnu ?*

— Moi, lui répondit Kemir sans prendre la peine de lever les yeux.

Il ne reste plus rien au village, et nous devons manger, Kemir.

— Alors allez chasser.

Quand les dragons ne s'occupaient pas des feux, ils mangeaient. Pendant les deux premiers jours, ils avaient englouti tous les animaux de l'aire et tous les cadavres des hommes qu'ils avaient tués, mais aujourd'hui, ils étaient retournés au village à l'entrée du ravin. Le trouver désert sembla les surprendre. Les villageois n'avaient pas pu aller très loin, mais ils avaient eu le bon sens de courir se cacher, en emportant avec eux la plupart de leurs animaux.

— Hé, Cendre ! cria Kemir. Tu sais, j'ai faim, moi aussi ! Quel goût ça a, la viande de dragon ?

Cendre se retourna pour considérer le mercenaire. Il était impossible de déchiffrer l'expression d'un dragon, mais Kemir eut l'impression que celui-ci riait.

Soudain, Cendre se figea, puis laissa tomber l'arbre et se dressa sur ses postérieurs en observant attentivement l'entrée des grottes.

Kemir se leva lui aussi, mais il ne voyait rien à travers les décombres et la fumée.

— Que se passe-t-il ?

Cendre se mit à courir. *La fumée ! Ça a marché ! Ils sortent !*

60. L'ASSASSIN

Deux dragons fonçaient côte à côte au-dessus des Lacs Miroirs en se heurtant et en se donnant des coups de dents pour prendre l'avantage. Trois autres les suivaient en ligne. Jehal plissa les yeux en les voyant se ruer vers lui ; il voulait savoir qui était qui. De temps à autre, il jetait un coup d'œil en biais. Hyram observait lui aussi les dragons, de même que la reine Zafir. En fait, presque tout le monde regardait le spectacle. La course couvrait une grande distance jusqu'à la ligne d'arrivée.

Il y avait bien quelqu'un pourtant qui ne regardait pas les dragons, une personne perdue dans un groupe de jeunes coursiers, derrière, au milieu des gardes. Cette personne ne sautait pas sur place en poussant des acclamations, car cette personne s'intéressait davantage à Zafir, et à lui. Jehal sourit intérieurement. Pour qui ce garçon espionnait-il ? Hyram ou Shezira ? Les deux, peut-être, mais en fin de compte, cela n'avait pas beaucoup d'importance.

Les dragons se rapprochaient. Ils s'étaient élancés une heure auparavant du sommet de la Cascade de Diamant. Dix immenses structures en bois, chacune d'elles mesurant une centaine de pieds en hauteur et en largeur, se dressaient à intervalles réguliers dans les plaines de la Montagne Affamée et tout autour des Lacs. Dix structures, une pour chacun des rois et des reines des royaumes, et la dixième pour l'Oratrice et ses invités. Jehal était supposé se trouver dans la plaine, auprès du roi Tyan, mais il s'était discrètement éclipsé pour revenir ici. Il avait tout fait pour ne pas être reconnu, mais le messager l'avait suivi.

Autour de lui, tout le monde criait. Il scruta les Lacs en espérant voir surgir d'autres dragons, mais ne vit rien. L'épreuve consistait à traverser en vol les dix structures. Quand on les voyait du sol, elles semblaient énormes, mais à dos de dragon lancé à pleine vitesse, elles devenaient soudain toutes petites. Il y avait des accidents, parfois. De temps à autre, un dragon y restait, mais le plus souvent, c'étaient les dragonniers. En perdre quatre d'un coup, cependant… Jehal ressentait une pointe de regret. Il avait déjà participé à des courses de ce genre et savait exactement comment les dragonniers s'y prenaient pour bien se placer dans l'épreuve. La bataille au-dessus des plaines avait dû être particulièrement rude et, pendant quelques instants, il regretta de n'avoir pas pu y assister.

Il se secoua. Les deux dragons qui s'affrontaient pour prendre la tête de la course, toujours côte à côte, fonçaient toujours vers la dernière structure de bois. Ils atteindraient la ligne d'arrivée dans moins d'une minute. Il était temps de quitter les lieux. Jehal s'esquiva pendant la fin de l'épreuve, et presque personne ne remarqua son départ.

Presque personne. Alors qu'il s'éloignait en hâte dans les bois, Jehal entendit le rugissement de la foule atteindre son paroxysme, puis le fracas d'un dragon s'écrasant dans la structure. Le prince ressentit une poussée d'irritation. On parlait de cette course depuis des années, et il l'avait manquée !

Il regarda lentement autour de lui. Deux silhouettes se dressèrent dans les sous-bois, et Jehal leur fit hâtivement signe de rester cachées. Encore une minute, chuchota-t-il en passant à côté de ses hommes. Il est déguisé en messager.

Il s'arrêta quelques instants et porta la soie blanche à ses yeux. Déjà en route, Zafir marchait d'un bon pas en faisant de son mieux pour se donner des airs de conspiratrice, deux de ses écuyers sur les talons. Il ôta le bandeau et s'accroupit au milieu des fougères et des ronces.

— Vous l'avez ? murmura-t-il. L'un des hommes lui tendit un grand sac. Au moment où il s'apprêtait à leur répéter combien leur proie était dangereuse, il entendit Zafir arriver sur le sentier forestier. Elle passa à deux ou trois pieds à peine de l'endroit où il se cachait. Il retint son souffle et attendit.

Et attendit encore.

Il était sur le point de remettre le bandeau de soie quand le messager fit enfin son apparition. Il suivait la jeune reine à pas de loup. Jehal se tendit, prêt à bondir.

Ce garçon devait avoir un sixième sens. À l'instant où Jehal et ses hommes s'élançaient, il pivotait déjà sur lui-même et faisait un bond sur le côté, un couteau à la main. Il se fendit en avant et l'un des hommes de Jehal tituba en grognant. Jehal enfonça le sac sur la tête du garçon.

— C'est une femme !

— Ça, je le sais. Plaquez-la au sol ! siffla-t-il.

Elle était extrêmement rapide, mais ne pouvait tenir tête à trois hommes forts ligués contre elle.

— Attrapez-lui les mains ! Et ôtez-lui ce maudit couteau !

Pendant quelques secondes, les quatre hommes luttèrent dans un silence sinistre, puis Jehal roua de coups de poing l'endroit où devait se trouver le visage de la femme jusqu'à ce qu'elle cesse de se débattre. Tous ensemble, ils lui entourèrent la taille d'un autre sac pour lui immobiliser les bras.

— Merde.

L'homme blessé s'examina et regarda ses mains. Sa chemise était trempée de sang. Il demeura debout une seconde de plus, puis s'écroula dans les fougères.

— Restez ici, grommela Jehal. Occupez-vous de lui.

— Il est mort, messire.

— C'est bien malheureux. Un écuyer de Furibouche ! Nous ne pouvons pas laisser son corps ici ! Occupez-vous de lui et venez me retrouver.

Il fouilla très prudemment la femme à la recherche d'autres couteaux, s'assura que ses bras étaient correctement attachés et lui noua pour finir une corde autour du cou. Ensuite, il l'entraîna dans le bois. Chaque fois qu'elle semblait retrouver ses esprits, il tirait sur la corde pour la faire tomber. *Tu n'as pas besoin d'être jolie, ma petite. De toute façon, tu ne l'as jamais été. Tu dois juste être en vie et capable de courir, c'est tout.*

Il était venu dans ce bois la veille pour estimer la distance qu'il aurait à parcourir. Non loin de la ligne d'arrivée de la course se trouvait une forge abandonnée depuis longtemps. Une forge avec une cave. Sur le moment, l'endroit lui avait semblé parfait. Et beaucoup plus proche du lieu qu'il avait choisi pour l'embuscade.

Après ce qui lui parut une heure ou davantage passée à remorquer la femme derrière lui, il atteignit enfin la forge. Il traîna la femme à l'intérieur et la jeta en bas des marches, puis referma la porte sur eux. Il ôta le sac de la tête de sa prisonnière, lui jeta un seau d'eau à la figure et lui sourit, avec une petite courbette ironique.

— Dame Nastria, maréchale de la reine Shezira ! Quel plaisir de profiter enfin de votre compagnie ! Dommage que ce soit en de telles circonstances.

Elle le dévisagea. Elle avait les lèvres fendues, et son visage ensanglanté était couvert de contusions. L'un de ses yeux était déjà si enflé qu'elle pouvait à peine l'ouvrir. Elle cracha une dent et ouvrit la bouche.

— Vous pouvez hurler si vous le souhaitez, mais personne ne vous entendra. C'est ce que finissent par faire toutes les femmes à la fin, n'est-ce pas ? Appeler à l'aide ?

Nastria referma la bouche.

— Espèce de traître, bredouilla-t-elle.

— Comment ? Moi, un traître ? Parce que j'ai donné ma parole à votre reine et que je ne l'ai pas tenue ? Exactement comme Hyram ?

Il éclata de rire.

— Moi ? Un traître ? Vous ne me connaissez pas, maréchale. Pas du tout, on dirait. Non, ne voyez aucune traîtrise ici. Mon seul souci, c'est de réparer une injustice très ancienne.

Il secoua la tête et poussa un soupir.

— Je vous ai observée, voyez-vous. Vous voulez savoir comment ?

Sans attendre la réponse, il sortit la soie blanche et la plaqua sur les yeux de la femme.

— Regardez. Concentrez-vous bien. C'est un petit cadeau ensorcelé que quelqu'un m'a offert. Et ne faites pas semblant d'être choquée. La reine Shezira est-elle au courant, pour votre mage du sang ?

Il retira la soie.

— Vous comprenez, j'imagine, que je ne vous aurais pas montré ceci si je n'avais pas l'intention de vous tuer.

Elle le dévisageait toujours, intraitable et obstinée.

— Que voulez-vous, Jehal ?

— Tenez. (Il lui tendit une coupe.) Allez-y, c'est de l'eau. Vous allez être dans un triste état quand je vous ramènerai, vous savez. C'est l'un de mes écuyers que vous avez tué là-bas.

Nastria regarda la coupe et détourna le visage.

— Ma dame, vous et moi, nous savons tous les deux que les poisons efficaces sont coûteux et bien plus difficiles à acquérir qu'on ne le pense généralement. Quand je vous tuerai, ce sera avec du bon vieil acier.

Il ramassa une épée posée dans un coin de la cave et la sortit de son fourreau.

— C'était celle de mon père, quand il pouvait encore en tenir une.

— Eh bien allez-y, Jehal. Utilisez-la. Votre sort est déjà scellé, de toute façon.

— Je préférerais détruire le Palais lui-même que d'assassiner une artiste telle que vous. Mais si je ne puis vous convaincre de me suivre… Une dame maréchale… Je me suis souvent demandé ce que vous deviez ressentir, entourée d'écuyers tous tellement plus forts que vous. J'imagine que vous pouvez à peine tenir debout quand vous avez votre armure de guerre sur le dos. Mais vous êtes rapide, je vous l'accorde. Et vous pouvez faire quelque chose dont les écuyers sont pour la plupart incapables. Vous pouvez vous déguiser en serviteur et vous faufiler dans le Palais sans que personne vous accorde un regard. Parfois vous êtes dame Nastria, la maréchale, et parfois vous êtes un valet, un aide-cuisinier, une bonne. Je vous admire, et je suis sincère. Vous et moi, nous sommes pareils.

Il lui sourit.

— Si l'on veut être sûr que les choses soient bien faites, il n'y a rien de mieux que de s'en charger soi-même.

— Depuis combien de temps ?

— Combien de temps quoi ?

— Vous et Zafir ?

Jehal éclata de rire.

— Depuis longtemps, maréchale ! Assez longtemps pour les œillades furtives qui sont le propre des amants, même lorsque nous essayons de nous abstenir. J'apprécie que ce soit vous qui ayez vu clair dans notre jeu. Je suppose que vous en avez déjà informé Hyram.

Nastria haussa les épaules.

— Je vais me sentir très bête, si ce n'est pas vous.

Il lui tendit de nouveau la coupe.

— Je vous en prie.

Elle cracha et le regarda avec dédain.

— En fait, vous l'avez dit à Hyram. Je sais que c'est vous. *Votre épouse et la Vipère, seigneur Hyram… Observez-les bien*. Il ne l'a pas très bien pris, forcément. Tout semble se désagréger autour de lui, n'est-ce pas ? Il est de nouveau malade, les potions ne font plus effet. Zafir est jeune, et il est vieux. Et puis il y a eu le vote. J'aurais aimé, vraiment, pouvoir lire dans son esprit, juste cette fois-là. Juste pour connaître ses pensées à cet instant précis.

— Je sais des choses, prince Jehal. À propos des Taiytakei. Des choses que vous ignorez. Ce ne sont pas les amis que vous croyez avoir.

— C'est minable, maréchale ! répliqua-t-il en riant.

Il lui tendit encore une fois la coupe.

— Vous allez boire, oui ou non ?

— Non.

Il hocha la tête.

— Je dois dire que j'aurais été déçu si vous aviez accepté cette coupe. J'imagine que rien de ce que j'ai à vous offrir ne vous ferait trahir votre reine et plier le genou devant moi. Et pourtant, je donnerais beaucoup pour avoir à mes côtés quelqu'un ayant vos compétences. Bien entendu, il me faudrait m'assurer d'abord de votre sincérité.

Nastria se contenta de le fixer. Il connaissait ce regard. Un regard de haine pure.

Il poussa un soupir. Il allait devoir employer la méthode dure, mais dans le fond, cela le soulageait. Si elle avait craqué, il aurait ressenti un certain mécontentement, se dit-il en la forçant à ouvrir la bouche pour y verser le contenu de la coupe.

Elle se débattit et cracha, mais ne put s'empêcher d'avaler un petit peu de liquide, et lentement, ses mouvements ralentirent. Sa tête s'affaissa sur sa poitrine. Jehal attendit qu'elle se mette à ronfler, puis il versa le reste de la coupe sur le sol et éloigna l'épée de son père.

— Comme je vous l'ai dit, ce n'est pas du poison, maréchale. Mais vous allez regretter que cela n'en soit pas.

61. LES BRAISES

Des larmes striaient le visage de Jaslyn. Elle avait beau s'essuyer les yeux, cela n'arrangeait rien, parce que la fumée était toujours là. Semian lui avait montré comment respirer à travers un tissu humide, comme les autres, et pourtant elle était constamment secouée par des quintes de toux. Même dans le vaste espace de la caverne principale, l'atmosphère devenait lentement suffocante. Désagréablement chaude, également, malgré l'eau glaciale de la rivière qui circulait dans les cavernes. Et tôt ou tard, les dragons allaient découvrir comment la vicier, elle aussi.

— Retournez sur vos pas, ma dame, lui répéta d'une voix rauque l'écuyer Jostan. Inutile de rester avec nous. Retournez dans les niveaux supérieurs, avec les alchimistes. C'est le travail des soldats, ici.

Elle savait qu'il avait raison. Le plus gros de son armure était resté dans les tunnels, en plus. Et pourtant elle devait y aller, se dit-elle en observant les silhouettes qui se déplaçaient dans la fumée.

— Vous voulez mourir lentement dans cette puanteur, écuyer Jostan ? Moi, si je dois mourir, je préfère en finir vite et avec de l'air pur dans les poumons.

— D'une façon ou d'une autre, les Braises vont vaincre les dragons, ma dame, lui dit calmement Semian.

C'était ainsi qu'ils se désignaient eux-mêmes, ces soldats de la Garde Adamantine. Jaslyn n'avait jamais entendu parler d'eux jusqu'alors, mais elle avait reconnu leurs armes, qui n'étaient ni des épées, ni des haches ni des poignards, mais d'énormes boucliers aussi grands que des hommes et des arbalètes géantes qui tiraient des carreaux longs comme sa jambe et demandaient trois soldats pour les manœuvrer.

— Combien y a-t-il vraiment de soldats, écuyer Semian ?

— Je l'ignore.

— Donnez-moi une estimation. Soixante ? Soixante-dix ?

Ils trébuchaient dans la caverne, la fumée s'épaississait et l'air devenait brûlant. Jaslyn n'avait aucune idée de la direction empruntée. Elle se contentait de suivre les soldats de tête. S'ils se perdaient, ils ne retrouveraient sans doute jamais la sortie. Ce n'était pas une pensée réjouissante.

— Oui, environ.

— Contre cinq dragons. Douze soldats par dragon. Vous croyez vraiment que douze hommes peuvent vaincre un dragon, écuyer Semian ? Même à cent contre deux dragons, ils ne parviendraient pas à grand-chose.

Depuis leur première rencontre avec ces soldats, alors qu'ils cherchaient leur chemin dans les grottes, Jaslyn n'avait pas été autorisée à les revoir. Ils appartenaient à un Ordre spécial, lui avaient expliqué les alchimistes. La crème de la crème, entraînés depuis leur naissance à défendre le fort. Il ne pouvait y avoir de femme parmi eux, même une princesse, lui avait-on expliqué. Elle avait beau chercher un moyen de les approcher, les alchimistes l'empêchaient toujours de parvenir à ses fins. Ils ne la contrariaient jamais ouvertement, bien sûr, mais c'était tout comme.

Ils avaient beau être spéciaux, ils ne pouvaient pas gagner. Le seul espoir de Jaslyn était de parvenir à s'éclipser dans toute cette confusion. ou de pouvoir s'approcher suffisamment de Silence pour que le dragon l'entende et la protège.

— Effectivement, c'est peu probable, ma dame, lui répondit l'écuyer Semian à contrecœur.

— Ils n'ont pas l'intention de combattre les dragons, ils vont tuer leurs dragonniers, lui expliqua Jostan.

Jaslyn secoua la tête. L'écuyer Jostan semblait ne pas avoir compris ce que tous les autres savaient désormais, ce que les alchimistes leur avaient patiemment expliqué pour qu'il n'y ait pas de confusion possible : les dragons agissaient de leur propre chef. Aucun dragonnier corrompu ne donnait d'ordre à Silence, Matanuska et Levantin. Les dragons s'étaient corrompus tout seuls. Malgré tout ce qu'on lui avait répété, Jostan croyait toujours dur comme fer qu'il y avait des hommes aux commandes, et qu'il suffisait de tuer ces hommes pour résoudre tous les problèmes.

— Un seul, c'est bien suffisant, grommela Semian.

Lui, par contre, il comprenait parfaitement la situation. Jaslyn avait vu son visage quand on lui avait remis le message qui lui était destiné. Il y avait bien quelqu'un dehors et, manifestement, Semian connaissait cet homme. Un vulgaire mercenaire, d'après lui. L'une des idées les plus idiotes de la maréchale. Il avait écarté ce problème comme s'il était insignifiant, mais ses yeux brillaient de férocité.

Ils arrivèrent soudain au bord de la rivière. Les soldats la longeaient pour ressortir des grottes, et quand les trois s'engagèrent derrière eux dans son tunnel, la fumée s'épaissit encore et l'air devint brûlant. Jaslyn sentait sur son visage le vent chaud qui soufflait sans discontinuer depuis l'extérieur. Peu de temps après, ils pataugeaient tous jusqu'à la taille dans l'eau glaciale, s'en aspergeant les bras et le visage pour calmer la sensation de brûlure. Ils n'avaient plus besoin de lampes, les grottes et la fumée étant éclairées par une lueur orange vacillante.

— Ils ont allumé un feu à l'entrée de la caverne, n'est-ce pas ? Cette pensée ne l'avait pas effleurée avant. Comment allons-nous sortir ?

— La rivière, ma dame, dit l'écuyer Semian.

— Les soldats vont nager ? Avec leurs armures en écailles de dragon ?

Elle éclata de rire malgré elle, un rire qui se transforma très vite en quinte de toux violente tant la fumée la faisait suffoquer.

— Ils ne portent aucune écaille de dragon.

— Quoi ?

Elle s'assit au bord de la rivière, s'aspergea le visage et but un peu d'eau pour faire cesser la quinte. Quand elle leva les yeux, ils avaient perdu les soldats de vue. De toute façon, il n'avait plus besoin d'aide pour trouver la sortie, maintenant qu'ils avaient le cours d'eau pour les guider.

— Ils ne portent pas leur armure, ma dame.

— Alors ils seront morts avant même d'avoir quitté la rivière ! Tout cela est inutile ! C'est de la folie !

Jaslyn donna un coup de poing dans l'eau. Ils avaient fait tout ce chemin, ils avaient traversé toute cette souffrance, tout ça pour repartir en sens inverse dans cette maudite fumée ! Ils allaient sans doute se perdre dans la caverne principale, et même s'ils ne se perdaient pas, la fumée finirait par avoir raison d'eux. Parce que sans leurs armures, les soldats ne tiendraient pas assez longtemps pour permettre à l'un d'entre eux d'aller chercher des renforts.

— Peut-être pas si inutile que ça.

L'écuyer Semian se mit à ôter son armure.

— Ma dame, nous allons devoir nager, je crois.

— Nager pour aller où, Semian ?

— Pour traverser le feu à l'entrée de la caverne.

— Et ensuite ? Vous pensez peut-être que nous pourrions nous laisser dériver sans que les dragons nous remarquent ?

— Oui, c'est exactement ce que je pense, dit Semian. Il ramassa son bouclier et enfonça deux doigts dans le trou au milieu, puis montra à Jaslyn les deux poignées fixées sur le bouclier.

— Quand le moment sera venu, laissez-vous flotter sur le dos. Tenez bien les poignées et plaquez votre bouche contre le trou. Le bouclier va flotter, et vous pourrez respirer. Ne nagez surtout pas, laissez-vous dériver. Laissez l'eau vous porter.

— Quand le moment sera venu ?

Lorsque Semian eut ôté tous les éléments de son armure, il se laissa glisser dans l'eau.

— Si les Braises échouent, j'essaierai de détourner l'attention des dragons. Si je peux m'approcher assez de Matanuska pour qu'elle entende le son de ma voix, peut-être m'obéira-t-elle encore. Vous saurez alors que j'ai réussi. Ce sera le signal.

— Mais ils vont vous repérer ! s'écria Jaslyn en le fixant du regard.

Dans la fumée, elle ne distinguait que sa silhouette, la tête et les épaules qui dépassaient de l'eau. C'était pour elle qu'il agissait ainsi, comprit-t-elle. Ce n'était pas un plan conçu par les alchimistes, c'était son plan à lui. Il essayait de la sauver. Cette révélation déclencha une sensation étrange dans ses entrailles. Elle faillit se lever pour lui ordonner de rester, mais elle se retint. De toute façon, ils allaient tous y passer.

— Je préfère mourir à mes conditions plutôt qu'à celles de quelqu'un d'autre, conclut-il.

C'était l'argument qu'elle avait utilisé quand elle avait insisté pour accompagner les soldats-dragons et fuir, coûte que coûte. Elle en resta sans voix. Presque nu, armé d'une simple épée suspendue à sa taille, d'un flacon à son cou et au bras d'un bouclier de la taille d'une porte, il se laissa flotter sur le dos et tira le bouclier sur lui.

C'est de la folie. Elle se mordit la lèvre, et le regarda partir vers sa mort, en bon soldat.

62. DÉSINTÉGRATION

Grimper les marches jusqu'au sommet de la tour de l'Air s'avéra nettement plus difficile que la semaine précédente. À mi-hauteur, Hyram s'arrêta pour reprendre son souffle. Il regarda ses mains tremblantes et sentit ses jambes frémir elles aussi. La maladie commençait également à affecter son élocution.

Est-ce plus difficile à cause de la maladie, ou à cause de ce que je sais ?

Non, il se trompait. En fait, il ne savait rien. Il avait juste des soupçons.

Là aussi, il se trompait. Il savait que le prince Jehal lui avait apporté son soutien. Il savait que Jehal avait trahi son pacte avec Shezira et fait nommer Zafir Oratrice. Et il se souvenait de ce que la Vipère lui avait dit dans le hall de l'Orateur : *Quelle raison pourrais-je avoir d'agir ainsi ?*

Il savait aussi ce qu'on lui avait chuchoté à l'oreille : Jehal et Zafir étaient amants... D'abord, il avait tout simplement refusé d'y croire, puis il avait recherché l'origine de cette rumeur. Il ignorait qui l'avait lancée, mais elle semblait provenir de la tour de la Poussière, ce qui signifiait que la reine Shezira en tirait les ficelles. Des ragots putrides censés salir Zafir, ultime tentative pour renverser la décision du conseil des rois et des reines ? Des ragots qui ne la mèneraient à rien, pourtant. Silvallan s'en moquerait éperdument et le roi Narghon serait probablement ravi de les entendre.

Il est trop tard, Shezira. Même si je le voulais, je ne pourrais plus revenir en arrière.

Il reprit son ascension et finit par atteindre le sommet. D'habitude, la tour grouillait de serviteurs bruyants qui couraient en tous sens entre les étages, mais aujourd'hui, elle était calme et déserte. Fait inhabituel, les portes des deux étages les plus élevés étaient gardées, mais les factionnaires se dépêchèrent de lui céder le passage. *Il faut que je la surveille. Je dois savoir où elle va, ce qu'elle fait, qui elle voit.*

— Mon seigneur…

Il s'arrêta. Il était si perdu dans ses pensées qu'il n'avait pas vu Zafir. Elle était assise dans la petite antichambre qui séparait ses appartements privés de la cage d'escalier.

— Qu… que faites-vous ici ?

Les yeux baissés, l'air faussement modeste, Zafir se leva pour lui montrer la tâche à laquelle elle s'était attelée.

— Je fais de la broderie, mon seigneur.

— De la broderie ? (Hyram secoua la tête :) Et je… pas la peine de m'appeler votre… votre seigneur.

Elle l'appelait ainsi depuis la fin des noces. Il avait aimé cela au début, mais à présent, il avait l'impression que ce terme la cantonnait dans la position de domestique. Presque comme si elle l'employait à dessein pour élever un mur entre eux.

— N'est-ce pas ce que vous attendez de moi ? Ne suis-je pas censée rester assise tranquillement dans ma jolie tour bien aérée à ne rien faire avec conviction, pendant que vous gouvernez les royaumes ?

— L'un de ces r… royaumes est à vous, Zafir. Vous n'avez pas à y renoncer.

— Les rois et les reines des autres royaumes s'attendent à ce que j'y renonce. C'est ce que l'Orateur est supposé faire, n'est-ce pas ?

— Vous… vous pourriez être dif… différente…

Il s'interrompit.

C'était absurde. Il n'avait pas escaladé la tour pour entendre des inepties pareilles.

— V… vous m'avez fait parvenir un mot, ma reine. Est-ce à pr… propos des potions ?

— Absolument !

Zafir lui sourit et lui fit signe de la suivre dans ses appartements. Après l'antichambre, une autre volée de marches menait tout en haut de la tour, dans la salle où s'habillait la reine. Au bout de cette pièce, on accédait à une unique salle d'audience occupant la plus grande partie de ce qui restait de l'étage, une salle récemment reconvertie en chambre à coucher. Zafir claqua des doigts. Un serviteur arriva en courant, deux coupes dans les mains. Plutôt gros et gauche pour un serviteur, se dit Hyram, qui ne le reconnut pas.

— Vous avez un n… nouveau valet de chambre.

— Ce n'est pas vraiment mon valet de chambre, mon seigneur. Il est arrivé très récemment et m'a amené un présent pour vous. Elle offrit l'une des coupes à Hyram, puis s'assit et reprit sa broderie.

— Un pr… présent ? Aucun écuyer ne s'est posé dans mon aire cette n… nuit. J'en aurais été informé.

— Votre aire, mon seigneur ? Je ne vous ai pas dit qu'il était arrivé à dos de dragon !

Hyram prit le gobelet que Zafir lui tendait et le renifla. Ses yeux s'écarquillèrent.

— D… donc vous en avez trouvé !

— Oui, mon seigneur ! Buvez-la. J'en ai beaucoup plus pour vous. Je suis parvenue à un accord avec le prince Jehal.

Elle levait de temps en temps les yeux vers lui, mais regardait surtout le travail de ses doigts, les coups de poignard et d'estoc de l'aiguille transperçant le tissu.

— La Vipère.

Entendre prononcer le simple nom de Jehal était pour Hyram comme un couteau planté dans son dos.

— À qu… quel accord êtes-v… êtes-vous parvenue, ma mie ?

— À un accord qui me convient parfaitement, mon seigneur.

— J'ai entendu des r… rum… rumeurs, Zafir.

— Des rumeurs ? Vraiment ?

Elle suspendit son geste et leva les yeux vers lui. C'était l'innocence incarnée, et pendant quelques instants, Hyram se demanda pourquoi il agissait ainsi. Il avait tout, pourtant. Tout ce qu'il voulait. Pourquoi salir tout cela avec des soupçons infondés ?

Mais il était question de la Vipère, donc il devait savoir, même s'il risquait de tout gâcher.

— Oui, ma mie. Des rumeurs. À propos de vous et de J… Jehal.

— Le Jehal qui a assassiné ma mère ?

Les yeux de la jeune reine ne le lâchait plus.

— Je… je n'avais pas oublié, ma mie.

— Buvez votre potion, mon seigneur. Vous retrouverez une partie de vos forces.

Elle lui sourit, se leva et s'approcha de lui.

— J'ai donc un arrangement avec Jehal. Si vous le souhaitez, je vais vous le révéler en détail.

Elle lui toucha brièvement la main, puis vint se placer derrière lui et posa ses mains sur les épaules de son mari.

Il poussa un soupir et but une longue gorgée tandis qu'elle lui pétrissait les muscles du dos

— Vous devez être épuisé.

— Je le s… suis.

Hyram porta la coupe à ses lèvres et la vida d'un trait. Il sentit la potion se diffuser en lui presque immédiatement, chaude et redoutable.

— Donc, voici mon arrangement avec Jehal. Vous n'aurez plus jamais de potion. Plus jamais, vous m'entendez ? (Elle le massait toujours.) Votre maladie reprendra son cours, et vous finirez comme le roi Tyan. Moi, je resterai Oratrice, et Jehal sera mon amant. Quand le moment sera venu, il me succédera. Et vous, mon seigneur, nous vous garderons soigneusement en vie pour vous permettre d'assister à tous ces événements, piégé dans la prison de votre propre corps.

Une sorte de torpeur envahit le cerveau Hyram. Il dut se répéter deux ou trois fois les paroles qu'elle venait de prononcer pour se convaincre qu'il ne se trompait pas et qu'elle pensait tout ce qu'elle disait. Il quitta son fauteuil et s'avança vers elle en titubant. Il se passait quelque chose d'anormal. La pièce tournait autour de lui. Il sentait à peine ses bras et ses jambes. Comme si… Il s'approcha encore et elle s'écarta d'un bond, en feulant et en crachant comme un chat furieux.

— Ne me touchez pas ! Vous ne me toucherez plus jamais !

— L… la m… maladie…

— Vous la sentez empirer, c'est cela ? Effectivement, mon seigneur, cette potion est un petit peu différente. Tout va aller beaucoup plus vite, désormais. Je prie pour que les Aïeux vous rendent aussi invalide que le roi Tyan, et le plus vite possible.

Il portait une dague à sa ceinture, quelque part. Il dut s'y reprendre à trois fois avant de parvenir à empoigner la garde.

— V… v… vous… vous…, bredouilla-t-il. Es… espèce de garce… Infâme p… petite… Il y avait un fauteuil entre eux, mais il tenait une dague, maintenant. Une énorme pression enflait dans sa tête.

— Moi ? Et vous, mon seigneur ? cracha-t-elle en se précipitant derrière une table. Vous avez trahi la reine Shezira, votre amie la plus puissante ! Vous avez brisé le pacte de votre clan ! Et pour quoi faire ? Pour qui me prenez-vous ? Vous me prenez dans mon lit puis vous gémissez le nom de ma mère dans votre sommeil ? Pour vous, je n'ai jamais été qu'une *chose* vous permettant de raviver à loisir vos souvenirs de ma mère ! Ah, et les potions, n'oublions pas les potions !

Hyram contourna la table en trébuchant et plongea vers la reine, mais Zafir s'écarta d'un bond agile.

— J… j… j… j'aimais A… A… Aliphera.

Il ressentait une ivresse abjecte. Il avait l'impression que sa tête allait exploser. Le visage de Zafir flottait devant lui, parfois net, parfois flou. Il voulait le rejoindre, l'agripper, le déchiqueter, écrabouiller cette femme, la réduire en une bouillie sanglante, mais ses bras et ses jambes lui semblaient de plomb. Par moments, ce n'était plus Zafir qu'il voyait, mais Jehal, Jehal qui le narguait.

Il fit encore quelques pas et frappa l'air de sa dague, mais Zafir était trop rapide pour lui.

— Aliphera ne vous a jamais aimé, mon seigneur ! Elle vous méprisait ! Vous la rendiez malade !

Ils se jetèrent l'un sur l'autre au même instant. Zafir lui cracha au visage, et il sentit sa dague accrocher ses vêtements. Il l'entendit lâcher un petit glapissement. Il se rapprocha d'elle en chancelant, mais elle se déroba d'une torsion. Elle poussa un juron, il entendit tomber quelque chose... La pression dans la tête d'Hyram était écrasante. Le monde perdait lentement toute couleur. Il se retourna. Zafir gigotait par terre. Elle tenta de se relever, en s'agrippant le flanc.

— Vous m'avez coupée ! siffla-t-elle.

— Je ferai... plus... qu... que te couper, es... espèce de... p... putain.

Il se transformait en pierre, mais à l'intérieur flamboyait un feu absolu. Sa vision sembla rétrécir quand il enjamba la jeune femme, et bientôt, il ne distingua plus que son visage, car tout le reste s'était dissous. Il se fissurait, il s'effritait, réduit en particules élémentaires. Il leva la dague pour la plonger dans la chair de Zafir, mais quelque chose s'écrasa sur lui et tout devint noir. Il ne pouvait plus bouger, il ne voyait plus rien, mais pour une raison ou une autre il entendait toujours, il entendait des voix. Il entendait Zafir qui appelait la garde. Et il entendait la Vipère.

63. LE TRÉSOR DE LA RIVIÈRE

Kemir observait la scène de loin. Les hommes qui émergeaient de la rivière se cramponnaient à leurs énormes boucliers et se débattaient pour traîner leurs arbalètes géantes ridicules derrière eux. Ils ne portaient pas d'armure. En fait, en plissant les yeux, il se rendit compte que ces hommes ne portaient rien du tout. Ils étaient couverts de peintures, de motifs tourbillonnants qui avaient magiquement résisté à l'eau…

Il se leva, sourcils froncés, puis banda nonchalamment son arc. Ces types étaient fous. Pendant un court instant, il se demanda si les motifs peints sur eux relevaient d'une sorte de magie du sang destinée à détourner le feu des dragons. Mais ces réflexions ne durèrent qu'une seconde ou deux, jusqu'à ce que Neige terrasse une douzaine d'entre eux d'une unique rafale de flammes.

Ensuite, Cendre se joignit au carnage et Neige recula pour lui laisser le champ libre, tandis que les trois autres dragons, ceux qu'ils avaient trouvés dans l'aire, interrompaient leurs tâches pour contempler le spectacle. Alors que Cendre était en train d'achever les soldats, l'un d'eux accourut précipitamment et souleva d'un coup de dents l'un des soldats morts, qu'il avala d'une bouchée. Cendre se tourna vers lui en poussant un rugissement, et pendant un instant, tous deux oublièrent les quelques soldats survivants. Les dragons adoptèrent leur posture de combat, puis le petit nouveau baissa la tête et recula.

En l'espace d'une minute, tous les soldats rendirent l'âme. Ils ne parvinrent pas à actionner une seule de leurs arbalètes. Peut-être n'essayèrent-ils même pas. C'était presque comme si, sachant qu'ils étaient condamnés, ils préféraient une mort au combat rapide et violente à une mort lente par asphyxie. Kemir poussa un soupir, s'étira et partit d'un pas tranquille vers la scène de carnage à la recherche d'objets de valeur. Dans la mesure où tous ces soldats étaient nus, il y avait peu de chance qu'il mette la main sur quelque chose d'intéressant, mais un anneau ou un talisman sur une chaîne ferait l'affaire. Vraiment, ça ne rimait à rien de piller les morts. Même s'il découvrait quelque chose, alors quoi ? Et pourtant, il n'arrivait pas à quitter la rivière des yeux, avec ses cadavres et ses boucliers qui s'éloignaient en flottant.

Soudain, l'un d'entre eux bougea. Au début, Kemir crut qu'il avait mal vu, mais il prit le temps d'observer soigneusement ce bouclier, et vit les deux pieds qui en dépassaient. Des pieds qui remuaient dans l'eau.

Il sourit intérieurement. Lentement, il tira une flèche de son carquois, banda son arc et visa le centre du bouclier. Même d'aussi près, la flèche s'enfonça profondément, mais cela ne fut pas suffisant. L'eau clapota et jaillit autour du bouclier, et soudain, un homme jaillit des flots et se débattit pour se relever sur la berge. Kemir s'empara d'une autre flèche, puis il suspendit son geste, stupéfait.

— Toi ! Espèce de meurtrier !

L'écuyer Semian lui rendit son regard. Il était presque nu à l'exception d'une longue chemise épaisse qui lui arrivait aux genoux et d'un ceinturon soutenant son épée. Il tenait toujours son bouclier, et il portait un flacon suspendu à son cou par un bout de corde. Kemir tenait une flèche dans une main et son arc dans l'autre. Semian n'était qu'à quelques pieds de lui, mais de l'autre côté de la rivière. Trop loin pour lui sauter dessus. Le mercenaire lui lança un grand sourire.

— Tu es mort.

Sans le quitter du regard, il encocha lentement sa flèche.

— Tu ne peux pas m'atteindre, et tu n'es pas assez loin pour que je risque de te louper. C'est quoi le problème, avec toi ? Tu es trop lâche pour mourir comme les autres ? Ou alors c'est à cela qu'ils servaient ? Étaient-ils tous censés mourir, tous ces *petits* soldats, pour que toi, un écuyer, tu puisses survivre ?

Il banda son arc.

Semian fit mine de s'abriter derrière son bouclier. Kemir ne voyait plus que sa tête.

— Pour qui travailles-tu, mercenaire ? Qui t'as acheté ?

— Personne, lui répondit Kemir en éclatant de rire. Personne, pour la première fois depuis bien trop longtemps. Je règle juste quelques vieux comptes.

Il aurait pu continuer, expliquer à l'écuyer pourquoi il aidait Neige, comment les écuyers-dragons avaient détruit sa famille, ses amis et toutes ses connaissances. Il y avait des règles de politesse à respecter lorsque l'on tuait un homme, et en particulier, il fallait s'assurer que la victime comprenne pourquoi il fallait qu'elle meure.

Mais d'un autre côté, Semian méritait-il qu'on fasse preuve de la moindre politesse à son égard ? Kemir se contenta donc de décocher sa flèche.

L'écuyer baissa la tête, et le bouclier frissonna quand la flèche frappa l'endroit exact où cette tête aurait dû se trouver. Pendant quelques instants, rien ne se produisit. Le bouclier ne vacilla pas, ne tomba pas.

Au moment où Kemir s'emparait d'une deuxième flèche, Semian fit un bond énorme en déplaçant latéralement son bouclier absurde pour le jeter sur le mercenaire. Kemir baissa la tête et se jeta de côté, mais le bouclier était si grand qu'il l'atteignit quand même. Il accrocha le haut de son arc, le lui arrachant presque des mains, puis se rabattit juste au-dessus de lui. Kemir faillit se retrouver par terre.

Le temps qu'il rétablisse son équilibre, Semian sortait déjà à quatre pattes de la rivière.

— Il va falloir être plus rapide que cela, mercenaire.

Kemir hésita. *Les couteaux ou une flèche ?* Les flèches étaient plus sûres, mais Semian s'était déjà trop rapproché.

Il voulut essayer malgré tout. *Tu n'as plus de bouclier, cette fois-ci !* L'épée au poing, l'écuyer franchit d'un bond la courte distance qui les séparait encore et se fendit vers avant. À l'instant où Kemir aller décocher sa flèche, son adversaire sectionna son arc d'un coup d'épée. La flèche s'égara, l'écuyer fonça sur le mercenaire, et tous deux s'effondrèrent et roulèrent vers la rivière. Tenant d'une main le poignet de Semian pour immobiliser son épée, Kemir remonta de l'autre vers la gorge de l'écuyer. Semian lâcha son épée et frappa Kemir au visage, si fort que sa vision se brouilla et qu'il dut libérer son adversaire. Ils continuèrent à rouler vers l'eau, puis Kemir bondit sur ses pieds et tira ses couteaux. Semian s'était lui aussi relevé. Indemne. Son épée reposait entre eux.

— La dernière fois, tu étais entouré d'alliés et de dragons, mais cette fois-ci, c'est moi ! Hé, Neige !

Kemir inclina sa tête en arrière et poussa un rugissement, puis montra ses dents à Semian.

— Désigne-moi quel dragon est le tien, que je le nourrisse de ton cadavre quand je t'aurai tué.

— Et où sont-ils, tes alliés ? Je ne vois que toi ! lui lança Semian, qui recula de quelques pas en ôtant le flacon qu'il avait à son cou.

— Cette fois-ci, les dragons sont de *mon* côté !

Sans quitter Kemir des yeux, Semian fit sauter d'une chiquenaude le bouchon du flacon. Celui-ci se rua vers lui, mais l'écuyer l'évita en reculant précipitamment. Le mercenaire s'ébroua.

— Ah ah ! Ne me dis pas que c'est une potion spécialement concoctée pour toi par tes amis les alchimistes ? Tu aurais dû la boire avant de sortir !

Semian s'éloignait de plus en plus de son épée. *La chance tourne…*

— C'est du poison, mercenaire.

Il versa lentement son contenu dans l'eau.

— Est-il lent et douloureux ?

— Je crois, oui.

— J'aurai le temps de te dépecer et te regarder saigner, alors ?

— Je crois que tu ne m'as pas compris.

Semian jeta un coup d'œil en direction des grottes. Le bruit des combats s'éteignait.

— Ce poison n'est pas destiné aux humains.

Il afficha un grand sourire tout en se ramassant dans une posture de combat.

— Je suis désarmé. Vas-tu oui ou non tenter ta chance avec ces couteaux, mercenaire ? Ou bien as-tu autre chose en réserve ?

64. LES CROCHETS DE LA VIPÈRE

L'air glacé balaya le visage d'Hyram, et il ouvrit les yeux. Jehal se tenait penché au-dessus de lui. Ils étaient dehors, quelque part. Il faisait nuit, et Hyram était toujours vivant. Quand il voulut bouger le bras pour attraper la Vipère par la gorge, il put à peine le mouvoir. Il avait des picotements dans les membres. Ils n'étaient pas encore complètement réveillés.

— Tu frissonnes, vieil homme. Tu as froid ? Tu es malade ? C'est l'un ou l'autre, à ton avis ?

Jehal parlait à voix basse, calmement, comme si quelqu'un dormait dans la pièce d'à côté.

— J… je n'ai r… rien à te d… dire, V… Vipère.

Jehal souriait.

— Tant mieux ! Quel soulagement ! Si tu avais tenu à me faire un long discours sur l'horrible personne que je suis, je risquais de me jeter du balcon ! Tout mais pas ça !

— T… t… t… tu ne…

La bouche d'Hyram ne fonctionnait pas correctement. Son visage s'engourdissait.

— Je ne quoi ? Je ne vais pas m'en sortir à si bon compte ? C'est ça que tu veux me dire ? Tu dois perdre l'esprit, vieil homme. C'est déjà fait. Sais-tu où nous sommes ? Nous sommes dans ton Palais, vieille momie. Entourés par tes propres gardes.

Jehal fronça les sourcils et secoua la tête.

— « Vous avez vu notre seigneur ? Il est tellement ivre qu'il n'arrive même plus à tenir debout ! » Voilà, c'est aussi simple que cela.

Il éclata de rire.

— De plus, nous sommes amis, tu te rappelles ? Depuis que je t'ai apporté mon soutien au moment de l'investiture de l'Oratrice. Certains des soldats que je viens de croiser étaient peut-être sous la Cathédrale de Verre avec toi pour te montrer comment me torturer…

Jehal se pencha et ramassa quelque chose dans l'ombre, à côté de lui.

— Cela fait longtemps que tu veux savoir, hein ? Le moment est venu, cher ami.

Il leva une petite bouteille ronde en verre fumé épais, puis ramassa un sac. Il inclina la bouteille au-dessus du sac, et un liquide argenté brillant en goutta.

— Alors oui, effectivement, je t'ai empoisonné. En réalité, tu as déjà en toi deux poisons très efficaces. Un peu de Garde de Nuit dans ton verre pour commencer, puis une petite piqûre de Dos de Grenouille.

Jehal montra une aiguille à Hyram.

— Je te l'ai administrée il y a à peine deux minutes, quand tu t'es mis à remuer. Cela devrait faire effet, à présent. Si tu arrêtes de respirer, c'est que j'aurai mal évalué la dose, et je vais me sentir très bête. Si tu continues à respirer, eh bien ma foi, tu devrais t'en remettre dans quelques heures. J'adore le Dos de Grenouille, mais ça... (Jehal caressa la bouteille de liquide argenté.) Ça, c'est spécial. Ce sont les émanations, vois-tu. Même à doses infinitésimales, elles détruisent lentement l'esprit. Très, très lentement. Bien entendu, à doses plus fortes, elles agissent plus rapidement.

La Vipère se mit à califourchon sur Hyram et lui enfonça le sac sur la tête. Le vieil homme tenta de se débattre, mais il était si faible qu'il aurait mieux fait de s'éviter cette peine. Il essaya de retenir sa respiration, ce qui était tout aussi vain.

— Ça ne sent rien, reprit la Vipère.

Hyram comprit qu'il déversait le reste de la bouteille sur sa tête.

— Un petit pot de cette substance dans ta chambre à coucher pendant un an, c'est tout ce qu'il m'a fallu. Ça, et quelqu'un pour le remuer de temps à autre. Au bout d'un moment, une sorte de mousse se forme à la surface qui empêche la formation des émanations. Autrement, c'est parfait, tu ne trouves pas ? Il y a environ un an, tu as commencé à avoir des problèmes avec tes valets de chambre. Tu l'as noté ?

Rien qu'au son de sa voix, Hyram comprit que Jehal souriait.

— Ils n'arrêtaient pas de disparaître, pas vrai ? Je suppose que tu n'en as tiré aucune conclusion. Des valets qui changeaient au bout de quelques mois. Je parie que tu n'as rien remarqué. J'ai pas raison ? Honte à toi, vieille momie ! Nous devrions toujours faire attention à nos valets. Ils sont presque invisibles, et pourtant connaissent tous nos secrets. Ils savent qui nous amenons dans notre lit, avec qui nous parlons au milieu de la nuit. Ils dorment dans les mêmes pièces que nous, ils connaissent chaque coin et recoin de notre sommeil. Ils respirent le même air.

La Vipère gloussa.

— Donc, il fallait en changer avant que les émanations ne les affectent. Ne t'inquiète pas, on s'est bien occupé d'eux. Oh, mais tu t'en moques, n'est-ce pas, puisque tu ne t'es aperçu de rien. Mais peut-être es-tu trop préoccupé par la gravité de ta situation présente. Je peux comprendre, crois-moi.

La voix de la Vipère s'éloigna, comme si Jehal se relevait.

— Inutile de bouger ou de crier, vieil homme. Aujourd'hui, tu as appris que la morsure de la Vipère est empoisonnée. C'est une bonne leçon.

Il se remit à rire.

— Néanmoins, tu as tout de même une petite victoire à ton actif. Je suppose que c'est toi qui as volé le dragon blanc de la reine Shezira, parce que ni moi, ni Zafir ne sommes responsables, et je doute sincèrement que le roi Valgar ose agir ainsi. Mais toi, enfin… Qu'est-ce qui t'a pris ? L'idée que je puisse posséder une telle splendeur te révulsait ? Shezira n'aura jamais sa réponse. Quel dommage.

Il tapota l'épaule d'Hyram.

— Bonne nuit, vieil homme, et au revoir. Je dois te quitter. Tes propres gardes adamantins vont me raccompagner. Dans quelques instants, Zafir viendra te retirer ta capuche, puis elle appellera tes loyaux soldats, tu sais, ceux que tu as placés devant sa porte pour la surveiller ? Ils te déposeront dans ton lit pour que tu cuves ton vin, parce que tu es ivre, à en juger d'après l'odeur que tu dégages. Dors en paix. Demain matin, quand tu me reverras, tu ne sauras même pas qui je suis.

Hyram entendit s'éloigner les pas de la Vipère. Il s'efforça de ne pas tourner sa tête dans le sac, d'éloigner autant que possible son visage de ces vapeurs sans odeur. Quand il voulut le retirer, ses bras s'agitèrent indépendamment de sa volonté, refusant de faire ce qu'il leur demandait. Il n'arrivait plus à remuer les doigts. Il voulut crier, mais sa bouche n'émit que des râles. Sur le balcon, personne ne l'entendrait.

Du Dos de Grenouille. Il m'a paralysé !

Il donna des coups de pied dans le vide. Cela, au moins, il arrivait encore à le faire. Malgré son absence totale de coordination, il pouvait encore bouger, et au bout de quelques minutes, il était parvenu à se traîner sur une distance risible. Il finit par abandonner, complètement épuisé, de plus en plus engourdi. De toute façon, plus il se débattait, plus il inspirait les émanations.

Shezira. Le temps et l'espace devinrent flous. Il ne savait plus où il se trouvait. À un moment, il crut sentir des bras robustes le soulever. Ils avaient dû lui retirer sa capuche, également, parce qu'il voyait de nouveau les étoiles. Et des visages.

Shezira. Désormais, elle était la seule en qui il avait confiance. La seule qui pourrait tout résoudre. Malgré ce qu'ils s'étaient fait l'un à l'autre, malgré sa trahison, elle l'aiderait, il le savait. Elle aurait la force dont il avait manqué.

Il voulut encore se débattre, mais ses pensées demeurèrent engluées dans sa tête, et le reste de son corps sombra dans une stupeur paisible.

— Shezira...

65. FUMÉE ET POISON

Kemir tourna le dos à l'écuyer et se mit à courir à toutes jambes en direction des grottes et des dragons.

— Ne faites pas ça ! hurla-t-il. Arrêtez ! Ne mangez pas ces cadavres !

Il arriva trop tard, évidemment. L'écuyer Bâton-dans-le-cul ne lui aurait pas dit la vérité s'il y avait eu la moindre chance que Kemir puisse arrêter le cours des événements. Tous les dragons avaient le museau barbouillé de sang. Quelques cadavres jonchaient encore la berge, mais manifestement, en nombre beaucoup moins grand qu'avant. Il serra les poings, en proie à une frustration rageuse. *J'aurais pu rester là-bas ! Pas d'armure, pas d'épée, j'aurais pu le découper en morceaux !*

Voilà pourquoi l'écuyer Bâton-dans-le-cul lui avait dit la vérité ! *Parce que je le tenais. Parce que pendant quelques instants, là-bas, sans son épée à la main, il s'est retrouvé à ma merci. Parce que cette fois-ci, j'aurais pu le découper en morceaux. Et là, j'arrive trop tard et en plus, je le laisse prendre la fuite. Et merde !* Il poussa un hurlement rageur.

— Les cadavres sont empoisonnés ! cria-t-il à Neige et Cendre lorsqu'ils interrompirent leur repas et posèrent les yeux sur lui. Les trois autres dragons ne comprirent pas. Ils faisaient encore tout ce qu'on leur disait, que ce soit un écuyer sur leur dos ou un autre dragon dans leur tête.

Neige recracha la moitié d'un chevalier. *Comment ? Comment ont-ils été empoisonnés ?*

— Je n'en sais rien…

Il pointa le doigt vers l'aval.

— C'est un écuyer qui me l'a dit, un écuyer qui s'est faufilé entre vous dans la rivière.

Cendre leva la tête et cracha des flammes vers le ciel. *Il a peut-être menti.*

— Oui, peut-être ! Tu n'as plus qu'à attendre pour en être sûr ! répliqua Kemir en haussant les épaules. Ou alors, tu le retrouves et tu lui poses toi-même la question ! La dernière fois que je l'ai vu, il était par là, derrière ces rochers, et il se dirigeait vers les bois. Il ne peut pas être bien loin. *Il a assassiné Sollos.*

Les dragons gardèrent le silence. Cendre tapa du pied, un pied griffu qui fit trembler la terre, puis toute la vallée s'ébranla quand les deux dragons s'éloignèrent lourdement entre les arbres. Les trois autres dragons retournèrent s'occuper des feux à l'entrée des grottes et Kemir jeta un regard nerveux vers les falaises qui les surplombaient. Si elles s'écroulaient, les trois dragons y laisseraient leur peau. Dès qu'il fut convaincu qu'elles allaient rester debout, il partit en courant derrière Neige. *Voilà ce qu'ils auraient dû faire ! Pas le feu, mais la pierre ! Ils auraient dû ensevelir cet endroit ! Les dragons pouvaient-ils faire tomber une falaise ?*

Il retourna là où il avait découvert Semian et ramassa son arc. Il le garda bandé, juste au cas où. Cendre et Neige étaient déjà à l'orée des bois.

Il est là, dans le bois, pas très loin. Je ressens ses pensées. Il a froid, très froid, c'est tout ce que je sais.

Où ?

Loin. L'endroit exact, je n'en suis pas sûr.

Alors brûlons le bois. Brûlons-le complètement.

Brûlons-le complètement.

Le bouclier de Semian avait disparu.

— La rivière ! leur cria Kemir. Il est dans la rivière !

Hélas, dans la forêt, les arbres masquaient le cours d'eau et les dragons ne l'apercevaient sans doute même pas d'en haut. Kemir observa la scène. Il aurait aimé se lancer à la poursuite de son ennemi, lui aussi. *Pour qu'enfin Sollos repose en paix.*

— Vous le voulez vivant, rappelez-vous ! hurla-t-il quand la première langue de feu s'abattit sur les arbres.

Semian aurait de nouveau son épée au poing, et dans les bois, Kemir pouvait très bien ne pas le voir arriver. De plus, ils risquaient de se rentrer dedans par hasard. Voulait-il vraiment chasser un écuyer désespéré pendant que deux dragons faisaient pleuvoir le feu du ciel ? Non, certainement pas !

Il prit une grande inspiration. Si l'écuyer Bâton-dans-le-cul lui avait dit la vérité sur ce poison, si tous les dragons en avaient absorbé, s'ils mouraient tous les cinq, alors quoi ? Être coincé dans une vallée grouillant de soldats et d'alchimistes furieux avec deux dragons sanguinaires à ses côtés n'était pas si désagréable, mais se retrouver coincé ici sans eux, tout seul, ferait de lui une proie toute désignée.

— Merde. Ce sera pour une autre fois, mon ami. Un jour, si les dragons ne te font pas la peau aujourd'hui, je t'attendrai dans l'ombre.

Il s'assit pour contempler Neige et Cendre en action. Comme d'habitude, ils renonceraient trop tôt. C'était le problème avec ces deux dragons. Pas la moindre patience. Leurs congénères étaient-ils tous comme eux ?

Cendre, qui survolait les arbres, fit soudain une embardée. Il vira brutalement, plana presque droit sur Kemir, et se posa lourdement près de la rivière. Il ne s'était même pas arrêté qu'il se roulait déjà dans l'eau.

Chaud ! Trop chaud !

Kemir pinça ses lèvres.

Quel est le problème ?

Je deviens trop chaud. Je brûle à l'intérieur ! Cendre plongea sa tête dans l'eau glaciale, en but une longue gorgée puis s'aspergea le dos. Une seconde plus tard, il fumait doucement, et Kemir recula de quelques pas.

— C'est le poison, crétin de dragon stupide et gourmand ! Les dragons meurent comme ça ! Ils se consument de l'intérieur !

Il se tordit les mains de frustration et chercha Nadira du regard. Que Cendre disparaisse le premier ne l'étonnait pas vraiment, car ce dragon avait sans doute mangé plus de cadavres que tous les autres réunis. Mais Kemir n'aurait pas cru que cela se produirait aussi vite. Combien de temps avait-il fallu au poison pour commencer à faire effet ? Dix minutes ? Dans les grottes, les alchimistes connaissaient ce compte à rebours sur le bout des doigts. Ils savaient exactement quand le moment serait venu de se précipiter dehors pour achever tous les parias assez niais pour traîner encore dans les parages…

Il sauta sur un rocher et balaya la vallée du regard.

— Nadira ! cria-t-il.

Pas de Nadira en vue.

— Neige !

Cendre ! Attends, je vais te refroidir. Neige se posa et s'accroupit près de Cendre, qu'elle se mit à l'asperger d'eau. Plus loin, près des entrées de grottes, les trois autres dragons ne semblaient pas inquiets le moins du monde. Pour l'instant.

— Neige ! As-tu mangé des cadavres ?

Oui.

— Combien ?

Je n'ai pas compté les bouchées, Kemir. Est-ce vraiment important ? Leur poison est en moi.

— Mais tu n'en as pas mangé autant que Cendre.

J'en ai mangé beaucoup, beaucoup moins.

— Alors tu t'en tireras peut-être !

Kemir chercha de nouveau Nadira du regard et l'aperçut assise non loin, adossée à un arbre, en train de se brosser les cheveux. Pendant quelques instants, il se demanda où elle avait trouvé cette brosse.

— Nadira !

Cendre ! Tu dois rester éveillé !

Kemir ressentit la frustration de Neige, et aussi sa profonde tristesse, mais bizarrement, peu de colère. *Kemir, je commence à sentir ses effets, moi aussi. Je dois détruire les alchimistes aussi vite que possible, tant que j'en ai encore la force.*

— Non ! Tu dois partir tant que tu le peux encore.

Il fit signe à Nadira de venir le rejoindre. Près des grottes, l'un des dragons était parti s'allonger dans l'eau.

Je ne peux pas abandonner Cendre. Il est en train de sombrer dans la torpeur. C'est notre façon à nous d'arrêter la chaleur, quand elle devient trop forte en nous. S'ils le retrouvent tout seul ainsi, ils vont lui redonner leur potion et il sera perdu.

— Si tu restes, ils vous auront tous les deux. Ou alors, le poison va te tuer. Tu ne sais pas quels sont ses effets. Tu ne sais absolument rien ! Nous devons partir !

Je comprends ta peur, petit être. Je ne partirai pas. Trop de choses restent encore à accomplir.

— Très bien ! Alors crève ou sois de nouveau asservie, mais ce sera sans moi ! En ce qui me concerne, aucun de ces deux choix ne me satisfait.

Kemir se leva, trotta jusqu'à Nadira et la prit par la main.

— Viens ! Il faut partir. Et vite !

Le poison est en moi, Kemir, et il aura l'effet qu'il aura. Si je dois mourir, je mourrai en combattant mes ennemis. Je suis un dragon. Mourir au combat, telle est ma nature.

— Au combat ? s'exclama Kemir en levant les yeux au ciel. Ils ne vont pas venir te combattre, espèce de créature stupide ! Ils vont attendre que tu sois trop faible pour réagir ! Ils vont se cacher dans leurs grottes et en ressortir quand tu ne pourras plus prendre ton envol ! C'est ça, combattre, pour toi ?

Il criait, rempli d'un amer sentiment de perte qu'il ne comprenait pas.

— Vole au sommet des montagnes ! Trouve-toi un lac près d'un glacier et immerge-toi dedans ! Si avec ça, tu ne parviens pas à te refroidir, rien ne pourra te sauver ! Tu veux combattre ? Combats le poison !

Non, Kemir. Je reste avec Cendre.

Le mercenaire tapa du pied.

— C'est stupide ! Écoute-moi ! Si le poison ne te tue pas, tu pourras refaire une nouvelle tentative ! Tu pourras libérer Cendre, tu pourras les libérer tous ! Alors que si tu meurs, ce sera fini, et tout ce à quoi tu aspirais sera mort en même temps que toi !

Neige le fixa du regard, et pendant une seconde, il crut qu'elle allait le dévorer. Le dragon lui transmit les torrents de colère et de désir qui emportaient ses pensées, les flots d'indécision tortueuse. Puis, lentement, Neige hocha la tête.

Il n'est pas dans notre nature de fuir, petit être Kemir, et je ne comprends pas pourquoi tu veux trahir ta propre espèce. Mais oui, tu as raison. Partons. Elle baissa la tête et les épaules jusqu'à leur faire toucher le sol. Kemir grimpa à quatre pattes sur son dos et hissa Nadira derrière lui.

66. LA NUIT DES COUTEAUX

Almiri marchait sur la pointe des pieds. Tremblante, elle était toujours en sueur d'avoir grimpé l'escalier quatre à quatre, à cause de ce qui venait de se passer. Elle tenait une bougie dont la flamme vacillait furieusement, projetant des ombres sur les murs. Ses mains tremblaient. Elle s'approcha du lit de sa mère, et eut l'impression de redevenir une petite fille, une enfant quémandant un réconfort qu'on lui accordait rarement.

Shezira s'agita et se tourna dans son lit. Almiri connaissait ces rêves. Elle avait rêvé elle aussi, et dans ses rêves, elle était chez elle, loin dans le nord. Quelqu'un frappait à la fenêtre, le bruit devenait plus fort, puis les pièces se mettaient à trembler et à se balancer. Des gravures tombaient des murs, des bougies se renversaient, des plafonds se fissuraient, des poutres se brisaient. *Des châteaux s'écroulaient et la terre s'ouvrait.*

Elle s'agenouilla au bord du lit, et donna un léger coup de coude à sa mère.

— Votre Altesse…

Shezira eut un violent mouvement de recul.

… écarter ce rêve. Quelqu'un dans sa chambre à coucher. Au milieu de la nuit. De viles actions…

Almiri l'appela de nouveau.

— Mère !

Et cette fois-ci, Shezira l'entendit. Elle s'assit, sous le choc.

— Almiri ?

— Oui. Mère, il faut vous réveiller.

… des cris à l'extérieur. Des épées se heurtant. Des hommes hurlaient. Se cachaient…

Shezira se frotta les yeux et jeta un coup d'œil à sa fille, en s'abritant les yeux de la lumière de la bougie.

— Almiri, répéta-t-elle, que fais-tu ici ?

— Mère, quelqu'un a tenté d'assassiner l'Orateur.

— Hyram est mort ?

— Non, mère ! Almiri s'efforçait de parler calmement mais elle ne put cacher la tension qui l'habitait : la reine Zafir. Quelqu'un a essayé de tuer la reine Zafir.

… couchée par terre dans le noir, tentant de retenir sa respiration. Des pieds en armure devant ses yeux. Des mots haineux et des épées tirées de leurs fourreaux, ensanglantées…

— Je suppose qu'ils n'y sont pas parvenus ?

— Non, mère. Elle a été blessée, mais pas tuée.

Shezira gloussa :

— Quel dommage !

— Mère ! Ce n'est pas une plaisanterie.

Almiri parlait d'une voix stridente. Elle aurait voulu hurler.

— Qui est le coupable ?

— On dit que c'est un écuyer déguisé en messager. On dit que c'est votre maréchale, mère.

Almiri vit le froid envahir sa mère, lui figer le visage. *Depuis combien de temps n'avez-vous pas eu peur, mère ?*

… son propre mari, un roi, tiré de son lit et jeté sur le sol avec une épée sur la nuque…

— Nastria… ?

— Oui, mère.

— Non ! (Shezira rejeta ses couvertures et se leva :) Non. Nastria n'aurait jamais agi ainsi. Pas sans un ordre de moi.

— Oui, mère. C'est aussi ce qui se dit.

— Ah, les serviteurs ! (Shezira la dévisagea :) Je n'ai rien ordonné de tel. Tu as l'air effrayé, ma fille. Pour quelle raison ?

— Parce que…

… quelqu'un lève l'épée…

Parce que j'ai peur. Parce que je suis terrifiée. Pétrifiée. Paralysée. Mais elle ne pourrait jamais lui avouer cela. Pas à sa mère. Shezira ne comprendrait pas. Elle n'essaierait même pas.

— Parce que la Garde Adamantine s'est emparée de notre tour, mère. Les écuyers de Valgar sont morts ou faits prisonniers. Ils ont tiré de force mon époux de son lit.

… mais il ne renonce jamais. Les pas s'éloignent et l'entraînent avec eux et elle se retrouve toute seule dans le noir, toujours muette, en retenant sa respiration…

— Quand il s'est débattu, ils lui ont cogné dessus. Comme si c'était un criminel ordinaire. J'étais cachée sous le lit. Je les ai entendus parler. Ils ne m'ont pas vue dans l'obscurité.

Des serviteurs entraient à présent dans la chambre, mollement, en se frottant les yeux pour chasser le sommeil. Shezira les regarda de travers.

— Habillez-moi, leur lança-t-elle sèchement. Réveillez mes écuyers. Ma fille, je ne comprends pas très bien ce que tu me dis. Pourquoi la garde d'Hyram ferait-elle une chose pareille ?

Almiri s'assit au bord du lit et se prit la tête à deux mains. Elle avait beau essayer de toutes ses forces, elle ne pouvait garder plus longtemps toutes ces choses en elle.

— C'est la garde de Zafir désormais, mère. Ta maréchale a tenté de la tuer. Ils l'ont vue. Elle s'est enfuie, et ils l'ont vue se diriger vers notre tour. Mais elle n'y est pas, mère. Et comme ils ne l'ont pas trouvée, ils viennent ici.

— Je suis tout à fait certaine que tu dis vrai, en particulier s'ils t'ont vue toi venir ici.

— Qu'étais-je censée faire, mère ? Il faisait noir. Je ne dormais pas. J'ai vu ce qu'ils faisaient avant qu'eux m'aperçoivent et j'ai couru. Ils ont emmené Valgar. Ils ont tué nos écuyers !

Shezira leva les bras pendant qu'on lui enfilait ses vêtements.

— Oui, c'est ce que tu m'as dit.

— Où est Nastria, mère ?

— Elle a disparu.

Quelle est cette sensation, mère ? Un soupçon de peur ? Oui, c'est cela, n'est-ce pas ? Après toutes ces années…

— Elle a disparu, répéta Shezira. Elle fronça les sourcils.

— Aurait-elle.... ?

— Non, ma fille, pas elle. Elle n'agirait jamais de façon aussi stupide et insensée…

Quelqu'un entra en courant dans la pièce et s'aplatit aux pieds de Shezira.

— Votre Altesse…

— Quoi !

— Les gardes de l'Oratrice cognent à la porte, votre Altesse. Ils exigent…

Shezira le renvoya d'un geste.

— Dites-leur que je m'habille et que quand je serai prête, ils pourront entrer. Dites-leur que je n'ai pas ce qu'ils recherchent, mais que je serai heureuse de leur permettre de le constater par eux-mêmes. Dites-leur que mes écuyers ne seront pas les premiers à tirer l'épée du fourreau. Et rappelez-leur que j'en ai un peu plus que le roi Valgar n'en avait.

Un autre serviteur s'approcha.

— L'armure, votre Altesse ?

— Sommes-nous en guerre ? Ne soyez pas bête.

Elle chassa aussi celui-ci d'un geste.

— Mère…

— Assez, Almiri. Les gardes reçoivent peut-être leurs ordres de la reine Zafir aujourd'hui, mais pendant les dix dernières années ils ont rendu des comptes à Hyram, et les vieilles habitudes ont la vie dure. Est-ce qu'ils croient que j'ai l'intention de leur déclarer la guerre ? Ce serait absurde. Je vais parler à Hyram en personne, et s'il a l'intention d'emprisonner ceux qui ne sont pas d'accord avec ses bêtises alors il n'a qu'à le faire lui-même. Non, ma fille, c'est autre chose qui se prépare. Hyram va relâcher le roi Valgar, et Zafir va devoir dédommager les familles de ces écuyers morts. J'y veillerai.

Enfin, elle fut habillée. Elle chassa tous ses serviteurs et sortit d'un pas martial, puis descendit dans le corps de la tour de la Poussière. Elle dévala les marches qui conduisaient au grand hall, Almiri sur ses talons. Une douzaine d'écuyers s'y trouvaient déjà, certains en armure, d'autres toujours en vêtements de nuit, mais tous armés. La plupart d'entre eux s'appuyaient contre la porte d'entrée barrée d'une lourde traverse et les écuyers criaient des insultes aux soldats qui se tenaient de l'autre côté. La cacophonie était telle qu'Almiri ne comprenait pas un seul mot. Quand la reine atteignit le bas de l'escalier, elle s'empara d'une lance et en frappa la porte.

— Ouvrez, cria-t-elle. Laissez-les entrer !

— Mère, ne sors pas.

Almiri fut sur le point de retenir Shezira par la manche, mais cela ne lui aurait attiré que du mépris.

Les écuyers se taisaient. Shezira les regardait tous d'un air irrité.

— Qu'est-ce que vous attendez ?

Elle désigna ses deux écuyers les plus proches parmi ceux qui avaient réussi à sauter dans leurs armures.

— Vous, venez avec moi. Les autres…

— Mère ! hurla presque Almiri.

Crier sur une reine était une erreur, mais elle n'arrivait plus à se retenir.

Shezira se retourna vivement vers elle.

— La reine Almiri est notre invitée, dit-elle d'un ton très clair. Veillez à ce que les gardes de l'Oratrice le comprennent bien. Et nous ne sommes pas le roi Valgar, nous sommes la reine du Nord, avec douze vingtaines de dragons à notre entière disposition. Veillez à ce qu'ils le comprennent également.

Elle s'emmitoufla dans son manteau et se dirigea d'un pas énergique vers la porte.

— Pourquoi cette porte est-elle toujours fermée ? Dois-je l'ouvrir moi-même ?

Elle aurait soulevé la barre de ses propres mains, si certains de ses écuyers ne l'avaient pas ôtée en hâte. Les battants s'ouvrirent à la volée. Dehors, des douzaines de gardes adamantins attendaient, dans leur armure complète, avec de l'acier nu dans les mains. Ils se figèrent puis se séparèrent quand Shezira marcha vers eux, et après tous ces cris, un silence surnaturel s'installa. Almiri la regarda partir, dans la nuit ténébreuse. Des larmes lui piquaient les yeux.

Vous avez tort, mère. Cette fois-ci, vous avez tort.

Elle garda pourtant ses pensées pour elle-même, et tandis que Shezira s'évanouissait dans l'obscurité, elle aussi s'éclipsa discrètement.

67. JOSTAN

Pendant un moment qui sembla durer une éternité, la fumée devint insupportable. Jaslyn resta assise près de la rivière, un tissu humide noué sur la bouche, en essayant de ne pas tousser à s'en cracher les poumons. Y arriver était presque impossible, et chaque fois qu'elle cédait, elle aspirait inévitablement des bouffées de fumée chaude qui ne faisaient qu'empirer les choses. Jostan était assis à côté d'elle. La première fois qu'elle se mit à tousser, il passa ses bras autour de la taille de la jeune fille et expulsa d'une pression l'air de ses poumons puis il plaqua sa bouche sur la sienne.. Elle voulut se débattre, le repousser, en se disant qu'il avait dû perdre l'esprit, mais il ne cherchait pas à l'embrasser. Il souffla l'air frais et humide de ses poumons dans ceux de la princesse, puis recula. Quand elle eut retrouvé sa maîtrise de soi, il s'agenouilla à ses pieds.

— Pardonnez-moi, murmura-t-il.

— Je devrais vous faire la peau, lui dit-elle d'une voix rauque.

Mais la quinte de toux s'était calmée, et de toute façon, la seule personne qui aurait pu défendre son honneur était Semian, et il était parti lui aussi.

La deuxième fois qu'elle se mit à tousser, il refit la même chose, et elle se rendit compte qu'elle appréciait l'intimité de ces gestes. Au lieu de chercher à le repousser, elle se retrouva à vouloir l'attirer contre elle ; pour avoir enfin quelqu'un à qui s'accrocher, même si ce n'était que pour les dernières heures de son existence. Elle reprit quand même ses distances, fermement mais gentiment, cette fois-ci. Ensuite, elle se débrouilla pour éviter une nouvelle quinte. À la fin, au bord de la rivière, les yeux fermés, elle s'aspergeait le visage avec indolence dès qu'ils se mettaient à piquer. L'eau avait un goût délicieux. Elle tenta de faire comme si Jostan n'était pas là, et de ne penser qu'à l'eau.

— Princesse ! Je sens une brise ! s'exclama-t-il enfin. Vous la sentez ?

Elle releva la tête. Il avait raison. Un vent doux, qui chuchotait le long de la rivière depuis les profondeurs des cavernes.

— Qu'est-ce que cela veut dire ? lui demanda-t-elle.

— Cela veut dire que les feux aspirent l'air des grottes. Cela veut dire que les dragons ne les entretiennent plus, ma dame. (Il avait du mal à se contenir.) Les Braises ont gagné !

Jaslyn avait envie de pleurer. Venir ici avait été une erreur stupide. Son erreur stupide.

— Je suis désolée, Jostan. Je sais que j'aurais dû rester avec les alchimistes.

Les Braises étaient morts. Elle n'avait pas assisté à la scène de ses propres yeux, mais les cris, les hurlements et les rugissements des dragons avaient résonné loin dans les tunnels.

— Non ! Princesse, cela signifie que les dragons sont partis. Les Braises ont gagné.

— Les Braises sont morts, Jostan.

Parler était une véritable épreuve. Sa gorge à vif lui brûlait, et chaque mot prononcé était un combat contre la fumée.

— Oui.

Elle se rendit compte qu'il affichait un grand sourire.

— Et les dragons les ont mangés.

Quelque chose lui échappait. Elle se redressa tant bien que mal.

— Pourquoi est-ce un motif de contentement, écuyer Jostan ?

Il fronça les sourcils et la fixa du regard. Deux fois, il ouvrit la bouche pour parler, puis la referma. À la troisième tentative, les mots sortirent enfin :

— Je suis désolé, ma dame, je croyais que vous étiez au courant.

— Au courant de quoi, écuyer ?

— Du fait que les Braises… (Il faisait tout pour éviter son regard.) Ma dame, les Braises ont bu du poison. Ce flacon que l'écuyer Semian portait autour du cou, c'était aussi du poison. Du poison pour les dragons.

— De quoi parlez-vous ?

Du poison pour les dragons ? Ça n'existe pas. Je le saurais.

— Les Braises... Ils sont sortis pour mourir. Ils savaient ce qui les attendait.

— Du poison ?

Il pencha la tête. Puis la nouvelle la terrassa, beaucoup, beaucoup plus tard qu'elle ne l'aurait dû.

— Silence !

Jostan fixait le sol.

— Et Matanuska et Levantin. Je suis désolé, ma dame.

— Désolé ?

Pendant quelques instants, même la fumée n'eut plus d'importance. *Désolé ? À quoi ça sert, d'être désolé ? Mon Silence ! Vous avez empoisonné mon Silence. Mon gracieux, mon élégant, mon beau, mon parfait...*

Mais qui essayait de nous tuer, se rappela-t-elle. Ou qui avait essayé. Non, il valait mieux ne pas y penser. Aurait-elle sacrifié Silence pour sauver sa propre vie ? Non. Pour sauver Jostan ? Semian ? Non. Pour sauver quiconque ? Elle l'ignorait.

— Je dois aller voir !

Elle se relevait déjà.

— Non. Attendez. C'est dangereux.

— Vous avez empoisonné mon Silence ! hurla-t-elle. Je veux le voir.

— Nous devons attendre.

— Attendre quoi ?

— Attendre l'écuyer Semian, ma dame. Il est sorti observer les événements. Quand ils seront tous morts, il reviendra et nous racontera.

Quand ils seront morts ? Elle était raide de fureur. Si elle avait eu des griffes, elle aurait réduit Jostan en bouillie.

— Alors ils sont encore vivants ? (Elle approcha son visage de celui de l'écuyer.) Il doit y avoir un moyen d'éliminer ce poison. Empoisonnez le dragon blanc s'il le faut vraiment, mais pas Silence. Pas mon Silence !

Mais il n'y avait rien à faire. Les alchimistes n'avaient fabriqué aucun antidote. Pourquoi l'auraient-ils fait ? Et même si tel était le cas, il leur aurait fallu des heures pour retourner là où ils se cachaient, et encore des heures pour retrouver l'entrée des grottes.

Elle se retourna et partit en courant vers l'entrée, sans tenir compte de la fumée, mais Jostan la plaqua au sol.

— Princesse…

— Silence ! (Elle hurla et se débattit et le griffa.) Mon Silence ! Ne les mange pas ! Ne fais pas ça !

Mais Jostan était fort, bien trop fort, et il ne la lâchait pas. Elle le lui ordonna, le maudit, le frappa comme elle le pouvait jusqu'à ce qu'une autre quinte de toux la secoue, mais les bras de l'homme restaient verrouillés autour d'elle et toutes ses tentatives furent inutiles.

— Silence, chuchota-t-elle.

Les larmes coulaient sur son visage. Jostan la tenait toujours fermement, mais avec plus de douceur à présent, et ses bras furent soudain bienvenus. Elle posa sa tête contre la poitrine de l'écuyer et sanglota. Ici, dans ces ténèbres étouffantes et meurtrières, elle n'avait plus envie d'être une princesse.

Ils longèrent un peu la rivière vers l'aval, et virent le bûcher énorme dressé à l'entrée de la caverne ; ils patientèrent une heure, peut-être plus, jusqu'à ce qu'elle se dise qu'elle ne pouvait plus attendre, après tout. Cette fois-ci, elle se montra plus prudente. Elle attendit que l'attention de Jostan se fixe sur quelque chose avant de se mettre à courir. Elle se rua le long de la rivière jusqu'à ce que la chaleur du bûcher devienne intolérable, puis plongea dans l'eau. Elle entendit Jostan qui lui criait quelque chose, mais elle ne regarda pas derrière elle. Finalement, il la rattrapa, mais ils étaient déjà dehors, et se bagarraient dans l'eau, tout près des feux.

— Baissez la tête ! cria Jostan.

Ils avaient dépassé les feux, et l'air devint soudain froid et mordant, et délicieusement rafraîchissant. Il était si merveilleusement propre qu'elle voulut l'engloutir aussi vite qu'elle le pouvait. Pendant une seconde, elle oublia presque Silence.

Puis elle le vit. À une centaine de mètres de la rivière, à plat ventre, les yeux clos. Figé.

— Attendez !

Mais elle ne lui obéit pas, et cette fois-ci, Jostan ne chercha pas à l'arrêter. Elle se hissa hors de la rivière glaciale, courut et courut encore aussi vite qu'elle le pouvait, et s'effondra par terre près de la tête du dragon. Silence était parti. Jaslyn sentait déjà la chaleur qui le brûlait de l'intérieur.

Jostan s'approcha d'elle, et il dut voir son expression, car il s'arrêta pile.

— Est-ce qu'il est… ?

L'écuyer secoua la tête, incapable de prononcer un mot.

— Je… Je devrais rechercher les autres, ma dame. Je vous en prie, soyez prudente. Les autres… Ils pourraient ne pas…

Il aurait dû l'obliger à retourner dans la caverne, et ils le savaient tous les deux. Elle aurait dû y rester jusqu'à ce qu'on ait retrouvé tous les autres dragons. Il n'aurait jamais dû la laisser s'échapper, pour commencer, et sa mère allait sans doute lui faire payer sa négligence. Mais pendant quelques instants, Jaslyn l'aima plus que n'importe qui au monde, simplement parce qu'il la laissa seule.

68. LE BALCON

Jehal observait par les yeux de l'un des dragons taiytakei. Il vit s'ouvrir les portes de la tour de Poussière et Shezira qui partait en fulminant vers le fort d'Hyram. Il fit la grimace. *Comme la flèche tirée de l'arc d'un maître archer,* médita-t-il. *Droite et totalement prévisible. Et quand ils comprendront qu'on ne peut pas réveiller Hyram, alors quoi, puissante reine ?* Il ôta l'un des bandeaux de soie et mit l'autre, pour voir à travers les yeux du petit dragon laissé en observation au-dessus du lit d'Hyram. L'ancien Orateur devait être en train de ronfler joliment, à l'heure qu'il était. Tout le monde s'imaginerait qu'il était soûl. Le lit était vide.

Il fallut à Jehal deux secondes et une inspection poussée pour en croire ses yeux, mais Hyram était parti. Malgré tous les poisons, le Dos de Grenouille, le cognac, d'une façon ou d'une autre, Hyram s'était réveillé, s'était levé et était parti. Jehal le découvrit quelques minutes plus tard dehors sur son balcon, penché au-dessus de la balustrade. Le visage inexpressif, les yeux dans le vague, il tremblait. C'était fou l'effort que dut faire Jehal pour ne pas rire. Hyram aurait pu atterrir n'importe où ; dans ces circonstances, c'était tout simplement un miracle qu'il ne soit pas passé par-dessus bord, qu'il ne se soit pas retrouvé réduit en bouillie par terre, tout en bas.

Mais enfin, en voilà une idée !

Il arracha la soie et se mit à fouiller partout pour dénicher ses bottes.

— Kazah ! Aide-moi à m'habiller.

Si Shezira parvenait auprès d'Hyram et qu'Hyram arrivait à former une phrase complète, il subsistait une maigre possibilité qu'elle démêle toute l'affaire. Il aurait dû avoir peur, supposa-t-il. Ou du moins être ennuyé, alarmé, inquiet, quelque chose dans le genre. Mais grisé ? *Pas bon ça.*

Ce qui ne fit que lui donner l'impression d'être plus fort encore. Il lança un grand sourire à Kazah. Quelle que soit la façon dont allait se terminer cette affaire, elle lui manquerait, quand tout serait fini.

Shezira arriva devant le fort d'Hyram, s'attendant à devoir prendre l'endroit par surprise, et tout à faite prête à le faire, toute seule s'il le fallait. Au lieu de quoi, les portes s'ouvrirent à la volée devant elle, ce qui l'incita à s'arrêter quelques instants. Hyram n'avait jamais été un assassin. Peu importait ce dont il était capable, malgré toutes ses trahisons, ce n'était pas un tueur.

Mais quand même. Elle chuchota quelque chose aux deux écuyers qui l'accompagnaient. *Restez tout près de moi.*

À l'intérieur, un vieil homme l'attendait, si flétri et courbé que même le vieux Isentine avait l'air jeune à côté de lui. Il lui fallut un moment pour le reconnaître.

— Maître des mots Herlian ?

Il fit la révérence du mieux qu'il put.

— Votre Altesse.

— Je suis venue voir Hyram.

Elle pouvait exiger de le voir, désormais. Bien entendu, il était toujours possible que les gardes ne considèrent pas les choses à sa façon.

— Il est… Votre Altesse, il n'est pas lui-même.

Shezira renifla.

— Il n'est pas l'Orateur et il n'est pas roi. Légalement, je peux aller droit dans sa chambre à coucher quand l'envie m'en prend, maître des mots. Peu importe qui il est.

Herlian s'inclina de nouveau.

— Votre Altesse, je ne prétends pas vouloir vous en empêcher. Il vous demande. Ou du moins, il a prononcé votre nom. Mais il ne va pas bien. Son esprit s'est égaré. Il parle de vous, d'Antros, d'Aliphera, de dragons, et tout cela ne veut pas dire grand-chose.

— J'espère pour lui qu'il est en état de me dire pourquoi ses soldats cognent à ma porte.

Herlian haussa les épaules.

— Je vous conduis à lui.

Hyram volait. Il chevauchait un dragon, haut dans le ciel, et le vent lui balayait le visage. Il ne se rappelait plus le nom de son dragon. Il appartenait à quelqu'un d'autre, mais à qui ? À son frère, peut-être. Antros. Le géant de sa vie, jetant toujours son ombre sur lui.

Peut-être était-ce le vent qui le faisait sangloter, ou peut-être pleurait-il parce qu'Aliphera lui avait arraché le cœur avant de le réduire en bouillie sous ses yeux, s'exhibant devant lui avec ce fringant prince du Sud, Tyan. Elle avait désiré Antros, mais Antros n'était pas libre. Elle aurait dû le désirer lui, mais non, non, les choses ne s'étaient pas passées ainsi, et aujourd'hui elle le laissait démuni, une coquille vide, dénuée de sentiments.

Non, ça aussi, c'était inexact. Les sentiments avaient disparu depuis très, très longtemps, mais à présent ils étaient revenus, d'un seul coup, des dizaines et des dizaines d'années de souffrance.

— Hyram.

Le dragon lui parlait. Ce devait être lui. Personne d'autre ne pouvait être auprès de lui, ici dans le ciel. Sauf que soudain, il aperçut un autre dragon qui volait à côté du sien, avec ce petit bout de femme effrayée du nord qu'Antros avait décidé d'épouser. Pas encore très séduisante, mais elle avait des dragons, beaucoup de dragons.

— Vous êtes ivre ?

La question le fit rire. Si seulement il était ivre. C'était un moyen de ramasser toute cette souffrance, la rouler en boule et la jeter dans la boîte d'où elle s'était échappée. *Là d'où tu viens. Pas vraiment une affaire de la retrouver ici après tout ce temps.*

— Vous l'êtes, n'est-ce pas ? Vous êtes de nouveau ivre.

— Non ! hurla-t-il à cette idiote de fille sur son dragon. (Si seulement elle le laissait tranquille…) Allez-vous-en !

— Je partirai quand vous m'aurez expliqué pourquoi la Garde Adamantine a arrêté Valgar et tué ses écuyers, et pourquoi elle a cogné à ma porte.

— La garde ? (Il ne savait rien de tout cela, n'est-ce pas ?) Demandez à l'Orateur. Il doit être au courant. C'est sa garde. Mon frère, ajouta-t-il avec un grand sourire, sera Orateur un jour.

Puis il détourna le regard. C'était une chose stupide à dire. Cette gamine allait bientôt épouser Antros. Bien sûr qu'elle connaissait le pacte.

Le dragon sous lui vira soudain de l'aile et plongea vers le bas. Hyram vacilla et agrippa le harnais. Pour une raison ou une autre, il ne s'y était pas sanglé. Il se demandait comment il avait pu oublier ça. C'était le genre de chose que faisait Antros, sauf qu'Antros n'oubliait rien, il faisait intentionnellement des choses stupides, puis se moquait d'Hyram qu'il traitait de lâche. Et on lui pardonnait toujours tout.

La fille l'empoigna. Il n'arrivait pas à se rappeler son nom, mais elle avait dû sauter de son propre dragon pour atterrir sur le dos du sien, et maintenant, elle le tirait en arrière.

Hyram fit un violent écart et tituba vers le bord du balcon. Shezira le rattrapa, lui évita la chute puis le lâcha quand il se débattit pour la repousser.

— Si ce n'est pas vous, alors qui est responsable ?

Mais il était absent, elle le voyait dans ses yeux ; il était ailleurs, loin, très loin.

— Descendez de mon dragon, lui cria-t-il. Descendez ! Vous n'avez qu'à rester sur le vôtre !

Elle recula en le voyant tituber.

— Oui, c'est ça ! Retournez là d'où vous venez ! Reculez !

Les cheveux se dressèrent sur la nuque de la reine. Elle avait déjà souvent vu Hyram ivre. Là, c'était autre chose.

— Hyram ? Si vous n'avez donné aucun ordre à la garde, alors qui ? Zafir ?

— Zafir ?

Il lui lança un regard sans expression, comme s'il n'avait jamais entendu ce nom.

— Le prince Tyan, c'est lui qui m'a fait ça. Et cette petite garce d'Aliphera, avec ses yeux étincelants et son cœur de pierre si froid. C'est elle qui m'a fait ça. Et Antros, qui me cache toujours le soleil, partout où je vais. Vous êtes parfaite pour lui. Emmenez-le et laissez-moi vivre, tous autant que vous êtes.

Il fit une embardée.

— Aliphera est morte, Hyram. Tyan est fou. Antros a disparu il y a quinze ans. De quoi parlez-vous ?

— De la mort.

Pendant quelques instants, ses yeux semblèrent se braquer sur elle.

— La mort, Shezira. La vie est comme une roue, qui tourne à travers le temps, et parfois s'y collent de petites choses. Elles y restent collées et resurgissent là où on s'y attendait le moins. Je suis désolé de vous avoir trahie pour elles. Aliphera et Tyan.

Il tendit la main vers elle, puis il écarquilla les yeux et elle le vit sombrer en lui-même, retomber vers l'endroit qui le retenait prisonnier, quel qu'il fût. Une porte se referma dans ses yeux. Il ne reviendrait pas.

Shezira secoua la tête et pinça les lèvres.

— Vous voulez dire Jehal et Zafir, n'est-ce pas ? Je suis désolée moi aussi, Hyram. Désolée pour vous, mais je n'ai pas de temps à y consacrer. Quelle que soit leur…

Le visage d'Hyram s'était figé de terreur. Il regardait derrière elle.

— Allez-vous-en ! Allez-vous-en !

Quelque chose la dépassa en voletant et se dirigea vers Hyram. Dans le noir, elle ne put voir de quoi il s'agissait. Une sorte d'oiseau, peut-être, mais qui brillait comme de l'or et émettait un son étrange en volant, rappelant davantage le cliquetis du métal que le bruissement des plumes. Il bourdonnait près de la tête d'Hyram.

— Allez-vous-en !

Il battit des bras en titubant vers le bord du balcon. Shezira fit un pas vers lui. Quelque part dans le donjon, l'agitation montait. Elle se rapprochait rapidement.

— Allez-vous-en ! Descendez de mon dragon !

Il allait tomber.

— Hyram ! Elle s'élança vers lui en essayant de le retenir par le bras. Il poussa un cri aigu et se rejeta loin d'elle, droit vers le bord du balcon. Sa tête et ses bras bougeaient toujours alors qu'il s'inclinait dans le vide. Ses jambes décollèrent du sol. Tout sembla se dérouler très lentement, si lentement que Shezira ne comprit pas pourquoi elle ne pouvait rien faire pour empêcher le drame. Il avait disparu dans le vide. Il ne poussa aucun cri, mais elle entendit le bruit sourd, quelques secondes plus tard, quand il toucha le sol.

Des gens entrèrent en courant dans la chambre d'Hyram, derrière elle.

— Assassin ! hurla une femme. (C'était la reine Zafir.) Elle a assassiné mon mari !

Pour la première fois depuis bien des années, Shezira ne sut comment se comporter. Debout au bord du balcon, elle fixait le vide. Derrière elle, elle entendait ses écuyers qui tentaient de la défendre. Mais ils n'étaient que deux, et Zafir était venue avec une escorte fournie. La suite se déroula rapidement.

De l'autre côté du Palais, Jehal défit le bandeau qu'il avait sur les yeux, puis s'allongea sur son lit tandis que Kazah lui retirait ses bottes. Il fixait le plafond, envahi d'une incommensurable satisfaction.

J'ai gagné.

69. LE GLACIER

Elle devenait de plus en plus chaude, Kemir le sentait. Ils n'étaient pas allés très loin : être assis sur le dos de Neige était d'abord devenu inconfortable, puis douloureux, et enfin insupportable. La couleur de ses pensées n'avait pas changé. Il avait fait une erreur, se dit-il. Elle était vraiment mourante, et il ne pouvait pas y faire grand-chose.

Au moins, nous serons loin des alchimistes et de leurs soldats vindicatifs quand ils finiront par sortir de leurs grottes. Nous pourrons mourir lentement de faim et de froid, à la place.

Il décida qu'il pouvait supporter cette perspective. Il valait mieux mourir ici en combattant pour survivre dans ces rudes contrées que pourrir dans un donjon. Nadira ne voyait sans doute pas les choses comme lui, mais elle ne pouvait plus rien y changer. Ils avaient essayé, Neige et lui. Ils avaient essayé et ils avaient échoué, et c'était beaucoup plus satisfaisant que de n'avoir rien tenté. Il pouvait mourir heureux grâce à ça.

Neige prit de l'altitude en se dirigeant vers le cœur de l'Épine du Monde. Les montagnes et les vallées devinrent de plus en plus sauvages et accidentées, les sommets plus hauts, et ils finirent par décrire un arc dans une vallée étroite occupée par un lac azur. Neige se laissa tomber à travers les airs, jusqu'à raser l'eau. Elle vola de plus en plus erratiquement, en se dirigeant vers l'autre bout du lac, où un glacier s'étirait sur le flanc de montagne et où de gros tronçons de glace sale dérivaient paresseusement sur l'eau bleue scintillante. Là, le dragon se posa maladroitement, en manquant s'écraser sur le rivage. Alors que Kemir et Nadira s'extirpaient du lac tant bien que mal, Neige reculait déjà dans les eaux profondes, vers la falaise de glace. Il y avait désormais de la folie dans ses pensées, mêlée à sa fureur. Par contre, elle n'avait pas peur.

Au revoir, petit être Kemir.

Le mercenaire cracha et s'ébroua pour faire tomber les gouttes gelées de ses vêtements. L'air à cette altitude était si froid qu'ils commençaient déjà à grelotter. *Vis, dragon*, siffla-t-il. *Si tu vis, tu pourras libérer autant de dragons que tu veux. Mais si tu disparais, qui d'autre s'en chargera ? Tant pis si nous, nous avons peu de chance de survivre tout seuls en ce lieu.*

Elle se laissait couler dans l'eau glaciale. Quand elle leva enfin la tête pour le regarder, elle fut immédiatement couronnée de vapeur. Elle lança un regard à Kemir et redressa la tête. Ses pensées semblaient lointaines et vagues, et également légèrement perplexes, comme si la réponse était évidente. *Toi, Kemir. Tu t'en chargeras.*

Kemir se mit à rire : *Je ne crois pas, dragon.*

Il entraîna Nadira vers la forêt, sans un regard en arrière. Derrière lui, le dragon coula et disparut, ne laissant qu'une ride derrière lui.

ÉPILOGUE : LA PARFAITE BLANCHE

— Où est-elle ?

Almiri venait à peine de se poser. Elle portait son armure de combat complète, et était accompagnée d'une cinquantaine de dragons. Ceux de Shezira, provenant du campement de l'Éperon Pourpre, et un détachement des écuyers de Valgar. Elle entreprit d'ôter son armure, dont le poids l'empêchait quasiment de marcher.

L'écuyer Jostan lança un coup d'œil vers les grottes puis s'inclina devant elle.

— Elle est toujours près du corps, ma dame.

Almiri plissa le nez. La vallée empestait toujours la fumée. Les alchimistes étaient ressortis des grottes. Certains étaient partis pour le Guet de Valefort, mais la plupart étaient restés, et relevaient lentement les ruines de leurs maisons.

— Avez-vous retrouvé tous les autres ?

— Non, répondit Jostan d'un ton solennel. Nous avons retrouvé quatre des dragons. Il manque le cinquième. La Blanche.

— Les quatre que vous avez retrouvés, sont-ils tous morts ?

— Oui, ma dame. (Un léger sourire lui balaya le visage.) Nous avons même retrouvé l'écuyer Semian. Ou plutôt, c'est lui qui nous a retrouvés. Nu et à moitié mort de froid, mais il s'est remis rapidement. Le garder au chaud n'a pas vraiment été un problème.

— Donc il nous reste un dragon à retrouver. Et les dragonniers ? Ceux qui ont amené les dragons ici ?

Jostan haussa les épaules.

— Partis sur le dos de la Blanche. Semian les a vus, ils se dirigeaient vers le cœur de l'Épine du Monde. Il dit avoir aperçu deux personnes, un homme et une femme. L'homme a déjà travaillé pour…

Il ne termina pas sa phrase, mais Almiri savait ce qu'il pensait. Pour la maréchale de la reine Shezira. Pour celle qui avait tenté d'assassiner l'Oratrice Zafir. Qui avait préféré mourir plutôt qu'être capturée après avoir échoué, et qui avait très probablement déclenché une guerre.

— Je dois lui parler.

Jostan acquiesça avec embarras. Il la laissa et se dirigea vers les grottes. Almiri prit son temps pour ôter son armure. Ils ne pourraient pas rester longtemps ; l'aire des alchimistes était minuscule, et tout le bétail qu'ils conservaient pour nourrir les dragons des visiteurs avait disparu. Et pourtant, elle n'était pas absolument sûre de ce qu'elle devait dire à sa sœur. Elle avait repoussé ce moment pendant deux jours, avec l'espoir que Jaslyn la rejoindrait d'elle-même, mais ce ne fut pas le cas.

Finalement, il ne fut plus possible d'attendre. Elle partit vers les grottes et les dragons morts qui gisaient devant leurs entrées. Le sol autour d'eux était presque noirci par la chaleur de leur combustion. Matanuska, Levantin et Silence, les trois dragons couvés au Guet, étaient encore reconnaissables.

Jaslyn était assise jambes croisées au bord de la rivière, aussi près de Silence qu'elle le pouvait sans risquer de brûlures. Elle était trempée. De sueur, se dit Almiri avant de voir Jaslyn écoper de l'eau à pleines mains pour s'en asperger le visage.

Elle s'assit à côté de sa sœur. L'air était brûlant et difficile à respirer. Il n'y avait pas le moindre souffle de vent.

— Je ne peux pas aller plus près, lui dit calmement Jaslyn.

Almiri avait l'impression de cuire lentement dans ses habits de vol.

— Tu dois le laisser, lui dit-elle, mal à l'aise. Il est parti. Nous pouvons nous assurer que tu récupères ses écailles.

— Je veux les prendre moi-même, quand il aura assez refroidi.

— Je… Almiri se leva. La chaleur était intolérable. Et si nous retournions dans l'aire ?

— Prends de l'eau dans la rivière.

Jaslyn s'inonda le visage. Elle ne faisait pas mine de se lever. Almiri poussa un soupir et se rassit.

— Nous avons dû combattre pour quitter le Palais Adamantin, Jaslyn. Ils ont fait prisonniers notre mère et Valgar. Sans compter une centaine d'écuyers, une vingtaine d'entre nous ont pu rejoindre l'aire et nos dragons. Nous en avons pris autant que nous le pouvions. J'ai Mistral. Ils disent que notre mère a assassiné Hyram, et que notre maréchale a tenté d'assassiner l'Oratrice. Ils veulent lui intenter un procès. Ils vont être exécutés. Ils n'auront même pas droit à la Chute du Dragon.

Jaslyn ne bougeait pas.

— Notre mère est gardée prisonnière, Jaslyn. Ainsi que le roi Valgar. Valgar disposait de moins de cent dragons, mais toi…

— C'est toi l'aînée. Le royaume de mère est à toi.

— Non. (Almiri secoua la tête.) Il était parfois difficile de ne pas ressentir d'amertume. Non, mère t'a nommée son héritière, puis elle t'a vendue. Au prince Dyalt, le plus jeune des fils du roi Sirion. Tu dois en profiter. Toi et Sirion, vous avez cinq cents dragons à vous deux. Tu peux les combattre. Oblige-les à nous rendre mère. Les royaumes ont besoin de toi, Jaslyn. Mère a besoin de toi.

— Mère n'a besoin de personne.

Almiri se mordit la lèvre.

— Alors c'est moi qui ai besoin de toi, ma sœur.

Pendant un long moment, Jaslyn resta muette. Puis elle respira une fois profondément et poussa un soupir.

— Les dragons n'étaient pas morts quand nous les avons retrouvés. Quelqu'un te l'a dit ? (Almiri secoua la tête.) Ils vivaient encore. Plongés dans la torpeur. Et tu sais quoi ? Juste avant de mourir, Silence s'est réveillé. D'une façon ou d'une autre, il est sorti de sa torpeur. Il était presque mort, et il s'est réveillé, et il m'a parlé. Il m'a parlé, Almiri. J'ai entendu ses pensées dans ma tête.

— Les dragons ne parlent pas, Jaslyn.

— Si, ils parlent. Quand nous ne les droguons pas. Il a parlé comme en arrachant les mots dans ma tête. Il m'a raconté des tas de choses que j'ignorais. Sur nos dragons. Il était déjà magnifique avant tout ceci, mais quand il a parlé… Je l'aurais sauvé si j'en avais eu la possibilité. J'aurais fait n'importe quoi. *Même s'il existait un moyen d'éliminer ce poison, je refuserais de redevenir ce que j'ai été*. C'est ce qu'il a dit.

— Tu as déjà pu constater les dégâts que peut commettre un dragon rebelle. Regarde autour de toi. Nous devons faire ce que nous faisons, Jaslyn.

— Tu es au courant, je parie. Tu sais tout. Ce que nous leur faisons. Pourquoi personne ne m'a jamais rien dit ?

Almiri frotta ses pieds contre le sol.

— Tu n'es pas reine, Jaslyn. Tu n'es que princesse. Et il y a des secrets que l'on tait même aux reines.

Jaslyn poussa un soupir.

— Il m'a demandé pourquoi j'étais si triste. *Parce que tu es mourant*, lui ai-je répondu. Il a levé la tête avec le peu de force qui lui restait et il m'a regardée. *Et tu me suivras*, a-t-il dit. *Un jour. La différence entre nous, c'est que je vais mourir aujourd'hui et renaître demain. Toi non*. C'est tout. Une heure plus tard, il était mort. Tu crois que c'est vrai ? Les dragons renaissent-ils après leur mort ? Ou est-ce un autre secret trop terrifiant pour une princesse ?

— Si c'en est un, alors il est aussi trop terrifiant pour une reine. (Almiri se mordit la lèvre.) Je ne sais pas, ma sœur, mais s'ils reviennent vraiment, alors un jour il y aura un autre Silence.

Jaslyn se releva lentement.

— Mais se souviendra-t-il de moi, Almiri ? Je ne crois pas.

Elles s'éloignèrent côte à côte, comme toutes les sœurs devaient le faire.

— Je ne souhaite pas la guerre, Jaslyn. Personne ne le souhaite. Mais ils n'ont pas le droit de faire ça.

Jaslyn ne l'écoutait pas.

— Mais si c'est vrai, alors la Blanche se souviendra de moi. Elle se souviendra de nous tous.

Très lentement, ils mourraient. Nadira ne s'en rendait pas compte et Kemir n'avait pas le cœur de le lui dire, mais c'était la vérité. Il les gardait en vie depuis déjà cinq jours, depuis que Neige avait disparu sous les eaux gelées du lac, mais cela ne pouvait pas durer. Le temps les avait épargnés, mais le vent et la pluie étaient changeants dans l'Épine du Monde. Un jour, il n'aurait plus de flèches, ou son arc se briserait. Ou alors, l'un d'eux se blesserait, ou tomberait malade. Il n'attrapait pas suffisamment de gibier, et ils ne disposaient ni de vêtements ni d'un abri convenable pour les garder au chaud. Une centaine de choses pouvaient mal tourner, et tôt ou tard, ce serait le cas de l'une d'entre elles.

Ils devaient bouger. Il essayait de faire comprendre à Nadira que Neige ne reviendrait pas, que leur unique chance de rester en vie était de partir et de redescendre. En bateau, peut-être. Ou du moins en radeau. L'eau trouvait toujours le moyen le plus rapide pour descendre des montagnes.

Elle lui hurla au visage. Elle lui hurla que Neige allait revenir. Il recula. Encore une journée, se promit-il. Encore une journée et il partirait, avec ou sans elle. Il aurait pu l'obliger à le suivre, il le savait, mais il la laisserait choisir. Elle pouvait rester et mourir, si c'était ce qu'elle voulait. C'est ce que Sollos aurait fait.

Cette dernière journée commençait à décliner ; il revenait d'un pas fatigué vers le lac, en portant le peu de nourriture qu'il avait pu cueillir ou abattre. Les forêts étaient rudes et hostiles, et ne leur offraient pas grand-chose. Il avait faim. Ils avaient faim tous les deux. Ils allaient manger et ils auraient encore faim.

Il arriva à ce qu'ils appelaient leur campement au bord du lac, et ses cheveux se dressèrent sur sa nuque. Nadira était invisible. La forêt était très calme. Silencieuse, si ce n'était le vent et les craquements et gémissements incessants du glacier. Il fixait l'eau du lac du regard. Et soudain, il sentit le feu et le fer de sa présence, quelques instants avant que l'eau ne se mette à bouillonner.

Petit être Kemir, j'ai faim.

9455

Composition PCA à Rezé
Achevé d'imprimer en Slovaquie
par Novoprint.
le 12 décembre 2010.
Dépôt légal décembre 2010. EAN 9782290023532
Éditions J'ai lu
87, quai Panhard-et-Levassor, 75013 Paris
Diffusion France et étranger : Flammarion